Fantasy

Herausgegeben von Friedel Wahren

Von **Jo Clayton** erschienen in der Reihe
HEYNE SCIENCE FICTION & FANTASY:

BRANN-TRILOGIE:

1. *Seelentrinkerin* · 06/4647
2. *Blaue Magie* · 06/4648
3. *Das Sammeln der Steine* · 06/4649

SCHATTENLIED-TRILOGIE:

1. *Feuer am Himmel* · 06/9064
2. *Brennende Erde* · 06/9065
3. *Hüterin der Kristalle* · 06/9066 (in Vorb.)

Jo Clayton

BRENNENDE ERDE

Zweiter Roman der Schattenlied-Trilogie

Deutsche Erstausgabe

WILHELM HEYNE VERLAG
MÜNCHEN

HEYNE SCIENCE FICTION & FANTASY
Band 06/9065

Titel der Originalausgabe
THE BURNING GROUND
SHADOWSONG # 2
Übersetzung aus dem amerikanischen Englisch
von Walter Brumm
Das Umschlagbild malte Thomas Thiemeyer

Umwelthinweis:
Dieses Buch wurde auf chlor- und säurefreiem Papier gedruckt

Deutsche Erstausgabe 3/2000
Redaktion: Joern Rauser

http://www.heyne.de
Printed in Germany 2000
Umschlaggestaltung: Nele Schütz Design, München
Technische Betreuung: M. Spinola
Satz: Schaber Satz- und Datentechnik, Wels
Druck und Bindung: Ebner Ulm

ISBN 3-453-16226-9

Dank gebührt Lynnell Luerding
für ihre großzügige Hilfe
bei der Ausarbeitung der Symbolkarten
der Pixa

Aus dem Ei entsteht alles

Kapitel 1

»Und nun, für alle Liebenden dort draußen, Bashars Klage.«

Isahoe legte den Kopf ans Radio, so daß die Stimme ihres Vaters im Schädelknochen vibrierte. Thann blickte von dem Pullover auf, den sie strickte, als ihr Thinta die Reaktion des Kindes auffing. Isahoe machte kein Getue, aber seit sie ihren Bruder Kelin hatte sterben sehen, von der Kugel eines Heckenschützen durch den Kopf geschossen, war sie sehr still und anhänglich geworden und sorgte sich jedesmal, wenn einer ihrer Eltern ohne sie ausging. Daß sie ihren Vater die Musik ansagen hörte, bestätigte ihr, daß er noch lebte.

»Wie soll das Leben ich ertragen,
Was soll uns noch der Leidenschaften Macht,
Seit uns're Anya ging aus uns'ren Tagen?
Die Uhren gehn, die Glocken schlagen,
Wo ist sie hin, die gold'ne Amizad?
Einförmig wechseln Tag und Nacht ...«

Als eine Granate aus einem der Geschütze in den Bergen durch die Ruine des Nachbarhauses krachte, schrak Bazekiyl zusammen und stach sich in den Finger, nahm ihn schnell weg von dem Hemd, das sie gerade nähte, um den Stoff nicht mit Blut zu beflecken.

Thann ließ den Pullover fallen und eilte zu Isahoe, nahm sie bei der Hand und pfiff ihr leise eine Ermutigung zu. Ihrer Bindungsschwester signalisierte sie mit der freien Hand und den abgekürzten Gesten der Zeichensprache: »Diesmal wurde niemand getroffen.«

Bazekiyl erschauerte. Sie umwickelte ihren Finger mit einem Stoffstreifen. »Bist du sicher, Thanny? Manchmal gibt es illegale Bewohner, Hausbesetzer ...«

»Ich bin sicher.« Sie strich Isahoe Haarsträhnen aus der breiten Stirn und seufzte, als die Kleine sich an sie schmiegte. Sie hatte sich so lange geängstigt, daß sie bloß eine unbestimmte Erleichterung verspürte, als die Granate ihr Haus verfehlt hatte. Auch in der Familie konnte sie kaum eine Regung auf das unheimliche Heulen und berstende Krachen der einschlagenden Granaten hin spüren.

Eine zweite Detonation krachte in der Nähe, eine dritte, dann kehrte Stille ein, und eine Staubwolke trieb am Fenster vorbei, dessen Glas nach Jahren von Artilleriebeschuß wie durch ein Wunder unversehrt geblieben war.

Inmitten der neuen Stille wurde ein rhythmisches Rütteln an der Tür hörbar. Isahoe löste sich von Thann und eilte hin, um die Riegelstange aus ihrem Haken zu stoßen. Sie sprang zurück, als die Schulter ihres Vaters die Tür aufstieß.

Mandall kam rasch herein, wankend unter der Last eines Sackes auf seinen Schultern.

Thann schloß die Tür eilig hinter ihm, legte die Riegelstange vor, wandte sich dann um und bedeutete Isahoe, ihrem Vater das Heimkehrwasser zu bringen. Sie half ihrem Bindungsbruder, den Sack von den Schultern zu nehmen, glücklich über die Wellen von Wohlbefinden, die Mandall ausströmte, über den plötzlichen Ausbruch von Freude in Isahoe und die ruhigere frohe Erleichterung Bazekiyls, als sie ihr Hemd beiseite legte und kam, Mandall einen Begrüßungskuß zu geben. Allen war jetzt wohler. Einstweilen blieb der Krieg zurückgedrängt, und die Familie war beinahe wieder ganz.

Isahoe kam langsam aus dem Raum, den sie als Küche eingerichtet hatten, den Blick auf das Glas gerichtet, das sie mit beiden Händen hielt. Es waren drei Fingerbreit Wasser darin, klares Wasser ohne Sediment, sorgfältig von der Oberfläche der Zisterne abgeschöpft, die Mandall und sein Vetter aus geborgenen Blechteilen, Brettern und Rohren gebaut hatten, als das Wasserwerk dem Artilleriebeschuß aus den Bergen zum Opfer gefallen war und jeder Tropfen aus den städtischen Zapfstellen nach Haus geschleppt werden mußte.

»Ein Glas für die Heimkehr, Baba.« Sie blickte zu Thann, die ihre Zustimmung andeutete, lächelte dann schüchtern zu ihrem Vater auf.

Er beugte sich mit ernster Höflichkeit zu ihr und nahm einen Schluck vom Wasser. »Geteiltes Wasser ist gesegnetes Wasser.« Er gab das Glas an Bazekiyl weiter.

»Geteiltes Wasser macht ein Heim, selbst wenn kein Dach drauf ist.« Sie nippte, gab das Glas Thann.

»Geteiltes Wasser ist ein von Gott gegebener Bund«, erklärte sie und reichte das Glas Isahoe.

Das Kind trank den letzten Schluck. »Geteiltes Wasser macht den Kreis ganz.«

Isahoe schob sich näher und schmiegte sich an ihren Baba, als er den Knoten aufknöpfte und den Sack öffnete. Er tätschelte sie geistesabwesend und sprach weiter, während er arbeitete. »Juwallans ältester Junge, Luzh, stieß zufällig auf einen Zugang zu einem alten

Krämerladen, als er in den Trümmern nach brauchbarem Holz wühlte. Er wollte es nicht an die große Glocke hängen, darum sagte Juwallan, es sei eine Holzsuche, als er mich am Arbeitsplatz anrief. Wir konnten den größten Teil der Lebensmittelvorräte ausräumen und verstauen, bevor ein Kundschafter der Zendida-Sippe uns beobachtete. Und es gab in dem Laden nicht nur Lebensmittel. Ich habe ein paar Spulen Faden und einige Nadeln für dich, Bazhi, einen Hammer und Nägel für mich. Aber seht selbst.«

Er hielt den Sack auf und nahm Gemüse- und Obstkonserven heraus und stellte sie auf den Boden. »Thann, vielleicht kannst du Shashi helfen, die Sachen in die Speisekammer zu tragen ...«

Bazekiyl kniete nieder und half Isahoe, die Arme zu füllen. »Das genügt jetzt, Shashi, du weißt, wo die Sachen hinkommen. Mandall, du sagtest, die Zendida – gab es Ärger?«

»Nein. Wir hatten schon das beste von dem, was vorhanden war, also gingen wir und überließen ihnen den Rest.« Er lächelte. »Und dies hab ich für dich mitgebracht, Bazhi.«

Thann sah die Veränderung ihres Gesichtsausdrucks, als Mandall in den Sack griff und ein breites Band herauszog, so weich und glatt, daß es sich an ihre Finger zu schmiegen schien. Es war blaßblau und entsprach genau der Farbe ihrer Augen.

Thann berührte das Ei in ihrem Beutel und fühlte die Bewegungen des Babbit in der lederigen Schale. Vielleicht würde es einen anderen geben, der ihm Gesellschaft leisten könnte. Der Gedanke gefiel Thann. Das Ei war bald reif zum Ausschlüpfen, was bedeutete, daß sie allzu früh die Beutelbindung und das tröstliche Glück dieses zappeligen Gewichts einbüßen würde. Geradeso wie Isahoe jetzt an ihrem Vater hing, sah Thann sich an dem Ei und dem Babbit hängen, der ein weiteres Jahr in seinem Beutel leben würde, ein winziges Stück Freude und Vernunft in dem Chaos, das aus ihrem Leben geworden war, aber auch das größte und vollkommenste Glück, das ihr in dem Chaos, zu dem ihrer aller Leben geworden war, beschieden sein konnte. Sie beobachtete und lauschte, eine Hand auf der kleinen Anschwellung ihres Beutels.

Der Augenblick scheinbarer Ruhe zerstob, als draußen eine Granate einschlug, näher als die anderen. Der Boden und die Wände erbebten unter der Erschütterung der Explosion. Isahoe kam aus der Speisekammer gerannt und warf sich an ihren Vater. Bazekiyl streckte die Hand aus, um Thann näherzuziehen, und zu viert warteten sie in einer eng beisammen kauernden Gruppe auf die nächste Granate.

Es blieb still, als das Tageslicht vor den noch unzerbrochenen Fensterscheiben verdämmerte und der Raum sich mit Schatten füllte. Meistens schwiegen bei Nacht die Geschütze oben in den Bergen.

Bazekiyl regte sich. »Ich glaube, das war erst mal alles.« Sie löste sich aus dem Kreis ihrer Bindungsgefährten, trat zum Fenster und zog das Verdunkelungsrollo herunter. »Sie müssen Munitionsnachschub von den Schmugglern bekommen haben.« Sie steckte die Haken an den unteren Enden der Rollostange durch die in das Holz der Wand gedrehten Ringschrauben, dann tastete sie nach der Laterne. »Ihr wißt, wie verschwenderisch sie sind, wenn das der Fall ist.« Ein aufflammendes Zündholz erhellte ihr Gesicht von unten, dann brannte die Kerze. Sie schloß die Laterne. »Shashi, bring mir die anderen Lampen, sei so gut. Dann können wir das Abendessen bereiten.«

Thann gab ihr ein Zeichen, und Isahoe schob ihren Stuhl so leise wie sie konnte zurück und stand auf, um das Tischgebet zu singen.

Bevor sie damit fertig war, ließ draußen ein Nachtvogel, ein We-weleh, seinen dreitönigen Balzgesang erklingen. Es war ein gutes Omen. Bazekiyl lachte und schnippte mit Daumen und Zeigefinger, Mandall klatschte in die Hände, pfiff leise und anerkennend. Isahoe kicherte. Dann kreuzte sie die Hände über dem Herzen und sang: »Teil des Stromes von allem, was lebt/Teil der Fülle, die Gott schenkt/Wir kommen aus Erde, zu Erde wir werden/Von Gott fließt unser Leben zu Gott.« Sie hatte eine kräftige, wohlklingende Stimme, die älter klang als ihre elf, beinahe zwölf Jahre.

Bazekiyl legte ihre Hand auf die Thanns und drückte sie. Sie erwiderte den Druck und verschluckte einen Seufzer bei dieser Erinnerung an das, was hätte sein können, bevor dieser gottverfluchte Krieg begonnen hatte. Sie wußten beide, daß Isahoe eine der großen Sängerinnen werden würde, wenn sie eine gute Ausbildung bekommen könnte. Aber daran war nicht zu denken, nicht jetzt. Es gab keine Lehrer, keine Theater, nur das Radio und vielleicht das eine oder das andere Lied, das von Mund zu Mund ging, ein Versprechen, das unerfüllt blieb. Als Isahoe zur Welt gekommen war, hatten sie viele Wünsche für sie gehabt. Jetzt nicht mehr. Alles war dem bloßen Überleben gewidmet.

»Shashi und Thann und ich waren zum Tee bei Vetter Fokota.« Bazekiyl schob einen Kaslik auf Isahoes Teller, einen dünnen Pfannkuchen, der um eine Füllung aus Hackfleisch und Kräutern gewickelt war. »Base Mikil, du weißt schon, die bei den Yiswayo eingeheiratet hat, erzählte uns, daß ihr Mann von sieben Mal Phela aufgegriffen wurde, die taugliche Männer rekrutierten. Sie nahmen ihn auf der Stelle mit und hörten nicht auf ihn, als er sagte, daß sein Anya bettlägerig sei und ihn brauche. Mandall, sei vorsichtig, wenn du ausgehst, ich weiß nicht, was ich täte, wenn sie dich ins Militär preßten …« Sie löffelte dicke Sauerrahmsoße über den Kaslik und ging um den Tisch zu Thann. »Was wollte ich sagen …? Ach ja, er entwischte ihnen, nachdem sie ein paar Tage auf dem Fluß gewesen waren; er wußte, daß sie ihn nicht verfolgen würden, weil sie es auf diesen Pixa Phela abgesehen hatten, dem sie am Fluß einen Hinterhalt legen wollten, und nicht viel Zeit zur Vorbereitung hatten … Jedenfalls traf er auf dem Rückweg hierher diesen Straßenhändler.« Sie legte die Hand auf Thanns Schulter und lächelte, als diese deutlich machte, daß sie kein eingemachtes Obst als Nachspeise wolle; sie mochte keine süßen Sachen. »Der Straßenhändler erzählte ihm von der Heiligen Stadt und sagte, sogar die Pixa würden dort die Leute nicht behelligen. Er sagte, der Friede sei etwas Unglaubliches.« Sie servierte Mandall das Essen, rieb sich mit dem Handrücken die Wange und trug die Platte an ihren eigenen Platz. »Wenn du den Tee einschenken würdest, Mandall …«

Thann behielt Isahoe im Auge, während sie zuhörte, wie ihre Bindungsgefährten weiterschwatzten, über die Tagesereignisse sprachen und sich Träumen von Linojin hingaben. Sie sah keine Möglichkeit, den ganzen Kontinent zu durchqueren, um dorthin zu gelangen, wenn Impix und Pixa Phela das Land durchstreiften, Jagd aufeinander machten und alles töteten, was sich bewegte. Aber Träume waren alles, was sie jetzt hatten und auch in Zukunft haben würden, soweit Thann die Lage beurteilen konnte.

Und genauso erging es allen Impix, die ihr Leben in dieser halbzerstörten Stadt fristeten. Ganze Familien und zerbrochene Familien, Händler, die unter ständiger Gefährdung im Schatten des Krieges ihren Broterwerb suchten, Brüder Gottes, die angeblich unantastbar waren, aber auch starben, selbst wenn sie kamen, den Segen zu spenden, nicht anders als die Schwestern im Gottesbund, die zwischen den Sippen und den Anyas der Barmherzigkeit zu vermitteln suchten, die für die Waisen sorgten und die Kranken und Sterbenden pflegten. Thann betrachtete das blaue Band, das Bazekiyl in ihr feines schwarzes Haar gebunden hatte, und seufzte. Kleine Freuden. Vielleicht reicht sie aus.

Isahoe hatte alle eingemachten Früchte aus Mandalls Schatz gegessen und noch ein paar Bissen Kaslik übrig; die schob sie mit der Gabel auf dem Teller herum. Ihre Augen schienen am Zufallen zu sein, und es war offensichtlich, daß sie nicht mehr wußte, was sie tat.

Thann stand auf, bewegte sich um den Tisch, berührte Isahoes Arm und zeigte: »Das ist genug, Shashi. Zeit zum Schlafengehen.«

Isahoes Lippen bewegten sich, und einen Augenblick lang dachte Thann, sie werde protestieren, doch dann lehnte sie sich schwer an sie, gähnte und murmelte: »Trag mich.«

»Ein großes Mädchen wie dich?« Thann beendete die Zeichensprache mit dem Flattern der Finger, das für die Anya Gelächter bedeutete. Dann schob sie die Arme unter Isahoes Beine und Schultern und hob sie vom Stuhl. Bald würde sie wirklich zu groß und zu schwer sein, um getragen zu werden, die Kindheit würde endgültig vorüber sein, und Thann seufzte. Bei dem Gedanken wurde ihr schwer ums Herz.

Isahoes Strohsack lag in der Speisekammer, die ein Abstellraum für Geräte und Reinigungsmittel gewesen war, bevor Mandall die Tür herausgenommen hatte. Sie war der sicherste Ort in der Wohnung.

Sie lebten im zweiten Stock eines fünfstöckigen Gebäudes, das einmal ein feines Hotel gewesen war, jetzt aber größtenteils in Trümmern lag; ihre Räume befanden sich im rückwärtigen Teil des ehemaligen Hotelrestaurants und bestanden aus einem vormaligen Nebenzimmer, einem Teil der Küche, einem Bad, dessen

Toilette noch spülte, wenn Mandall das schmutzige Spülwasser oder Waschwasser in den Wasserkasten goß, dem alten Abstellraum und der einstigen Hotelwäscherei, die Mandall, Bazekiyl und Thann als Schlafzimmer nutzten.

Bei der Küchenspüle brannte eine Kerze, eine zweite in der Speisekammer. Thann legte Isahoe auf den Strohsack, holte eine Schüssel mit etwas Wasser, wusch ihr Gesicht und Hände. »Nun zieh dich aus«, bedeutete sie ihr, »während ich deine Zahnbürste hole.«

»Ach, Thanny, ich bin so müde. Ich kann die Zähne morgen früh putzen.«

Thann schüttelte den Kopf und ließ ein kurzes, scharfes Pfeifen hören, dann antwortete sie mit schnellen, präzisen Handzeichen: »Und die ganze Nacht werden sich gefräßige kleine Quälgeister in deine Zähne bohren, und wenn du dann einem Mallit oder Anyalit zulächeln willst, hast du nur noch das Zahnfleisch im Mund.«

»Mallit, pah!«

Thann tätschelte ihr die Wange, lächelte ihr zu und ging hinaus. Als sie die Zahnbürste und ein Glas Wasser holte, konnte sie Bazekiyl und Mandall noch sprechen hören. Im Klang ihrer Stimmen lag etwas Beruhigendes und Anheimelndes, das alle Sorgen in den Hintergrund drängte. Sie blickte zur Tür hinein.

Bazekiyl zog das blaue Band aus dem Haar und ließ es durch die Finger gehen. Sie hatte den Kopf an Mandalls Schulter gelehnt und ein kleines Lächeln spielte in ihrem Gesicht, während sie das Band durch die Finger zog. Thanns Thinta erwärmte sich mit dem Gefühl, das ihre Bindungsschwester bei der Berührung des seidigen Stoffes genoß …

Sie eilte zurück zu Isahoe, plötzlich ungeduldig mit den Anforderungen, die das Kind an sie stellte.

Während Isahoe sich die Zähne putzte, zündete

Thann das Nachtlicht an, eine langsam brennende Kerze in einer Glasschale, und stellte sie bei der Tür auf den Boden. Sie nahm Isahoe die Zahnbürste und das Zahnpulver aus der Hand, damit Isahoe sich den Mund spülen und das schaumige Wasser in die Waschschüssel spucken konnte, säuberte die Zahnbürste und legte sie mit dem Zahnpulver beiseite, dann zog sie die Decke hoch und steckte sie um das Kind ein. Schließlich berührte sie Isahoes Hände, und gemeinsam begannen sie das Nachtgebet in der Zeichensprache – wie sie es zusammen getan hatten, seit Isahoe alt genug war zu verstehen, was die Zeichen bedeuteten.

Als sie sich über das schläfrige Kind beugte, um ihm den Gutenachtkuß zu geben, bebte der Boden unter ihr, und es gab eine ohrenbetäubende Explosion, gefolgt vom dumpfen Gepolter und Krachen einstürzender Wände.

»Baba!« Isahoe fuhr von ihrem Lager hoch und krabbelte auf die Beine. »Mam!«

Thann hielt sie fest und versuchte sie auf den Strohsack zurückzustoßen, aber Isahoe befreite sich wieder und rannte aus der Speisekammer. Als Thann zu ihr kam, wühlte sie, eingehüllt in eine dichte Staubwolke, verzweifelt in dem Haufen von Ziegeln und Mauerschutt des Wohn- und Speisezimmers, hustete, schnupfte, weinte, rief wieder und wieder Mam und Baba, rief ihren toten Bruder, warf Ziegel und Mörtelbrocken hinter sich wie ein kleiner Chal, der sich in einen Erdhaufen gräbt, um an die Mayomayo heranzukommen, die sich dort verbergen.

Thann blieb in der Türöffnung stehen und blinzelte mit tränenden Augen in den Staub, der noch in der Luft schwebte. Ein Ziegel fiel von der Außenwand und zerschlug eine der Fensterscheiben, die zehn Jahre Krieg nicht zerbrochen hatten. Sie konnte durch den Staub ein Stück Himmel mit der zunehmenden Mondsichel und das leuchtende Band der Milchstraße erkennen, wo die Sterne so dicht standen, daß das bloße Auge sie nicht trennen konnte. Ein lautloser Schatten glitt im matten Mondschein vorbei, ein We-weleh auf der Jagd, vielleicht sogar derjenige, der Isahoes Lied eingeleitet hatte …

Die Thinta sagte ihr, daß sie tot waren, unter all dem Schutt. Sie nahm kein Lebenszeichen wahr.

Thanns Blick fiel auf ein Stück blaues Band, das Isahoe ausgegraben hatte.

Wie Bazekiyl das Band durch die Finger gezogen hatte … um die langen, zarten Finger … Isahoe sollte dies nicht sehen. Sie durfte es nicht sehen …

Thann faßte sie unter den Armen und zog sie vom Schutthaufen zurück. Das Kind wehrte sich, aber sie hielt es fest, bis Isahoe die Gegenwehr endlich einstellte und zu schluchzen begann, daß ihr schmächtiger Körper erbebte. Thann hielt das Kind an sich gedrückt, lehnte selbst an der Wand, weil ihre Beine sie nicht tragen wollten – der inneren Wand, die noch stand –, und sie selbst zitterte ebenso wie die Wand in ihrem Rücken, während der Beschuß andauerte.

Isahoes Schluchzen beruhigte sich langsam, als die Erschöpfung sich wie eine Decke auf sie senkte.

Als Isahoe in den plötzlichen Schlaf eines Kindes sank, hob Thann sie auf, trug sie zurück zu ihrem Strohsack und legte sie nieder, um ihr dann mit dem Waschwasser Staub und Blut von den Händen zu spülen.

Sie steckte die Decke um sie ein und kehrte zurück ins vordere Zimmer, um Isahoes Arbeit fortzusetzen, da noch immer eine geringe Chance bestand, daß der eine oder die andere von Thanns Bindungsgefährten noch am Leben war, geschützt vom Tisch oder einer Laune des Schicksals, die in den Trümmern der Wand einen Hohlraum geschaffen haben mochte.

Thann legte Bazekiyls Hand frei, staubig und verletzt, aber noch immer lieblich, von einem blassen Graugrün, glatt wie die Rinde eines Seidenbaumes und beinahe so weich wie Isahoes Kinderhaut. Thann zog das Band heraus, kniete weinend im Schutt und rollte es zusammen, weil sie es nicht ertragen konnte weiterzugraben, nicht in diesem Augenblick, trug das Band in die Speisekammer, legte es auf eines der Regale und stand am Lager des Kindes. Nun war sie die letzte Überlebende ihrer Sippe, und alle, die sie kannte, hatten in ihrem Leben wenig Raum für andere. Thann wußte nicht, was sie tun sollte.

Isahoes Gesicht wirkte entspannt, ihr Atem ging tief und gleichmäßig, aber sie weinte im Schlaf, denn zwischen ihren kurzen, dichten Wimpern sickerten Tränen hervor und rollten ihr über das Gesicht auf das Kissen.

Thann ging wieder hinaus und grub weiter.

Als sie Mandalls Kopf freigelegt hatte, war es um ihre letzte Hoffnung geschehen. Sie beugte sich nieder und küßte das staubverklebte braune Haar, das ihm übers Ohr fiel, die einzige Stelle, die zu berühren sie ertragen konnte, dann begann sie ihn wieder zu bedecken.

Sie war beinahe fertig, als ein Geräusch sie herumfahren ließ: einen zerbrochenen Ziegel in der Hand.

Isahoe. Das Band war mit einer großen, unbeholfenen und häßlichen Schleife in ihr Haar gebunden und sie blickte über den Trümmerschutt der eingestürzten Wand hinaus, sah sie nicht, weil sie etwas anderes sah, obwohl Thann nicht erraten konnte, was es sein mochte. Ihre Thinta las eine Angst, die so tief getrieben war, daß sie beinahe nicht zu erkennen war, überlagert von einem beängstigenden Eifer, einem Bedürfnis, das ausgriff und alles überdeckte wie das wuchernde Iscabu-Unkraut, das die Stadt Khokuhl beinahe so schnell eroberte wie die Granaten sie zerstörten.

»Linojin«, sagte Isahoe plötzlich. »Mam und Baba und Kelin sind nach Linojin gegangen. Wir müssen sie suchen, Anya meami. Sobald es Tag wird, müssen wir gehen.«

Den Schal der Heka zum Schutz gegen die Abendkühle fest um die Schultern gezogen, saß Wintshikan auf ihrem Lederpolster und sah zu, wie die Reste ihrer Sippe sich auf dem Lagerplatz umherbewegten, Zelte aufrichteten, Brennholz und Maphik-dung für das Lagerfeuer sammelten und Wasser für die Maphik, die den Wagen zogen. Sie holten die drei mageren Milchkühe herbei, die alles waren, was von der Shishimherde übriggeblieben war. Zell, ihre Schwester in der Anyabindung, saß neben ihr am Boden, die Ellbogen über die Knie gelegt.

»Als er anfing, war ich ganz wild für den Krieg«, murmelte Wintshikan.

»Ich weiß.« Zells Finger hoben sich, damit Wintshikan die Zeichen lesen konnte.

»Die Impix handelten schlecht in Gottes Augen, verschmutzten das Land und die Luft und das Wasser.«

»Ja.«

»Ich dachte, wir würden sie auf den Rechten Weg zurückführen, und wenn Gott und der Prophet unsere Hände führten, würde es bald vorbei sein, und alles würde wieder richtig sein.«

Zell seufzte und strich mit der Hand über Wintshikans Hüfte, vielsagend in der Sanftheit ihrer Berührung.

Die Sippe der Shishim oder wie sie sich selbst nannte, Shishim Ixis, lagerte hier in den Hügeln über Shaleywa, als die Nachricht kam, daß die Impix in die Berge zogen, um dort ihre Schmutz und Gift speienden Schmelzhütten zu bauen und Gottes Fleisch bei ihrer Jagd nach Eisenerzen aufzureißen, damit sie in ihrem gotteslästerlichen Tun fortfahren und den Körper der Erde zerstören und ihren Segen und Reichtum den eigenen Enkelkindern stehlen könnten. Und dort auf dem Versammlungsplatz von Shaleywa kamen die Heka von allen Ixis und die Ältesten der Pixa zusammen, um den Heiligen Krieg zu erklären. Die Heka Wintshikan war stark in ihrem Abscheu und in ihrer eigenen Rechtschaffenheit sicher, ungeduldig mit den Zweiflern und über alle Maßen stolz, als ihr Gefährte Ahhuhl als erster der Woge von Freiwilligen zu den Waffen griff.

Hier in den Hügeln über Shaleywa lag Ahhuhl zum letzten Mal in den Armen von Wintshikan und Zell, seinen Bindungsgefährtinnen.

Noch vor dem ersten Kriegswinter war er tot.

Wenn die Jahreswanderungen die Shishim wieder zu diesem Lagerplatz brachten, war es Wintshikans Gewohnheit, ihre Tage in Gedanken an Gott und ihre Nächte in Betrachtung der Kriegsereignisse zu verbringen, ihren Bindungspartner und ihren einzigen Sohn zu betrauern, der seinem Vater im Jahr darauf nachgefolgt war.

Sie hörte Zell zischen, hob den Kopf und sah Luca ins Lager schlendern. Ihr Gesicht blickte verdrießlich, ihre bloßen Füße waren schmutzig und staubig vom Umherstreifen abseits der Wege. »Himmel! Ich wünschte, ich wüßte, was in diese Frau gefahren ist.« Sie hob die Hände, schlug sie zusammen. »Luca, komm hierher. Jetzt.«

Luca war die jüngste Frau der Sippe, launisch und verschlossen, und weigerte sich, den Rechten Weg einzuhalten. Sie kam verspätet zum Lobgesang und blieb am Rand der Gruppe, als hielte sie sich bereit, bei der ersten Gelegenheit wegzulaufen. Sie wollte die Aussprüche nicht lernen, ihr Herz nicht mit dem Herzen der Sippe verbinden, mochte keine Anyabindung eingehen, obwohl sie mit jedem Mann schlief, der sie haben wollte. Sie sagte nicht offen, daß sie sich weigerte, der Sippe ein Kind zu geben, aber es war in ihren Augen und in ihren Taten sichtbar. Sie zog die Schultern ein, als sie dem Ruf der Heka folgte; noch wagte sie nicht, den Befehl zu mißachten.

»Warum schlägst du dein Zelt abseits von uns unter den Bäumen auf, wenn dir wieder und wieder gesagt worden ist, daß dein Platz in der Mitte ist?«

Luca zuckte mit der Schulter, bohrte den großen Zeh in die Erde.

»Wenn du diese Ixis unerträglich findest, werde ich in der Versammlung sprechen und eine andere für dich finden, obwohl wir dich sehr vermissen würden, Luca.«

Luca preßte die Lippen zusammen, und ihre Kehle arbeitete, als wollten die Worte, die sie seit Monaten hinuntergeschluckt hatte, sich nun gewaltsam den Weg ins Freie bahnen. Am Ende sagte sie bloß: »Es spielt keine Rolle, nicht? Sie sind alle gleich.«

Wintshikan schürzte die Lippen; es dauerte einen Augenblick, bis sie Worte fand. »Ich werde darüber nachdenken«, sagte sie. »Einstweilen stell dein Zelt dort auf, wohin es gehört, oder wir werden es für dich tun.«

Sie sah die Frau fortgehen. Der Zorn brachte Schwung in ihre Schritte.

»Ach, Zell, siehst du die Welt auch auseinanderfallen? Es ist keine Freude mehr im Weg. Er ist wie ein Hemd, das zu oft gewaschen wurde; nur ein paar Fäden halten es noch zusammen.«

»So sagt der Prophet«, sang Wintshikan, als der Lobpreis begann. »Frohlocket im Land, denn es ist Gottes Fleisch, das euch zur Freude gegeben wird.«

»Frohlocket«, sang die Sippe zur Antwort. Die Anyas

pfiffen und machten die Zeichen, aber es war ein ungewisses dünnes Geräusch, weil alle Männer außer dem alten Yancik und dem blinden Bukh fort waren. Zehn Frauen (es hätten elf sein sollen, aber Luca war nicht da), sieben Anyas, zwei sehr junge Mallits und drei Femlits.

»So sagt der Prophet«, sang Wintshikan. »Berührt das Land behutsam, denn es ist Gottes Fleisch, das zu eurer Ernährung gegeben ist.«

»Behutsam«, wiederholte die Ixis.

»So sagt der …«, sie brach ab, als ein Trupp Pixa Phela, neun Mann stark, beinahe lautlos in den Feuerschein geglitten kam; sie bewegten sich in den Kreis der Frauen, ohne sie und den Lobpreis zu beachten. Kein bekanntes Gesicht war darunter. Ihr Anführer war ein Mann mit roten Narben im Gesicht, dem ein Daumen fehlte.

Er legte die Hand auf Xacas Schulter. »Wo ist dein Zelt?«

Wintshikan bebte vor Zorn. Frühere Trupps waren von recht oberflächlicher Liebenswürdigkeit gewesen, aber keiner hatte mit solch dreister Unverschämtheit einen Lobpreis unterbrochen oder erwartet, daß die Frauen der Sippe ohne die Höflichkeit der Wahl die Beine spreizten. »Du bist gottlos«, sagte sie mit lauter, energischer Stimme, befeuert von rechtschaffenem Zorn. »Tritt zurück und laß uns die Andacht beenden.«

Er starrte sie an, und sie bekam es mit der Angst, als sie sah, daß keine Seele hinter seinen Augen war. Er kehrte ihr den Rücken zu. »Wenn du es hier willst«, sagte er zu Xaca, »ist es mir auch recht.«

Sogar im flackernden Widerschein des Feuers war zu sehen, wie Xacas Gesicht erbleichte. Zitternd stand sie auf. »Nein. Ich bin kein Tier.« Ihre Stimme war tonlos, und sie vermied es, ihn anzusehen. Sie ging vor ihm zu ihrem Zelt am Rand der Bäume – und ohne ein weiteres Wort hinein. Sie gab ihm keinen Deckensegen und ließ ihn ohne Worte wissen, daß sie unwillig war.

Nyen, Patal und alle Frauen außer der abwesenden Luca und der alten Yaposh gingen mehr oder weniger widerwillig mit den Männern des Trupps in die Zelte. Die Anyas kauerten zusammen um die Kinder herum und hielten sie still und ruhig, verhielten sich auch selbst wie immer still, erschauerten aber unter den Wellen der Gefühle, die durch die Thinta, die ihr Segen und Fluch zugleich war, verstärkt wurden. Der alte Yancik starrte auf den Boden vor seinen Füßen, und der blinde Bukh wartete mit unerschütterlicher Geduld auf den Fortgang der Lobpreisung.

Wintshikan schloß die Augen und versuchte sich in Gelassenheit zu hüllen wie in ihren Schal, aber es war nicht möglich. Für die Kinder, dachte sie. Um der Kinder willen mußte die Andacht fortgesetzt werden. Sie räusperte sich, brachte ein Lächeln zustande, als Zells Finger sich um ihre schlossen. »So sagt der Prophet …«

Als der Trupp abgezogen war, schlug Zell die Zeltklappe zurück und schlüpfte gebückt herein. »Sie sind fort«, zeigte sie, kniete dann neben Wintshikan nieder und blickte auf die Karten, die auf dem seidenen Halstuch ausgebreitet lagen, zwei in der obersten Reihe, drei in der mittleren, eine darunter. »Veränderung?«

Wintshikan seufzte. »So scheint es. Ich habe die Deutung noch nicht versucht. Halt meine Hand und schaue mit mir.«

Sie berührte die untere Karte mit einer Fingerspitze und murmelte: »Aus dem Ei entsteht alles.« Die Karte stellte ein steif ledernes Rechteck dar, weiß grundiert und in einem kräftigen Pinselstrich mit einem schwarzen Oval bemalt. Eine dünne schwarze Linie umrandete die Darstellung, über der die Zahl eins stand. Unter ihr befand sich der Ausspruch des Propheten.

Das ganze Kartenbild war mit Klarlack überzogen. »Neues entsteht, und nur Gott kann beurteilen, ob es zum Guten oder zum Bösen ausschlägt.«

Sie berührte die erste Karte in der zweiten Reihe. »Hier sind die bestimmenden Merkmale der kommenden Tage.« In der schwarzen Umrandung gab es eine dicke, gezackte Linie mit Pfeilspitzen an beiden Enden und der Zahl neun.

»Der Blitz ist Gottes Feuer, er vereint und trennt, erhellt und zerstört.«

Sie berührte die zweite Karte, wo der dicke Pinselstrich des längst dahingegangenen Malers eine nach oben geschlossene Wölbung zeigte. Darüber stand die Zahl sechs. »Berg und Frau, Nahrung und Leben, Stabilität und die Überlieferung des Rechten Weges.« Die dritte Karte in dieser mittleren Reihe zeigte ein Oval wie das erste, aber dies war schwarz ausgefüllt, die Zahl darüber vierundzwanzig. »Tod. Das Ende und der Anfang.«

Sie betrachtete die Reihe für einen Augenblick, dann schüttelte sie den Kopf. »Jedes Zeichen steht im Widerspruch zu den anderen. Ich sehe nur Verwirrung, nicht Richtung.«

Zell tätschelte ihr den Schenkel.

»Ja. Zuerst die Übersicht, dann versuchen wir zu sortieren.« Sie streckte den Finger zur linken Karte in der obersten Reihe aus. »Dies sind Anleitungen, die uns den Rechten Weg weisen.« Drei senkrechte Linien, das Zeichen des Dreibundes von Mann, Frau und Anya. Darüber die Zahl drei. »Wie Gott alles und in allen Dingen ist, so sollten die Drei eins sein, Verschiedenheit ehren und Einheit feiern. Ich empfinde dies als eine Zurechtweisung. Ich bin vom Rechten Weg abgewichen und muß umkehren. Ich bin Heka und habe die meinen in die Irre geführt.«

Zell zwickte sie in den Arm, schüttelte den Kopf und zeigte auf die letzte Karte.

Wintshikan berührte die Karte mit dem Finger. Zwei vertikale Pinselstriche mit einem dritten horizontal darüber, der sie verband. Pfosten und Türsturz. Das Tor. Darüber die Zahl zwölf. »Das Zeichen in der Mitte, das in beide Richtungen weist.«

Mehrere Minuten lang betrachtete sie grüblerisch die Karten, schüttelte schließlich den Kopf. »Ich kann dem nur entnehmen, daß wir am Rand von etwas sind, auf dem Grat zwischen Gut und Böse wandeln. Und wir müssen in unseren Entscheidungen weise sein.« Sie sammelte die Karten ein und faltete das Tuch um sie, dann legte sie das Päckchen in den kleinen Kasten, den der Maler für sie gefertigt hatte.

»Du denkst daran, Hohekil zu werden?« fragte Zell.

»Ich half mit, Raxal zu steinigen, als er Hohekil wurde, ich nannte ihn einen Abtrünnigen und von Gott Verlassenen. Ich habe Hohekil auf dem Versammlungsplatz verflucht und mit den anderen ihre Worte überschrien. Ich habe nie auf sie gehört, wenn sie uns erzählen wollten, wir hätten den falschen Weg gewählt, und dies sei nicht Gottes Krieg, sondern unser eigener.« Sie rieb sich das Gesicht mit beiden Händen. »Warum ist nichts mehr klar und einfach? Ja, ich bin nahe daran, vor die Ixis zu treten, den Schal der Heka abzulegen und ihnen zu sagen: ›Steinigt mich, wenn ihr müßt, aber ich kehre dem Krieg den Rücken und gehe fort.‹«

»Das freut mich«, antwortete Zell in der Zeichensprache. »Mit unserem Sohn starb mein Herz für diesen Krieg.«

»Das hast du nie gesagt.«

»Was nützen Worte? Ich könnte dich nicht verlassen, und ich wollte deinen Kummer nicht vermehren, Wintashi.«

»Ich ...«

Ein Schrei zerriß die Stille des Lagers. Zell nahm den

Kasten mit den Karten an sich und schlüpfte durch die Zeltklappe.

Luca stand beim niedergebrannten Lagerfeuer, wildblickend und keuchend. »Lauft weg!« kreischte sie. »Sie kommen, Impix kommen. Ich sah sie, sie sind hinter den Phela her …« In der Dunkelheit hinter ihr peitschte ein Schuß, und plötzlich wurde ihr Ärmel dunkel vom Blut. Sie warf sich zur Seite und kroch auf allen Vieren in die Dunkelheit unter den Bäumen.

Gleich darauf waren überall Impix, schrien und schossen …

Die Diebin starrte den Schmuggler an, den sie hatte töten wollen.

Yseyl war klein und schmächtig, kaum größer als eine Anya und beinahe so dunkel. Ihr Gesicht wirkte mager und hatte die Farbe von Herbstlaub, eine Mischung von Grün und hellem Braun, und auch ihr feines langes Haar war grünlichbraun. Gewöhnlich war es zu einem dicken Zopf geflochten, aber der Schmuggler hatte ihn aufgelöst, als er sie nach Waffen durchsuchte.

Sie war all seinen Fallen bis auf die letzte entgangen, fand sich nun aber gefangen in einem klebrigen Netz, das sie weder sehen noch bekämpfen konnte; es bewegte sich mit ihr, wenn sie sich bewegte, hielt sie mit einer unerbittlichen Sanftheit gefangen, die sie beängstigender fand als Drohungen oder Schmerzen.

Sie beobachtete den Schmuggler, als er seine Munitionsladung für die Geschütze in den Bergen über Khokuhl ablud, und schwarze Gedanken der Verzweiflung gingen ihr durch den Kopf. Wie viele weitere Tote, wieviel mehr Zerstörung? Sie war Pixa, aber es war längst unwichtig geworden, welche Seite die andere tötete. Sie glaubte nicht mehr an Gott, noch kümmerte sie, was der Prophet sagte. Und sie wußte, daß sie in diesen Tagen nicht ganz normal war. Das spielte keine Rolle. Vor diesem hatte sie neun Schmuggler beschlichen und getötet, und wenn sie Mittel und Wege fand, an ihn heranzukommen, würde sie ihn ihrer Liste hinzufügen.

Er war ein seltsames Wesen, wie sie noch nie eines gesehen hatte, nicht viel größer als sie, mit einem Fell, das alle sichtbaren Teile seines Körpers einschließlich des Gesichts wie mit rußigem Plüsch bedeckte, beweglichen runden Ohren, die hoch am Kopf saßen, und Augen wie aus geschmolzenem Silber mit Schlitzpupillen. Sein Schiff war wie er, schnittig und schwarz und mit etwas in der Farbe, was das Auge selbst an einem sonnigen Tag, wie dieser zu werden versprach, mit optischen Täuschungen narrte.

Wieder versuchte sie im unsichtbaren Netz etwas Bewegungsfreiheit zu gewinnen, blickte auf und begegnete diesem rätselhaft silbernen Blick. Warum ließ er sie am Leben? Das beschäftigte sie, störte ihre Konzentration. Jeder, der über einen Funken Verstand und die Feuerkraft verfügte, die er beherrschte, hätte sie in der Minute, als sie die Falle ausgelöst hatte, eingeäschert.

Er setzte das Leuchtsignal, um die Pixa-Artilleristen wissen zu lassen, wo sie die Munitionslieferung finden konnten, schwang den Kran herum und ließ neben ihnen ein Netz fallen. Als er nahe genug kam, hörte sie ihn in einem kratzigen Falsett singen, der in ihren Ohren schmerzte. Von einem Steinhaufen neben drei Sträuchern nahm er, was wie ein kleiner Steinbrocken aussah, warf ihn in die Luft, fing ihn wieder auf und steckte ihn in eine Tasche des breiten Gürtels, den er um seine schmale Taille trug. Er breitete das Netz aus, kippte sie hinein und zog es um sie zusammen.

Einen Augenblick später hob der Kran sie in den Laderaum des Schiffes.

Allein an diesem dunklen Ort, überflutet von sauren Gerüchen, fühlte sie ein Beben, einen leichten Druck, dann nichts – oder vielmehr nichts als ein Geräusch, das in ihren Knochen vibrierte.

Dieser Stein, was immer er war, mußte ein Kontrollinstrument sein. Der Schmuggler hatte ihn in eine Nische bei der Tür gelegt. Einer Tür wie ein Schließmuskel, der ihn hinausgeschissen hatte. Yseyl versuchte ihn zu fühlen, seine Natur zu erkennen.

Bald erkannte sie, daß der Stein eine heiße kleine Sache war, aber um an die anderen Schmuggler heranzukommen, war sie mit Schlimmerem umgegangen. Der einzige Grund dafür, daß sie diesmal hereingefallen war, lag in der Schlauheit des Pelzmannes. Er hatte offensichtlichere Fallen gestellt, um sie in diese zu locken und sie ruhen lassen, bis sie durch das Auslösen der anderen geöffnet worden war. Die Falle fing sie, bevor sie wußte, wie ihr geschah. Sollte es ihr gelingen, aus dieser Lage herauszukommen, würde sie mehr herumschnüffeln müssen …

Yseyl schüttelte ihren Zorn ab und versuchte die von dem Stein ausgehenden Kraftlinien zu lesen. Es war schwierig, denn sie verlagerten sich bei jeder Berührung, als wollte sie eine herumrollende kleine Kugel aus Quecksilber aufheben. Jemand verstand etwas von geistigen Fingern und davon, was sie vermochten. Der Gedanke ernüchterte sie, aber sie verdrängte ihn und konzentrierte sich darauf, den Energieknoten zu finden, der die Abschaltung markierte.

Nach einer Weile, die eher eine Stunde dauerte, kniff sie eine feine heiße Linie ab, verbog eine andere, es gab ein leises platzendes Geräusch und einen Geruch, und sie war frei und fiel vornüber, als ihre Muskeln sich verkrampften.

Sobald sie wieder auf die Beine gekommen war, gingen im Laderaum Lichter an, und eine lispelnde Stimme mit langgezogenen Vokalen sprach zu ihr. »Bemerkenswert. Adelaris schwor, daß dieses Netz sogar Psitalentierten Leuten widerstünde.«

»Was wollen Sie? Warum haben Sie …?«

»Dich gefangen, statt dich zu töten? Weil ich mit dir reden will. Ich habe dir einen Vorschlag zu machen.«

»Bleibt mir eine Wahl?«

»Nicht wirklich. Wenn ich auf die eine Weise nichts für dich bekommen kann, werde ich es auf eine andere Weise versuchen. Es gibt Orte, wo Leute wie du gefragt sind. Man kauft sie und spielt mit ihnen.«

»Lieber würde ich sterben. Nachdem ich Sie umgebracht habe.«

»Ja, das glaube ich dir gern. Nummer zehn auf deiner Liste, wie? Auf diesem Gebiet würde ich deine Fertigkeiten lieber nicht erproben, wenn es dir nichts ausmacht. Der Krieg gefällt dir nicht, habe ich recht?«

»Ich mag keine Waffenhändler.«

»Ich auch nicht, kleine Meuchelmörderin. Es ist kein Beruf, den ich gewählt haben würde, wenn ich in der Angelegenheit Entscheidungsfreiheit gehabt hätte. Wie gefiele es dir, Löcher in diesen Zaun zu reißen?«

»Was meinen Sie damit? Und warum fangen Sie mich?«

Ein müdes Seufzen. »Weil ich aussteigen möchte. Ich möchte mich aus meinem Vertrag loskaufen. Dazu brauche ich eine Diebin, die wie ein Geist durch Sicherheitsschranken gehen kann. Du bist so eine.«

»Ich verstehe.« Yseyl fand, daß sie ihm glaubte, hauptsächlich, weil ihr kein anderer Grund einfallen wollte, der seine Handlungsweise erklärt hatte. »Also gut, ich höre.«

»Folge den Lichtern.«

Yseyl trat aus düsterem Zwielicht in Helligkeit. Der Pelzmann saß in einem breiten Sessel der Schließmuskeltür gegenüber und hatte eine schwere Waffe im Schoß. Sie lehnte neben der Tür an der Wand, verschränkte die Arme und starrte ihn trotzig an. »Da bin ich. Erklären Sie mir, was Sie wollen.«

»Hörte von den anderen, die du in den vergangenen drei Jahren erwischtest. Zwei von diesen neun Leuten kannte ich, und sie waren weder leichtgläubig noch Dummköpfe. Drei weitere waren mir durch ihren Ruf bekannt. Du schlüpftest durch Abwehrsperren, die alles bis auf einen Energiestrahl aufhalten würden. Du schaltetest den alten Kervin aus, und der war vorsichtiger als eine Viper in der Häutungsphase. Nun, vielleicht ist es vergeudete Zeit, aber ich wollte dir erklären, warum ich auf diese Idee gekommen bin.« Sie veränderte ihre Haltung, und er folgte der Bewegung mit der Waffe.

Sie zwang sich zur Entspannung. »Sie meinen, Sie würden versprechen, jedem, den ich durch den Zaun und nach Sigoxol bringe, freie Überfahrt zu geben?«

»Würdest du mir glauben? Ha, die Antwort kannst du dir ersparen. Selbst ich würde mir nicht glauben. Kein Schmuggler wird riskieren, Passagiere an Bord zu nehmen, die er nicht kennt, also schlag dir das aus dem Kopf. Ich biete dir etwas anderes.«

»Ich warte.«

Er hob die Oberlippe und zeigte seine Reißzähne; vielleicht war es ein Lächeln, aber sie glaubte das nicht. »Wir haben viel Zeit, kleine Meuchelmörderin, bevor wir dort ankommen, wohin wir reisen. Hm, du könntest diese Schlinge neben dir in die Hand nehmen und dich daran festhalten, denn gleich …«

Wahnsinn. Wie damals, als sie mit dem verrückten Delelan Khu geraucht hatte. Chaos kreuz und quer, fließende Böden und schwellende Türen, schmelzende und sich wieder verfestigende Formen, Angstgeruch, Staub wie von hundert Bovisten …

Dann war der Boden wieder fest unter ihren Füßen, die Wand kalt und hart an ihrem Rücken.

»Was …?«

»Übergang in ein anderes Kontinuum. Etwas verwirrend, wenn man es nicht gewohnt ist.«

»Wo …?«

»Das ist ein Teil der Geschichte, Geist. Ja. So werde ich dich nennen. Geist.« Er legte die Waffe beiseite und winkte zum anderen Sessel. »Setz dich und mach es dir bequem.«

Ohne die Schlinge loszulassen, beugte Yseyl ein Knie und löste sich von der Wand. Das Schwindelgefühl war vergangen, ihre Beine schienen bereit, sie zu tragen, und der Boden wirkte fest. Sie tat einen Schritt, dann einen zweiten. Ein dritter Schritt brachte sie zu dem leeren Sessel. Sie drehte ihn herum und setzte sich dem Pelzmann gegenüber. »Warum haben Sie aufgehört, nervös zu sein?«

»Hab ich nicht, aber ich halte dich nicht für dumm. Wenn du mich tötest«, sagte er, griff hinter sich und berührte einen Sensor. Die Wand aus schwarzem Glas, die eine ganze Seite des Raumes einnahm, verwandelte sich in ein irisierendes Grau mit Wirbeln und Schleifen blasser Farben, die sich in einer Art und Weise verlagerten und durcheinander schoben, die ihr Übelkeit verursachte. »Und das ist, wo du den Rest deines Lebens verbringen wirst.«

»Die Hölle?«

»Wer weiß.« Er lehnte sich im Sessel zurück, schlug die Beine übereinander und ließ die Hände auf die Armlehnen fallen. »Ich kann dir sagen, wie du Löcher in den Zaun bekommen kannst. Groß genug, daß ein Boot durchfahren kann, und glatt genug, daß keine Warnung die Ptak erreicht. Willst du es hören?«

»Was würde es mich kosten?«

»Es gibt da eine – hm – Droge, vielmehr eine Gruppe von Drogen, die die Lebensdauer einer Person ungefähr um das Zehnfache verlängern kann. Sehr, sehr kostspielig. Und sehr begehrt, wie sich denken läßt.«

»Und?«

»Ich möchte, daß du etwas davon für mich stiehlst.«

Der Knoten ist das Herz aller verborgenen Dinge. Zerschneide nie, was du aufknüpfen kannst

Kapitel 2

»Ich habe Anweisung, mit Ihnen zusammenzuarbeiten, aber Sie werden mir sagen müssen, was Sie wissen wollen. Ich kann nicht zulassen, daß Außenseiter nach Belieben in meiner Datei herumstöbern.«

Der Sicherheitsbeauftragte der Sunflower Laboratories, Rez Prehanet, war ein Mann, der alle Ratschläge und Anweisungen von Dr. Dentons Fleischdiät befolgt hatte, um sich zu seinem eigenen Idealbild zu formen. Man kann ihm seinen Geschmack ansehen, dachte Shadit. Brrr. Digby sagte, sie könne ihm vertrauen, soweit seine eigenen Interessen sich mit ihren deckten. Leider könne man nie wissen, welches seine Interessen seien; jedenfalls sei er nicht so dumm, wie er aussehe. Sie sah ihn an und hätte am liebsten gekichert.

Das Büro war aus aufgerauhtem Stahl und Leder mit Edelhölzern als Akzenten, alles sorgfältig versiegelt, damit nichts die Vollkommenheit beeinträchtigen könnte. Es war unmöglich, das Holz, das Leder zu riechen, ihre Struktur zu fühlen – sie hätten geradeso gut holographische Projektionen sein können. Welch eine Verschwendung von Bäumen und Tierhäuten.

Autumn Roses Lächeln hatte etwas von der gleichen Künstlichkeit. »Oh, Sie können beruhigt sein, Mr. Prehanet. Wir werden nur Zugang zu solchen Daten beantragen, die wir tatsächlich benötigen.«

Shadit lag hingegossen in ihrem verformbaren Sessel, hatte die passiven Rezeptoren geöffnet und bemühte sich, möglichst viel Information aus den unverblümten Gefühlen hinter der Fassade des Sicherheitschefs zu gewinnen. Sie hatte sich den Sessel angesehen, bevor sie sich niedergesetzt hatte, ein Aufflammen von Interesse bemerkt und sofort weggesehen. Psi-Detektoren. Er trug Sockenhalter! Zweifellos hatte er raffinierte kleine Spionwanzen, die ihre Körpertemperatur, den Pulsschlag und alles andere an ihnen aufzeichneten. Was in Anbetracht des Umstandes, daß jemand eingedrungen war und einen großen Teil der Vermögenswerte des Labors in Form von Analysen und Untersuchungsergebnissen mitgenommen hatte, interessant war.

Der Sessel veränderte Form und Neigung, als Autumn Rose sich vorbeugte. »Die Berichte, die wir sahen, sind nur Zusammenfassungen. Das ist nicht ausreichend. Wir müssen Ihre Sicherheitsvorkehrungen im Laborgebäude kennen.« Sie richtete sich auf, entspannte sich ein wenig. »Werden Sie nicht bockbeinig, Mr. Prehanet. Ich weiß, daß Sie seit dieser Panne so ziemlich alles verändert und neu geordnet haben, Sie sind schließlich kein Anfänger. Ich frage auch nicht nach nichtigen Einzelheiten. Es geht mir um einen umfassenden Überblick.«

Ein amüsierter Ausdruck kam in seine vollkommenen Züge, als er von den Ausdrucken auf seinem Schreibtisch zu ihr blickte. »Nach Digbys Bericht zu urteilen, sind auch Sie kein Dummkopf. Es würde nicht allzu schwierig sein, aus einer begrenzten Menge von Einzelheiten auf das Ganze zu schließen.«

»Ach ja. Digbys Bericht. Sie müssen wissen, daß er alle von Klienten erhaltenen Daten als streng vertraulich betrachtet. Seine Integrität ist ... nun, ich würde nicht sagen, unbestritten, denn es gibt immer Leute, die selbst einen Gott in Frage stellen würden, wenn sie ihn erwischen könnten ... Sagen wir lieber, daß sie im Laufe der Jahre oft auf die Probe gestellt wurde und niemals etwas zu wünschen übrig ließ.« Rose schlug die langen, schlanken Beine übereinander und ließ die Hände auf den Knien ruhen.

Es war kein Zufall, dachte Shadit, daß sie ihren Kontakt mit dem Sessel minimierte. Auch sie mußte Verdacht geschöpft haben, schon bevor sie hierher kam. Shadit wünschte, sie würde mehr mit ihr reden. Es wäre hilfreich, wenn sie etwas darüber wüßte, was Rose plante, bevor sie es tat.

Dies würde keine leichte Zusammenarbeit sein. Sie und Autumn Rose mochten einander einfach nicht. Zwei Primadonnen, die im Gespann arbeiten sollten? Ungefähr so sah es aus. Shadit lächelte bei dem Gedanken, daß sie sich als eine Primadonna einschätzte, fand den Gedanken interessant und verdrießlich zugleich, blickte auf und sah, daß der Sicherheitschef sie ins Auge faßte.

Sein Blick kehrte zurück zu Autumn Rose, und seine Miene zeigte nicht die leiseste Veränderung.

»Wenn wir in der Arbeit behindert werden, die zu tun wir angemietet wurden, werden wir die Direktoren informieren und uns zurückziehen. Der Honorarvorschuß wird als Ausgleich für unsere Bemühungen und den Zeitaufwand beansprucht.« Ein Lächeln milderte die raubtierhaften Anteile ihres Gesichts. »Im Augenblick ist dies alles natürlich hypothetisch. Es gibt mehrere Punkte, die der Klärung bedürfen – Punkte, die Ihre Sicherheitsmaßnahmen nur peripher berühren. Sie sagten, daß Personen, die zu ihren Schiffen zurückkehrten, vom Sicherheitsbeauftragten von Marrats Markt diskret überprüft und für unbedenklich erklärt wurden, aber Sie nannten keine Einzelheiten. Wir möchten eine Liste aller Schiffe, die den Liegeplatz zum Zeitpunkt des Diebstahls und kurz danach verließen, dazu eine Liste mit Abbildungen aller Besatzungsmitglieder und Passagiere. Ferner alle Daten, die Sie über diesen Personenkreis gesammelt haben. Es würde besser sein, wenn wir eine Liste aller Schiffe haben könnten, die eine Woche vor und eine Woche nach dem Ereignis angekommen und abgereist sind, aber da der Markt nun einmal ist, was er ist, würde der Sicherheitsbeauftragte wahrscheinlich aufheulen und sich unter Berufung auf den Vertrauensschutz der Kunden weigern. Wir verstehen das. Wenn möglich, möchten wir die Originaldatenträger sehen und unsere eigenen Auszüge machen. Könnten Sie das arrangieren?«

Shadit sah, wie er sich entspannte. Interessant. Digby hatte recht. Rose war für diesen Teil des Geschäfts vollkommen geeignet. Sie hatte Routine in der Behandlung dieser Typen, kannte die Körpersprache und beherrschte die Verhandlungssprache. Was sie, Shadit, betraf, so gerieten Prehanets Nerven jedesmal in Zukkungen, wenn er sie ansah. Wahrscheinlich sah sie wie eine aus, die am Daumen lutschen und Puppen herumziehen sollte. Nun, selbst wenn man zugeben mußte, daß sie etwas älter geworden war und ihr eine gewisse Reife gut stand, änderte es nichts daran, daß sie eben nicht das Standardmodell war. Jeder spürte das, und es erzeugte Unbehagen.

»Das zu arrangieren wird eine Weile in Anspruch nehmen, aber es wird sicherlich möglich sein. Gibt es noch etwas?«

»Ja. Sie können einen Ihrer Leute abstellen, damit er uns herumführt, das andere Gebäude mit seinen Ein- und Ausgängen zeigt und die vermutliche Route des Diebes entlangführt. Hm. Vielleicht habe ich mich nicht klar ausgedrückt. Ich meine nicht eine virtuelle Darstellung am Computer, sondern die tatsächliche Route draußen im Gebäude.«

»Warum? Die Computersimulation kann Ihnen weit mehr Daten geben, als Sie bekämen, wenn Sie sich die Wände anschauten.«

»Wir ziehen es vor, verschiedene Quellen zu untersuchen und möglichst viele primäre Eindrücke zu sammeln, soweit die Zeit und die Umstände es erlauben.«

Prehanet stand auf. »Ich werde die Führung selbst übernehmen; auf die Weise wird es keine Schwierigkeiten wegen der Frage geben, was Sie sehen sollen. Mein Vertreter wird sich mit dem Sicherheitsbeauftragten ins Benehmen setzen.«

Prehanet machte eine Handbewegung zu der Abschirmung, die den großen Asteroiden umschloß und zog die Hand in einem weiten Bogen herum, um die Transferröhren mit einzubeziehen, die zu den anderen Asteroiden führten, die den Markt ausmachten. »Wie Sie sehen, ist dies ein geschlossenes Milieu, das jederzeit von den anderen Knotenpunkten getrennt werden kann. Das ist einer der Vorteile von Marrats Markt. Weitere Vorteile sind zufriedene Arbeitskräfte mit geringer Fluktuation und die Möglichkeit, die Kontrolle über das Produkt aufrecht zu erhalten, bis wir dafür bezahlt worden sind. Auf der anderen Seite garantieren wir unsern Kunden Anonymität, Sicherheit und Qualität. Wir genießen einen recht guten Ruf auf dem Gebiet von Pharmazeutika und der Logistik ihrer Auslieferung. Vielleicht sollte ich Ihnen sagen, daß ich den Direktoren geraten habe, die gestohlenen Artikel abzuschreiben und so rasch wie möglich zu ersetzen. Nach meiner Ansicht ist dies eine einmalige Operation gewesen, so daß wir uns nicht mit Befürchtungen einer Wiederholung plagen sollten.« Er wandte sich zur Seite. »Das Laborgebäude.«

Die Fassade des Labors war ein Trapezoid von zwei Stockwerken Höhe, überspielt von der holographischen Darstellung eines Feldes voller Sonnenblumen, die in einer leichten Brise vor einem tiefblauen Himmel wogten; der Eingang blieb verborgen, bis man auf dem Transportband auf Armeslänge herangekommen war. Hinter ihnen lag das Verwaltungsgebäude, wo Prehanet sein Büro hatte, ein konventionelles vierstöckiges Bauwerk aus mattschwarzem Stein und schwarzen Glasfenstern; der Kephalos, der beide Gebäude kontrollierte, war im Fels des Asteroiden unter dem Verwaltungsgebäude begraben.

»Normalerweise haben Kunden keinen Zutritt zu diesem Bereich, außer bei der Entgegennahme von Lieferungen. Ich bezweifle, daß diese Personen mit Außenseitern über derartige Routinevorgänge sprachen.«

»Man kann da niemals sicher sein«, murmelte Rose. »Leute sind zu den idiotischsten Dingen fähig. Vielleicht interessiert es Sie, was Digby im Gespräch mit dem Direktor, der uns mietete, über Ihre Auskünfte sagte. Daß es schwierig, vielleicht unmöglich und sicherlich kostspielig sein würde, den Dieb ausfindig zu machen, und daß die Möglichkeit, das gestohlene Material zurückzugewinnen, als ziemlich gering eingeschätzt werden müsse. Es gab einen Artikel, an dessen Wiedergewinnung der Direktor besonders interessiert war.«

»Ja, gut, wir wollen das hier draußen nicht diskutieren.« Prehanet betrat das Transportband. »Wir geben keine Passierscheine für die Labors aus. Wenn jemand nicht in meiner Gesellschaft oder in der eines meiner Vertreter ist, werden Besucher durchleuchtet und eine

Schablone gemacht. Jede Person, die sich am Eingang einfindet, muß mit einer dieser Schablonen übereinstimmen, andernfalls öffnet sich die Tür nicht. Das gilt auch für Beschäftigte anderer Abteilungen. Wer nicht hier arbeitet oder von der vorgeschriebenen Route zu einem Arbeitsplatz abweicht, löst zuerst eine stimmhafte Warnung, dann einen Alarm aus, wenn er oder sie ohne hinreichende Autorisierung einen Kontrollpunkt passiert. Es kann sich also nicht um jemanden gehandelt haben, der hier gearbeitet hat.«

»Sicherlich haben Sie gelegentlich einen falschen Alarm, wenn jemand auf einen Weg gerät, der nicht zu seinem Aufgabenbereich führt.«

»Wir haben alle paar Monate einen oder zwei solcher Fälle. Meistens werden sie von den mehr unabhängig arbeitenden Beschäftigten verursacht, von Laboranten, Haustechnikern und Reparaturtrupps, die bald hier und bald dort zu tun haben. Es passiert aber den wenigsten zweimal.« Er verließ den Gehsteig und nahm Rose beim Arm, um ihr in den Eingang zu helfen. Shadit mußte sich selbst behelfen. »Außerdem haben wir ein paar Primadonnen, die gegenwärtig zu wertvoll sind, als daß wir sie disziplinieren könnten«, fuhr er fort. »Sie machen uns ständig Schwierigkeiten. Aber keine Alarme während des Zeitraumes, in dem der Diebstahl geschah. Bleiben Sie bitte hier stehen. Einen Augenblick.« Er winkte Shadit zurück. »Wenn Sie ein wenig warten, werden wir Ihre Daten eingeben und eine Personalschablone für Besucher erstellen. Diese Schablonen werden in dem Augenblick, da sie das Gebäude verlassen, wieder gelöscht. Sie gelten nur für einen Besuch.«

Sie kamen in einen Korridor, wo holographische Darstellungen von Sonnenblumen und Naturszenen auf den ersten Blick einen Eindruck von Weite und Luftigkeit erzeugten, obwohl Shadit sich fragte, welche Auswirkungen es auf die Wahrnehmung der hier Arbeitenden haben mochte, wenn sie über Monate oder Jahre hinweg stets das gleiche sahen. Ein Transportband führte in der Mitte dahin, aber der Sicherheitschef beachtete es nicht und führte sie auf der rechten Seite weiter. Seine Stiefel machten kein Geräusch auf dem elastischen Bodenbelag.

»Der Lagerraum für die Ananile ist im ersten Untergeschoß. Die Tür hat ein Schloß, aber das dient mehr der Eindämmung von Diebereien als wirklichen Sicherheitszwecken. Die Ampullen sind in numerierten, standardisierten Serien verpackt und in Kunststoffolie eingeschweißt. Die Inventurkontrolle ist sehr strikt, und wir haben praktisch keine Fehlmengen.« Er blieb an der Öffnung des Verbindungsschachtes stehen und runzelte die Brauen, als Shadit ihn am Arm berührte. »Was gibt es?«

»Sind Verbindungsschächte die einzige Möglichkeit, von einem Stockwerk zum anderen zu gelangen?«

»Haben Sie ein Problem?« Er wich einen halben Schritt zurück, und ihre Hand fiel von seinem Arm.

»Nein.« Sie schenkte ihm ihr unschuldigstes Lächeln. »Der Direktor legte dem Paket, das er Digby zuleitete, keinen Plan dieses Gebäudes bei, also fragte ich mich nur, ob es andere Verbindungswege gibt, Treppen oder Leitern, wenn aus irgendeinem Grund der Strom ausfällt.«

»Ich verstehe. Es gibt solch eine Leiter. Die Türen sind jedoch zugesperrt, und die Schlösser öffnen sich nur, wenn der Strom ausfällt. Jeder Versuch, ein Schloß zu öffnen, wird Alarm auslösen und Sicherheitsroboter herbeirufen. Selbst wenn kein Alarm gegeben wird, überprüft der Kephalos die Schlösser in regelmäßigen Abständen. Sie wurden natürlich auch in dem Augenblick überprüft, als man den Diebstahl entdeckte; sie waren unberührt und intakt. Es gibt auch einen Aufzug für das Reinigungspersonal, doch ist seine Benutzung auf eine bestimmte Frau und ihre Reinigungsroboter beschränkt. Andere Verbindungen gibt es nicht.«

»Danke, Mr. Prehanet.«

Sie betraten einen Korridor, der dem im oberen Stockwerk ähnelte. Das Gestein des Asteroiden war hier geglättet und poliert, und in die Decke waren Leuchtstoffröhren eingelassen. Die Wände waren in kurzen Abständen von grauen Stahltüren unterbrochen, die in Schulterhöhe Nummern trugen. Er blieb vor 22 stehen, legte seine Hand auf das Tastfeld neben der Tür, trat dann beiseite, als die Tür sich öffnete und im Raum dahinter Licht anging.

»Wie Sie sehen können, haben wir diese Partie wieder aufgefüllt. Der Käufer wird morgen eintreffen, um die Ware abzuholen. Als zusätzliche Sicherheitsmaßnahme haben wir im Lagerraum und entlang dem Korridor elektronische Überwachungsaugen installiert. Eine unnötige Ausgabe, aber es wird alles getan, was den Direktoren zu ruhigem Schlaf verhelfen kann. Meine Meinung ist den Herren bekannt, falls Sie sich wundern sollten.«

Shadit schob sich an ihm vorbei in den Lagerraum und sah sich um. Kein Staub. »Wurde der Liefertermin verschoben?«

»Ja. Wir verständigten den Käufer, daß die dritte Partie durch einen Betriebsunfall kontaminiert worden sei und ersetzt werden müsse.«

»Wann war der ursprüngliche Liefertermin?«

»Der Tag nach dem Diebstahl. Warum?«

»Untersuchen Ihre Käufer die Ware, bevor sie verladen wird?«

»Manchmal.«

»Säubern Sie die Lagerräume regelmäßig, bevor der Kunde die Ware in Empfang nimmt?«

»Es hängt vom jeweiligen Käufer ab. Dieser Abnehmer legt Wert darauf. Er hat eine Abneigung gegen Staub oder jedes andere Zeichen von Unreinlichkeit. Der Lagerraum und alle Bestandteile der Lieferung werden mindestens drei Tage vor der Inspektion gründlich gereinigt. Aber wenn Sie sich für die Reinigungsfrau interessieren, werden Sie nicht fündig. Sie hat eine gründliche Überprüfung hinter sich und nachweislich keine Verbindung mit dem Diebstahl. Und es kommt nur diese eine Person in Betracht; die restlichen Arbeitskräfte sind Roboter.«

»Ich sehe. Nichtsdestoweniger hätte ich gern einen Plan ihrer Arbeitswege an einem typischen Werktag. Rose?«

»Wenn Sie fertig sind, bin ich es auch.«

Das Laboratorium, wo der Gegenstand aufbewahrt worden war, wirkte offen und luftig, obwohl es auf der sechsten unterirdischen Ebene lag. Es war ganz leer. Auf den Rollsteigen waren sie einer Anzahl von Männern und Frauen begegnet, die allesamt entweder ernst und konzentriert oder zielstrebig ausgesehen hatten, sobald sie Prehanets ansichtig geworden waren. Die einzigen Stimmen, die Shadit hörte, waren solche, deren Sprecher sich außer Sicht hinter Ecken befanden. Es schien, daß der Sicherheitschef eine Zone des Schweigens um sich verbreitete, wenn er die Räumlichkeiten durchschritt.

Beim Betreten des Laboratoriums hatte er zum ersten Mal den Anflug eines natürlichen Ausdrucks im Gesicht; winzige Runzeln erschienen um Augen und Mund. »Mehrere der Techniker, die an diesem Projekt arbeiten, versuchten sich einer Überprüfung zu widersetzen, aber das konnte natürlich nicht geduldet werden. Sie hatten Grund dazu, da sie leichtfertig und an Orten mit vielen Ohren über sicherheitsrelevante Dinge gesprochen hatten. Sie wurden diszipliniert. Es ist zu hoffen, daß Digbys Leute besonnener sind.«

Autumn Rose lächelte. »Das ist Teil der Dienstleistung. Informationen des Auftraggebers sind auf diejenigen beschränkt, die davon Kenntnis haben müssen.«

Shadit war unterdessen weitergegangen. Der Raum stellte ein gedrungenes Rechteck dar, von dem auf drei Seiten kleinere Räume zugänglich waren. Der verschließbare Kasten, wo der Gegenstand verwahrt worden war, wenn er nicht bearbeitet wurde, stand in dem Raum, der vom Korridor am weitesten entfernt lag, auf dem Boden.

Sie kniete nieder und befühlte das Schloß mit den Fingern. Es war ein Tastfeld wie das an der Tür des Lagerraumes. Schließlich handelte es sich um einen Arbeitsraum, und die hier beschäftigten Techniker mußten ohne allzuviel Umstände den Kasten öffnen und schließen können. Sie war überzeugt, daß sie das Schloß leicht öffnen könnte, ohne einen Alarm auszulösen. Das einzige Problem bestand darin, in das Gebäude zu kommen. Sie sah keine Möglichkeit, das unbemerkt zu bewerkstelligen. Konnte der Dieb doch unter den Beschäftigten zu finden sein? Der Sicherheitschef verneinte es, und sie war geneigt, ihm zu glauben. Andernfalls würde man den Dieb inzwischen gefaßt haben, und die Direktoren hätten sich nicht an Digby gewandt.

Sie stand auf und sah sich um. Alles war makellos. Ausgeschlossen, daß es die Reinigungsfrau gewesen sein sollte, aber wer sonst kam überall hin? Die Techniker verließen sich zu sehr auf ihre Instrumente … Sie selbst hatte sich einmal mit Erfolg durch eine Überprüfung gemogelt. Die Umstände waren andere gewesen, aber trotzdem … »Ich möchte mit der Reinigungsfrau sprechen und heute abend die Runde mit ihr machen.«

»Das ist nicht möglich.«

Die Antwort kam so schnell, daß er die Frage nicht einmal in Erwägung gezogen haben konnte, und verstärkte ihren Eindruck von seiner Festigkeit. »Warum?« fragte sie. »Sie arbeiten mit einer Tagschicht, und die meisten Anlagen und Arbeitsstätten sind während der Abend- und Nachtstunden unbesetzt.«

»Die Arbeitsplanung hat das Ziel, ausgebildete Arbeitskräfte zu erhalten; es kostet weniger als ausreichenden Ersatz zu finden und zu importieren. Und die Planung gilt nur für die unteren Ränge. Das Forschungspersonal kommt und geht, wie es ihm gefällt, und arbeitet mit den Assistenten, die für notwendig gehalten werden, nach dem jeweils bevorzugten Rhythmus. Die Leute verlangen Ungestörtheit bei der Arbeit, und wir sorgen dafür, daß sie sie bekommen.«

»Ich verstehe. Haben Sie daran gedacht, daß der Dieb ein Mitglied des Forschungspersonals sein könnte?«

»Wir haben an alles gedacht. Die Forscher wurden nicht der Überprüfung durch Sonden unterzogen, aber keiner von ihnen war während der Tatzeit allein hier, und die Assistenten wurden gründlich überprüft. Ihre Aussagen decken sich mit den Aufzeichnungen der Überwachungsgeräte und liefern ausreichende Beweise, daß keiner der Forscher auf dieser oder einer der anderen Ebenen dieses Laboratorium und den Nebenraum betreten haben konnte, ohne gesehen zu werden. Außerdem ergab die Überprüfung zweifelsfrei, daß die Assistenten nicht an Unregelmäßigkeiten irgendwelcher Art beteiligt waren. Wir haben Arbeitsleben und Freizeitverhalten aller Beschäftigten über mehrere Monate zurückverfolgt, was unter den Bedingungen hier nicht schwierig ist. Alle Kontakte mit Außenseitern und sogar mit anderen Häusern des Marktes sind untersucht worden; keiner konnte auch nur entfernt mit dem Diebstahl in Verbindung gebracht werden.«

Shadit schlenderte umher, betrachtete die Instrumente und machte Prehanet nervös. Es sah so aus, als diente das Laboratorium hauptsächlich der Entwicklung elektronischer Steuerungen und der Erzeugung von Magnet- und anderen Energiefeldern. Kein Wunder, daß ihnen so sehr daran gelegen war, ihr Gerät zurückzugewinnen. Vielleicht hatten sie es selbst gestohlen? Nun, das war nicht ihre Sache, wie Digby sagen würde. Shadit wünschte, sie hätte einen Anhaltspunkt, wie der Dieb hereingekommen war … »Ich habe hier genug gesehen. Führen Sie uns bitte zu den bei Nacht besetzten Sicherheitsposten.«

Das Hotel war ein warzenförmiger Anbau am Rand des Marratoriums, einer Art Mehrzweckhalle. Die Zimmer waren einfach und funktional, wie man sie in allen Hotels entlang den Handelsrouten finden konnte. Shadit saß in ihrem Zimmer auf dem Bett, starrte die Tür an und verspürte die eigentümliche Desorientierung, die ein fremder Ort heutzutage mit sich zu bringen schien. Vielleicht lag es daran, daß ihre Zither diesmal an Bord des Schiffes zurückgeblieben war und ihre Hände nichts zu tun hatten. Ihr Kopf war leer von Worten, also war es auch nicht möglich, ein Lied oder ein Gedicht zu verfassen. Oder vielleicht lag es daran, daß sie zum Rhythmus einer anderen Person arbeitete. Solange sie hier in Marrats Markt waren, bestimmte Autumn Rose, was sie taten – und wie. Digby hatte ihr das ganz klar gemacht. »Ich vertraue Ihren Fähigkeiten, aber nicht Ihren Instinkten«, hatte er gesagt.

Ihre Haut juckte. Ihr Gehirn juckte. Sie wollte draußen sein und etwas tun. Aber Rose hatte gesagt, sie solle es gut sein lassen, und so waren ihr die Hände gebunden. Sie war überzeugt, daß die Reinigungsfrau der

Schlüssel sei. Sie hatte die Überprüfung samt Sonde bestanden. Eine Kontraktarbeiterin, deren Intelligenz kaum ausreichte, um mit Putzeimer und Besen umzugehen. Aber sie war die einzige, die ohne Schwierigkeiten überallhin gehen konnte, sobald sie im Haus war. Und wenn sie es nicht war, kam nur jemand in Frage, der den Kephalos täuschen konnte, und die Wachen und Aufseher, von den elektronischen Geräten zu schweigen. Das Hauptproblem aber blieb, wie der Dieb oder die Diebin ins Haus hatte gelangen können ... Der musikalische Dreiklang der Türglocke unterbrach ihre Gedanken.

Sie stand auf und schlenderte zur Tür, erwartete ein weiteres Klingelsignal, das jedoch ausblieb. Sie spähte durch das Guckloch und sah Autumn Rose im Korridor stehen, das Gesicht und die Hände ruhig. Rose war nicht zappelig, kein nervöser Typ. Das wäre eine Schwäche gewesen. Shadit öffnete die Tür und trat zurück.

Autumn Rose nickte ihr zu, schritt zu dem kleinen runden Tisch in der Mitte des Zimmers und schaltete das Störgerät gegen elektronische Abhörwanzen ein. Sie winkte ihr, und Shadit schloß die Tür und kam zu ihr.

»Haben Sie etwas Bestimmtes gefunden, oder hatte dieser Rundgang hauptsächlich den Zweck, Prehanet zu ärgern?«

Shadit rieb sich das Kinn mit Daumen und Zeigefinger und starrte stirnrunzelnd die Wand an. »Hauptsächlich erinnerte ich mich an Kikun. Wenn wir dem hübschen Prehanet glauben wollen, war der Dieb entweder jemand, der eine Überprüfung mit Sonde bestehen kann, oder ein Geist, der durch Wände geht.«

»Hm. Nehmen wir an, es war ein Geist, und überlassen Prehanet die Sorge, wie er hereinkam. Wir müssen das Schiff finden, mit dem er kam, und seine Spur verfolgen. Es gibt hier eine Menge Verkehr, aber sobald wir die Datenträger bekommen, sollte es möglich sein, einen Teil davon zu eliminieren.«

»Wenn wir die Datenträger bekommen.«

»Ich halte es für wahrscheinlich. Sunflower liegt wirklich daran, dieses Ding zurückzubekommen. Eine Neuentwicklung.«

Shadit rümpfte die Nase. »Ich frage mich, was es ist. In diesem Punkt bleibt unser Klient sehr zugeknöpft. Ich denke, sie haben es selbst gestohlen und wollen nicht, daß es herauskommt.«

»Gut möglich. Marrats Markt ist Umschlagplatz für alles. Übrigens hat Prehanet dies gerade durch Boten geschickt.« Rose warf die flache kleine Kassette eines Datenträgers auf den Tisch. »Es ist eine Liste mit Bildern aller Personen, die in der fraglichen Zeit das Gebäude betraten und verließen. Einschließlich Ihrer Lieblingsperson, der Reinigungsdame. Sehen Sie die Liste heute abend ein paarmal durch, Shadit. Der hübsche Prehanet schien sehr aufgeräumt, als er anrief, um mir zu sagen, daß der Datenträger komme. Ich vermute, daß er die Listen durch den Kephalos geschickt und eine Niete gezogen hat. Es wäre interessant, wenn Sie etwas herauskitzeln könnten, was ihm entgangen ist.« Sie stand auf. »Morgen haben wir eine Stunde nach Mittag eine Verabredung mit einem der Direktoren. Wollen Sie mitkommen?«

»Danke, aber die Kreise, in denen Sie verkehren, sind so exklusiv, daß ich in der dünnen Luft außer Atem kommen würde, bevor ich anfangen könnte. Vielleicht werde ich sehen, ob es hier interessante Musik gibt.«

Autumn Rose lächelte ein schelmisches Lächeln, das ihre übliche Würde durchbrach. »Und ich würde schnarchen, bevor zwei Takte gespielt wären. Freuen Sie sich des Lebens, Shadow. Ich werde nicht Mama spielen und Warnungen aussprechen. Nach allem, was

Digby sagte, würde das ohnehin verlorene Liebesmüh sein.«

Shadit sah ihr erstaunt nach, als die Tür sich schloß. »Nun, das war eine Überraschung. Vielleicht können wir doch noch ein Gespann aus uns machen.«

Sie legte das Lesegerät auf den Tisch und rieb sich die Augen. »Genug! Swardheld hatte recht. Es ist besser, ein wenig zu spielen und dem überhitzten Gehirn eine Ruhepause zu gönnen.« Quale. Es fiel ihr noch immer schwer, sich unter seinem angenommenen Namen an Swardheld zu erinnern. Ein Dutzend Jahre im Körper wogen nicht schwer gegen die Jahrtausende, die sie zusammen als Verkettungen von Kräften in dem Diadem verbracht hatten.

»Ich habe mein Haus«, hatte er gesagt. »Ich habe meine Besatzung. Ich habe mein Schiff. Ich bin glücklich damit, Shadow. Aber es gibt Zeiten, wenn das Leben schal und die Sonne trübe wird und ich nicht weiß, ob das Atmen der Mühe wert ist.«

Und dann hatte er umhergeblickt und gelächelt. Er schreinerte jetzt Stühle. Einen hatte er auf der Werkbank gehabt, wunderschön im Sonnenschein, ein warmer Glanz war von dem gebeizten und polierten Holz ausgegangen, und sie hatte das Gefühl gehabt, daß es lebte und die Luft zu atmen schien.

»Du hast das Richtige gefunden«, hatte sie ihm gesagt. »Die Arbeit mit dem Holz tut dir gut.«

»Und deine Musik reicht dir nicht?« hatte er sie gefragt und dann sich selbst die Antwort gegeben. »Nein, sie ist es nicht, habe ich recht? Sie ist eine Gnade, aber sie füllt die Tage nicht aus. Du hast recht, mit Digby zu gehen. Wenigstens für eine Weile. Aber laß nicht ab von deinen Liedern und deinem Zitherspiel. Du brauchst beides.«

Und das war die Wahrheit. Sie stand auf, fuhr sich

mit einem Kamm durch die kurzen Locken, dann ging sie hinaus, um vielleicht ein Lied zu finden, einen Zeitvertreib für die langen Abendstunden.

Das Marratorium war überfüllt. Schiffsbesatzungen, Bedienstete und Händler, Arbeiter aus den Fabriken, dienstfreie Wachen, Käufer und Verkäufer, Herumtreiber, Spieler aller Arten, Diebe, Schmuggler, Waffenschieber, Drogendealer und ihre Kunden. Jeder, der einen grauen Markt besuchen und Verbindungen anknüpfen wollte oder das Vergnügen suchte, war auf den Beinen. Vettern jeglicher Art; Bavangs stelzten daher, die Köpfe hoch über allen anderen; Blundslangs watschelten umher und verkauften ihre nahrhaften Gerichte; matriarchalische Clovel inmitten ihrer geklonten Begleiter; kleine Gruppen schwatzender Jajes; Caan-Schmuggler mit ihrem samtweichen Fell und den Ledergurten, die sie als Kleidung gebrauchten; Paotingli mit Augen wie Eis und behängt mit ihren Waren, darunter nicht wenige Waffen, die ein Friedenssiegel trugen, eine Geste zur Beruhigung der durcheinanderwogenden Menge; Ptica-Perri in der Mauser, obwohl einige unter ihnen noch prachtvolles Gefieder trugen; Akrobaten der Xenagoa; in Gaze gehüllte Nayiden; arachnoide Menaviddaner, gekleidet in steifes schwarzes Haar und beladen mit Bündeln der schimmernden Monofilamentfasern, die ihren Reichtum ausmachten. Eine kleine Gruppe von Dyslaera kam ihr entgegen, aber sie kannte sie nicht, und sie gingen ohne einen Blick an ihr vorüber.

Sie ließ sich vom Strom der Müßiggänger ins Kasino tragen, löste sich von ihnen und wanderte vorbei an glitzernden und zirpenden Glücksspielautomaten mit tanzenden Farben, die programmiert waren, den Betrachter anzulocken und hypnotisch zum Spielen zu verleiten, vorbei an den Tischen der Kartenspieler.

Sie verweilte einen Augenblick, um einer blumengeschmückten Sängerin zu lauschen, die ein schmachtendes Lied sang, und ließ sich weiter treiben, als das Lied verklungen war. Wahrscheinlich war Autumn Rose irgendwo im Kasino, aber sie konnte sie nicht sehen. Wahrscheinlich in einem Nebenzimmer, abgesondert von diesem Chaos und in Gesellschaft ernsthafter Spieler. Dies war der große äußere Saal, wo das gewöhnliche Volk verkehrte, wo alles glitzernder Tand und die Einsätze klein waren, wo Roboter bedienten und die Musik, soweit sie den Namen überhaupt verdiente, von einem Ableger des großen Kephalos erzeugt wurde, der das gesamte Marratorium steuerte. Wo Balkone aus den Wänden ragten und freischwebende Tische mit Sitzgurten und Auffangbecken für Gäste, die zuviel getrunken hatten, träge in der rauchigen Luft zirkulierten. Wo Prostituierte beiderlei Geschlechts mit den Wimpern klimperten und flüsternd ihre Dienste anboten und Taschendiebe, Beutelschneider, Betrüger und Bettler ihrem Gewerbe nachgingen.

Shadit beobachtete die gierigen Gesichter der Spieler, die sich um die Tische drängten. Bei aller Verschiedenheit waren sie einander seltsam ähnlich. Es war eine Art, den Kitzel des Risikos auszukosten, aber Geld zu verlieren faszinierte sie nicht sehr, und ein Gewinn würde ihr noch weniger bedeuten. Sie sah keinen Sinn darin, es war nichts, was sie über die Erregung des Augenblicks hinaus fesseln konnte.

Die stroboskopischen Lichteffekte, das ständige Glitzern und gespiegelte Flimmern von der Decke über ihr, die grellen Farben und die Spannung, die sie in allen Spielern fühlte, bereiteten ihr Kopfschmerzen. Und sie ging weiter und folgte den verwehten Fetzen der Musik, die hereindrangen, wann immer jemand die silberne Membrane durchstieß, die eine ganze Wand vom

Boden bis zur zehn Stockwerke hohen Decke teilte. Die Hauptextravaganz des Kasinos war die Raumverschwendung. Für die Verhältnisse der Asteroiden war solche Weiträumigkeit ein Luxus, den die meisten Gebäude nicht aufwies.

Shadit schüttelte den Kopf, als ein Mann ihr den Weg vertrat, und stieß die Hand einer Frau weg, dann folgte sie den Klangfetzen durch die Membrane.

Der Raum auf der anderen Seite war annähernd so groß, eine Art Ballsaal mit Tischen in schwebenden Blasen, die träge durch den von Licht und Schatten gestreiften Luftraum trieben, in Spiralen zu der rauch- und dunstverhangenen Decke aufstiegen und wieder herabsanken. Zwischen den Tischen schwebten Tanzplattformen, flache Ovale in ihren eigenen Blasen, die zum Ein- und Aussteigen an Wandanschlüssen festmachten, wenn die bezahlte Zeit abgelaufen war. Auf der Erdgeschoßebene gab es eine konventionelle Tanzfläche, einen Kostümverleih, dessen Auswahl jedem Geschmack und Kulturkreis Rechnung trug, eine Reihe von Umkleidekabinen, und auf der anderen Seite des Saales ein Podium, wo die Musiker der Kapelle saßen.

Sie bearbeiteten ein kurioses Sortiment akustischer Instrumente: eine doppelhalsige Gitarre, ein Horn, ein achtsaitiges Banjo, zwei Violinen und verschiedene Trommeln als Rhythmusinstrumente. Sie spielten eine energiegeladene Musik, die ins Blut ging und ihre Füße zappelig machte.

Eines Mannes Hand an ihrem Arm, eines Mannes Stimme in ihrem Ohr: »Tanzen, schöne Frau?«

Shadit wollte ihm den Arm entziehen, dann fiel ihr ein, daß sie Bewegung suchte. Mit einem letzten Rest von Vorsicht fragte sie: »Was verlangen Sie?«

Er schmunzelte. Sie fühlte es mehr als warmen Atem, der ihr Ohr kitzelte, denn als Geräusch. »Zehn pro

Stunde, fünfzig für den Abend, Getränke extra. Der erste Tanz ist frei, Vergnügen auf Probe.«

»Überzeugen Sie mich«, sagte sie. Ihre Worte kamen atemlos und schnell. »Tanzen wir, dann werden wir sehen, ob Sie in mir lesen können.«

Er war ein kleiner Mann, ein wenig kleiner als sie, mit schmalem Gesicht und einem Lachen in den schwarzen Augen, als er sie in den Wirbel der Tänzer manövrierte.

Wie nicht anders zu erwarten war, tanzte er routiniert und gekonnt, sogar aufregend, aber es war eine Unpersönlichkeit darin, die Shadits Vergnügen dämpfte. Ihre erweiterte Wahrnehmung registrierte seine innere Distanz und kühlte sie ab, bis sie seiner Nüchternheit angepaßt war. Auf einmal aber trat in ihm etwas wie eine Veränderung ein. Farbe kam in sein blasses Gesicht, als er sich der Musik und der Bewegung tiefer öffnete und ihre Körpersprache las, als wären seine Nerven mit den ihren verbunden. Als die erste Serie beendet war und die Musiker ihre Instrumente absetzten, wußte sie, daß sie weitermachen wollte.

Sie lehnte sich an ihn und sah zu, wie die Musiker der Kapelle ihr Freibier tranken und die Instrumente stimmten. »Sagen Sie mir, was ich will.«

»Musik. Tanzen. Reden. Gefahr. Sex.«

»Dann also los.«

Shadit ächzte. In ihrem Kopf pochte es synchron mit dem Geläut des Weckers. Sie tastete umher, bis sie den Wecker fand und den Weckruf ausschaltete. Dann blieb sie eine Weile mit dem Gesicht im Kissen liegen, während Bruchstücke von Erinnerung durch ihr Bewußtsein geisterten. Konnte es sein, daß sie sich bis auf die Haut ausgezogen und in einem Dreckloch mit einem Schwarm von Ratten getanzt hatte, die sie aus den Abwasserkanälen gelockt hatte, oder war es nur ein übler Traum gewesen?

Sie schob die Beine über die Bettkante und stemmte sich in die Höhe, bis sie sitzen und den Kopf in die Hände stützen konnte. Ihr Mund war pelzig und trocken, der Hals schmerzte, und auf ihrer Zunge lag ein widerwärtiger Geschmack.

Sie richtete sich auf, holte tief Luft und bekam einen Hustenanfall. Der Gestank von Rauch und Fusel, schalem Bier und wer weiß was noch verband sich mit den Auswirkungen der Lageveränderung durch das Aufsitzen, und ihr Magen drehte sich um. Sie stürzte zum Waschbecken und erreichte es gerade noch rechtzeitig.

Als sie in der Hotelhalle mit Autumn Rose zusammentraf, war sie sauber und adrett und zumindest bedingt einsatzfähig. Rose lächelte über die dunklen Ringe unter ihren blutunterlaufenen Augen, sagte aber nichts und marschierte mit dem gewohnten energischen Schritt und metallisch klappernden Absätzen über die polierten Granitplatten zum Ausgang. Shadit schloß einen Moment lang die Augen, dann folgte sie ihr mit grimmiger Entschlossenheit.

Der Verwaltungsdirektor von Marrats Markt war ein betagter Blundslang; seine wäßrigen Augen saßen so tief in warzigen Falten, daß ein gelegentliches Glänzen der einzige Hinweis darauf war, daß er wach und aufmerksam war. Seine Nahrungsreserve, die im Fetthöcker seines Nackens gespeichert war, war größer als bei den meisten seiner Artgenossen, und seine Tentakel ruhten kontemplativ zusammengerollt auf Schreibtisch und Bürosessel verteilt. Hinter ihm war der Raum in schalldicht verglaste Abteile gegliedert, wo jüngere Blundslangs an sensorbestückten Datenanschlüssen arbeiteten oder an Bildschirmen gespeichertes Datenmaterial abfragten. Die haarfeinen Fühler an den Enden ihrer Tentakel bedienten Sensoren, machten Notizen und erledigten ein halbes Dutzend andere Aufgaben; der Verstand eines Blundslang war mühelos in der Lage, mehrere Aufgaben gleichzeitig zu bewältigen.

Das Alter und der Status des Verwaltungsdirektors machten ihn unwillig, sich der üblichen Verkehrssprache Interlingua zu bedienen, die von den meisten Blundslang gesprochen wurde. Statt dessen hielt er einen würfelförmigen Sprachwandler in einem seiner Tentakel; die Fühler gingen wie ein Nest von Würmern über die Oberflächensensoren und erzeugten Worte – mit einer angenehm musikalischen Stimme, die ihn zu erheitern schien; wenn der Sprachwandler sprach, bogen und bewegten sie sich im lautlosen Lachen des Blundslang. »Sie werden Ihre Kopien hier machen, und wir werden sie überprüfen, bevor sie Ihnen ausgehändigt werden. Sie haben es nur Digbys Ruf unbedingter Zuverlässigkeit und Diskretion zu verdanken, daß wir uns dem Druck Sunflowers gebeugt und die Anfertigung der Kopien gestattet haben. Wir müssen verlangen, daß Sie die Datenträger vernichten, sobald Sie keine Verwendung mehr für sie haben.« Er hielt inne und richtete seinen blinzelnden Blick auf Autumn Rose.

»Es wird geschehen.«

»Gut. Der Raum ist vorbereitet, der Zugang zu den Aufzeichnungen der fraglichen Stunden freigeschaltet, und in einem Aufzeichnungsgerät befindet sich ein Vorrat leerer Datenträger. Irgendwelche Fragen?«

»Kann die Durchsicht des Datenmaterials in dem zugewiesenen Raum vorgenommen werden?«

»Selbstverständlich. Auch können die Kopien auf Richtigkeit überprüft werden, nachdem Sie die Originale gesehen haben.«

»Dann wollen wir anfangen.«

»Ich glaube, das ist er.« Shadit berührte einen Sensor, und auf dem Bildschirm erschienen zwei Gestalten – ein Caan, offensichtlich der Schmuggler, und eine schmächtige zwittrige Gestalt, deren Rassezugehörigkeit so wenig zu deuten war wie ihr Geschlecht.

Sie waren mit den Kopien zum Liegeplatz des Schiffes gegangen, das Digby ihnen zur Verfügung gestellt hatte, und arbeiteten in einer abgeschirmten Kabine, wo sie die Datenträger der Tagesarbeit durch ein Kontrollprogramm hatten laufen lassen, um etwaige kleine Überraschungen zu beseitigen, die der Verwaltungsdirektor oder seine Leute verschlüsselt eingebaut haben mochten. Die Überprüfung der Namen und Herkunftsorte der siebenhunderteinundneunzig Personen, die Marrats Markt während der Zeit des Diebstahls oder kurz danach verlassen hatten, war mühselige Arbeit. Eine überraschend große Zahl in so kurzer Zeit, aber es war ein geschäftiger Ort.

»Warum?«

»Erstens, weil die kleine Figur in Größe und Körperbau ziemlich gut mit der Reinigungsfrau übereinstimmt.« Sie rief die Abbildung der Reinigungsfrau von dem Datenträger ab, den Prehanet ihnen überlassen hatte. »Wie Sie sehen. Zweitens ist die Zugehörigkeit zu Art und Rasse nicht eindeutig zu erkennen. Um in das Gebäude hineinzukommen, braucht man einen spezialisierten Geist; Kikun ist der einzige, von dem ich weiß, daß er dieser Beschreibung nahekommen könnte. Drittens ist das Schiff des Caan als Eigentum von Mavet-Shi registriert. Das ist eine von Sabatos Tarnfirmen. Wenn der Schmuggler unser Mann ist, kann es für ihn nichts Besseres geben als an Sabatos Leine zu laufen. Das Gerät würde ohne Spezifikation und Herkunftsnachweis schwer zu verkaufen sein, aber einer wie Sabato könnte beides beschaffen. Außerdem kann der Schmuggler mit den Ananilen ein gutes

Geschäft machen. Hochgradige Ware erzielt überall Spitzenpreise.«

»Hm. Ich habe von Sabato gehört. Wie haben Sie seine Verbindung mit Mavet-Shi entdeckt? Ich glaube, daß nicht einmal Digby davon weiß.«

»Ich traf in Avosing mit ihm zusammen. Er verkaufte Waffen an die Ajin-Rebellen. Ich hatte einen sehr seltsamen und informativen Bekannten, der mir über vieles mehr erzählte, als ich wissen wollte.«

»Ich verstehe.«

Shadit rümpfte die Nase. »Natürlich könnte der Dieb irgendwo im Markt auf Tauchstation gegangen sein und warten, bis die Aufregung sich gelegt hat, und all diese Vermutungen und Folgerungen sind für die Katz.«

»Ich bezweifle das. Um unterzutauchen, ist der Markt zu begrenzt und wird zu scharf kontrolliert.« Autumn Rose betrachtete die beiden Bilder. »Machen wir eine letzte Überprüfung mit Suchprogrammen für Körpergröße, Gewicht und Profil. Den Rest können wir vergessen.«

Der Schiffskephalos fand zwei Verdächtige. Einer war eine ziemlich zwielichtige Gestalt in der Besatzung eines Schiffes aus dem Klowell-Matriarchat, der zweite war mit einem kleinen ramponierten Handelsschiff aus Spotchall gekommen und gab sich als Juwelenhändler aus.

»Hm. Angenommen, Prehanets Sicherheitssystem ist so wirkungsvoll wie er denkt, angenommen, daß Ihre Überlegung hinsichtlich der Reinigungsfrau zutrifft und daß die Körpergröße der bestimmende Faktor ist, dann dürfte Ihre erste Wahl die bei weitem wahrscheinlichere sein. Matriarchate sind so auf Kontrolle versessen, daß dieser Klon ungefähr so viel freien Willen haben muß wie ein Industrieroboter. Der andere … Wir können seine Daten mit dem Bericht an Digby durchgeben. Er könnte womöglich klüger sein als er aussieht.« Rose rieb sich die leichten Krähenfüße in den Augenwinkeln. »Etwas an dem Typ kommt mir bekannt vor. Als hätte ich ihn erst kürzlich gesehen – im Vorbeigehen, glaube ich, nicht interessant genug, um Aufmerksamkeit zu wecken … aber das hat nichts zu sagen. Wenn ich ihn gesehen habe, wird Digby uns weiterhelfen. Verschwinden wir von hier, bevor die lokale Paranoia erwacht und uns das Leben schwer macht.«

*Blut ist still
in der Dunkel-
heit, aber es
schreit
nach Gerechtig-
keit, sobald
es die Sonne
sieht.*

Kapitel 3

Thann kauerte in dem Winkel, wo noch ein Abschnitt der Hauswand stand, während die Heckenschützen von den umliegenden Hügeln die Straßen mit automatischen Waffen beharkten; ihre Thinta sagte ihr, daß Isahoe sich weiter und weiter entfernte und wie ein orientierungsloser junger Hund durch die in Trümmern liegenden Straßen streunte. Wenigstens war sie noch am Leben.

Stille. Eine Feuerpause.

Thann kroch aus ihrem Winkel und eilte weiter. Vorher war sie unachtsam gewesen, zu sehr auf Isahoe konzentriert und in Ängsten um sie, um an Deckung zu denken. Der Streifschuß an der Schulter war eine schmerzhafte Erinnerung, die sie vorsichtiger machte. Vornübergebeugt, so daß der schwarze Zopf über die Schulter fiel und ihr Kinn kitzelte, eilte sie in einem unbeholfenen Trott von Schatten zu Schatten die Ruinen der Häuserfronten entlang.

Schüsse voraus. Ein Quietschen und eine Druckwelle von Schmerz und Angst. Isahoe!

Thanns Mund verzerrte sich lautlos in ihrer Seelenqual; sie richtete sich auf und rannte ohne Rücksicht auf ihre Sicherheit weiter.

Endlich erblickte sie Isahoe, eine kleine, schmächtige Gestalt mit einem seltsam baumelnden Arm, die zwischen peitschenden Schüssen eine offene Seitenstraße überquerte. Thann hielt den Atem an, bis Isahoe auf der anderen Seite den Schutz einer Hauswand erreichte, dann stürzte sie hinterher und drückte die kleine mit ihrem Körper gegen die Ziegelmauer.

Isahoe begann zu wimmern und sich zu wehren. »Thanny, Anya meami, ich muß nach Linojin. Mam und Baba und Kelin warten auf mich.«

Bis es Thann gelungen war, sie zu beruhigen, hatte das Feuer der Heckenschützen aufgehört. Es war kurz vor Sonnenuntergang, die Schatten lagen lang und tief auf der von Trümmern übersäten Straße, und ein Wind war aufgekommen. Er fegte Staub und Asche durch die Ruinenfelder und über die Straßen zwischen den noch stehenden ausgebrannten Häusern.

»Thanny, ich muß nach Linojin gehen. Niemand hört auf mich. Ich muß.«

Thann tätschelte sie. »Wenn du geheilt bist, Shashi. Ich verspreche dir, daß wir dann zusammen gehen werden.« Trotz der Schmerzen in ihrer Schulter schob sie einen Arm unter Isahoes Achsel, stützte sie, und zu zweit eilten sie über die Straße zurück und im Schutz noch stehender Mauern bis zu der Unterkunft, die sie mit Base Mikil teilten.

Mit hängenden Schultern, müdem Gesicht und nichts als Erschöpfung in den Augen sah Mikil zu, wie Thann die Schußverletzung an Isahoes Arm verband. Als aus dem Nebenraum ein schwächliches Pfeifen erklang, wandte sie den Kopf, bewegte sich aber nicht von der Stelle.

Thann legte ihre Hand auf Isahoes Stirn und seufzte.

»Fieber?«

Thann erhob sich mühsam. »Ein wenig«, sagte sie in der Zeichensprache. »Die Wunde ist jetzt sauber, und sie ist kräftig; ich glaube nicht, daß es Schwierigkeiten geben wird.«

»Und was ist mit dir?«

»Bloß eine Schramme, hat gerade die Haut aufgerissen.«

Mikil rieb sich die Augen, dann streckte sie die Hand aus und berührte Thanns Arm. »Ich ...«

Thann hob schnell die Hand. »Ich weiß«, gab sie zu verstehen. »Sobald es meiner Kleinen besser geht, werden wir einen anderen Unterschlupf suchen.«

Mikil begann zu sprechen, dann ging sie nach einem weiteren Blick über die Schulter zur Zeichensprache über. »Es ist Ankalan, der Schwierigkeiten macht. Er sagt, du gehörst nicht zu seiner Sippe, warum sollte er dir also Unterkunft und Essen geben? Wenn er von dieser Geschichte hört ... er sagte mir, wenn die Kleine noch einmal wegläuft und uns Verdruß macht, geht sie. Und unsre Anya ...« Sie hob die Schultern und breitete die Hände aus. »Was kann ich tun? Wenn er dich sieht, erinnert es ihn zu schmerzhaft an seinen Verlust.«

»Ich weiß, Mika. Es sind harte Zeiten, die harte Entscheidungen verlangen.«

Thann beugte sich über Isahoe, wusch ihr das Gesicht und die Arme, brachte sie dazu, vom bitteren Halabatee zu trinken, deckte sie wieder zu und setzte sich neben sie, um zu überlegen, was sie tun sollten. Sogar die Sippenbande lockerten sich mehr und mehr. Die Bewohner Khokuhls wurden zu Banden von Plünderern und Fledderern, die die tote Stadt durchstreiften und jedesmal, wenn sie ihre Kellerlöcher verließen, um etwas Eßbares oder Brauchbares aufzutreiben, den Tod riskierten. Wie lange würde es noch dauern, bevor sie sich voneinander ernährten?

Würde es wirklich schlimmer sein, die Stadt zu verlassen und zu versuchen, nach Linojin zu kommen? Wenigstens würde Isahoe glücklicher sein. Und wenn sie ein wenig Glück hatten, und sehr, sehr vorsichtig waren ... Sie schob die Finger in ihr Hemd und berührte die Haut um den Streifschuß. Etwas warm. Aber nicht allzu schlimm. Vielleicht würde die Schulter am Morgen steif sein.

Isahoe murmelte im Schlaf. Thann strich dem Kind übers Haar, streifte ihm eine Locke aus den Augen und ließ die Handfläche sacht auf Isahoes Wange, während sie ganz leise ein altes Wiegenlied pfiff.

Als sie tief im Dickicht der Dornsträucher zwischen Felsblöcken kauerte, versuchte Wintshikan den Schrekken zu verdrängen. Aber der Aufwind, der vom Lagerplatz den Hang heraufzog, trug ihr den Geruch von gebratenem Fleisch und Schreie von einer der Frauen zu, die sie gefangen hatten, vermischt mit dem Gelächter und Wortfetzen der Impix.

Zell zitterte am ganzen Körper, und ihre Tränen fielen heiß auf Wintshikans Arm. Sie machte ihn los, legte ihn Zell um die Schultern, zog sie näher an sich und wickelte den Schal um sie, um die Geräusche und den Geruch so gut wie möglich von ihr fernzuhalten. An Zells Thinta konnte sie jedoch nichts ändern und versuchte nicht über die Gefühle nachzudenken, die Zell mit den sterbenden Anyas teilte.

Das Furchtbare, das ihre Schwester Hekan ihr zugeflüstert hatte, war wahr. Impix Phela aßen Pixa Anyas. Aßen ihr Fleisch wie das Fleisch von Tieren, nicht mit der Trauer und Ehre wie bei einem Leichenschmaus. Schlachteten und fraßen sie. Sie dachte an den leeren Blick des Anführers der Pixa, und mußte sich eingestehen, daß Pixa Phela nicht besser waren, daß auch sie Anyas aßen, wenn sie konnten. Speichel sammelte sich in ihrem Mund, ihr Magen krampfte sich zusammen, aber sie preßte die Lippen zusammen, schluckte angestrengt und atmete kaum, während sie wartete, daß diese schreckliche Nacht ein Ende nehme.

Die Impix Phela brachen vor Morgengrauen auf. Ihr Aufbruch verlief so geräuschvoll, daß Wintshikan einen Hinterhalt befürchtete und Zell zurückhielt, als die Anya aufstehen wollte. »Warte«, flüsterte sie. »Warte, bis ich sicher bin, daß sie fort sind.«

Im Osten verfärbte sich der Himmel grau, bald berührte ein rosa Streifen den Gipfel, den Wintshikan durch das Gewirr von Ästen, Zweigen und herabhängenden Lianen sehen konnte. Unten beim Lagerplatz pfiff und zirpte ein Sicul, dann stimmte ein halbes Dutzend anderer ein. Bald darauf bellte in der Ferne ein wilder Chal und rannte dann japsend davon.

Das Licht kräftigte sich.

Die Schatten verblichen.

»Es ist Zeit.«

Sterbensmüde und elend bei dem Gedanken daran, was sie sehen würde, legte Wintshikan ihre Hände auf die Blöcke, zwischen denen sie kauerte, und zog sich auf die Beine. »Bleib hier, Zell.«

Die Anya schüttelte den Kopf, blieb aber ganz nahe bei Wintshikan, als die Heka sich durch die Dornsträucher auf das offenere Waldgelände des Berghanges unter den Muwehbäumen arbeitete. Die zunehmende Helligkeit enthüllte unbarmherzig die Zeichen der Müdigkeit und Erschöpfung in Zells feinen Gesichtszügen.

Die Zelte lagen in Fetzen. Was die Impix nicht wegtragen konnten, war zerbrochen und zerschlagen; was sie nicht zerstören konnten, hatten sie mit Urin und Fäkalien beschmutzt. Eier waren zu schmierigem Brei zerstampft, die Embryonen darin unkenntlich. Die Knochen der Anyas lagen verstreut, aufgebrochen, das Mark ausgesaugt. Alles durcheinandergeworfen. Wer konnte sagen, wie viele entkommen waren? Sieben Frauen der Sippe lagen auf dem Weg, von Pflöcken durchbohrt, mit denen sie an den Boden geheftet worden waren. Sie mußten qualvoll gestorben sein, aber nicht von den Pflöcken. Der blinde Bukh und der alte Yancik lagen mit drei kleineren Körpern auf einem Haufen; es waren die beiden Mallits und ein Femlit, die nicht schnell genug laufen konnten, aber zu groß waren, um sie zu tragen. Ihre Kehlen waren durchschnitten.

Zell steckte zwei Finger in den Mund und ließ das laute, trillernde Pfeifen hören, das der Notruf war, der die Ixis zusammenbringen sollte.

Eine nach der anderen kamen die Überlebenden zurück. Vier Frauen – Xaca, Nyen, Luca, Patal. Zwei Anyas – Wann und Hidan, keine von beiden trug ein Ei oder war in Bindung. Zwei Mädchen, die letzten Kinder der Ixis – Kanilli, die Xacas Tochter war, und Zaro, deren Mutter mit einem Pflock durch den Leib auf die Erde geheftet – und deren Anya mit den anderen zu verstreuten Knochen – geworden war.

Sie kamen einzeln unter den Bäumen hervor, standen dann zusammengedrängt bei der geschwärzten Stelle, wo sich das Lagerfeuer befunden hatte. Sie blieben still, sogar Luca, standen mit niedergeschlagenen, unsicheren Blicken da. Ihre Furcht war stärker als der Kummer.

Wintshikan verließ den Haufen der übereinandergeworfenen Toten und legte den Arm Zell um die Schultern. Sie tat einen tiefen Atemzug, ließ ihn ausströmen. »Xaca, sieh zu, ob du ein Messer finden kannst, und einen Topf, der noch brauchbar ist. Wir müssen die Toten segnen.«

Luca hob den Kopf. »Wir müssen fort von hier, sie werden auf diesem Weg zurückkommen. Du weißt das. Du mußt es wissen.«

»Wir werden an Sitte und Anstand festhalten, so gut wir können, Luca. Es war gut von dir, daß du uns vorher warntest. Würdest du wieder für uns Wache halten?«

Luca strich sich das Haar aus dem Gesicht; es war, als wischte sie einen Schatten fort. Sie nickte und trottete davon, verschwand kurz darauf in der Richtung, die die Impix genommen hatten, als sie abgezogen waren.

»Nyen, Patal, helft mir, die Toten unter die Bäume zu tragen und nebeneinander zu legen. Ihr anderen sammelt Holz für das Feuer und seht nach, was von den Zelten geblieben ist und was wir noch verwenden können.«

Wintshikan hob die kleine Schale, die Kanilli unter den Resten des Lagers gefunden hatte. Leichter Dampf stieg aus den Stücken von Gehirn und Mark, die darin waren. »Der Prophet sagt: Der Körper ist von der Erde geborgt und kehrt zur Erde zurück, wenn der Geist ihn verläßt. Bruder, Schwester, Anya, wir rufen euch zurück in unseren klein gewordenen Kreis.«

Sie senkte die Schale, steckte Daumen und Zeigefinger hinein. »Blinder Bukh, du warst ein guter und rechtschaffener Mann, folgtest dem Rechten Weg mit ganzem Herzen und gesundem Verstand.« Sie aß ein Stück vom Gehirn, gab die Schale an Zell weiter, die hineingriff und einen anderen der Toten durch Zeichen ehrte, und so machte die kleine Schale die Runde, bis aller Toten gedacht und die Schale leer war.

Die Körper und Gebeine der Toten wurden im Wald ausgelegt, die Besitztümer der Ixis, die nicht mehr brauchbar waren, wurden verbrannt oder abseits des

Lagerplatzes und des Pfades liegengelassen, um zu verrotten. Was blieb, wurde sortiert und gereinigt und unter den Lebenden aufgeteilt.

Eine Stunde nach dem rituellen Mal brachte Zells Pfiff die Ixis zusammen. Sogar Luca kam gerannt.

Wintshikan strich mit der Hand über den Schal, dann nahm sie ihn von den Schultern, legte ihn zusammen und vor den Füßen auf die Erde. Sie richtete sich auf und hob den Kopf. Es verging ein Augenblick, bevor sie die Worte hervorbrachte: »Ich bin nicht geeignet, Heka zu sein. Ich bin Hohekil. Ich finde diesen Krieg gottlos und werde nicht länger ein Teil davon sein.«

Xaca schnippte mit den Fingern und sprang hinzu, um neben Wintshikan Stellung zu beziehen. »Ich auch. Er, der mich in mein Zelt trieb, nahm mich, als ob ich nichts wäre, kümmerte sich nicht um meine Bedürfnisse oder mein Wohlbefinden, dachte nur an sein eigenes Vergnügen. Und unterscheiden sich die anderen davon? Imp oder Pixa, hat das noch etwas zu sagen? Wann kam es dazu? Wann wurden wir weniger als ein Loch in der Erde?«

Luca trat aus den Schatten. »Sie wußten, daß sie verfolgt wurden. Ich hörte sie sprechen, als sie gingen. Deshalb hielt ich Wache. Heka Wintshikan, hat dich der Anführer davor gewarnt? Hat einer von diesen Phela jemanden gewarnt, daß Gefahr bestand? Sie taten es nicht. Es war ihnen gleich, was aus uns wurde. Nein, es ist schlimmer. Sie gebrauchten uns, um selbst einen Vorsprung zu gewinnen. Sie wußten, daß die Impix das Lager überfallen und uns abschlachten würden. Sie mußten es wissen.«

Nyen trat näher, hob den Schal auf, schüttelte Zweige und Blätter heraus und hielt ihn Wintshikan hin. »Geh nicht fort von uns, Heka. Wir brauchen dich. Sag uns, was wir tun sollen.«

Wann und Hidan pfiffen und machten mit ausholenden, inbrünstigen Gesten ihre Zustimmung deutlich.

Kanilli und Zaro rannten zu Xaca und standen neben ihr. Patal war die letzte. Sie blickte auf dem Lagerplatz umher; er war jetzt sauber, die Körper fort, sogar die Blutlachen waren weggekratzt. »Es ist hart«, sagte sie. »Du wirfst tausend Jahre weg, wenn du die Runde verläßt. Ich kann es nicht tun. Ich bin nicht so stark wie ihr anderen. Ich wünsche dir alles Gute, aber ich glaube, daß du dich irrst. Am Morgen werde ich den Berg hinunter nach Shaleywa gehen. Es ist Versammlungszeit, und es wird dort andere geben. Ich wünschte, ich könnte bei euch bleiben, ihr seid meine Familie. Ich kann es aber nicht.«

Wintshikan nahm seufzend den Schal und legte ihn um ihre Schultern. »Wir werden nordwärts nach Linojin gehen. Wandernde Händler sagen, dort herrsche noch Frieden. Nicht einmal die Gottlosen rühren an die Stille der Heiligen Stadt. Patal, ich will dich nicht zwingen, gegen deinen Willen zu handeln. Gott schütze und bewahre dich.«

Cerex lenkte sein Schiff in den Schatten des Mondes und wartete dort auf die Nacht, um den Landeplatz anzusteuern, den er ausgewählt hatte, um Yseyl auf ihrem heimischen Boden abzusetzen. Er schwang den Stuhl herum und faßte sie ins Auge. »Ist dir klar, wie du das zu gebrauchen hast?«

Sie nickte, legte den Desintegrator in seinen Kasten zurück und schloß den Deckel.

»Hast du was gegen einen kleinen Ratschlag?«

»Von einem Fachmann? Gewiß nicht.«

Sie beobachten dich, die Ptak. Und sie verfügen über bezahlte Agenten, die auf beiden Seiten arbeiten. Sie werden auf dich aufmerksam werden, wenn du anfängst, Leute durch den Zaun hinauszuschleusen, also hast du nicht viel Zeit. Vielleicht ein paar Monate. Und du wirst nicht imstande sein, mehrere gleichzeitig durchzuschleusen; die Ptak werden sie einfach auflesen und zurückschicken. Wie gedenkst du die Leute zu bewegen, daß sie auf dich hören?«

»Ich habe … ich habe darüber nachgedacht.«

»Warum in dieses Durcheinander zurückgehen? Eine Person, es ist, als würdest du in diesen Ozean da unten spucken, er wird dich nicht mal bemerken. Komm mit mir. Sobald ich meinen Kontrakt gekauft habe, gibt es tausend und abertausend Orte zu besuchen, und in jedem wird es Dinge geben, die zu stehlen sich lohnt. Ein Geist wie du und ich mit meinem Schiff und meinen Verbindungen, wir würden die besten Geschäfte machen.«

Yseyl schüttelte den Kopf. »Ich kann nicht. Sie haben Wort gehalten und mich zurückgebracht. Dafür bin ich dankbar. Aber ich könnte nicht einfach weggehen und mit mir selbst leben.«

Cerex zuckte mit der Schulter. »Es ist leichter, als du denkst, kleine Träumerin. Aber ich werde nicht mit dir streiten.«

Yseyl brachte ein unsicheres Lächeln zustande. »Vielleicht, nachdem ich diese Sache hinter mir habe. Ich …« Sie hielt inne und erschauerte. »Das Spiel hat mir sehr gut gefallen. Das Risiko und der Kitzel bei dem Gefühl, ganz allein zu sein. Nein … setzen Sie mich einfach ab, wo wir es geplant haben. In den Bergen nördlich von Linojin.«

Glück, Erleuchtung, Freude. Sie sind das Versprechen der Sonne. Gefahr und Übermaß. Das ist die Drohung der Sonne.

Kapitel 4

Der Tänzer auf dem Hochseil wirbelte und sprang, Füße leicht wie Fühler, flog über das straff gespannte Brennen des Drahtes …

Shadit betrachtete, was sie geschrieben hatte, und rümpfte die Nase. Das Bild war noch immer nicht richtig. Vielleicht nicht unpassend, aber abgedroschen. Sie strich das Wort *Tänzer* aus, hielt den Stift über dem Blatt Papier und starrte auf die Worte, versuchte eine neue Form zu erzwingen …

»Shadow, Nachricht von Digby, kommen Sie herauf.«

Sie machte ein Gesicht zum Lautsprecher, steckte den Stift in seinen Halter, schob das Papier in die Schublade des herausklappbaren Schreibtisches und stieß ihn in die Wand. »Bin schon unterwegs.«

Sie streckte eine Hand aus, um das Gleichgewicht zu finden, als das Schiff einen Schluckauf zu bekommen schien, aber rasch wieder zur Ruhe kam. »Kursänderung?«

Autumn Rose schwang ihren Sessel herum. »Richtig. Auf Digbys Anweisung habe ich die interne Identität des Schiffes auf eine seiner Tarnfirmen übertragen, und wir nehmen jetzt Kurs auf eine Welt, die von den Einheimischen Ambela genannt wird. Er hat Ihre kleine Kuriosität identifiziert und stimmt Ihren Schlußfolgerungen zu. Mit den Datenträgern brachte die Sonde eine Reiseapotheke, zugeschnitten auf die Spezies des Geistes. Zuerst müssen Sie sie fangen – es ist nämlich eine *sie* –, dann ihre Lebensgeschichte aus ihr herauskitzeln.« Sie schwang den Sessel wieder nach vorn, als Shadit die Kabine zum Platz des Kopiloten durchquerte, und schaltete den Bildschirm ein. »Er will uns jetzt einen belehrenden Vortrag halten.«

Digbys Abbild zeigte ihn in der Aufmachung eines Professors im Talar. Die Quaste auf seinem Barett wippte mit jeder Kopfbewegung des Abbildes. Er saß aufrecht in einem Lehnsessel und hatte die virtuellen Hände auf die virtuellen Knie gelegt.

Er lächelte ihnen zu, hob die Hände und setzte die Fingerspitzen aneinander. »Ausgezeichnete Arbeit, meine Kinder. Zur Belohnung will ich Ihnen genau erklären, was das für ein Gerät ist, das unser kleiner Geist entwendet hat.«

Autumn Rose seufzte. »Lieber Digby, wenn Sie nicht so gut bezahlen würden ...«

Shadit schnaubte.

»Ich sehe, daß Sie von Neugierde gequält sind.« Er machte eine Pause, strich sich über den Spitzbart, den er sich für den Anlaß zugelegt hatte, und ließ die Hände wieder auf die Knie fallen.

»Es ist ein Wegeöffner«, sagte er. »Der Wunschtraum eines Diebes. Ein Instrument, das mit einem Kraftfeld verschmilzt und ein Loch hinein macht, ohne die Sensoren zu alarmieren, daß etwas geschieht. Unsere Freunde von den Sunflower Laboratories nennen es unter sich einen Desintegrator, obwohl das ein ganz unpassender Name ist. Aber unpassend oder nicht, wir werden es ebenfalls Desintegrator nennen.« Er hustete und legte den Kopf auf die Seite, um die Quaste aus den Augen zu bringen. »Ihre Annahme war ganz richtig, Shadow. Sunflower kaufte eine verlockende Beute von dubiosem Eigentum. Und Sie werden an der Quelle interessiert sein. Omphalosinstitut.«

»Nicht möglich!«

Nachdem er die erwartete Reaktion vernommen hatte, lächelte Digby selbstzufrieden. »Ja, in der Tat. Unsere alten Freunde, die Omphaliten. Was eine Frage aufwirft. Ich glaube, niemand von uns ist glücklich über die Vorstellung, daß ein Omphalos-Agent durch Wände geht, wann immer ihm danach ist. Wir sind vertraglich verpflichtet, den Desintegrator an Sunflower zurückzugeben, aber es würde mich nicht allzusehr beunruhigen, wenn er dabei … hmm … beschädigt würde. Meine Quelle verriet mir, daß der Projektleiter der Gruppe, die das Gerät entwickelte, seine Mitarbeiter vergiftete, die Versuchsdaten und Spezifikationen aus dem Kephalos des Instituts löschte und mit dem einzigen Prototyp das Weite suchte. Bevor er ihn an Sunflower verkaufte, war er sehr darauf bedacht, nichts über die Entwicklung zu verlautbaren. Und das ist die Hauptursache ihrer Aufregung, denn er wurde kurz nach der Übergabe des Prototyps und bevor er die Spezifikationen diktieren konnte, umgebracht. Wahrscheinlich von Omphalos, aber nicht zwangsläufig. Darum wurden wir beauftragt, ihnen das Spielzeug wieder herbeizuschaffen. Was mich betrifft, ich bin ernstlich sauer, weil sie sich nicht die Mühe machten, mir zu sagen, daß Omphalos mit der Sache zu tun hat. Vielleicht wußten sie es nicht, aber ich habe meine Zweifel daran.« Er tippte mit dem Zeigefinger an die Nase, nickte und machte eine Pause, um ihnen Gelegenheit zu Bemerkungen zu geben.

Shadit schmunzelte, warf Autumn Rose einen Blick zu und sagte: »Sie sind eine Spielernatur, Rose. Wieviel würden Sie wetten, daß das Gerät, selbst wenn wir es intakt herbeischafften, unterwegs zu Sunflower einen Unfall erleiden wird?«

»Auf sichere Dinge zu wetten, macht nicht viel Spaß.«

Digbys Projektion räusperte sich, um ihre Aufmerksamkeit zurückzugewinnen. »Die Einbeziehung des Desintegrators in den Diebstahl stützt Ihre erste Wahl unter den Dieben, Shadow. Was ich gleich erklären werde, nachdem ich die beiden anderen Möglichkeiten abgehandelt habe.

Das Besatzungsmitglied des Schiffes aus dem Matriarchat kommt höchstwahrscheinlich nicht in Frage. Diese Leute sind zu paranoid, um gestohlene Drogen zu kaufen, und die Anwesenheit des Desintegrators in ihrer Heimat würde sie in helle Aufregung versetzen. Ein Gerät, das lautlos Löcher in die Abschirmung all dieser kleinen, miteinander verbundenen Enklaven bohren könnte? Ausgeschlossen. Außerdem hat niemand, den sie in die Fremde auf Reisen schicken, so etwas wie einen freien Willen.

Was die Maus betrifft, die sich Juwelenhändler nennt, so hat dieser Bursche mehr Flecken auf seiner Weste als ein rothaariges Mädchen Sommersprossen, und außer einem schnellen Mundwerk und noch schnelleren Fingern allem Anschein nach keine ungewöhnlichen Fähigkeiten. Er stiehlt Dinge, die sofort verkäuflich sind, hauptsächlich Edelsteine, und würde um alles, was Omphalos betrifft, einen weiten Bogen machen.

Natürlich wußte ich von Sabato, Shadow, und besitze eine Liste seiner Tarnfirmen, die ich für vollständig hielt, aber Mavet-Shi war nicht darauf. Wenn Sie zurückkommen, würde ich gern erfahren, aus welcher Quelle Sie dies haben. Und ein längeres Gespräch über andere Einzelheiten Ihres Lebens mit Ihnen führen.

Ich sprach mit Xuyalix über den Caan Cerex. Er plauderte etwas ungern über das Thema. Wie sich herausstellt, ist Cerex ein Verwandter von ihm, der eine Pechsträhne hatte. Wurde mit Schmuggelware erwischt, zu Zwangsarbeit verurteilt und danach verkauft. Seine Verwandten legten zusammen und versuchten ihn auszulösen, aber das Geld reichte nicht. Ich würde sagen, daß die Ananile den Zweck haben, ihn freizukaufen. Danach würde noch genug übrigbleiben, um ihm die Heimkehr nach Acaanal zu ermöglichen.

Woensdag ist unterwegs nach Acaanal, um zu überprüfen, wie nahe Sie mit Ihrer Vermutung über die Ausführung des Diebstahls der Wahrheit gekommen sind, aber ich sehe keinen Grund, dem armen Teufel noch mehr Ärger zu bereiten. Er ist nicht wichtig genug, um sich eingehender mit ihm zu befassen. Ich werde Ihnen einen Bericht über das Interview zukommen lassen. Er sollte Sie erreichen, bevor Sie nach Ambela kommen.

Die Kleine ist der überzeugende Faktor. Sie hat einleuchtende Gründe für den Diebstahl des Desintegrators.«

Während Digbys Konterfei auf Däumlingsgröße schrumpfte, erschien eine langsam rotierende Welt auf dem Bildschirm. Sie war größtenteils von Wasser bedeckt, hatte polare Eiskappen und zwei ziemlich große Kontinente, davon einen mit einem auslaufenden Schwanz von Inseln, der dem dritten Kontinent nahe kam, welcher ungefähr halb so groß war wie die anderen zwei. Ein einziger Mond umkreiste diese Welt im gemessenen Tanz der Gravitation.

Digby legte die Fingerspitzen zusammen und neigte den Kopf, bis die Quaste des Baretts seine Kinnlade berührte. »Niemand kennt den ursprünglichen Zustand von Ambela, aber irgendwann nachdem die Welt eine rudimentäre Flora und vielleicht Fauna entwickelte, erschien dort das Volk der Impix; nicht einmal sie selbst wissen, woher sie kamen. Sie besiedelten die Welt und verunstalteten und malträtierten sie in der üblichen Weise, führten Kriege, verloren die Technik, die sie dorthin gebracht hatten, machten sich dann langsam daran, sie wieder aufzubauen. Sie hatten die Dampfkraft und die Anfänge der Elektrifizierung erreicht, sogar das Radio wiederentdeckt, als die Ptak als Teil der Auswanderungswelle kamen, die auf den Zusammenbruch ihres Reiches folgte. Die Ptak sind keine blutrünstige Art, aber sie haben ihre Besonderheiten. Sie lassen sich nicht gern von Fremden überwachen oder Teile ihres Bereichs von Außenseitern kontrollieren. Das war übrigens einer der Gründe, daß ihr hübsches kleines Reich zerbrach: Sie wollten alle anderen, die unter ihrer Herrschaft lebten, um keinen Preis an der Macht teilhaben lassen.

Dessen eingedenk, entwurzelten sie alle Impix, die sie einfangen konnten und transportierten sie zu dem Kontinent, den sie Impixol nannten, und errichteten ein satellitengestütztes Kraftfeld um den Kontinent, um sicherzugehen, daß keine Impix auf eigene Faust in ihre angestammte Heimat zurückkehrten und sie dort belästigten. Im Gegensatz zu den Impix hielten sie Verbindung mit der Außenwelt, und da sie eine niedrige Geburtenrate und die Bodenschätze und Reichtümer einer kaum ausgebeuteten Welt hinter sich hatten, stellten sie über tausend Jahre lang eine wohlhabende und krisenfreie Gesellschaft dar. Als die Opalvorkommen erschöpft waren und die Exporterlöse sanken, eröffneten sie Kasinos und machten den dritten Kontinent zum Jagdreservat, um Jäger und Spieler von außerhalb anzulocken. Wie es mit Modeerscheinungen nun einmal ist, die Einnahmen waren zuerst beträchtlich, gingen dann aber mehr und mehr zurück, bis zwei Gruppierungen von Impix anfingen, gegeneinander Krieg zu führen und die Ptak fanden, so daß sie eine neue Touristenattraktion hatten.

Sie setzten Schwärme unbemannter Drohnen mit Fernsehkameras ein, um die Kämpfe zu verfolgen und Übertragungen für ihre Reportagen aus dem Kriegsgebiet und ihre Kriegsbesichtigungstouren zu veranstalten. Deshalb hatten sie natürlich ein Interesse an der Fortdauer des Krieges.«

Die Bildschirmdarstellung wechselte, und Shadit sah eine Nahkampfszene am Ufer eines Flusses, mit einem brennenden Boot im Hintergrund. Die Kämpfer paßten gut zu ihrer Favoritin im Geistergeschäft, waren aber um einiges größer und muskulöser. Männer.

Szenenwechsel: Eine Stadt wurde bombardiert. Neuer Szenenwechsel: Kämpfer überrannten ein Nomadenlager. Weiterer Szenenwechsel: Eine Gruppe von sieben Männern briet Teile einer kleineren, dunkleren Version ihrer selbst an Spießen über einem offenen Feuer.

»Durch die Bewaffnung und Versorgung beider Seiten, klug dosierte Aufstachelung und die Ausschaltung von Fürsprechern einer Friedensregelung durch Meuchelmörder ist es den Ptak gelungen, den Krieg mehr als zehn Jahre lang in Gang zu halten und wesentlich davon zu profitieren.« Der kleine Digby in der Ecke des Bildschirms drohte mit einem Finger. »Ich habe das eigens für Sie gesagt, Shadow. Wenn die Ptak Verdacht schöpfen, daß Sie sich in diesen Krieg einmischen wollen, werden sie Ihnen rasch das Lebenslicht ausblasen, also nehmen Sie sich in acht. Und wenn Sie nach Impixol kommen, tun Sie Ihr Möglichstes, nicht von einer dieser Kameras aufgenommen zu werden, ja?«

Die Darstellung wechselte wieder, ging hinab auf Meereshöhe und zeigte eine Serie flimmernder Lichterscheinungen, die horizontal über dem Meereshorizont zog. Der Standort der Kamera befand sich knapp über den Wellenkämmen.

»Der Zaun.« Digbys Stimme klang nüchtern, aber mißbilligend. »Ein im Grunde einfaches Kraftfeld, das alles tötet, was in seinen Wirkungsbereich kommt. Der beträgt ungefähr zwei Meter. Leichte Instandhaltung, fast keine beweglichen Teile. Mit dem Desintegrator könnte Ihre kleine Geisterkandidatin ein Loch in den Zaun machen, ohne alle Arten von Alarm auszulösen – und groß genug, um ein Boot durchzulassen, wenn es das sein sollte, was sie will. Nicht, daß es ihr viel nützen würde, weil der Machtunterschied zwischen Ptak und Impix einfach zu groß ist. Sie sollte sich lieber den Bodenkontrollstationen dieser Satelliten zuwenden. Wenn Sie sie ausfindig machen, Shadow, könnten Sie diese Idee erwähnen – solange Sie sicher sind, daß niemand sonst zuhört.

Rose, da Takt nicht zu den Gaben unserer Shadow gehört, schlage ich vor, daß Sie Deckung geben und die Verbindung zum Schiff aufrechterhalten. Die Orbitaleinrichtungen der Ptak sind verhältnismäßig primitiv und ganz bestimmt nicht sicher, also sollten Sie am besten an geeigneter Stelle landen und das Schiff vor gewöhnlichen Eindringlingen schützen. Sie werden Sicherheitsüberprüfungen durch die Ptak nicht verhindern können, also denken Sie sich am besten eine Geschichte aus, mit der Sie spielen können.

Auf einem Datenträger habe ich alles verschlüsselt, was wir von Ambela, den Ptak und dem Krieg der Impix wissen, also ist dieser Vortrag im Grunde unnötig, aber es gefiel mir, das Wichtigste herauszugreifen.« Die Welt verschwand, und Digby nahm wieder in voller Größe die Bildfläche ein. Sein Abbild lächelte schalkhaft, seine graugrünen Augen blitzten. »Weidmannsheil, meine Lieben. Und halten Sie sich bereit, mir alles zu berichten, wenn Sie zurückkommen.«

Autumn Rose nahm die Hand des Fahrers und stieg mit gemessener Eleganz in den Kleinbus des Hotels. Sie trug einen Spitzenschleier, der das Gesicht verhüllte, ihr Haar war schwarz gefärbt, zu Zöpfen geflochten und um ihren Kopf gewickelt, ihre Ohrläppchen waren mit silbernen Ohrringen beschwert, in die jeweils eine schwarze Perle eingesetzt war, ihre Gesichtsbemalung war kalkweiß, wie es sich für die suwojanische Witwe ziemte, als die sie sich ausgab.

Shadit stand mit mißvergnügter Miene auf dem Beton und bewachte das Gepäck, bis der Fahrer geruhte, die Hecktüren des Fahrzeugs zu öffnen.

Er war ein männlicher Ptak in der Mauser. Von Zeit zu Zeit lösten sich weiche, gelockte Federn von seinem Kopf und segelten in der frischen Brise davon, die über den Landeplatz blies. Die Luft hatte einen bitteren Geruch und brannte in den Augen. Sobald Rose ihren Platz eingenommen hatte, kam er zurück, öffnete die Hecktüren und stand ungeduldig dabei, während Shadit das Gepäck verlud und selbst hinterher kroch, um den Klappsitz für Bedienstete einzunehmen.

Nach Digbys Informationen waren die Ptak ziemlich eingebildete Leute, und das fand sie bestätigt, als sie sich auf dem Klappsitz im Gepäckabteil des schwankenden, rumpelnden Fahrzeugs festhielt. Aber es konnte ihr nur recht sein, dachte sie, während sie mit den Fingerspitzen die falsche Haut andrückte, die über der Falkentätowierung ihrer Wange klebte. Ihre Stellung in der Hierarchie war jetzt festgelegt, und die Ptak würden sie nicht weiter beachten.

Autumn Rose inspizierte die Suite mit geringschätzig erhobenem Kinn und herabgezogenen Mundwinkeln. »Ausreichend, aber nicht, was ich gewöhnt bin. Ay de mi, Mar Tana, was eine Witwe ertragen muß.« Sie gähnte hinter vorgehaltener Hand. »Ich bin müde und möchte eine Weile schlafen. Sorgen Sie dafür, daß ich nicht gestört werde, und sehen Sie zu, was es an diesem langweiligen Ort an Unterhaltung gibt.«

Shadit verließ das Hotel durch den Dienstboteneingang, unauffällig in ihrem graubraunen Kittel und der langen Hose, das Haar unter einem Kopftuch verborgen. Sie wanderte die verkehrsreiche Straße entlang und erreichte die Fußgängerzone des Stadtzentrums.

Lala Gemali war die größte Stadt Ambelas und der einzige Ort, wo Besucher und Touristen sich halbwegs ungehindert bewegen konnten. Sie war eine Mischung von Hochhäusern der Ptak und autochthoner Architektur, von leuchtenden Primärfarben und gedämpften braunen und grauen Tönen. Holographische Reklameprojektionen erfüllten die Luft über dem Fußgängerbereich, wurden von den in Sesselliften sitzenden und auf Rollmatten dahingleitenden Besuchern durchdrungen, verwandelten die Luft in ein Kaleidoskop von Farben und geisterhaften Formen, flüsterten von den Herrlichkeiten und Genüssen der Einkaufspaläste, Freudenhäuser und Kasinos.

Überall flogen Singvögel, allein und in Schwärmen von Hunderten, sausten unbekümmert durch die holographischen Bilder, flatterten von Turmhaus zu Turmhaus, zwitschernde kleine Wesen, deren Farben wie Juwelen aufleuchteten, wenn sie durch die schräg einfallenden Sonnenstrahlen schossen.

Die Turmhäuser der Ptak waren luftige, offene Konstruktionen, wegen der klaustrophobischen Neigung der Ptak mehr aus Glas als aus Mauern, mit großen Strebebögen und vorragenden Balkonen – so als ob die Ptak die Baumformen ihrer Heimat nachzuahmen suchten. Und alle Oberflächen waren in verschiedenen Farben oder verschiedenen Tönen einer der bereits verwendeten Farben gestrichen. Es gab keinen Ort, wo das Auge Ruhe fand; die Farben so schreiend und aufdringlich wie das Gezwitscher der Ptak, deren Stimmen alle anderen Geräusche übertönten.

Die eintönigen, gedrungenen Gebäude heimischer Bauweise, die zwischen diesen kunstvollen Turmhäusern standen, waren wie Baßtöne und zwangen den unstet schweifenden Blick mit ihren grauen, braunen oder stumpfgrünen Flächen zum Innehalten. Die Kontraste waren beunruhigend und verstärkten die Wirkung der schwebenden holographischen Darstellungen. Nach einer gewissen Zeit mußte der Besucher das Innere eines Gebäudes aufsuchen, um Augen und Ohren auszuruhen.

In der Mitte der Straße klapperten und rüttelten die Gondeln der Sessellifte in unaufhörlicher Folge. Rollmatten bewegten sich im langsamen Fußgängertempo neben ihnen, gummiartige Ovale von drei Metern Breite und vier Metern Länge, mit verschiedenfarbigen Geländern und Haltestangen für Fahrgäste, die sich durch Alter, Schwindelanfälligkeit oder Trunkenheit unsicher fühlten. Entlang den Häuserfronten zogen sich zu beiden Seiten breite Gehsteige hin, wo die Passanten sich ihrer eigenen Füße bedienen konnten, ohne daß das Pflaster sich unter ihnen bewegte.

Obwohl es noch nicht Abend war, wimmelte es von fremden Besuchern. Shadit begann Digbys Warnungen zu verstehen, als sie den Gesprächen lauschte, die sie im Vorbeigehen auffing.

Satzfetzen und Bemerkungen von Touristen – ein Gemisch von Faszination und Abscheu, Begeisterung, Irritation, blasierter Langeweile.

Eine große Rolle spielte in den Gesprächen die Bildberichterstattung über Kriegsereignisse. Man sprach über Kannibalismus, Blut, von Explosionen zerrissene Körper, über Hinterhalte und Überfälle.

Sie hatte den Eindruck, daß die Betrachter dieser Kriegsberichte immer wieder zu ihnen zurückkehrten, wie eine Zunge, die einen schmerzenden Zahn befühlt. Vergnügen und Schmerz. Vergnügen im Schmerz.

Das Genießen von Schrecken, die die Behaglichkeit des Sprechers kostbarer machten.

Die Ptak sprachen über Geld. Führten Buch über die fremden Besucher wie über Schafe auf der Weide, die bis zur letzten wolligen Locke geschoren wurden.

Shadit wanderte unbemerkt unter ihnen und wurde zusehends deprimierter; es war eine Riesenstadt nicht nur in der Zahl ihrer Einwohner, sondern auch in der Fläche, und die Orientierung schien schwierig, weil sie trotz der Datenfülle, die Digby ihnen zur Verfügung gestellt hatte, keinen Stadtplan hatte.

Auf das Spiel eingehen, dachte sie. Das Risiko nicht scheuen.

Aber sie hatte einen Auftrag.

Sie seufzte, als sie an ihre Verantwortung dachte.

Bourgeois bis auf die Knochen.

Sie war genauso schlimm wie diese Leute, immer am sicheren Haltetau, immer auf der Jagd nach sorgsam gezähmtem Sinnenkitzel.

Sei nicht albern, sagte sie sich. Du tust, was du tust. Selbstbetrachtung vergeudet Zeit und Kraft. Es wird Zeit, daß du dich auf deine Aufgabe konzentrierst.

Eine Gruppe von Fremden quoll wie eine dunkle Welle aus einem der Freudenhäuser. Sie schwatzten in Cobbensprache miteinander und bewegten sich, als wären sie allein auf der Straße. Ein paar Augenblicke schienen sie unschlüssig, dann bemächtigten sie sich einer Rollmatte, lehnten an Geländern und Haltestangen und setzten ihr Gespräch fort.

Shadit schluckte und stieg auf die übernächste Matte, um Deckung zwischen sich und der Gruppe zu haben.

Cobben als Nachtschwärmer? Digby hatte nicht erwähnt, daß Cobben beteiligt waren. Meuchelmörder und Söldner, ja. Vielleicht wußten seine Quellen es nicht. Oder sie verbrachten ihren Urlaub hier. Konnten Totschläger Massenabschlachtung als entspannendes Hobby betrachten?

Unwillkürlich strich sie mit den Fingerspitzen über die falsche Haut auf ihrem Falken, um sich zu vergewissern, daß sie festsaß. Die Cobben von Helvetia hatten mehr als einen Grund, sich über sie zu ärgern. Sie lehnte an einer Haltestange, berührte das Gemüt eines kleinen Vogels und bewog das Tier, über den Cobben zu kreisen, während sie durch seine Augen beobachtete.

Sie erreichten die Endstation der Matte, stiegen ab und schlenderten eine Seitenstraße entlang, noch immer so in ihre Gespräche vertieft, daß sie den kleinen aufgeregten Vogel nicht bemerkten, der zwitschernd über ihnen kreiste.

Den Blick auf das Pflaster vor ihren Füßen gerichtet, gerade noch aufmerksam genug, um Kollisionen mit Passanten und festen Hindernissen zu vermeiden, folgte Shadit einer schmalen Gasse, die parallel zu der verlief, auf der die Cobben gingen.

Sie kamen durch einen Bezirk klotziger Lagerhäuser, deren nüchterne Zweckarchitektur sich hinter Hecken und dichtem Kletterpflanzenbewuchs verbarg, kamen dann in eine Art Barackenviertel für importierte Arbeitskräfte, die als Reinigungs- und Dienstpersonal, Fremdenführer, Dolmetscher und Mechaniker jene wenig angesehenen Tätigkeiten verrichteten, die für das reibungslose Funktionieren der Großstadt sorgten. Neben den Baracken gab es kleine ältere Häuser, billige Hotels und Herbergen für jeden Geldbeutel, von den einfachsten Unterkünften bis zu gepflegten Pensionen, deren Eigentümer eifersüchtig über ihren guten Ruf wachten.

Die Cobben gingen in eines der Hotels, ein graues, anonymes Gebäude, das von dichtem Gebüsch und kleineren Bäumen umgeben war, als wollte es sich darin verstecken.

Sie löste den Kontakt zu ihrem ferngesteuerten Beobachter und schlenderte in der Nachbarschaft umher, prägte sich die Umgebung ein und hielt Ausschau nach einem anderen Hotel, wo sie sich einmieten und die Cobben im Auge behalten konnte. Wenn sie im Dienst der Ptak standen, wußten sie manches, was auch Shadit wissen sollte, und früher oder später würden sie nach Impixol reisen. Sie beabsichtigte als blinder Passagier an Bord ihres Transporters zu gehen.

Auf diesen Straßen waren keine Ptak zu sehen, nur farblose, einfach gekleidete Gestalten beiderlei Geschlechts, die zur Arbeit gingen oder von ihr kamen. Da und dort standen Prostituierte beisammen, die sich für den Abend zurechtgemacht hatten, und andere, mehr verstohlen auftretende Figuren versuchten ihr Sortiment zumeist verunreinigter Drogen an den Mann oder die Frau zu bringen.

Die Vogelschwärme am Himmel wurden zahlreicher und dichter, als Wasservögel landeinwärts zu ihren Schlafplätzen zogen, während die Singvögel nach und nach das Feld räumten. Shadit beobachtete sie eine Weile und lächelte. Seltsam, daß Seevögel überall die gleichen rauhen und kreischenden Geräusche hervorbrachten, als könnten sie sich nur so im Rauschen der Brandung Gehör verschaffen.

Es war Abend, als sie zur Küste kam, und es ging

nicht viel vor. Die für den nächtlichen Fischfang mit Laternen ausgerüsteten Kutter waren bereits ausgelaufen; ihre Lichter glommen weit draußen im Dunst der Dämmerung. Die an den hölzernen Anlegebrücken festgemachten Boote lagen verlassen, desgleichen der benachbarte Jachthafen. In weiterer Entfernung die Küste entlang, wo der Haupthafen lag, konnte sie Frachter an den Kais neben den hohen Silogebäuden liegen sehen, deren Saugrohre Getreide aus den Laderäumen förderten. Ein paar Containerschiffe lagen auf Reede, und wo die weite Bucht sich zum Meer öffnete, waren andere auslaufende und ankommende Schiffe zu erkennen.

Sie ging zum Ende einer verlassenen Anlegebrücke und setzte sich auf einen Poller, ließ die gestiefelten Füße baumeln und hob das Gesicht in den feuchten, kühlen Wind, der vom Wasser hereinkam.

»Hab Sie hier noch nie gesehen.«

Sie wandte den Kopf. Der Sprecher war ein kahlköpfiger alter Mann mit wettergegerbtem Gesicht und einem immer noch kräftigen Körper, dessen Haltung jedoch ein wenig gebeugt und der vielleicht schon etwas gebrechlicher war als noch vor ein paar Jahren. Er stellte seinen Eimer und die Köderdose ab und ließ sich am Ende der Anlegebrücke auf die Planken nieder. Sie sah zu, wie er ein Stückchen Köderfleisch aus der Dose auf den Haken spießte und diesen dann mit einem geschickten Schwung aus dem Handgelenk warf, so daß er ein gutes Stück weit draußen mit leisem Klatschen ins Wasser fiel. Er hielt die Angelleine ohne Rute in der linken Hand.

»War auch noch nie hier«, sagte sie. »Wir sind gerade erst gekommen.«

»Wir?«

»Meine Herrin und ich. Eine Witwe. Sie will ihre offizielle Trauerzeit etwas unterhaltsamer verbringen als zu Hause und sehen, wie die Leute sich gegenseitig umbringen.«

»So eine, hm?«

»Ich bin eine Frau von starken moralischen Überzeugungen, sonst hätte ich das Luder schon auf dem Flug hierher erwürgt. Wenn ich Glück habe, feuert sie mich bald, dann muß sie mir eine Abfindung zahlen. Am liebsten wäre es mir hier in Lala Gemali, wo ich leicht andere Arbeit finden kann.«

»Es ist nicht gut für Sie, hier zu stranden, jung und saftig, wie Sie sind. Die Zeit mit der Witwe käme Ihnen paradiesisch vor.«

»Vielleicht.« Sie verstummte, als die Leine sich straffte und er den Fisch einholte, vom Haken nahm und in den Eimer mit Wasser fallen ließ. Als er den nächsten Köder ausgeworfen hatte, zeigte sie hinaus auf die bewaldete Insel und ihren Anhängsel von felsigen kleinen Eilanden am Meereshorizont. »Wie heißt die Insel?«

»Graspa Wysp. Staatseigentum. Die Ptak können recht unangenehm werden, wenn sie glauben, daß die Leute ihre Nasen hineinstecken, wo sie nicht hingehören.«

»Hm.« Sie blickte auf das Knopfmikrofon an der Brusttasche ihrer Jacke. »Nun, ich muß zur Stelle sein, wenn die Witwe ausgehen will. Guten Fang, Mann.« Sie rutschte vom Poller und schlenderte davon, blieb am Kai noch einmal stehen und winkte ihm zu.

Autumn Rose lag ausgestreckt auf dem Teppich vor dem großen Bildschirm der Hotelsuite und beobachtete ein Gefecht zwischen zwei Spähtrupps. Sie schaltete den Fernseher aus und wandte den Kopf, als Shadit hereinkam. »Was Interessantes?« Sie zeigte zum Abschirmungsgerät auf dem Tisch, dessen kleine grüne Bereitschaftsleuchte anzeigte, daß es in Betrieb war.

»Ja. Ich hatte etwas Glück, stieß auf Cobben, die als Nachtschwärmer unterwegs waren, und folgte ihnen zu ihrem Quartier. Erinnern Sie sich, was Digby über gemietete Meuchelmörder sagte?«

»Mm. Sie wollen sie beschatten?«

»Ich denke schon. Ich muß hören, worüber sie reden, und je näher ich komme, desto besser.«

Rose seufzte. »Auch gut. Dann werde ich selbst ein Spiel finden müssen. Noch nie habe ich mich so gelangweilt.«

Shadit sah die Tür hinter Autumns Rose zugleiten, schüttelte sich und seufzte erleichtert. Die vorsichtige Höflichkeit zwischen ihnen konnte ermüdender sein als harte Arbeit. Sie ging in der Suite herum, sammelte Roses abgelegte Kleidung auf, reinigte das Badezimmer, klappte das Bett herunter und spielte für die Beobachter, die nun, da die Abschirmung ausgeschaltet war, in Abständen ihre Kontrollen durchführen würden, die Rolle der Dienerin. Digbys Einschätzung war, daß die Ptak ein paranoides Mißtrauen gegen Besucher hegten, die möglicherweise ihre Geschäfte beeinträchtigen könnten. Solange sie nicht von einem Abschirmgerät geschützt war, dessen Wirksamkeit über jeden Zweifel erhaben schien, mußte sie annehmen, daß sie beobachtet oder abgehört oder beides würde.

Sie trat vor einen der langen Spiegel neben der Tür, fuhr sich mit den Fingern durch das kurze Lockenhaar, prüfte die feste Haftung der falschen Haut auf ihrer Wange und ging los, ihr Vorhaben auszuführen. Sie freute sich nicht auf den gespielten Streit, den sie am Morgen haben würden und den sie schon auf dem Flug hierher choreographiert hatten, denn es war zuviel negative Energie zwischen ihnen, um diesen Streit zu einer rein schauspielerischen Übung zu machen.

Plötzlich brannte das Licht und blendete Shadit, als sie von ihrem nächtlichen Ausflug zurückkehrte.

Autumn Rose packte sie bei den Schultern, schüttelte sie und schrie in gutturalem Suwojanisch Beschimpfungen, die mit der wiederholten Frage endeten: »Wo warst du? Ich bezahle dich nicht dafür, daß du in der Stadt herumhurst, du elendes Stück Dreck. Du hast hier zu sein, wenn ich dich brauche, hast du verstanden? Und sieh mich nicht so an! Unverschämtheit dulde ich nicht.« Sie holte mit der Rechten aus und versetzte Shadit eine Ohrfeige, die sie rückwärts in den Korridor taumeln ließ.

Shadit fand ihr Gleichgewicht wieder und starrte Rose an. Sie berührte ihr Gesicht und sah verschmiertes Blut an den Fingerspitzen, wo einer von Roses Ringen sie geschnitten hatte, dann gab sie den Schlag mit aller Wucht, die sie hineinlegen konnte, zurück – und fragte sich gleichzeitig, ob Rose in dieser Auseinandersetzung genauso viel Erleichterung gefunden habe wie sie in diesem Augenblick.

Autumn Rose fuhr zurück. »Jetzt reicht's. Das ist endgültig genug, du syphilitische Schlampe! Nimm deine Sachen und verschwinde. Auf der Stelle! Jetzt!« schrie sie. »Wenn du in fünf Minuten noch da bist, rufe ich die Polizei.«

Der kleine Schnitt verschorfte rasch, und in seinem Umkreis bildete sich ein leichter Bluterguß. Shadit stand mit ihrem Gepäck am langen Tresen des Empfangsschalters im Hotelfoyer und blickte umher. Hinter dem Tresen saß eine Frau an einer Tastatur, den Blick unverwandt auf den Bildschirm gerichtet, das lange, schmale Gesicht in Falten angespannter Konzentration.

Als Shadit auf den Tresen klopfte, blickte die Frau auf. »Ja?«

»Kann ich irgendwo in der Nähe ein Schließfach mieten?«

Die Frau lächelte, Runzeln breiteten sich um ihre Augen aus wie Bühnenvorhänge, und ihre großen braunen Augen leuchteten verschwörerisch, als sie die Gesichtsverletzung bemerkte. »Ich kann Ihnen hier für ein paar Tage ein Schließfach überlassen.« Sie hob eine knochige Schulter. »Allerdings muß ich Ihnen die Schlüsselkarte berechnen, das ist Unternehmenspolitik. Brauchen Sie ein Quartier?«

Shadit seufzte. »Das ist richtig. Etwas Billiges, sie muß mir eine Abfindung zahlen, aber ...« Sie zuckte die Achseln. »Wissen Sie unten am Hafen etwas? Mein Vater war Fischer, und wenn ich mir eine Angelleine besorge, kann ich mir meine Mahlzeiten fangen, wenn es sein muß.«

Die Angestellte ließ ihre Finger über die Tastatur wandern, drückte eine Taste, schnalzte befriedigt, wartete auf den Ausdruck, riß dann ein Blatt mit einem halben Dutzend Anschriften von der Rolle, komplett mit Preisen. »Aber seien Sie vorsichtig«, riet sie ihr. »Einige der Herbergen da unten vermitteln Frauen an Bordelle und Schlimmeres; sie machen Reklame mit niedrigen Preisen und geben Ihnen mehr als Sie bezahlen, aber nicht, was Ihnen gefällt. Diese hier sind alle in Ordnung.« Sie schob ihr die Liste zu. »Nehmen Sie Ihre Sachen, dann zeige ich Ihnen das Schließfach.«

Shadit hatte die Wahl, welche Ohren sie sich nutzbar machen wollte. Die Herberge war äußerlich sauber genug, aber das Innere war ein geschäftiger Zufluchtsort für Ungeziefer der verschiedensten Art. Vieles davon stammte wahrscheinlich von den Schiffen, die in der Nähe festmachen – Mäuse und andere kleine Nagetiere zusammen mit Spinnen, Kakerlaken und anderen Insekten. Kammerjäger kosteten Geld, und wahlloses

Aussprühen von Giftstoffen konnte manchen Herbergsgästen mehr schaden als dem Ungeziefer. Dem Personal war es gleich, und die Eigentümer wohnten nicht im Haus und dachten nicht daran, sich in der Herberge blicken zu lassen, solange sie genug abwarf.

Shadit stationierte eine Maus in der Entlüftungsanlage, ließ sie schlafen und gebrauchte ihre Ohren, um aufzufangen, was im mittleren der drei Räume gesprochen wurde, die von den Cobben bewohnt waren.

Sie vermißte Autumn Rose, was sie nicht erwartet hatte. Es gab niemanden, mit dem sie reden konnte. Und sie konnte nicht einmal ausgehen. Die Konzentration, die das passive Abhören erforderte, das Liegen im abgedunkelten Zimmer bei Vermeidung jeder unnötigen Bewegung, der Kampf gegen die Müdigkeit – all das erschöpfte sie zu sehr, um an den Abenden irgend etwas anderes zu tun als vor dem Fernseher zu sitzen. In Lala Gemali war alles darauf abgestellt, Besuchern und Touristen aus allen Himmelsrichtungen das Geld aus den Taschen zu ziehen, und das galt sogar hier in dieser Schlafsiedlung für Arbeiter geringer Qualifikation aus den unteren Bevölkerungsschichten. Münzfernseher in jedem Zimmer. Kriegsreportagen mit jeder Menge Aktion als gewinnbringende Freizeitunterhaltung.

Sie schalt sich selbst, ermahnte sich, daß sie im Auftrag hier war, nicht um eigenen Phantomen nachzujagen oder persönlichen Drohungen nachzugehen. Sie mußte sich daran gewöhnen, daß sie wieder für jemand anders arbeitete, und wie sie sich damals an das Diadem gewöhnt hatte, sollte es auch diesmal nicht allzu schwierig sein.

Den Cobben zuzuhören, war deprimierend. Trotz der Art und Weise, wie sie ihren Lebensunterhalt verdienten – oder vielleicht eben deshalb –, gab es eine Vertrautheit zwischen ihnen, die Shadit auf den Gedanken brachte, ihr Unternehmen abzubrechen und eine Weile bei Swardheld unterzukriechen. Diese Vertrautheit erinnerte sie allzu eindringlich an das, was ihrem Leben fehlte. Erinnerte sie daran, daß sie sich nach Autumn Rose sehnen mußte, nur um jemanden um sich zu haben, mit dem sie ein gemeinsamer Zweck verband.

Mehrere Male zog sie ihre Fühler rasch zurück, als sich Sexspiele entwickelten. Es bereitete ihr Unbehagen und machte sie zugleich neidisch. Und neugierig, wenn sie überlegte, wie es sein würde, Teil eines Mehrfacharrangements zu sein, das seit einigen Jahren Bestand hatte.

Es war seltsam. Sie konnte die Cobben bespitzeln, um herauszufinden, was sie vorhatten, und für den Fall, daß sie gegen sie kämpfen oder sie sogar töten mußte, etwas über ihre Fähigkeiten, Kenntnisse und ihr Zusammenwirken zu erfahren, aber die Bespitzelung ihres Intimbereiches zur Befriedigung bloßer Neugierde war etwas, was sie einfach nicht tun konnte.

»Die Blivvy hat dir schöne Augen gemacht, Feyd, du mußt es gemerkt haben.« Ein glucksendes Kichern. »Ich kann mir nur nicht vorstellen, was sie mit einem kleinen Spielzeug wie dir anfangen würde; du würdest in diesen Fettrollen verlorengehen.«

»Oh, er mag die Dicken«, warf eine polternde Stimme ein.

»Hat jemand die Abschirmung eingeschaltet?« Eine helle, trockene Stimme, deren Geschlechtszugehörigkeit nicht auszumachen war.

»Wozu?« Die erste Sprecherin, eine rauhe Altstimme. »Aus Regierungsbeständen. Da weiß man, daß es Löcher haben muß.«

»He, Sarpe, du sagst es.« Eine ziemlich träge männliche Stimme, die ihre Worte mit einem lauten Gähnen beschloß. »Mir reicht's. Wenn ihr noch was unternehmen wollt, müßt ihr es ohne mich tun.«

»Ja, hast recht.« Ein langes Seufzen. »Für mich ist Schlafen angesagt.«

Schleifende Geräusche, Wasserrauschen aus einem Nebenraum, Husten, Gerüche von Kawa, von Seife und Wasser und aufgewirbeltem Staub. Mehr Husten, Seufzer, Knarren von Bettstellen, Rascheln von Strohsäcken. Allmählich Stille, betont von leichten Schnarchtönen, bevor einer der Cobben ein Geräusch – eine Mischung zwischen einem Schnauben und Schnalzen – hervorbrachte und sich herumwälzte.

Wieder trat Stille ein, dann wurden leise Geräusche aus einer Ecke hörbar, wo keine Schläfer lagen. Dann gedämpfte Stimmen.

»Weißt du, Sarpe, wir werden gut dafür bezahlt, aber ich hab's satt hier. Wie lang dauert es schon, sechs Jahre? Mir kommt es wie sechs Jahrhunderte vor. Wir werden noch wie Kontraktarbeiter, wenn du mich fragst.«

»Ja, Meya hat recht. Wir stecken in einer verdammten Routine fest.« Ein leises Ächzen, knisternde Geräusche vom Strohsack. »Ich werde schludrig. Über dem ewigen Einerlei verliert man Wachsamkeit und Schärfe. Gefällt mir nicht. Und ich glaube, es geht nicht nur mir so.«

Eine kurze Stille, dann die rauhe, abgehackte Stimme der Frau. »Meinst du vielleicht mich, Oru?«

Ein Schnauben, dann die helle, belustigt glucksende Stimme: »Reg dich nicht auf, Sarpe Coryfe. Ich sag's dir bloß.«

Eine längere Stille.

Dann wieder Sarpe, ruhiger jetzt. »In zwei Tagen komme ich mit dem Clo-Kajhat zusammen. Er sagte, er hätte etwas Besonderes für uns. Wir werden uns weiter darüber unterhalten, wenn ich weiß, was es ist.«

Shadit manövrierte die Maus durch die Röhre, bis sie wieder dort war, wo sie sie in ihren Dienst genommen hatte, dann ließ sie von ihr ab, und das Tier rannte in sein vertrautes Territorium davon.

Sie preßte die Handballen gegen die Schläfen und rieb sich die Augen. Sie war erschöpft, aber zu unruhig, um zu schlafen. Mit einem geflüsterten Fluch suchte sie ein paar Münzen zusammen, steckte sie in den Fernseher und warf sich in den Sessel, um die Kriegsereignisse zu betrachten. Wieder der Krieg. Er übte eine schreckliche Faszination aus. Nach einer Woche Kriegsreportagen verstand sie beinahe, was die Touristen anlockte.

Allmählich wurde sie schläfrig, als die Kriegsszenen über den Bildschirm gingen, kleine Scharmützel und verschiedene herausgestellte Szenen zur Erzeugung von Mitleid und Seelenpein, verbunden mit Werbung für die blutigeren Aktionen, die in Intervallen eingeschoben wurden:

Kampfgeschehen aus erster Hand. Sehen Sie den Überfall von Pixa Phela auf einen Impix-Farmer und seine Arbeiter. Sehen Sie, wie eine Pixa-Sippe auf dem Weg zum Versammlungsplatz von Impix überwältigt wird.

Vollkommenes Eintauchen der Sinneswahrnehmungen in den Sensoramas. Seien Sie ein Krieger der Pixa, der für die Reinheit seines Glaubens kämpft. Empfinden Sie das Leben in einer Stadt, die bei Tag und Nacht unter Beschuß liegt. Vergewaltigung. Abschlachtung. Kannibalismus. Fühlen Sie alles, erleben Sie die primitiven Kitzel, die Ihre Kultur hinter sich gelassen hat.

Anschwellende Musik, der Blickwinkel der Kamera schwamm zwischen Wolken, stieß dann hinab und schwebte über einer mit alten gelben Ziegeln gepflasterten Straße, von den Füßen frommer Pilger in Jahrhunderten hohl ausgetreten.

»Sie dürfen nur gehen«, sagte ein wohlklingender, gefühlvoller Bariton. »Auf dieser Straße gestattet ihr Glaube nur Füße. Sie kommen von überall, aus den Bergen, von den Ebenen, Pixa und Impix in gleicher Weise. Sie kommen in Gruppen – wie diese Familie im Dreibund von Frau, Mann, Anya und Kindern, beladen mit ihren gesamten Habseligkeiten. Sehen Sie die hungrigen, müden Gesichter der Kinder, die zu erschöpft sind, um noch Furcht zu empfinden. Aber vor ihnen liegt die sichere Zuflucht. Nur noch ein paar Stunden haben sie zu gehen, und sie können ausruhen, geschützt durch die Unverletzlichkeit der Heiligen Stadt Linojin.

Viele kommen allein, die letzten Überlebenden niedergemetzelter Familien oder Ausgestoßene, die Glauben und Freundschaft entsagt haben und sich weigern, für die Seele ihres Volkes zu kämpfen.« Die Kamera ging tiefer, schien vor einer kleinen einzelnen Gestalt zu schweben. »Man kann keine Feigheit in ihren Gesichtern sehen, nur Staub und die Müdigkeit völliger Erschöpfung.«

Die kleine Pixa trottete dahin, ohne zu ahnen, daß sie beobachtet wurde. Ihre Augen waren in ständiger Bewegung, beobachteten die Bauern auf den Feldern, die anderen Pilger vor und hinter ihr. Dunkelgrüne Augen, groß und rätselhaft, standen schräg in einem schmalen Gesicht mit glatter, schimmernder Haut wie graugrüne Rinde.

Shadit setzte sich aufrecht und schlug mit der Hand auf die Armlehne des Sessels. »Hab ich dich. Gerade im rechten Augenblick, dank dir, o Schicksal. Hallo, Yseyl!«

Sie sprang auf, ging zur kleinen Kochnische, stellte Teewasser auf und eilte zurück. Sie streckte sich auf dem Bett aus, schob die Kissen in den Nacken, legte die Füße übereinander, verschränkte die Finger hinter dem

Kopf und beobachtete die schmale Gestalt, ohne auf die süßliche Stimme zu achten, bis der Blickwinkel sich änderte und die Stadt erfaßte.

Das war reines Glück, aber sie hatte die Erfahrung gemacht, daß es gewöhnlich zu einem Ausgleich kam, und sie fragte sich, was sie in Linojin erwarten würde. Nun, jedenfalls Läden mit Devotionalien und Andenken.

Die Kamera schwenkte zum größten Bauwerk der Stadt, einem Gebilde aus weißem Marmor. Reliefs bedeckten alle Oberflächen mit verflochtenen Ornamenten stilisierter Pflanzen und Tiere, Mäandern, kompliziert verschlungenen Knoten, Spiralen und anderen Symbolen. Es wurde von Kuppeln und spitzen Türmen überragt, auf den Dächern wuchs Gras, in den Höfen waren Teiche und Springbrunnen zu sehen.

Am Rand der Stadt ragte ein hoher Turm aus stählernem Gitterwerk, von weit gespannten Kabeln gegen den Seewind gesichert. Ein Sendemast.

Die Kamera folgte weiß gekleideten Gestalten, die zu zweit und zu dritt auf den Pfaden dahinschritten, die Hände unsichtbar in weiten Ärmeln, die Blicke niedergeschlagen. Männer gingen mit Männern, Frauen mit Frauen, Anyas mit Anyas.

»Dies ist der Große Yeson, der heiligste Ort vom Impixol und Zentrum der Verehrung des Gottes der Impix. Und diese Gestalten, die Sie sehen, sind die Heiligen, die in dieser Stadt herrschen. Die Anyas der Barmherzigkeit, die Schwestern im Gottesbund, die Brüder in Gott. Sie werden die Pilger und Exilsuchenden befragen und entscheiden, wer in der Stadt bleiben kann und wer fortgeschickt werden muß, um in der Armut und Mühsal der benachbarten Fischerdörfer zu wohnen.« Das Bild der mit ihren geretteten Habseligkeiten beladenen Familie teilte sich den Bildschirm kurze Zeit mit dem Yeson. »Werden sie in den Pilgerquartieren der Heiligen Stadt Unterkunft finden oder gezwungen sein, sich allein durchzuschlagen?« Die Gestalt des kleinen Geistes nahm den Platz der Familie ein. »Ist sie Hohekil, eine Abtrünnige, oder einfach eine, die zu müde ist, um weiterzukämpfen und Ruhe bei ihrem Gott sucht? Wird sie Erlaubnis zum Bleiben erhalten, oder werden die Brüder sie unwürdig finden?«

Der Bildschirm wurde frei, und die Werbung erschien wieder:

Kampfgeschehen aus erster Hand. Sehen Sie den Überfall von Pixa Phela auf einen Impix-Farmer und seine Arbeiter. Sehen Sie, wie eine Pixa-Sippe auf dem Weg zum Versammlungsplatz von Impix überwältigt wird.

Vollkommenes Eintauchen der Sinneswahrnehmungen in den Sensoramas. Seien Sie ein Krieger der Pixa, der für die Reinheit seines Glaubens kämpft. Empfinden Sie das Leben in einer Stadt, die bei Tag und Nacht unter Beschuß liegt. Vergewaltigung. Abschlachtung. Kannibalismus. Fühlen Sie alles, erleben Sie die primitiven Kitzel, die Ihre Kultur hinter sich gelassen hat.

Der Wasserkessel pfiff. Sie ging zur Kochnische und bereitete ihren Tee und machte es sich wieder bequem, um den Rest des Filmes über die Heilige Stadt Linojin zu sehen.

Wolken
verdecken die
Sonne,
Regenvorhänge
verbergen, was vor
uns liegt.
Gefahr oder
Nahrung?

Kapitel 5

Mikil wartete unruhig bei der Tür, als Thann die Gurte von Isahoes Rucksack festzog, sich vergewisserte, daß ihre Schnürsenkel gebunden und der Mantel richtig zugeknöpft war. Plötzlich plärrte das Radio los, und eine Männerstimme sprach durch atmosphärische Störungen; einen Augenblick später begann eine Frau zu singen. Isahoe sagte nichts, aber ihre Lippen spannten sich zu einer dünnen Linie, und ihre Augen blickten auf etwas, was nur sie sehen konnte.

Thann stand auf, zog Mikil an sich und hielt sie fest, bis der kleine steife Körper sich entspannte.

Sie wünschte, jemand täte das gleiche für sie. Sie war starr vor Angst. Sie wollte es nicht tun, wollte nicht von dem Ort fortgehen, wo sie ihr ganzes Leben verbracht hatte. Während der vergangenen Woche, als Isahoes Verletzung geheilt war und Thann Vorbereitungen für die Wanderung getroffen hatte, Lebensmittel, Werkzeug, Zündhölzer, ein Klappmesser und Bindfaden gesammelt hatte, all das, was sie für notwendig und klein genug hielt, um getragen zu werden, als sie Ankalans finstere Miene und sein zorniges Gemurmel über Parasiten zu überhören versucht hatte, da war ihr Geist in jeder Stunde des Tages endlos auf der Suche nach einer Möglichkeit gewesen, diesem Marsch zu entgehen. Stunden hatte sie flach auf dem Bauch liegend in der trümmerübersäten Karikatur eines Gartens hinter dem zerschossenen, halb in Ruinen liegenden Wohnhaus verbracht und um Anleitung gebetet. Die Erde blieb still. Wenn Gott hörte, gab er es durch kein Zeichen zu erkennen.

Sie schulterte mit Isahoes Hilfe ihre eigene Traglast, dann knotete sie mit leicht zu öffnender Schleife die Schnur, die beide Gurte ihrer Traglast auf der Brust befestigte. Sie holte tief Atem, stieß ihn aus, wandte sich zu Mikil. »Gib uns den Reisesegen, Base. Bitte.«

Isahoe machte ein ungeduldiges Geräusch, aber Thann zog das Kind an ihre Seite und neigte den Kopf.

Mikils Hand zitterte, als sie Thanns Schulter mit der rituellen doppelten Segensgebärde berührte. »Mögen deine Füße leicht auf Gottes Erde gehen und möge deine Reise sicher und angenehm sein.« Sie berührte Isahoes Schulter und wiederholte den Segen.

Thann fühlte, wie Isahoe sich versteifte, aber wieder achtete das Kind auf seine Manieren und widersprach nicht. Diese Verhärtung des Mädchens beunruhigte sie zutiefst; sie spürte, daß Isahoe der Gemeinschaft der Gesegneten entglitt, daß ihre Seele endlos über die Erde dahintreiben und niemals wieder Frieden finden würde. Vielleicht in Linojin, dachte sie, vielleicht werden sie dort wissen, was zu tun ist, wie man sie zurückrufen kann.

Mikil öffnete die Tür und trat beiseite. »Es tut mir

leid«, sagte sie. »Ich wünschte … wenn die Verhältnisse anders wären …«

»Ich weiß, Base. Ich lasse nur Segen hinter mir und wünsche dir und den deinen Wohlergehen.«

Darauf lachte Mikil, ein rauhes, unglückliches Geräusch, das sofort abbrach, als ein Pfiff aus dem anderen Raum ertönte. Sowie Thann und Isahoe durch die Tür gegangen waren, drückte sie sie ins Schloß. Thann hörte, wie der Riegel vorgelegt wurde, dann die schnellen schweren Tritte der Frau, als sie sich entfernte.

Isahoe zog an ihrem Ärmel.

Thann schlug ihr die Hand weg und gewann ihre Aufmerksamkeit. »Wenn du durch Unvorsichtigkeit wieder verletzt wirst, kannst du es nie nach Linojin schaffen. Laß mich nach Gefahren lauschen und Ausschau halten – und benimm dich.«

Isahoe blickte zu ihr auf. Ihre Augen glänzten im Mondschein, der durch die leeren Fensteröffnungen des Hauskorridors fiel. Dann nickte sie. »Aber wir müssen losgehen«, flüsterte sie. »Jetzt.«

»Ja, aber bleib neben mir und halte Augen und Ohren offen.«

Die schuttübersäte, von Kratern aufgerissene Straße lag grau und schwarz vor ihnen. Das Licht des beinahe vollen Mondes warf scharfe Schatten in seltsamen Winkeln, so daß alles anders aussah. Ein kräftiger warmer Wind blies durch die Straße, raschelte mit totem Laub und trieb Asche und Staub vor sich her. Aber die Feuerwaffen schwiegen. Dann und wann hörte Thann Radiomusik hinter zerbrochenen und mit Stoff verhängten Fenstern, vereinzelt auch die Stimmen von Leuten, die sprachen oder lachten oder einander anschrien.

Bei Tageslicht durch die Stadt zu gehen, würde einfacher sein, aber die Heckenschützen in den angrenzenden Hügeln feuerten auf alles, was sich bewegte, und die großen Kanonen hämmerten auf die sterbende Stadt ein. Nacht bedeutete langsames Vorankommen und die Plündererbanden, die die Straßen durchstreiften, in Keller und noch stehende Gebäude einbrachen und zerstörten, was sie nicht gebrauchen konnten, aber die Thinta würde Thann warnen, wenn sie in der Nähe waren, also konnte man ihnen leicht ausweichen. Sie verstand nicht, warum diese Leute das tun konnten, aber es paßte zu allem anderen; sie konnte auch nicht verstehen, warum Pixa und Impix einander wegen einer verschiedenen Auslegung des göttlichen Gesetzes umbrachten.

Eine Hand auf Isahoes Schulter, wanderte Thann vorsichtig die Straße entlang. Wie den Lichtkegel einer Taschenlampe ließ sie den Wahrnehmungsbereich ihrer Thinta im Halbkreis hin und her gehen. Sie wollte rechtzeitig wissen, wann jemand ihnen entgegenkam, damit sie sich verbergen konnten, bis die Gefahr vorüber wäre. Die Chance, daß solch eine Person eine Schwester im Gottesbund oder ein Bruder in Gott war, unterwegs zum Lager eines Kranken oder Sterbenden, war leider sehr gering.

Vor ihnen lag eine Straßenkreuzung. Das bedeutete, daß sie sich ungeschützt im Mondlicht bewegen mußten, ohne den Schatten schützender Mauern. Thann blieb einen Augenblick lang stehen, drehte sich langsam, um Gefahr zu erfühlen.

Nichts.

Behindert durch ihre Lasten, eilten sie über die Straße und erreichten wieder Schatten, beruhigenden, einhüllenden Schatten.

Der Mond glitt durch Wolkenfetzen, sein Licht nahm unberechenbar ab und zu, verbarg und enthüllte sie in diesem willkürlichen Tanz, gab ihnen keine Warnung vor Schlaglöchern und den Betonbrocken, die sich ihren Stiefeln, wie es Thann schien, mit absichtsvoller Bosheit in den Weg legten, als schlüge die unbelebte Materie Impixols blindlings gegen jene zurück, die sie verstümmelt hatten. Ein Schaudern überlief sie, und sie unterdrückte den Gedanken, aber jedesmal, wenn sie strauchelte oder mit der Stiefelspitze an einen Betonbrocken stieß, drängte sich die Vorstellung wieder in ihr Bewußtsein.

Eine Straße überquert … drei … neun … fünfzehn …

Die Knie zitterten ihr vor Müdigkeit, kalter Schweiß rann ihr von der Stirn, brannte in den Augen. Sie wollte haltmachen, aber es gab keinen sicheren Ort, den sie sehen konnte, und außerdem würde Isahoe bis zum Umfallen weitergehen, und mit ihr zu streiten, würde zuviel Lärm machen.

Thann faßte Isahoe am Arm und setzte ihr ganzes Gewicht ein, um das Mädchen über einen bröckelnden Mauerrest zu stoßen und sich nach ihr hinüber zu wälzen. Bevor Isahoe etwas sagen konnte, hielt Thann ihr den Mund zu, verzweifelt, weil ihre Unfähigkeit zu sprechen Tod über sie und Isahoe bringen mochte, konnte sie doch ihre Hände nicht zu einer Erklärung gebrauchen, solange es keine Gewißheit gab, daß Isahoe sich still verhalten würde.

Sie fühlte Widerstand, dann ein Nachgeben, und Isahoe nickte gegen Thanns Hand.

Thann nahm die Hand weg und machte die Zeichen: »Jemand kommt auf uns zu.«

Isahoe nickte wieder. »Wie viele?«

»Eine Bande sieben.« Thann zeigte mit dem Finger die Straße hinunter. »Eine Bande sechs.« Diesmal zeigte sie nach Norden. »Seitenstraße.«

»Werden sie zusammentreffen?«

»Wenn unser Glück uns verlassen hat. Wir können uns nur still verhalten und warten, Shashi. Und beten.«

Isahoes Schultern versteiften sich, und sie wandte

den Kopf ab. Thann seufzte und legte ihre Hand auf die Erde, die nach Jahren der Sterilität unter Teer und Pflaster wieder zum Leben erwachte. *Soviel Zorn,* betete sie still. *Vergib ihr, sie hat sich noch nicht mit Schmerz und Verlust abgefunden. Sie ist noch so jung.* Thann brach den Gedanken ab, bevor er in die Bereiche führte, die sie nicht im Kopf haben wollte, und sandte ihre Thinta wieder aus, fühlte die Lebensfeuer näher und näher kommen.

Die Angst lag ihr im Magen wie ein wachsender Stein, kalt, hart und schwer; die Angst war ein Zittern in ihren Armen und Beinen unter der Haut. Sie wollte wieder irgendwo in einem Raum sein, überall, nur nicht hier. Thann hatte oft Angst ausstehen müssen, aber niemals war sie so mit ihr allein gewesen, immer waren Leute ihrer Sippe oder ihre Bindungsgefährten da gewesen, die sie getröstet hatten. Jetzt war nur Isahoe bei ihr, und Isahoe war ein Kind; es war an ihr, für ihre Sicherheit zu sorgen, zwischen ihr und der Gefahr zu stehen, und sie wußte nur zu gut, daß sie zu einer Barriere so wenig taugte wie nasses Papier.

Der Stein in ihrem Magen wuchs und wuchs, als sie warteten, bis sie sich von ihm an den Boden geklebt fühlte.

Plötzliches Geratter von Schüssen. Schreie, Flüche, klappernde Geräusche.

Stille.

Die Luft um Thann fühlte sich an, als würde sie gedehnt, bis zu einer unerträglichen Spannung auseinandergezogen.

Wieder peitschten Schüsse. Ein Querschläger jaulte über ihre Köpfe und klatschte in die zerbrochene Mauer. Die Geräusche wurden lauter, folgten rascher aufeinander, brandeten auf sie zu, dann wieder fort …

Das Gefecht dauerte eine weitere Stunde an, dann stellten beide Seiten aus Gründen, die Thann so unerklärlich waren wie jene, die den Angriff ausgelöst hatten, das Feuer ein.

Thann wartete so lange, wie sie Isahoe ruhig halten konnte, sandte ihre Thinta wieder und wieder in die Umgebung hinaus, um sicher zu sein, daß die Straßen frei waren. Als sie spürte, daß die Unruhe des Kindes kurz vor einer explosiven Entladung stand, erhob sie sich steif und bedeutete Isahoe, neben ihr zu gehen.

Die Wartezeit war keine Ruhepause gewesen; Thanns ganzer Körper schmerzte vor Erschöpfung, aber sie stapfte mit ihrer Traglast weiter – wie zuvor. Der Atem stockte ihr, als sie beinahe über einen Toten gestolpert wäre, der ausgestreckt auf der Straße lag. Ein halbes Dutzend tote Plünderer lagen im weiteren Umkreis verstreut, und der Wechsel von Schatten und Mondschein ließ sie hervortreten und wieder verschwinden, als wären sie Schauspieler auf einer mit Scheinwerfern angestrahlten Bühne. Isahoe ging still neben ihr, vermied es, die Toten anzusehen und war einstweilen zufrieden, einfach westwärts voranzukommen.

Allmählich wurden die Abstände zwischen den Ruinen größer, die Trümmerhaufen niedriger. Mühlenbesitzer und Kaufleute hatten hier ihre Villen inmitten weitläufiger, ummauerter Grundstücke gehabt. Ihre Häuser waren als erste den Geschützen zum Opfer gefallen, leichte Ziele und verlockend obendrein, da die Pixa alles haßten, was mit dem Fleiß und der Tüchtigkeit und dem Handel der Impix zusammenhing. Thann erinnerte sich der ersten Tage ihres Dreibunds, als sie und Bazekiyl und Mandall mit der Straßenbahn hier heraus in die Vororte gefahren und spazierengegangen waren, um sich der Gerüche von feuchter Erde und Blütensträuchern zu erfreuen, der Geräusche von Springbrunnen aus den versteckten Gärten, der Wandmosaiken, die die Außenseiten der Mauern schmückten. Doch als die Beschießung begonnen hatte, verkehrten bald keine Bahnen mehr. Die Geschichte der fortschreitenden Zerstörung wurde in den Radionachrichten verbreitet. Inzwischen lag die ganze Stadt in Trümmern, und Thann sah hier wie dort die Ruinen ihrer Erinnerungen im matten Licht des untergehenden Mondes.

Sie hielt Isahoe am Arm zurück und blieb neben einer Mauer stehen, die weniger zerstört war als die meisten, während ihre Thinta die Umgebung nach Leben absuchte.

Nichts größeres als kleine Nagetiere, die auf Nahrungssuche umherhuschten.

»Shashi.«

Isahoe wollte sie nicht ansehen, sondern zog weiter an ihrem Arm, als wollte sie ohne Aufenthalt gehen, bis sie Linojin erreichte.

Thann stellte sich vor sie hin und machte die Handzeichen groß, zu einem stummen Ausruf: »Shashi.«

Isahoe zwinkerte, dann schien sie in sich zusammenzusinken, als ihre Konzentration gebrochen und die Automatik, die ihren Körper in Bewegung gehalten hatte, ausgekuppelt war. »Thanny?« Ihre Stimme klang schleppend und undeutlich.

»Wir brauchen einen Platz zum Ausruhen und Schlafen. Mir scheint, wir werden innerhalb der Stadtgrenzen keine bessere Gelegenheit als diese finden.«

Isahoe lehnte sich schwer an sie. »Bin sooo müde, Thanny.«

»Paß auf, Shashi. Diese Mauer ist noch ziemlich hoch. Ich werde dich heben, aber du mußt dich selbst hinüberziehen. Sobald du drinnen bist, bleib ganz still und warte auf mich. Hast du verstanden, Shashi?«

»Mm. Versteh schon ...« Das letzte Wort ging in einem Gähnen unter.

Beim dritten mühsamen Versuch gelang es Thann, sich auf die brüchige Mauerkrone zu ziehen, die Beine zur anderen Seite zu schieben und sich ins hohe Gestrüpp am Fuß der Mauer fallen zu lassen. Einen Augenblick lang geriet sie in Panik, als sie Isahoe nirgendwo ausmachen konnte. Sie richtete sich auf, drückte den Rücken an die Mauer und suchte den Garten mit der Thinta ab, bis sie das kleine helle Leben des Kindes berührte.

Heiß vor Angst und Zorn, den Mund in einem lautlosen Schrei aufgerissen, rannte sie auf das Lebensfeuer zu, brach durch Gestrüpp und verwilderte Zierpflanzen, bis sie einen alten Gartenschuppen erreichte, der wacklig und halb überwuchert vor einer ausgewachsenen Hecke stand. Isahoe lag ausgestreckt neben einem kleinen Wasserlauf, der am Gartenschuppen vorbei rieselte, fing mit der hohlen Hand Wasser auf und trank es gierig.

Thann packte sie bei den Schultern, riß sie hoch und schüttelte sie schluchzend, nach Luft schnappend und Worte schreiend, die sie nicht hervorbringen konnte.

»Thanny?«

Der schwache Ausruf durchbrach die Verkrampfung von Wut und Angst, und Thann zog das Mädchen an sich, umarmte es zitternd.

Nach einer kleinen Weile trat sie zurück, fuhr mit einer Hand über die brennenden Augen und begann mit den Handzeichen. »Ich sagte dir, daß du auf mich warten solltest.«

»Thanny, ich war so durstig. Also kam ich hierher, um zu trinken.«

»Woher wußtest du, daß es hier Wasser gibt?«

Isahoe sah erstaunt auf. »Ich weiß nicht. Es war irgendwie, als hätte ich es gerochen. Jedenfalls wußte ich, daß es hier war, und niemand war in der Nähe, der uns stören würde, nur ein paar Mayomayos und einige kleine braune Vögel, die herumhüpften.«

Thann schloß die Augen, holte tief Atem und ließ ihn langsam heraus. »Shashi, ich wäre fast gestorben, als ich sah, daß du nicht da warst. Tu mir das nicht wieder an. Bitte, Tochter Meami.«

Isahoe starrte sie an, dann warf sie sich an sie, umklammerte ihre Mitte mit beiden Armen. Ihr Körper zitterte. »Nein, nein, nein, nicht sterben, Thanny! Du darfst nicht sterben!«

Bestürzt über die Wirkung ihrer gedankenlosen Worte, schloß Thann sie in ihre Arme und pfiff leise, bis das Zittern nachließ, dann machte sie Isahoes Finger los und tätschelte die kleinen Hände. »Also laß uns ein Lager aufschlagen. Meinst du, daß du etwas von dem trockenen Holz aus dem Schuppen ziehen kannst? Ein kleines Feuer unter dem Dachüberhang würde nicht zu auffällig sein, und wir könnten etwas Warmes essen, bevor wir schlafen.«

Thann saß an dem kleinen Feuer, rieb behutsam das Ei in ihrem Beutel und sah Isahoe schlafen. Zum ersten Mal seit Wochen wand die Kleine sich nicht im Griff der Alpträume; ihr Gesicht war staubig und verschmiert, aber es wirkte ruhig und süß, und sein Anblick war Balsam für Thanns müden Geist.

Das Rot der glimmenden Holzkohle verblich, als der Himmel hell wurde. Thann schüttete Wasser auf die letzten glühenden Aschenreste, rollte sich neben Isahoe in ihre Decke, lauschte dem ruhigen Atem des Kindes und fragte sich, ob sie werde schlafen können. Noch während des Gedankens war sie weg.

Als Thann erwachte, wußte sie nicht, wo sie war. Sie starrte in das Geflecht der verästelten Zweige und Blätter über ihrem Kopf, bis die Ereignisse des letzten

Abends in ihr Bewußtsein zurückkehrten. Sie setzte sich aufrecht und lächelte trotz der Schmerzen und der Steifheit ihres Körpers. Isahoe kniete in der Nähe, einen kleinen Haufen dürrer Zweige und Hölzer neben sich. »Hast du gut geschlafen, Shashi?«

»Der Boden ist hart.« Isahoe rieb sich die Seite. »Und da war ein Stock, der mich gepiekt hat, aber ich hab nicht geträumt.« Sie wurde munter. »Thanny, ich sah ein paar Pflanzen, die wie Bilder in meinem Schulbuch aussehen, Tatas, weißt du. Ich dachte, wir könnten sie vielleicht ausgraben und kochen? Und da gibt es auch Qanteh. Ich zog eine heraus, die ganz fett und gelb war, schau her.« Sie griff hinter sich und zog eine mit Erde behaftete Rübe mit drei Blättern hervor, die wie Federn aus ihrem Kopf wuchsen. »Ich erinnere mich, daß Mam … daß ihr sie gewaschen und die Köpfe abgeschnitten und in Scheiben geschnitten habt. Sie waren gut.«

»Das muß ein Küchengarten gewesen sein, Shashi. Laß mich die Zähne putzen, dann kannst du mir zeigen, wo du diese Dinge gefunden hast.« Sie schlug die Decke zurück und erhob sich steif und ächzend, dann wandte sie sich stirnrunzelnd zu Isahoe. »Hast du die Zähne geputzt und dich gewaschen?«

»Ach, Thanny …«

»Macht doch nichts. Wir können uns zusammen waschen.«

Ruhig und friedlich lag der verwilderte Garten in den schwindenden Stunden des Tages; die peitschenden Gewehrschüsse der Heckenschützen und die dumpf krachenden Granateinschläge schienen fern und gedämpft. Als die Sonne im Westen tiefer sank, wuchs Thanns Widerwille, diesen Ort zu verlassen. Sie und Isahoe konnten hier gut genug leben, wenigstens bis das Ei ausgebrütet wäre und die Anya darin zu saugen anfinge. Dann mußten sie sich nur hinauswagen, wenn sie Dinge brauchten, die der Garten nicht liefern konnte. Sie könnten den Schuppen säubern und die Bretterwände mit Holz aus den Trümmern der zusammengeschossenen Villa ausbessern und verstärken, und der Krieg könnte um sie her seinen Fortgang nehmen, sie würden jedenfalls sicher sein.

Jedesmal, wenn Thanns Gedanken diesen Weg nahmen, sah sie Isahoe den Sonnenstand beobachten und überlegen, wie bald sie ihr Versteck verlassen könnten. Dann entglitt ihr der Traum; und selbst ohne Isahoes Drängen würde es ein Traum sein, das wußte sie. Der Friede war überall kurzlebig, man schätzte und genoß ihn, solange er anhielt – als eine Verschnaufpause.

Sie verließen den Garten, als das Rot vom Westhimmel verblich, und wanderten vorsichtig weiter durch die Randbezirke der Stadt, ein verlassenes, in Ruinen liegendes, verwildertes Gebiet. Mehrmals verkrochen sie sich hinter einer Mauer oder unter einer Hecke, um fahrenden Händlern oder Bauern auszuweichen, die auf Tragtieren Waren in die belagerte Stadt brachten, aber sie taten es nur, weil Thann niemanden sehen oder fragen wollte, nicht weil von diesen Leuten irgendeine Gefahr ausging. Die Banden der Plünderer kamen nie so weit; sie legten ihre Hinterhalte weiter im Inneren der Stadt.

Um Mitternacht lagen die letzten Ruinen hinter ihnen. Die Landstraße war eine Abfolge von Granattrichtern und Erosionsrinnen, aber sie bedeutete wenigstens eine offene Schneise im wuchernden Gestrüpp der Stauden, dornigen Ranken und Sträucher. Besonders unangenehm waren verwilderte Beerensträucher, deren lange, zähe Zweige mit spröden Dornen besetzt waren, die an allem hängenblieben, was sie streifte, und unter dem geringsten Druck abbrachen. Die kleinen Gehöfte, die einst diese Straße begleitet und die Stadt mit frischem Gemüse versorgt hatten, waren seit

Jahren verlassen. Die Familien, die das Land bearbeitet hatten, waren von den Pixa Phela vertrieben worden, die so viele töteten wie sie konnten und den übrigen die Häuser anzündeten.

Thann ängstigte sich wieder. Es war ihr unheimlich, keine geraden Linien zu haben, an denen sie sich orientieren konnte, und nicht zu wissen, was sie hinter der nächsten Biegung dieser schrecklichen Straße erwartete. Sie ließ sich von Isahoe führen und sandte die Thinta immer wieder aus, um sich zu vergewissern, daß vor und hinter ihnen und zu beiden Seiten der Straße keine Gefahr lauerte. Sie fürchtete, daß Pixa Phela oder die mörderischen Räuberbanden, von denen sie im Radio gehört hatte, irgendwie ihrer Wahrnehmung entgehen und sie überfallen würden.

Die Anya im Ei war unruhig, stieß und kratzte an der lederigen Schale; Thanns Angst ähnelte Nesseln, die sich an dem kleinen Wesen rieben. Sie wußte es, konnte sich aber nicht beherrschen. Alle Anya wurden mit Ungewißheit nur schwer fertig; sie liebten Ruhe und Ordnung und die Nähe ihrer Vettern und Bindungsgefährten.

Die Landstraße wurde etwas besser, als die Stadt weiter zurückblieb; es gab keine Granattrichter mehr, nur ausgefahrene Rinnen und Schlaglöcher, geschmückt mit dem trocknenden Dung von Zug- und Tragtieren, Wagengeleisen der Bauernfuhrwerke und den Fußabdrücken der kleinen Lebewesen, die im Dickicht der Buschwälder lebten.

Thann hielt sich an die Landstraße, weil ihr nichts anderes übrig blieb, aber es machte ihr Sorgen. Ihre einzige Hoffnung, wirklich nach Linojin zu kommen, bestand darin, daß sie sich scheu wie Waldtiere verhielten. Die Straße machte sie zu Zielen.

Als der Mond unterging, kamen sie auf bestelltes Land.

Das Feld war von einem doppelten Stacheldrahtzaun umgeben, dessen Stränge nur eine Spanne auseinander lagen. Der äußere Zaun war wenigstens zwei Meter hoch, und in der schmalen Gasse zwischen ihm und dem inneren Zaun kam ein Rudel Chals gerannt und begrüßte die Wanderer auf der Straße mit bedrohlichem Knurren. Isahoe drängte sich mit einem ängstlichen Quieken an Thann und hielt sich an ihr fest.

Thann tätschelte sie, führte sie zur anderen Seite der Landstraße und behielt die Chal im Auge. Der vergrößerte Abstand brachte deren Knurren zum Verstummen, aber die Tiere begleiteten sie hinter dem Zaun, bis sie das Ende des Feldes erreichten, das von Ödland abgelöst wurde.

Es war ein weiterer Hinweis, wie gefährlich die Landstraße sein konnte, und er genügte, um Thann zu überzeugen, daß sie sofort von ihr herunter mußten. Außerdem blieb weniger als eine Stunde bis zum Tagesanbruch, und sie mußten einen Lagerplatz finden. Thann tippte Isahoe auf die Schulter, um zu zeigen, daß sie ihr etwas in Zeichensprache zu sagen hatte.

»Deine Augen sind besser als meine, Shashi. Kannst du einen Weg finden, der von der Straße in den Buschwald führt? Wir müssen einen Lagerplatz suchen.«

Isahoe streckte eine Hand aus. »In der Richtung liegt der Fluß, Thanny. Ich kann ihn riechen. Es ist nicht weit. Wenn du willst, kann ich dort vielleicht einen Weg finden.«

Thann spürte, wie das Kind beim Sprechen selbstsicherer wurde. Daß sie etwas Wichtiges zu tun hatte, drängte Angst und Sorge zurück. Sie nickte. »Ja. Wir müssen weg von der Straße, und der Fluß wird uns die richtige Richtung weisen.«

Als Isahoe vorausging und sich nach einer Weile seitwärts in das Dickicht der Sträucher und dornigen Ranken schlug, folgte Thann ihr ohne zu fragen, überlegte aber bei sich, was Isahoes neuentdeckte Gabe bedeutete. Es war das zweite Mal, daß sie davon gesprochen hatte, Wasser zu riechen. Eine Gabe, die sie in der Stadt nicht benötigt hatte. Also wußte niemand, daß sie sie besaß. Nun, wenn es wahr war, so mußte es ein Geschenk Gottes sein. Die Ebene zu durchqueren, ohne Landstraßen zu benutzen, war ein verlockender Gedanke, aber sie mußten dabei die Richtung halten, und das konnte schwierig werden.

Obwohl Isahoe sich vorsichtig den Weg bahnte und Thann ihr ebenso vorsichtig folgte, streiften sie immer wieder die Zweige der Dornsträucher, die wie Sägezähne in ihre Stiefel und Hosen schnitten, manchmal sogar hochschnellten und sie ins Gesicht trafen, wo sie blutige Kratzer hinterließen.

Der Osthimmel verblaßte zu Grau, die Morgenröte begann rosig zu leuchten.

Isahoe ging unbeirrt weiter. Hin und wieder blickte sie zurück, um sich zu vergewissern, daß Thann ihr noch folgte, aber meistens bewegte sie sich rasch und sicher durch Wald und überwachsene Felder, einem Ziel entgegen, das ihr klar zu sein schien, während Thann bald jede Orientierung verlor. Selbst die Morgenröte half ihr nicht viel. Ein achtjähriges Kind, dachte sie. Ich sollte es sein, die sie führt.

Trotz ihrer Beunruhigung über diesen Rollentausch fühlte Thann sich zum ersten Mal, seit sie Mikils Wohnung verlassen hatte, entspannt. Der Faden göttlicher Ordnung, dachte sie, das mußte es sein. Gottes Gegenwart in Shashi sorgte für sie beide. Sie nickte, als dieser Gedanke sich in ihr Bewußtsein einnistete, fühlte sich geborgen in fürsorglichen Händen.

Der Wald lichtete sich.

Nach der Schwärze des Bodens und den abgestorbenen schwarzen Stümpfen zu urteilen, hatte hier vor zwei oder drei Jahren ein Waldbrand gewütet, das

Unterholz und den Jungwuchs vernichtet und nur die dickborkigen älteren Bäume verschont. Inzwischen waren neue Schößlinge aufgekommen und hatten bereits Brusthöhe erreicht, aber das verfilzte Dickicht der Dornsträucher und Ranken hatte sich noch nicht wieder gebildet.

Isahoe führte Thann auf gewundenem Pfad durch den Wald. Sie kamen jetzt schneller voran, obwohl die dicht aufwachsenden Schößlinge oft die Sicht nahmen und bei jedem Schritt auseinandergebogen werden mußten. Die Sonne stand schon in Höhe der Baumwipfel am Himmel, als sie das Flußufer erreichten und auf das Wasser blickten, das achtzig Meter unter ihnen dahinströmte. Isahoe hatte sie so sicher und genau geführt, als wäre sie einem freigeschlagenen Weg gefolgt.

Breit, tief und lehmig, mit einer kleinen Flußinsel, die vor ihnen um eine Krümmung lugte, zog der Khobon zu ihren Füßen vorbei. Das Sonnenlicht und die glatte Oberfläche erzeugten den Eindruck heiterer Ruhe, sah man aber genauer hin, zeigten sich treibende Äste und ganze Bäume, bildeten sich da und dort plötzlich saugende Strudel. Thann beobachtete die hypnotische Strömung und fühlte, wie sie die Müdigkeit überkam und mit jedem Atemzug schwerer auf ihr lastete. Sie nahm Isahoe beim Arm. »Die kleine Lichtung hinter uns, laß uns dort lagern. Wir können etwas von Mikils Wegzehrung essen und unseren Schlaf nachholen.«

Isahoe schüttelte den Kopf. »Laß uns hier lagern, Thanny. Auf der Lichtung fühle ich mich so ausgesetzt. Das Dunkel unter den Bäumen ringsum macht mir Angst. Und schau, wenn jemand kommt, können wir einfach ins Wasser springen und entwischen.«

Thann schauderte bei dem Gedanken, dann nickte sie. »Aber wir sollten ein wenig weiter rückwärts lagern, im Schatten der Bäume, so daß man uns von der anderen Seite nicht sehen kann.«

Isahoe gähnte und lächelte schläfrig. »Na gut, aber ich mag keine Wegzehrung, Thanny. Ich möchte nur schlafen.«

Als Thann erwachte und aufstand, war Isahoes Decke leer. Sie sandte die Thinta aus und war erleichtert, als sie Isahoe in der Nähe fühlte. Sie stand auf und trat unter den Bäumen hinaus, folgte dem Zug der Thinta und fand oben am Rand des Steilufers das Kind zusammengerollt. Es schlief fest.

Thann blickte von Isahoe zum Fluß hinab. Es war, als hätte das Wasser sie angezogen, so nahe wie sie ihm kommen konnte, und hätte sie mit einem so starken Ruf erreicht, daß er Verstand und Willen überwunden hatte. Sie lauschte eine Weile Isahoes gleichmäßigem Atem und überlegte, ob sie das Kind zurücktragen solle. Schließlich schüttelte sie den Kopf und kehrte zu ihrem Schlafplatz zurück, um sich an Ruhe zu verschaffen, was sie konnte, bevor es Zeit wäre, den Marsch fortzusetzen.

Sie verließen den Lagerplatz, während es noch hell war und hielten sich so nahe wie möglich an das windungsreiche Flußufer.

Es war kein leichtes Vorankommen. Nichts war mehr leicht.

Als sie die zweite Nacht am Fluß lagerten, brachte Thann die Garnknäuel zum Vorschein, die sie ganz unten in ihrem Rucksack verstaut hatte. Schläfrig sah Isahoe zu, wie sie aus einem Stück Treibholz ein primitives Weberschiffchen schnitzte und mit Garn umwickelte.

»Was ist das, Thanny?«

Sie legte es aus den Händen, um antworten zu können. »Vor langer Zeit, als ich ein Anyalit ungefähr in deinem Alter war, in den Tagen vor dem Krieg, als

Khokuhl ein glücklicher Ort war, ging mein Vater mit mir zum Fischen an den Rand der Ästuarsümpfe. Im Sommer gingen wir fast jeden Tag hin. Ich lernte das Netz knüpfen, weil er sagte, ich könne nicht mit einem anderen Netz als einem selbstgeknüpften fischen. Es gehöre sich nicht, sagte er. Als ich ein Netz geknüpft hatte, das ihm gefiel, lehrte er mich das Auswerfen. Am Morgen werde ich dieses Netz ausprobieren, und mit etwas Glück werden wir zum Frühstück Fisch haben. Wir werden unsere Nahrung selbst sammeln müssen, Shashi. Es gibt keine Läden, wo wir Essen kaufen können, und wir haben schon gar nicht das Geld.«

»Ach so. Ist genug Garn da, daß du mir davon abgeben kannst?«

»Ich habe einen Knäuel in deinen Rucksack getan, ganz unten liegt er. Warum?«

»Ich dachte, ich könnte Schlingen machen. Erinnerst du dich, wie Mam mich lehrte, Ratten zu fangen? Vielleicht kann ich ein paar Mayomayos und Wejeys erwischen.«

»Ah, ja, das ist ein guter Gedanke. Nimm das Garn und sieh zu, was du tun kannst.« Sie nahm das Weberschiffchen und machte sich an die Arbeit am Netz.

Als ihre Finger sich wieder an die Technik des Netzknüpfens gewöhnt hatten und ihre Arbeit mechanisch verrichteten, fand Thann die Zeit, Isahoe zu beobachten. Sie sammelte Stecken und spielte mit dem Garn, bis sie die Schlingen zu ihrer Zufriedenheit geknotet hatte. Das Bedürfnis, nach Linojin zu kommen, summte tief in ihrem Innersten, war aber jetzt von einer schnurrenden Zufriedenheit überlagert. Ach, Shashi, dachte Thann, warum sah ich es nicht vorher? Du brauchst etwas zu tun, das deine Gedanken von Linojin ablenkt. Unterhaltung. Zerstreuung. Ich hätte in Khokuhl daran denken sollen, vielleicht wäre dann … ich weiß nicht …

Am Morgen, als Thann am Ufer das Netz auswarf, kam ein Händler mit seinem Kahn um die Flußbiegung hinter ihr gesegelt und lenkte ihn zum Ufer, bevor sie merkte, daß er da war.

Wintshikan erwachte im warmen grauen Licht eines frühen Sommermorgens. Als sie sich aufrichten wollte, fuhr ein brennender Schmerz durch ihre Schultern, und Krämpfe in beiden Beinen ließen sie aufstöhnen. Sie ließ sich zurückfallen, versuchte die schmerzenden Beinmuskeln zu massieren und probierte es vorsichtig noch einmal.

Sie kam nicht hoch. Ihre Beine waren kraftlos, die Muskeln ihrer Arme und Schultern schienen sich in Gallerte verwandelt zu haben. Sie ließ sich zurücksinken, blickte zum Laubdach auf, das sich über ihr wölbte, und überlegte, wie sie mit diesem Tag fertig werden sollte, und dem nächsten und dem übernächsten, wenn sie nicht einmal aufstehen konnte.

Zell hörte, wie sie sich regte, und kam herübergetrottet.

Verdrießlich blickte Wintshikan zu ihrer Bindungsgefährtin auf, und einen Augenblick lang haßte sie Zells drahtige Beweglichkeit.

Nachdem Zell sie in Augenschein genommen hatte, nickte sie und ging fort. Als sie zurückkam, hatte sie einen kräftigen Wanderstab bei sich, ein Stück von einem Ast, das sie zugeschnitten und poliert hatte, bevor Wintshikan erwacht war. Zell legte ihn neben sie. »Ich dachte mir«, gab sie zu verstehen, »daß du bedauern würdest, dich gestern so stark gefordert zu haben.«

Wintshikan versuchte sich am Wanderstab hochzuziehen, konnte aber nicht den richtigen Griff finden oder ihn effektiv einsetzen. So ließ sie ihn fallen und sank zurück in ihre zerwühlte Decke, Tränen des Zornes in den Augen.

Zell wusch ihr das Gesicht mit einem Lappen, den sie in einen Krug mit warmem, seifigem Wasser tauchte, wischte ihr die Arme und Beine, dann nahm sie die Blase mit Maphikbalsam, die dem alten Yancik gehört hatte, und begann die fettige Salbe in Wintshikans Arme und Schultern, dann in die Beine zu kneten. Während der Arbeit hielt sie hin und wieder inne, um ihrer Bindungsschwester tröstliche Worte zu signalisieren.

Der Zorn auf sich selbst und den Körper, der ihr nicht gehorchen wollte, legte sich, als die wohltuende Wärme des Balsams in ihre gekneteten Muskeln eindrang, und Wintshikan brachte ein schiefes Lächeln zustande. »Untaugliche alte Kuh, nur noch gut für den Kochtopf und sonst nichts.«

Zells Finger der linken Hand flatterten in einem Anya-Kichern. »Oh, wir brauchen unsere Mama-Kuh für mehr als zum Essen. Nun sieh zu, ob du die Knie beugen kannst. Ich werde dich von hinten stützen und dir aufhelfen.«

Am zweiten Tag ihrer Wanderung zogen die Reste der Shishim-Sippe weiter nach Norden und sammelten unterwegs an Eßbarem, was sie fanden. Die Ausbeute war gering, obwohl es Hochsommer war; das ganze Land litt unter Krieg, Entvölkerung und Vernachlässigung.

Hinzu kam, daß sie diesen Weg schon begangen hatten, und daß das Land nicht genug Zeit gehabt hatte, neue Früchte hervorzubringen.

Es war ein stiller Tag. Der Wind flüsterte sanft mit den Blättern der Baumwipfel, aber am Boden war es windstill und heiß. Irgendwo in der Ferne hörte sie das hustende Bellen eines Boyal. Singvögel zwitscherten und kreischten, als sie der Eindringlinge gewahr wurden. Feine Triller stiegen zur Sonne auf, gefolgt von einem rauhen, warnenden Zetern. Kleine Tiere raschelten ungesehen durch das Unterholz. Ihre Füße wirbelten roten Staub auf, der ihre Beine und Kleider einfärbte und bitter in ihre Nase stieg.

Seit Jahren war Wintshikan nicht so viel gegangen, nicht seit sie steif und schwerfällig geworden war und ihre Knie angefangen hatten, Schwierigkeiten zu machen. Sie war immer auf dem Wagen der Sippe gefahren, neben dem alten Yancik, der das Gespann der Zugtiere gelenkt hatte. Sie war keine junge Frau mehr; ihr Bindungspartner Ahhuhl war nur zwei Jahre älter, und er war fünfzig gewesen, als er den Speer genommen und kurze Zeit später sein Leben in einem der frühen Kämpfe gegen die Impix gelassen hatte. Und seit jener Zeit waren zehn Jahre vergangen, die sie hart angekommen waren. Es war anstrengend und schmerzhaft, diesen alten Körper zu bewegen. Am ersten Tag hatten Furcht und Zorn sie angetrieben. Und Hartnäckigkeit. Heute war nur noch die letztere geblieben.

Luca und Wann erkundeten das Land vor ihnen, hielten Ausschau nach Pixa ebenso wie nach Impix. Seit sie auf der Flucht waren, mußten sie alle Kämpfer als ihre Feinde und als gefährlich betrachten.

Je mehr harte, ermüdende Meilen sie zurücklegten, desto kräftiger und glücklicher schien Luca zu werden. Sie lebte auf und nahm ihre neuen Verantwortlichkeiten mit einer freudigen Bereitwilligkeit auf sich, die Wintshikan zu Selbstvorwürfen Anlaß gab. Vieles hatte sie allzu lang vernachlässigt, hatte sich auf das bequeme Kissen von Sitte und Brauch zurückgezogen statt die wunden Punkte innerhalb der Sippe zu suchen und zu heilen. Der Krieg hatte alles so schwierig gemacht, daß Sitte und Brauch die einzigen Stützen waren, auf die sie sich immer verlassen konnte und die ihr festen Halt gaben.

In Gottes Augen bin ich nicht rein, dachte sie. Ich habe meine Sippentöchter vom Weg abweichen lassen.

Es ist gut, daß wir nach Linojin gehen. Ein Heiliger Ort wird die Gedanken wieder auf den Rechten Weg lenken.

Sie dachte an Lucas ständige Abwesenheit von allen Lobpreisungen, an den abweisenden Ausdruck, der in ihre Augen kam, wenn eine der anderen von Gott oder dem Propheten sprach. Als bemühte sie sich, höflich zu sein und vor den anderen nicht Gott zu lästern, obwohl sie nicht mehr den Rechten Weg ging. Ich weiß nicht, was ich tun soll, dachte Wintshikan. Sage ich etwas, wird es sie nur weiter entfernen. Ich wünschte, wir wären jetzt in Linojin; die Sprecher des Propheten werden wissen, was zu tun ist, sie müssen es wissen. Wie könnte ich es ertragen, wenn ihre Seele an die Pixa verloren ginge und niemals unter uns wiedergeboren würde? Sie triebe nur ziellos, bis sie zu nichts verblaßt wäre. Und meine Nachlässigkeit wird Schuld daran sein.

Als sie an diesem Abend ihr Lager aufschlugen, massierte Zell wieder Balsam in Wintshikans Muskeln, rümpfte dabei aber die Nase über den Geruch und breitete ihre Decke auf der dem Wind zugekehrten Seite aus.

Den Geruch der ätherischen Dämpfe von ihren Schultern und Armen in der Nase, lag Wintshikan auf dem Rücken und starrte zum Mond auf, der in den entlaubten Ästen eines vom Blitz getöteten Baumes hing. Sie dachte an die Kinder ihrer Bindung. Sie waren längst fort, in alle Winde zerstreut. Ihr Sohn Hanar hatte sich einer Pixa Phela angeschlossen und war vor zwei Jahren bei einem Überfall getötet worden. Ihre Tochter Kulenka hatte aus der Sippe in eine andere aus dem hohen Norden geheiratet, für die der Versammlungsplatz Isilo der Mittelpunkt war. Es war ein herber Schmerz gewesen, sie gehen zu sehen, aber sie war

Hekas Tochter und konnte nicht bei der Sippe bleiben, in die sie hineingeboren war. Ihre zwei Anyas, die kleine braune Mali und die goldene Mischi, waren Bindungen in ebenso entfernten Sippen eingegangen, und sie und Zell hatten sie seit mehr als fünf Jahren nicht gesehen. Sie wußte nicht einmal, ob Kulenka, Mali und Mischi noch lebten.

Auf der anderen Seite des niedergebrannten Feuers wimmerte Xaca im Schlaf. Sie träumte wieder. Wintshikan verzog das Gesicht. Um Xaca zu helfen, die Alpträume aus ihrem Bewußtsein zu drängen, ließ sie sich diese Träume während der Wanderung erzählen. Es waren schlimme, quälende Träume. Hidan träumte nicht, hatte sich aber eng an Nyen angeschlossen, die sie immer wieder berührte, als sähe sie in jedem Schatten Impix, die sie anspringen und essen würden.

Hidan und Nyen. Vielleicht eine Bindung? Damit würde aus diesem Schrecken etwas Gutes erwachsen, dachte sie. Xaca … ihre Bindungsgefährtin ist zu bleichenden Knochen geworden. Ich muß mir etwas ausdenken, was sie tun kann, um ihre Gedanken von den Ängsten abzulenken … sie beunruhigt die Kinder … Alpträume … die Nahrung reicht nicht für alle … vielleicht würde es helfen, wenn ich Xaca mit der Nahrungsbeschaffung beauftragte. Dann würde sie an etwas anderes als ihre eigenen Ängste denken müssen …

Während sie sich mit diesem Problem beschäftigte, schlief sie endlich ein.

Am neunten Tag der Wanderung, nahe Sonnenuntergang, als lange Schatten auf dem Weg lagen, kam Luca um eine Wegbiegung gerannt und blieb vor ihnen stehen. »Schschscht!« Sie fuchtelte mit den Armen, um Fragen abzuwehren, und fuhr mit leiser, vor Aufregung heiserer Stimme fort: »Sie dürfen euch nicht hören. Hangabwärts sind Impix, ungefähr fünfzehn Minuten entfernt.«

Hidan fing an zu zittern. Wintshikan faßte sie beim Arm und blickte umher.

»Xaca, nimm Hidan und die Kinder und such einen Unterschlupf. Kanilli, du nimmst Zaro und gehst mit ihnen bergauf. Impix werden weniger gern steigen, wenn sie meinen, sich umsehen zu müssen. Nyen, nimm eine Handvoll Zweige und Farne und verwisch unsere Spuren, aber es darf nicht länger als eine oder zwei Minuten dauern. Gut gemacht, Luca. Geh zurück zu Wann und versteckt euch.«

Zell zitterte, als sie die Impix unter ihnen vorbeigehen hörte. Sie schienen sich so sicher zu fühlen, als befänden sie sich auf ihren heimatlichen Straßen.

Worte wehten zu ihnen herauf, beiläufiges Gelächter, Bruchstücke von Sätzen, die wie die Einlegearbeiten verschiedenfarbiger Hölzer an den Seiten eines Sippenwagens eine Geschichte erzählten. Eine häßliche Geschichte. Ein weiteres Kapitel dieser Geschichte hatte begonnen. Hinterhalt, Unachtsamkeit und Tod. Der Krieg schliff die Phelas zurück, glich Pixa und Impix immer mehr einander an, bis sie wie Spiegelbilder waren, die einander anstarrten.

Still und mit offenen Augen weinte Wintshikan um ihre eigene Torheit und die ihres Volkes.

Yseyl flog den Desintegrator hinaus zum Zaun – jenseits des steinigen, öden Vorgebirges, das als ›Finger des Propheten‹, bekannt war und von niemandem aufgesucht wurde, nicht einmal von Schmugglern. Am Ende war Cerex großzügiger gewesen, als der Vertrag es verlangt hatte, hatte ihr, als er sie in ihren heimatlichen Bergen absetzte, eine Betäubungswaffe und das

Miniskip gegeben, dazu eine Reiseapotheke und mehrere Packungen Notrationen.

»Gib acht auf dich, und wenn du dies überlebst, ruf mich an.« Er reichte ihr ein kleines graues Viereck. »Mein Briefkasten auf Helvetia. Geh zu einem öffentlichen Kommunikationszentrum und steck den Datenträger in den Kodeschlitz. Gib eine Botschaft durch, und ich werde kommen und dich abholen.«

Er berührte ihre Wange mit zarten, seidigen Fingerspitzen, dann wandte er sich ab und beschäftigte sich mit den Sensoren am Armaturenbrett, ziemlich unnötig, wie sie vermutete. Sie hatten einander auf diesen langen Reisen, wo es nichts zu tun gab, ziemlich gut kennengelernt. Sie waren von verschiedener Art, sich aber trotzdem seltsam ähnlich.

Wir sind Kumpel, dachte sie, vom Schicksal ausersehen, daß wir abgezwickt und weggeworfen werden. Niemand liebt uns. Wir sollten Würmerfraß sein.

Sie lächelte, als sie den Kasten öffnete und den Desintegrator herausnahm. Würmer und Wurmlöcher. Vielleicht bin ich ein Wurm. Darum kann ich Löcher machen. Sie richtete das vordere Ende des Desintegrators auf den Zaun und berührte den sensorischen Auslöser.

Lange schien nichts zu geschehen. Vielleicht hatte Cerex doch gelogen, oder sich geirrt. Sie starrte aus schmalen Augen zum Zaun und versuchte die Kälte zu überspielen, die sich in ihrer Magengegend ausbreitete.

Die zuckenden Impulse entwickelten paarweise Wellen, eine aufsteigende und eine absteigende. Die Wellen drehten sich zu einem Wirbel um einen Kreis von Leere, einen Kreis, der wuchs und wuchs, bis das untere Ende ins Wasser eintauchte und die Leere groß genug war, um ein Dampfschiff durchzulassen. Die wachsende Erweiterung kam zum Stillstand, aber das Loch blieb.

Sie kampierte auf dem Finger des Propheten und beobachtete das Loch, wartete darauf, daß die Ptak es bemerkten und fragte sich, wie lange es Bestand haben würde.

Am Ende der dritten Nacht floß es zusammen, bis kein Zeichen blieb, daß etwas geschehen war. Keine Besucher waren erschienen. Der Desintegrator entsprach in allem dem, was Cerex behauptet hatte.

Yseyls Mund spannte sich zu einer grimmigen schmalen Linie, während sie die Ausrichtung der Gipfel überprüfte. Als sie überzeugt war, daß sie die Wendlu-Runde erreicht hatte, steuerte sie das Miniskip zwischen den Baumwipfeln abwärts, manövrierte es in ein Dickicht junger Schößlinge und setzte es neben dem zerfallenden Baumriesen, der Raum für sie geschaffen hatte, sanft am Boden auf.

Mit erleichtertem Ächzen stieg sie aus dem Sattel, rieb sich das mißhandelte Gesäß und murmelte zu den Vögeln und der Luft: »Warum erschafft jemand, der über alles so viel weiß und kann, etwas so schrecklich Unbequemes?«

Die Luft und die Vögel hatten keine Antworten für sie. Sie entfernte die auf den Gepäckträger geschnallten Packtaschen und stellte sie auf den modernden Stamm. Dann setzte sie sich daneben und zog die Stiefel aus, bewegte die Zehen und erfreute sich des Gefühls von Erde und Gras an den Füßen. Es war gut, wieder dort zu sein, wo alles vertraut war, wo die Gerüche und Farben und Strukturen richtig waren.

Die Wendlu-Runde.

Der nächste Gipfel bezeichnete das Lager, in dem sie das Licht der Welt erblickt hatte. »Am Bach Minyama sah ich erstes Licht/Die Wasser tanzten blau und hell«, sang sie und stieß mit den Fersen gegen den liegenden Stamm. Ihre Stimme war wie ein Hauch der Brise, die durch die blaßgrünen Blätter raschelte. »Am Bach Minyama lernte ich den Schmerz/Fort ist mein Liebster, er kommt nicht mehr …«

Die Erinnerungen waren schwer. Sie konnte sie vergessen, wenn sie anderswo war, aber wenn sie ihren Fuß auf die Runde setzte, kehrten sie zurück. Immer wieder.

Ihre Eltern kamen in einem Felssturz um, als sie noch im Ei gewesen war. Ihre Anya geriet vor Kummer außer sich und wurde auf dem Wagen der Sippe festgebunden, nachdem sie versucht hatte, sich von einer Klippe zu stürzen. Eine Woche nachdem Yseyl ausgeschlüpft war, platzte eine Ader im Beutel und ertränkte sie beinahe, als die Anya verblutete. Die Heka rettete ihr das Leben und befahl der Anya Delelan, sie in ihren Beutel zu tun. Der verrückten Delelan, mit der niemand eine Bindung eingehen wollte. Die Sippe ernährte sie und kümmerte sich um ihre Bedürfnisse, doch darüber hinaus hielt man sich nach Möglichkeit von ihr fern. Und auch von Yseyl, als sie aus dem Beutel gekrochen war.

Delelan machte sich nichts daraus. Sie hatte ihre Stimmen und die Geister, die sie mit solcher Überzeugung sah, daß Yseyl manchmal glaubte, auch sie könne sie sehen. Als sie älter wurde, gab es Augenblicke, in denen sie die verrückte Delelan haßte und ihr die Schuld an dem Unheimlichen in ihr gab, das den anderen Kindern Furcht vor ihr einflößte; sie quälten und peinigten sie, weil sie Angst hatten. Sie nannten sie die verrückte Yseyl. Sie riefen ihr nach, daß sie ihre Anya umgebracht habe. Sie zwickten und bissen sie, rauften mit ihr und stahlen ihr Essen, zerbrachen ihre Sachen. Delelan beschützte sie, so gut sie konnte und liebte sie in ihrer seltsamen Art, tröstete sie auch, wenn die Dunkelheit über sie kam und sie sich fragte, ob ihre Peiniger recht hätten – ob sie vom Tag ihres Ausschlüpfens an eine Todbringerin sei?

Es half nicht, daß ihre Göttergaben erkennbar wurden. Sobald sie entdeckte, daß sie Leute sehen machen konnte, was sie wollte, selbst wenn nichts da war, daß sie den Schatten der Form um sich ziehen und jede beliebige Person sein konnte, daß sie Radios spielen machen konnte, selbst wenn die Batterien leer waren, sagte sie nicht viel von diesen Gaben, doch die Leute sahen, daß sie Gebrauch davon machte, und das genügte, um sie in den Augen der anderen noch seltsamer und beängstigender erscheinen zu lassen. Und es verstärkte ihre Isolation.

Im achten Jahr nach ihrem Ausschlüpfen fand sie die Höhlen, die diesen Berg durchzogen, bewahrte das Geheimnis in ihrem Herzen und verbrachte viele Stunden mit der Erforschung der gewundenen Gänge und Kavernen. Leichtsinnig kroch sie durch die engsten Verzweigungen des Höhlensystems, die ihr kaum Durchlaß gewährten, eine Handlampe, die sie von einem Händler in Yubhikah gestohlen hatte, vor sich gestreckt. Die Batterien waren längst leer, aber bei ihrer Berührung leuchtete die Lampe noch immer.

Als die Schatten der Schößlinge ihre Zehen überkrochen, schnalzte sie und stand auf. »Wenn dies vorbei ist, kannst du herumsitzen und faulenzen und dem Gras beim Wachsen zuschauen, verrückte Yseyl.« Sie reckte sich, gähnte und machte sich daran, den Rucksack zu packen, den sie den Berg hinauftragen wollte. Es kam darauf an, den Inhalt so zu verteilen, daß die Last auf ihrem Rücken im Gleichgewicht war und sie die Beweglichkeit haben würde, die sie brauchte, um ihr Ziel zu erreichen.

In der lückenhaften Deckung, die die Blätter an den krummen roten Zweigen eines Silhastrauches zwischen den Felsen boten, kauerte Yseyl neben dem Block nieder, der ihr als Orientierungspunkt diente, und beobachtete die ungefähr dreieckige Höhlenöffnung in der Bergflanke, die sie besser kannte als ihre eigenen Handlinien.

Sie saß ganz still, wartete geduldig, bis die durch ihr Erscheinen aufgescheuchten kleinen Tiere sich beruhigt hatten und suchte mit ihren Blicken das Geröll und den groben Sand vor ihr nach Spuren von Eindringlingen ab. Als sie sich vergewissert hatte, daß niemand in ihre Domäne eingedrungen war, lief sie zur Höhlenöffnung und kroch hinein.

Zuerst befürchtete sie, daß sie mit ihrem Rucksack in der engen Biegung steckenbliebe, die der Höhlengang machte, kurz bevor er sich plötzlich in eine große Kaverne öffnete. Als sie sich aber auf den Bauch legte und mit den bloßen Füßen vorwärts schob, kam sie mit scharrenden Geräuschen ihres Rucksackes an den Wänden und dem hörbaren Reißen von Stoff durch die Engstelle. Sie rümpfte die Nase. Das war der Lohn der Faulheit. Sie hätte den Rucksack von den Schultern nehmen und nachziehen sollen.

Sie schlüpfte aus den Gurten, ließ den Rucksack zu Boden gleiten und stand auf.

Feine Staubteilchen tanzten durch einen Sonnenstrahl, der durch einen Felsspalt drang und auf den staubbedeckten grauen Boden der Kaverne fiel. In seinem Licht waren die dreizehigen Fußabdrücke von Mayomayo, die größere Fährte eines Sasemayo und die Spuren ihrer eigenen bloßen Füße von ihrem letzten Besuch hier zu sehen.

Die innere Wand der Kaverne wies ein halbes Dutzend Öffnungen auf, einige davon kaum groß genug, um einen Sasemayo durchzulassen, die anderen von verschiedener Höhe. Eine war niedrig und breit wie ein halb geöffneter Mund.

Yseyl reckte sich, gähnte, dann ließ sie sich auf die

Knie nieder und schob den Rucksack mit dem Desintegrator mit einer Hand vor sich in die niedrige Öffnung, um dann hinterherzukriechen. Die Handlampe leuchtete ihr den Weg, doch immer wieder blieb der Rucksack an Vorsprüngen und Kanten im Boden und an den Wänden hängen, und mehrere Krümmungen und Engstellen erforderten viel Kraftaufwand und Gelenkigkeit: Doch sie kam durch und erreichte zehn Minuten später einen zweiten Höhlenraum.

Der Höhlenboden war felsig und uneben, und jedes Geräusch widerhallte von den Wänden. Ein schmaler Wasserlauf rieselte über die Steine und suchte seinen Weg zum ungesehenen Ausgang. Die Höhle war erheblich größer als die erste und angefüllt von einer samtigen Dunkelheit, die dem Licht der Handlampe nur widerwillig zu weichen schien. Die ebenste Oberfläche befand sich in der Nähe des Eingangsloches, und dort hatte Yseyl aus Schößlingen, ineinander geflochtenen Zweigen und dürrem Gras eine kleine Hütte an die Wand gebaut, deren Eingang mit einem Stück Segeltuch verhängt war. Sie schlug es zurück, entnahm ihrem Vorrat ein paar Kerzen und einen dreiarmigen Leuchter, der vor einiger Zeit in Icisel ihre Begehrlichkeit geweckt hatte, und eine Decke, die sie ausschüttelte und auf den Boden breitete. Sie drehte die Kerzen in die Löcher des Leuchters und zündete sie an, dann lächelte sie, als das sanft flackernde Licht die Schatten weckte, die sie Delelans Geister nannte.

Eine Weile sah sie dem Schattenspiel zu, dann kehrte sie in die Hütte zurück, um den Rest ihrer Sachen herauszuholen.

Sie spielte mit ihren Schätzen und verlor über dem Zählen und Befühlen, dem Betrachten und Bewundern alles Zeitgefühl. Da waren die handgeprägten Gold-

und Silbermünzen der Pixa, die maschinengeprägten Münzen der Impix, eine lange Halskette aus polierten Türkis- und Jaspisperlen, die Bronzestatuette eines springenden Boyal, eine aus Jett geschnittene Gemme, eine ringförmige Brosche, eine Gebetsikone aus Mosaik, die einer Gruppe von Schwestern im Gottesbund gehört hatte, all der Krimskrams, der ihr in den Jahren, als sie nur eine Diebin gewesen war, an den Fingern kleben geblieben war, bevor sie ihre Berufung erkannt und angefangen hatte, Jagd auf Waffenhändler zu machen.

Zuletzt seufzte sie und räumte die meisten ihrer Schätze wieder fort. Einen Beutel mit Münzen und ein paar Schmuckstücke zum Bestreiten ihrer Lebenshaltungskosten in Linojin tat sie in den Rucksack, dann band sie das Segeltuch vor dem Eingang fest und ging.

Gegen Mittag des nächsten Tages kam sie zu dem Aussichtspunkt, wo man die Pilgerstraße sehen konnte. Es war ein heißer, windstiller Sommertag, so ruhig und friedvoll, daß der Krieg hätte ein Alptraum gewesen sein können, aus dem sie erwacht war.

Weit jenseits des bunten Teppichs der Felder, Gehöfte und Obstgärten lag die Stadt, ein zartes Filigran aus weißem Marmor auf smaragdgrünem Grund, durchzogen von den dunkleren Fäden der gewundenen Straßen. Dort sollte es baumbestandene Plätze, Teiche und Springbrunnen geben, mit denen diese Fäden besetzt waren. Wenn sie die Augen zusammenkniff, glaubte sie den Sendemast der Radiostation und im Süden der Stadt das Fischerdorf sehen zu können, einen häßlichen gelbbraunen Fleck, der die Schönheit des Ganzen aber nur betonte.

Und noch weiter draußen, wo Himmel und Meer im Dunst der Ferne ineinander übergingen, stand der Zaun. Yseyl starrte hinaus, bis sie glaubte, ihn sehen zu können. So großartig war er nicht. Nicht mehr. Sie hatte ein Loch hineingemacht, und er hatte es nicht einmal bemerkt.

Als sie den Zaun zum ersten Mal gesehen hatte, war ihr ein quälender Schmerz durch den Kopf geschossen, als hätte jemand einen Nagel von einer Schläfe zur anderen hineingetrieben. Das war verschwunden. Sie hatte ein Loch in den Zaun gemacht, hatte zugesehen, wie es sich langsam wieder geschlossen hatte, aber sie konnte es wieder tun, jederzeit.

Sie wandte sich ab, weil sie nicht in der Lage war nachzudenken, solange sie so angestrengt hinausspähte, wo dieses DING war. Sie setzte sich auf einen vom Wetter glattgeschliffenen Stein und zog die Stiefel aus. Sie stopfte sie zu ihren anderen Dingen in den Rucksack, dann stützte sie die Ellbogen auf die Knie und preßte die Handballen gegen die Augen. Langsam, dachte sie. Sei vorsichtig. Du weißt nicht, wem du trauen kannst. Sei wie die anderen, eine brave kleine Pilgerin. Mach dir deine Geschichte zurecht. Wer bist du? Ja. Ich werde den Namen meiner Mutter nennen, Lankya von der Wendlu-Sippe. Unterwegs zum Grab des Propheten. Gahh, der bloße Gedanke macht mich krank … Aber es muß sein. Ich muß jemanden finden, der Menschen führen kann. Ich kann entkommen, aber ich kann nicht führen. Das hatte ich nicht bedacht. Jemand muß wissen, wie man dieses Ding gebraucht. Löcher durch den Zaun machen, daß die Leute hinaus können, die gehen wollen, ist gut und schön, aber es kann dem Morden kein Ende bereiten. Gott, ich wünschte, ich könnte noch glauben …

Sie schüttelte die plötzliche Niedergeschlagenheit ab und stand auf. Mit schleppenden Schritten zuerst, bald aber beseelt von erneuerter Entschlossenheit, setzte sie ihren Marsch nach Linojin fort.

Die Pilgerstraße war mit gelben Ziegeln gepflastert, ausgehöhlt von den bloßen Füßen hunderttausender Pilger, die im Laufe der Jahrhunderte diesen Weg genommen hatten. Die Ziegel waren warm von der Sonne und sandig vom Staub des Sommerwindes. Yseyl empfand es als seltsam, hier zu gehen. Alte Gespenster erhoben sich in ihr und um sie – warme und etwas schale Geister wie drei Tage alte fettige Wurstsemmeln, die für ein Picknick eingepackt worden waren, das nie zustande kam.

Sie kam an den ersten abgelegenen Gehöften vorbei.

Kurzbeinig, mit krummen Hörnern und unruhig peitschenden Schwänzen, die ständig ihre weißen Unterseiten zeigten, weideten Herden von Tieflandmaphiks auf eingezäunten Flächen. Bauern pflügten abgeerntete Felder hinter Zweiergespannen von Zugtieren; die blitzenden eisernen Pflugscharen wendeten die fette schwarze Erde. Der Geruch dieser Erde war angenehm, obwohl sie als Pixa von solchen Verletzungen des Körpers Gottes abgestoßen sein sollte.

Die eisernen Pflugschare weckten eine Erinnerung, die die anderen Gespenster vertrieb.

Als sie sechs gewesen war, schon auf dem Weg, in der Sippe zur Zielscheibe aller Bosheit zu werden, war ein Prophet zur Wendlu Ixis gekommen und hatte langweilige abendliche Lobpreisungen abgehalten, in deren Verlauf er über die sündhaften Impix hergezogen war und insbesondere ihre Bergwerke und Mühlen verurteilt hatte.

Morgens sammelte er die Kinder der Sippe um sich und fragte sie über das Gelernte aus, ließ sie die Aussprüche des Propheten aufsagen und verteilte an diejenigen, die die gewünschten Antworten gewußt hatten, eingewickelte Süßigkeiten. Meistens war es Yseyl gelungen, sich unbemerkt im Hintergrund zu verstecken, aber einmal bemerkte er, wie sie hinter den Rücken der anderen kauerte, still und verschlossen. Sie wußte, daß sie keine Süßigkeiten bekäme, und selbst wenn doch, so würden Shung und Huddla sie ihr wegnehmen. Sie waren die Ältesten und Stärksten und wußten aus langer Erfahrung, daß alles, was sie Yseyl antaten, ungestraft bliebe. Wenn sie sich beklagte, würde sie obendrein Prügel beziehen.

Der Prophet winkte sie zu sich.

Sie versuchte so zu tun, als sähe sie ihn nicht.

»Du, Mädchen«, sagte er. »Ja, dich meine ich. Komm her.«

Sie ging zögernd nach vorn, begleitet vom Gezischel: »Mach uns keine Schande« und »Paß bloß auf, sonst knallt's.« Als sie den Propheten erreichte, blieb sie stehen und schaute vor sich hin, weil sie nicht wagte, ihn anzusehen.

»Du hast dich zu keiner Antwort gemeldet.« Er faßte sie unter dem Kinn und hob ihren Kopf, so daß sie gezwungen war, in sein strenges, gefurchtes Gesicht aufzublicken. »Weißt du keine Antworten?«

Er roch nach Schweiß und etwas anderem, was sie nicht kannte und auch nicht mochte, und seine Hände fühlten sich sonderbar an, wie glattes Leder, nicht wie Haut. Sie wollte sich ihm entziehen, aber sein Griff war zu stark; sie konnte nicht mehr tun, als den Blick niederzuschlagen und statt seines Gesichts seine Brust anzustarren. Das weite Kleidungsstück, das er trug, war kein richtiges Hemd – es bestand aus Seide. Sie wußte das, weil es vor einem Monat bei der Yubhikah-Versammlung zwischen Thombe, Busa und Anya Bilin zu einem Streit mit viel Geschrei und Schlägen gekommen war, nachdem Busa ihr ganzes Geld für ein Stück Seide ausgegeben hatte. Und in seinem Ledergürtel hatte der Prophet ein Impixmesser sitzen.

»Was ist der Weg des Kindes? Sag mir den ersten Ausspruch.«

Trotz ihrer Angst und Beunruhigung hatte das Warum wieder von ihr Besitz ergriffen. Die verrückte Delelan sagte, ›warum‹ sei ihr erstes Wort gewesen, als sie aus dem Beutel gekrochen sei. Ohne zu überlegen, hob Yseyl die Hand und zeigte auf das Seidenhemd. »Wenn die Impix so schlecht sind«, sagte sie mit bedauerlicher Klarheit, »wenn die Dinge, die sie tun, Gott und den Propheten verhaßt sind, warum tragen Sie dann Impixseide und gebrauchen ein Impixmesser?«

Bei der Erinnerung schüttelte Yseyl den Kopf. Der Zeitpunkt war schlecht gewählt, dachte sie, aber es war die Wahrheit, trotz der Schläge, die ich bekam. Es war eine Frage, die ihr niemand je beantwortet hatte. Die Pixa konnten ohne die Dinge, gegen die sie Sturm liefen, nicht leben. Keine Bergwerke, kein Eisen, keine Fabriken, kein Stahl. Und keine feinen Stoffe oder Fäden. Keine Beile, Messer oder Ketten, keine Schrauben, keine Achsbolzen, keine Nadeln, keine eisernen Pflüge. Nicht zum ersten und nicht zum letzten Mal hatte sie die verdrehte Logik der Erwachsenen erfahren.

Nun, da sie in der Ebene war, konnte sie von der Stadt nur ein paar Türme und den offenen Gittermast der Sendestation sehen, die Stadt selbst verbarg sich hinter den Anpflanzungen der Obstbäume und den Resten der ursprünglichen Wälder, da und dort stehengebliebenen Gehölzen riesiger Bäume mit gekrümmten, dreifach gegabelten Stämmen, die mächtige, ausladende Kronen aus handähnlich gelappten dunkelgrünen Blättern bildeten.

Eine Anzahl Pilger wanderte vor ihr: ein paar Impix in ihren leuchtendgelben Gewändern, zwei oder drei Pixa in dunkelgrünen; der Rest waren Flüchtlinge von beiden Zweigen der Impixolfamilie und trugen dieselben staubigen und ramponierten Kleider, die sie angehabt hatten, als sie aus ihrer Heimat geflohen waren.

Wenn der Krieg noch lange andauerte, würde die Hälfte der Überlebenden hierher kommen und Schutz suchen. Sie konnte nur hoffen, daß in der Stadt jemand zu finden war, der genug Einfluß und Rednertalent besaß, um den Ausbruch zu organisieren. Es war eine Ironie, daß sie zwar den Desintegrator besaß, aber nichts damit anfangen konnte. Jedenfalls nicht allein. Sie ärgerte sich über Cerex, weil er gewußt haben mußte, daß es nur ein raffiniertes technisches Gerät und ohne Nutzen für das war, was sie wollte. Trotzdem zürnte sie ihm nicht, nicht wirklich. Schließlich hatte alles damit angefangen, daß sie versucht hatte, ihn umzubringen. Was er mit bemerkenswertem Gleichmut hingenommen hatte. Und sie mochte ihn. Es kam nur darauf an, etwas daraus zu machen. Einen Weg zu finden, der die Möglichkeiten, die in dem Gerät steckten, ausschöpfen konnte.

Aus der Nähe gesehen wirkten die Stadtmauern filigranhafter, als sie erwartet hatte. Die weiße Marmorverkleidung war in einer kunstvollen und überaus aufwendigen Abfolge von durchbrochenen Ornamenten, Reliefdarstellungen und Aussprüchen des Propheten gestaltet. Und überall herrschte größte Reinlichkeit. Während sie in der Schlange der Pilger und Flüchtlinge wartete, die Einlaß in die Stadt suchten, sah sie eine Gruppe von Frauen und Anyas in ungebleichten Gewändern aus grobem Leinen Eimer und Bürsten zu einem Wandabschnitt tragen. Als sie anfingen, den weißen Marmor zu bearbeiten, stimmten sie einen Gesang an.

Die Warteschlange vor ihr zog sich um eine halbrunde Mauerbastion und verschwand im Tor. Schritt für Schritt rückte sie vor, müde und gelangweilt, aber mit einer Miene ergebener Geduld. Sie mußte alles vermeiden, was sie auffällig machen konnte. Niemand sollte aufmerksam werden und sich später an sie erinnern.

Als sie um die Mauerbastion in den Torbereich kam, schlug ihr in der plötzlichen Windstille der Gestank von Schweiß und ungewaschenen Körpern entgegen. Kein Lufthauch vertrieb hier diese unvermeidliche Folge von tagelanger Wanderung und Entbehrung. Yseyl tat kurze, flache Atemzüge, ließ die Augenlider sinken und beschränkte sich auf die Beobachtung dessen, was vor ihr lag, und lauschte angespannt den Fragen, um zur Beantwortung bereit zu sein, wenn sie an die Reihe käme.

Vier Brüder in Gott saßen mit Feder und Tinte an einem langen Tisch und schrieben die Namen und Antworten der Ankömmlinge in gebundene Register.

Zwei Türen befanden sich in der Wand gegenüber dem Eingang. Jene, die ihren Lebensunterhalt mit eigenem Geld bestreiten konnten, gingen durch die rechte Tür; jene, die sich der Barmherzigkeit Gottes anheim gaben, durch die linke.

»Pixa oder Impix?«

»Pixa.«

»Name?«

»Lankya vom Ixis Wendlu.«

»Grund des Besuches?«

»Zuflucht. Ich bin Flüchtling.«

»Haben Sie Geld für Ihren Unterhalt, oder werden Sie ein Gast Gottes sein?«

»Ich habe Geld, um mich für einige Zeit zu versorgen.«

»Sie wissen, daß die Wahrscheinlichkeit, bezahlte Arbeit zu finden, sehr gering ist?«

»Das ist mir klar.«

»Dies ist ein Ort des Friedens. Das Tragen von Waffen ist innerhalb der Mauern nicht gestattet.

Wenn Sie mit einer Waffe gekommen sind, wird sie versiegelt und Ihnen bei Ihrer Abreise zurückgegeben.«

»Ich habe dies.« Sie zog das Messer aus ihrem Gürtel und legte es auf den Tisch. »Mehr nicht.«

Das war natürlich eine Lüge, aber sie war nicht gewillt, sich vollständig entwaffnen zu lassen. Selbst wenn sie sie durchsuchten und die Betäubungswaffe fanden, die sie von Cerex bekommen und mit Klebeband am Rücken befestigt hatte, wüßten sie nicht, was es war.

Der Mann nahm das Messer, schrieb auf einen Papierstreifen und siegelte diesen mit erhitztem Wachs auf das Messer. Nachdem er das Messer in eine Kiste neben seinen Füßen gelegt hatte, richtete er sich auf und sagte: »Wenn Sie innerhalb der Mauer mit einer Waffe angetroffen werden, müssen Sie die Stadt verlassen und dürfen sie nie wieder betreten. Haben Sie verstanden?«

»Ja.«

»Sie werden jede Woche fünf Stunden Dienst an Gott verrichten. Für jede abgeleistete Stunde werden Sie eine Marke erhalten, die Sie auf Verlangen jedem Bruder, jeder Schwester im Gottesbund, jeder Anya der Barmherzigkeit und jedem geistlichen Sprecher vorzeigen müssen. Haben Sie verstanden?«

»Ja.«

Er öffnete einen reich geschnitzten hölzernen Kasten neben seinem Ellbogen und nahm ein kleines bronzenes Viereck mit einem Loch in einer Ecke heraus. »Dies ist ein Luth. Es ist Ihr Schlüssel zur Freiheit von Linojin. Sie werden sehen, daß das heutige Datum in das Metall gestempelt ist. Heute in sechs Monaten werden Sie zum Großen Yeson gehen und Ihre Gründe für ein weiteres Verbleiben in Linojin vortragen. Wenn diese Gründe akzeptiert werden, wird man Ihnen einen anderen Luth geben. Wenn nicht, müssen Sie die Stadt verlassen. Haben Sie verstanden?«

»Ja.«

»Tragen Sie den Luth immer bei sich. Wenn Sie ohne ihn angetroffen werden, müssen Sie Buße tun und dann die Stadt verlassen. Haben Sie verstanden?«

»Ja.«

»Dann seien Sie willkommen in Linojin, Pilgerin. Gottes Segen sei mit Ihnen.«

Im Kessel
kann
Gift gemischt
und Gesundheit
gebraut
werden. Um
dich her
werden Pläne
geschmiedet.

Kapitel 6

In der Ferne
der Duft von Hibiskus
Wer aufschreit
riskiert schiefe Blicke
Ich singe den Mythos
vom All in spröder Pose
herausgeputzt für Blicke …

Shadit ließ den Schreibstift auf den Magneten der Klemmtafel fallen, lehnte sich an den Poller und ließ die Beine baumeln. Ihre bloßen Füße berührten beinahe das Wasser, das die Flut hatte ansteigen lassen. Das Gekritzel auf Papier war eine Tarnung, ein Vorwand, zu sitzen, wo sie saß, und über das Wasser hinauszublicken (obwohl ihr einige dieser Zeilen zu ihrer eigenen Überraschung gefielen).

Graspa Wysp. Die Inselkette lag wie ein Gesprenkel kleiner Punkte jenseits der Bucht von Lala. Sie hatte einen guten Ausblick zur größten Insel, die Kwys genannt wurde; die Kaimauer, auf der sie saß, lag am Rande der Bucht, brüchig, alt und verlassen, sank sie mit dem verschlammten Hafen in die Erde zurück, auf der sie erbaut worden war.

Während das Nordende der Insel Kwys eine felsige Steilküste darstellte, wo dürftige, windzerzauste Sträucher aus den Felsritzen wuchsen, war das südliche Drittel flacher, bedeckt von Buschwald, Ranken und Ablagerungen von Bimsstein. Nur für das Flugfeld und einen großen Hangar hatte man eine Fläche gerodet und eingeebnet. Die Flieger in diesem Hangar waren die einzigen, die im Luftraum über der See zwischen Ptak-Knerol und Impixol verkehrten durften.

Auf der Seeseite des Kais war das Wasser unter ihren Füßen tief, weil starke Strömungen vorherrschten, während die Bucht auf der anderen Seite verlandete. In einem Loch unter ihr hauste eine alte Muräne, ein riesiges Tier, lang wie eine Python und dreimal so dick, mit dem Temperament eines tollwütigen Vielfraßes. Sie kannte die Muräne inzwischen gut, hatte ein dutzendmal ihre Fühler in das Fischbewußtsein gesenkt und die Raubtieraugen benutzt, um die Gegend im Umkreis von Kwys zu erforschen. Sie verdankte der alten Tigerin einige abenteuerliche Ritte.

Während der Flut war sie mit ihr in die ausgewaschenen Klüfte geschwommen, die den felsigen Unterbau der Insel durchlöcherten, und hatte sie gezwungen, ihren Kopf aus den Blaslöchern an der Oberfläche zu stecken, bis sie den Zugang gefunden hatte, den sie brauchte, und der in einem steinigen, von zwergwüchsigen Dornsträuchern überwachsenen Ödland zur Oberfläche führte. Je länger die Muräne von Shadits Geist fremdbestimmt ferngesteuert wurde, desto reizbarer wurde sie, aber nach ein paar wütenden Kämpfen mit den kleineren Muränen, die in diesen Löchern wohnten, wurde sie ruhiger und fügsamer, wenn Shadit sie zu neuer Erkundung aussandte.

Die hier so häufigen Muränen waren Teil der Inselverteidigung und trugen mit den starken Strömungen dazu bei, daß Schwimmer diese Gewässer mieden. Als sie am Poller saß und die Beine baumeln ließ, Inbegriff einer müßigen Träumerin, bemerkte sie einen weiteren Teil dieser Verteidigung.

Schnelle kleine Sportboote jagten jenseits der Inseln auf Tragflügeln über die Wellenkämme, meistens zu zweit oder zu dritt nebeneinander. Anscheinend veranstalteten sie Probeläufe für ein Rennen. Bei der Wendemarke, einer hellrot gestrichenen Boje, zog eines der Boote einen zu weiten Bogen und geriet ein gutes Stück über die Wendemarke hinaus. Plötzlich erschlaffte der Mann am Steuer und sackte zusammen, der Motor des Rennbootes verstummte. Einige Augenblicke später verließ ein Patrouillenboot Kwys und lief auf den Eindringling zu.

Ein kaum wahrnehmbares Flackern ging über das Wasser hin, als das Feld ausgeschaltet wurde. Die Männer an Bord des Patrouillenbootes liefen längsseits, warfen einen Heuler in das Rennboot und schleppten es dann an einem Enterhaken an der Boje vorbei in freies Wasser. Dort gaben sie das steuerlose Boot frei und beobachteten es, bis sie sahen, daß die Strömung das Boot von Kwys forttrug. Der Heuler wurde eingeschaltet, dann lief das Patrouillenboot zurück, und ein erhobener Arm gab das Zeichen für ein zweites Flakkern, als das Feld wieder eingeschaltet wurde.

Shadit nahm die Klemmtafel zur Hand, klopfte sich mit dem Ende des Schreibstiftes gegen die Zähne, rümpfte schließlich die Nase und strich die Zeilen aus, die sie geschrieben hatte. Im nächsten Augenblick schrak sie zusammen, als hinter ihr eine Stimme erklang.

»Warum haben Sie das getan? Es gefällt mir irgendwie.«

Sie sah sich um. Es war der alte Mann, mit dem sie am ersten Tag gesprochen hatte. Er stand neben dem Poller und beugte sich über ihre Schulter. Er war so leise herangekommen, daß sie nichts gehört hatte – aber das mochte auch an dem Brandungsgeräusch und dem Heuler liegen, der noch immer in kurzen Intervallen losging, während das Rennboot steuerlos auf den Wellen schaukelte und von der Strömung mitgenommen wurde.

»Haben Sie mir einen Schrecken eingejagt! Warum? Sie haben mich regelrecht überrumpelt.«

Der alte Mann ging nicht darauf ein. »Sie sind gefeuert worden, wie?«

»Sie wurde handgreiflich. Ich lasse mir eine Menge gefallen, aber das nicht.« Shadit legte den Schreibstift auf den Magneten, gähnte hinter vorgehaltener Hand. »Ich dachte, ich sollte mir einen kleinen Urlaub gönnen, bevor ich anfange, mich nach Arbeit umzusehen.« Sie blickte lächelnd zu ihm auf. »Hübsch hier draußen, und billige Unterhaltung. Hab schon überlegt, ob ich mir eine Angelrute leihen und für das Abendessen Fische fangen sollte. Mein Vater besaß ein Fischerboot, und als Kind fuhr ich manchmal mit ihm hinaus.«

»Sie sollten hier draußen ein bißchen vorsichtig sein. Da gibt es riesige Muränen. Und Aale von drei Metern Länge.«

»Verstehe. Aber schwimmen steht nicht auf meinem Programm, das ist sicher.«

Er schmunzelte, richtete sich auf und beschirmte die Augen mit einer knorrigen Hand, als er beobachtete, wie ein Polizeiboot das Rennboot ansteuerte und an einem Seil festmachte, um es zum Ufer zu schleppen.

Shadit nickte hinüber. »Ist er tot?«

»Nein, bloß betäubt. In einer Stunde wird er mit solchen Kopfschmerzen aufwachen, daß er lieber tot wäre. Wie ich sagte, mit Graspa Wysp ist nicht zu spaßen.«

»Die Gefahr besteht für mich nicht; mit meinen Finanzen würde ich zu Fuß auf dem Wasser gehen müssen, um hinzukommen.« Sie tastete herum, fand ihre Sandalen und schnallte sie an.

»Haben Sie schon daran gedacht, Ihre Gedichte zu verkaufen?«

Sie stand auf, steckte die Klemmtafel unter den Arm, strich ihr Kleid glatt und fuhr sich mit den Fingern durchs Haar. »Ich habe ein paar verkauft, bilde mir aber nicht ein, daß ich davon leben könnte. Nun, bis zum nächsten Mal. Guten Fang, Großvater.«

Sie schlenderte davon, ohne sich noch einmal umzusehen. Ein gewitzter alter Mann, aber ein wenig auffälliger, als er selber glaubte. Ein kleiner Knoten im Sicherheitsnetz der Ptak. Immerhin war es gut, einen solch glaubwürdigen Zeugen ihrer Unschuld zu haben. Ärgerlich konnte es allerdings werden, wenn er zum unrechten Zeitpunkt auftauchte.

An diesem Abend unternahm Shadit einen Spaziergang durch das Vergnügungsviertel. Sie nahm Farben und Geräusche ebenso durch die Haut wie durch Augen und Ohren auf. Es war ein grelles, knalliges und geschmackloses Durcheinander, das ihr Spaß machte. Eine sensorische Überladung, die sie mit Energie und Leben erfüllte. Sie hatte sich das Gesicht, den Hals und die Schultern mit schwarzen und weißen Wirbeln bemalt, eine karmesinrote Kammperücke mit Pferdeschwanz auf ihr goldbraunes kurzes Lockenhaar gesteckt und ihren Körper in ein leuchtend blaues Paillettenkleid gehüllt. Sie ging barfuß, hatte aber ihre Zehennägel golden lackiert, daß sie zu den falschen Krallen paßten, die sie auf die Fingernägel geklebt hatte. Sie bewegte sich im Rhythmus der klirrenden und schmetternden Dissonanzen, deren Getöse allenthalben aus Lautsprechern drang, und ließ sich vom aufgepeitschten Erlebnishunger der Menge um sie her treiben. Ihr reflektierender Verstand war zugunsten bloßer Wahrnehmung ausgeschaltet, und ihre Augen suchten etwas, ohne zu wissen, was es war, nur daß sie es wüßte, wenn sie es sähe.

Sie zog ihre Krallen über eine tastende Hand, verlachte über die Schulter den zornigen Mann und entschlüpfte durch eine Gruppe schnatternder dunkelhäutiger Gestalten und vorbei an einer watschelnden, matronenhaften Menaviddanerin, die zwei Miniaturausgaben ihrer selbst an den Händen führte, und verlor sich in einem zusammengewürfelten Schwarm von Touristen auf einem geführten Rundgang.

Holographische Bilder fielen sie an, flüsterten ihr in die Ohren: *Verfolgen Sie die Ermordung und Ausrottung eines Nomadenstammes. Sehen Sie die geheimen Orgien der Brüder in Gott. Harnkes Filmpalast bietet sensorische Totalität; Sie werden alle Empfindungen haben, als ob sie in dem weißen Gewand steckten. Erfahren Sie, was die Schwestern im Gottesbund in der Abgeschiedenheit ihres klösterlichen Bereiches tun. So geheime und perverse Dinge, daß Sie Ihren Sinnen nicht glauben werden. Harnkes Filmpalast stellt Gruppenräume oder diskrete Einzellogen zur Verfügung, was immer Sie bevorzugen. Beobachten Sie die Folterung einer Impix-Anya mit anschließendem Verzehr. Bringen Sie Freunde mit oder begegnen Sie einem Fremden, der Ihren Geschmack teilt. Wer weiß, was sich daraus entwickeln mag. Harnkes Filmpalast …*

Als sie den Projektionsbereich einer Holographie verließ, begann die nächste mit ihrer flüsternden, einschmeichelnden und verlockenden Werbung.

Ihre Abneigung gegen das propagierte Warenangebot begann ihr die Stimmung zu verderben, und sie bog in eine schmutzigere Seitenstraße, wo es für die Unachtsamen zwar mehr Gefahren gab, aber wenigstens keine Holoprojektionen und Einflüsterungen. Die Fassaden der Spielhallen und Vergnügungsetablissements waren nicht weniger grell und geschmacklos und propagierten mit flackernden Leuchtreklamen die Vergnügungen, die den Besucher drinnen erwarteten. Sie betrat ein Tanzlokal, ließ ihren roten Pferdeschwanz wippen und tanzte zu der Musik, die aus den Lautsprechern dröhnte, überließ sich den selbsttätigen rhythmischen Bewegungen der Muskeln, den Vibrationen der Musik, die sie bis auf die Knochen durchdrangen, ohne Lob oder Tadel oder eine Einmischung in ihr privates Vergnügen zu beanspruchen.

Eine Weile ließ man sie in Ruhe, aber die sinnliche Energie ihres Körpers begann in einer Art und Weise, die sie nicht wünschte, Interesse zu erregen, und mit einem Anflug von Ärger und einigem Widerwillen verließ sie das Lokal und schlüpfte in den Eingang eines Hauses, dessen Fassade die Vorzüge und spannungsgeladene Aktion der Utka-Myot-Kampfarena propagierte. Sie bezahlte und erhielt ein abgenutztes Lesegerät für Datenträger, das ihr als Führer durch die Attraktionen dienen sollte, die das Haus zu bieten hatte.

Sie betrat den Zuschauerraum, der wie eine Arena gebaut war und setzte sich auf eine Bank neben dem Eingang, um einen Zweikampf mit Messern zu beobachten, der bis zum ersten Schnitt geführt wurde. Ein Mann und eine Frau umkreisten einander auf dem sandbestreuten Boden der Arena. Sie waren schnell und gut trainiert und beherrschten eine Anzahl Manöver, die bei den Zuschauern gut ankamen, aber hauptsächlich Schauspielerei waren. Rohaut hätte mit jedem der beiden innerhalb von dreißig Sekunden den

Sand gefegt, aber Shadit würde keinem von ihnen in einem wirklichen Kampf gegenübertreten wollen.

Eine Hand legte sich auf ihr Bein, wanderte den Schenkel aufwärts und drückte ihn dabei. Sie schlug die Hand weg und rutschte auf der Bank ein Stück weiter. Das Gesicht des Mannes kam ihr bekannt vor, vielleicht war er einer von denen, die sie auf der Straße belästigt hatten.

Er rutschte ihr nach. »Du hast da draußen eine richtig gute Schau abgezogen, Minka. Soll ich dir ein paar schöne Stunden machen?«

»Nicht interessiert. Laß mich in Ruhe und such dir eine andere.« Sie rutschte auf der beinahe leeren Bank weiter von ihm weg. Er folgte, legte ihr wieder die Hand aufs Bein. »Stell dich nicht so an, Hure. Du verkaufst, ich kaufe.«

»Scheiß dich weg, Arsch.« Sie zog ihm die falschen Krallen über den Handrücken.

Er fluchte, holte zu einer Ohrfeige aus, als sich eine Metallklammer um sein Handgelenk schloß, präzise geführt vom Arm des Friedenswächters unter der Bank, und die minimalistische Stimme des Roboters knarrte: »Das Schla gen von Kun den ist nicht er laubt.«

Sie nutzte die Unterbrechung zum Verlassen der Arena, ärgerlich über sich selbst, daß sie die Wachsamkeit vernachlässigt und diese Dummheit geschehen lassen hatte. Andererseits paßte sie recht gut zu der Person, die sie dem Sicherheitsdienst der Ptak vorspiegelte, also war kein Schaden angerichtet. Sie schüttelte den Pferdeschwanz und lachte über sich selbst. Niemand, der diese törichte Szene gesehen hatte, würde in ihr eine professionelle Ermittlerin in Ausübung ihres Berufes sehen.

Sie schaute in zwei weitere öffentliche Arenen, fand nichts, was sie interessierte, und verließ das Gebäude.

»Sie machen mir Sorgen, kleine Voyka.«

Unfreundlich blickte sie über die Schulter den alten Mann an. »Sie spionieren mir nach?«

»Sie sind nicht leicht zu übersehen, mit dieser Aufmachung.«

»Ich bin nicht in der Stimmung für Sex, wenn es das ist, worauf Sie aus sind. Möchte mich bloß ein wenig amüsieren.« Sie zuckte ungeduldig die Achseln, wandte sich ab.

Er schnalzte mißbilligend. »Nichts dergleichen, Voyka, nur Unterhaltung. Wissen Sie ein paar von Ihren Gedichten auswendig?«

»Ein paar, die ich als Lieder komponierte. Warum?«

»Es gibt da ein Lokal, nahe am Hafen. Es gehört einem Bekannten von mir. Viele Ptak gehen dorthin, macht Ihnen das etwas aus?«

Sie zuckte mit der Schulter. »Geht mich nichts an. Also ...« Sie sah den zudringlichen Kerl wutentbrannt aus dem Eingang der Kampfarena kommen. »Mh ... gehen wir ein Stück weiter, ja? Da ist eine Querstraße, wo wir im Schatten sind.«

»Was ist los?«

»Bloß ein Fiesling, mit dem ich Ärger hatte.« Sie seufzte, riß sich Kammperücke und Pferdeschwanz vom Kopf und ging eilig hinter einer Gruppe in Deckung, die aus einem Spielsalon kam. »Bei der Stimmung, in der er ist, möchte ich ihn nicht um mich haben.«

Shadit blickte zur Inschrift auf und runzelte die Stirn. »Zur Hungrigen Harfe? Was soll das?«

»Was Saul ist, er ist der Inhaber, der sagt immer, wenn einer alles erklärt haben muß, gehört er nicht dorthin.«

»Hm.«

Der alte Mann schmunzelte. »Kommen Sie mit, Voyka. An der Bar können Sie Kaffee oder Wein kaufen, und wenn Sie etwas anderes wollen, können Sie es bestellen.«

Drinnen war es dunkel und roch nach den Kräutern im Rauch der Fackeln, die in vergoldeten Ketten von der Decke des langen, L-förmigen Raumes hingen und in der Brise der Ventilatoren schwankten. Dabei warfen sie vielfache, verwirrende Schatten auf die Gesichter der an den Tischen sitzenden Leute. Es gab eine kleine Bühne, auf der drei Musiker mit einer Gitarre, einer Flöte und einem Tasteninstrument saßen und gerade pausierten.

Saul war ein rundlicher kleiner Mann mit so hellen Augen, daß sie in seinem gebräunten Gesicht wie gebleicht wirkten. Sein Scheitel war kahl, aber er hatte den Saum langer grauer Strähnen zu zwei Zöpfen geflochten und mit Lederschnüren verknotet. Er hatte einen breiten, dünnlippigen Mund, der in ständiger Bewegung war, sich zusammenzog, als er dem alten Mann zuhörte, einen Mundwinkel nach oben bog, dann nach unten, die Unterlippe einsaugte, dann beide Lippen schürzte und schließlich schmatzend auf und ab bewegte.

Als der alte Mann geendet hatte, wandte Saul den Kopf und rief: »Zaddo.«

Ein Mann kam durch einen Perlenvorhang, lang und dünn, mit glattem blonden Haar, das ihm lose bis auf die Ohren hing. »Hah?«

»Rede mit ihr.« Saul wies mit dem Daumen auf Shadit, dann faßte er sie beim Arm und zeigte zur Bühne. »Sie haben fünfzehn Minuten. Zaddo hier spielt Keyboard. Gehen Sie mit ihm und erzählen Sie ihm, was Sie wollen.«

Shadit befestigte wieder die Kammperücke mit dem Pferdeschwanz in ihrem Haar und bewegte sich mit den Verzierungen der Melodie, die sie Zaddo vorgesummt hatte; und als sie bereit war, sang sie ihr Lied, spielte mit den Worten und veränderte sie, um sie der Musik anzupassen:

»Ich bin fünf Faden tief
verliebt in Dunkelheit.
Ich fülle meinen Mund mit Nacht
und trinke die Abwesenheit des Lichts.
Unerträglich scheint mir
die weiße Stille des Tages;
verschlafen will ich die Helligkeit
und aufstehen mit dem Mond,
zu wiederholen die Melodien der Nacht.«

Fünf Lieder später wanderte Shadit zurück zu ihrer Herberge, heiser und müde, erfreut über den Beifall ihres Publikums, zufrieden mit sich selbst und im Zweifel, ob der alte Mann wirklich ein Spion oder bloß ein verschrobener Strandläufer war.

Nach einer langen heißen Dusche und einer Kanne Tee zur Beschwichtigung ihrer rauhen Kehle streckte sie sich auf dem Bett aus und machte sich auf die Suche nach Ohren, um die Cobben zu belauschen.

Das Geräusch einer zufallenden Tür. Schritte, Seufzer, Grunzen, ein dumpfes Geräusch, als jemand etwas auf den Boden fallen ließ.

»Du bist wieder besoffen, Meya!«

»Bin ich nicht. Könntest ja auch Licht machen.«

»Zum Teufel, du stinkst nach Parfüm wie ein ganzes Bordell. Wo warst du überhaupt?«

»Im Bordell.« Trompetendes Lachen.

»Und du auch, Hebj? Wie war's?«

»Man lernt dazu. Bist du da, Sarpe?« Hebjs knurrende Stimme hob sich zu einem heiseren Ruf, dann gab er sich selbst die Antwort. »Anscheinend schon, die Abschirmung ist eingeschaltet, sieh an.«

Das Geräusch einer aufgestoßenen Tür, ein Durcheinander von Schritten, Gähnen. Sarpes Stimme klang gedämpft, ohne ihre übliche Schärfe. »Also seid ihr zurück.«

»Was's los, Coryfe, wirst du auf deine alten Tage schüchtern?«

»Stell dich nicht noch dümmer als du bist, Feyd.«

»Neuigkeiten?«

»Clo-Kajhat kam endlich damit heraus, was sein angeblicher Verstand ausgebrütet hat. Er will Linojin in den Krieg hineinziehen. Dieses Kleinzeug mit Heckenschützen und Hinterhalten und Überfällen langweilt die Touristen allmählich; er braucht was Großes, um das erlahmende Interesse wiederzubeleben.«

»Was? Versteh ich nicht, Sarpe. Wie in Tartos Hölle sollen wir das machen?«

»Er hat drei Männer aufs Korn genommen. Den heiligen Typ, der in diesem Tempel den Laden schmeißt ... Ach ja, Bruder Hafambua den Prediger. Die Pilger lecken den Schweiß auf, wo er gegangen ist, sie halten ihn für überaus rechtschaffen. Dann ist da ein Prophetensprecher namens Kuxagan, der ein Mundwerk haben soll, daß er sogar dich zum Zölibat überreden könnte, Hebj. Das sagt alles. Der dritte ist der Hohek-Führer, den sie den Arbiter nennen, ein Typ namens Noxabo. Er sorgt für Frieden zwischen Pixa und Impix, was ich mir nicht zutrauen würde. Clo-Kajhat meint, wir liquidieren sie und richten es so, daß der Verdacht auf die jeweils andere Partei fällt. Das sollte die Gemüter zum Kochen bringen.«

»Und wann sollen wir damit anfangen?«

»Übermorgen. Haltet euch bereit, um zwölf Uhr das Boot nach Kwys zu nehmen.«

Nachdem sie die Maus freigelassen hatte, lag Shadit auf dem Bett und starrte zur Decke. Die Hörner dieses

Dilemmas hatten sehr scharfe Spitzen. Es war nicht ihre Sache, es war nicht ihr Krieg. Warum sollte sie sich gedrängt fühlen, diese Leute aufzusuchen und zu warnen? Und wer sagte, daß sie ihr glauben würden? Und doch …

Der ausgefahrenen Gleise müde, in denen sich ihr Denken bewegte, schob sie dieses Problem endlich beiseite und begann zu überlegen, wie sie ihr Verschwinden nach diesem Auftritt erklären könnte. Ach, Unsinn, dachte sie. Ich bin einfach noch nicht auf Arbeit eingestimmt. Alles andere wird warten müssen, bis diese Sache erledigt ist, oder ich verpfusche alles durch mein Zögern und Überlegen. Sie seufzte. Wenn der alte Mann kein Spion war, sondern nur eine wohlmeinende Vaterfigur, der eine Art Tochter in ihr sah, würde er eine Menge Aufhebens machen, wenn sie plötzlich verschwand. Und wenn er ein Spion war, konnte es noch unangenehmer werden.

Sie steckte die Finger hinter ihrem Kopf ineinander und starrte stirnrunzelnd die Decke an. Vielleicht sollte sie ihm ein paar Zeilen schreiben, sich bedanken und erklären, daß sie einen netten Kerl kennengelernt und beschlossen habe, gemeinsam mit ihm Urlaub zu machen, so daß er sich keine Sorgen zu machen brauche, wenn er sie ein paar Wochen nicht zu Gesicht bekommen würde. Diese Nachricht könnte sie Saul mit der Bitte um Weiterleitung geben. Die Erklärung war so dumm, daß er sie vielleicht sogar glauben würde; so wie sie sich benommen hatte, paßte es zu ihrem Charakter. Sie seufzte und wandte sich der Frage zu, wie sie als blinder Passagier an Bord des Fliegers gelangen könnte, der die Cobben nach Linojin bringen sollte.

Shadit schlüpfte aus dem langen Kleid, das sie getragen hatte, um ihr Badezeug zu bedecken, und stopfte es in ihren Reisesack, der hauptsächlich enthielt, was Digby ihr als möglicherweise nützlich mitgegeben hatte. Sie kniete in der Dunkelheit am Ende der Mole, wo die verwitterte Steinmauer fünf oder sechs Meter aus der Wasseroberfläche ragte. Die alte Muräne, der sie den Namen Tiger gegeben hatte, regte sich in ihrem Loch. Shadit fühlte, wie sich der Hunger bemerkbar machte; wenn sie die Muräne in Ruhe ließ, würde sie in einer halben Stunde herauskommen und auf die Jagd gehen. Tut mir leid, alter Freund, dachte sie. Aber es wird nicht lange dauern.

Sie zog die Atemmaske über den Kopf, fand den Kontakt zum Gehirn der Muräne, glitt über die Kante der Mauer und ließ sich daran ins Wasser hinunter.

Der alte Tiger war eine zähnestarrende Schreckensmaske im Licht ihrer Stirnlampe, als sie zu ihm hinabtauchte. Mit einer Hand ergriff sie die kammartige Rückenflosse, die hinter seinem Kopf ansetzte, brachte sich neben ihm in Position und ließ ihn mit höchster Geschwindigkeit nach Kwys hinüberschwimmen.

Wenn sein Körper beim Schwimmen ihre Beine streifte, fühlte sie die Bewegungen der kraftvollen langen Muskeln, die das Tier befähigten, scheinbar mühelos den Wasserwiderstand zu überwinden. Es war ein wildes, berauschendes Erlebnis von einer so unmittelbaren Dramatik, daß sie vor Begeisterung am liebsten den Mond angeheult hätte.

Sie rief sich zur Ordnung, als vor ihnen die schwarzen Umrisse der Insel aufragten, und ließ den alten Tiger nach der Stelle suchen, wo das Ufer nach ihren früheren Beobachtungen leicht ersteigbar war.

Die Mondsichel hing tief am Horizont, als sie vorsichtig durch Gestrüpp und Dornsträucher kroch, bis sie sich im grasdurchsetzten Geröll ausstrecken und die Gegend um den Hangar durch das Nachtglas absuchen konnte.

Alles war still. Niemand war zu sehen. Wie gewöhnlich.

Sie erhob sich, kauerte nieder und zog den Reisesack näher. Abgeschirmt durch das Gestrüpp und die das Gelände durchziehenden Felsrippen, die erweiterte Wahrnehmung geschärft, um sie rechtzeitig zu warnen, sollte jemand des Weges kommen, streifte sie den Tauchanzug ab, rollte ihn zu einem festen Zylinder zusammen und steckte ihn in eine Gesteinsspalte. Es war zu riskant, den Hangarboden mit Wasser zu betropfen. Sie betrachtete die Atemmaske, steckte sie in eine Außentasche des Reisesacks. Es mochte eine Zeit kommen, da sie das Ding brauchen würde.

Als sie fertig war, hatte sich die Mondsichel hinter Wolken versteckt und die Dunkelheit sich verdichtet. Wind war aufgekommen und fegte totes Laub und Staub über den Boden. Sie ließ sich vom Wind mitnehmen, kam um die Ecke des Hangars und blieb vor der kleinen Personaltür stehen. Sie schaltete das Lesegerät ein, das Digby ihr mitgegeben hatte, und fand bestätigt, was ihre eigenen Sinne ihr sagten. Die einzige Sperre war mechanisch. Sie zog den schmalen Borstendietrich hervor, steckte ihn in das Sicherheitsschloß und drehte ihn langsam herum.

Einen Augenblick später drückte sie die Tür auf und schlüpfte hinein. Als sie sich umwandte, um die Tür von innen zuzusperren, hörte sie schnelle, scharrende Geräusche, und bevor sie reagieren konnte prallte ein Gewicht auf sie und warf sie zu Boden.

Aasgeruch.

Füße auf ihrem Rücken, Nägel, die ihr Hemd und die Haut darunter aufrissen. Zähne, die nach ihrem Nacken schnappten.

Im selben Augenblick, als das Gewicht sie zu Boden warf, hatte ihre telepathische Einfühlung das Tier verwirrt und abgelenkt. Nun lag sie bäuchlings im Staub und suchte verzweifelt den telepathischen Zugriff, den sie auf sein Bewußtsein hatte, zu halten und zu festigen.

Langsam, sagte sie sich. Konzentrier dich. Du weißt, wie es zu machen ist. Folge den Nervenbahnen, beherrsche sie, flöße ihm Ruhe ein, daß die Erregung nachläßt …

Nach ein paar Atemzügen hatte sie ihn.

Sie erreichte, daß er von ihr abließ, dann wälzte sie sich herum, setzte sich auf und blickte ihn streng und stirnrunzelnd an. Zugleich sah sie sich selbst durch seine Augen. Es war ein unheimliches Gefühl. Sie lockerte den Zugriff, gab ihm angenehme Empfindungen ein und lockte ihn näher, daß sie ihn streicheln und an ihre Witterung gewöhnen konnte.

Das matte blaue Licht der Nachtbeleuchtung hoch über ihnen zeigte ihr einen schwarzen Hund mit einem weißen Brustfleck. Sie kratzte ihn hinter den Ohren, strich ihm über den Rücken und erzeugte freundliches Winseln und Schwanzwedeln. Allmählich gab sie die Herrschaft ganz auf und begann wieder zu atmen, als er freundlich blieb. Er war ein kluges Tier und nicht neurotisch, nicht wütend auf die Welt. In ihm war nichts Böses, er tat nur seine Arbeit.

»Ja, du bist ein guter Hund. Mit einem guten Ausbilder, den du gern hast. Er ist mein Freund, du bist mein Freund. Ja, du magst gekratzt und gestreichelt werden, das fühlt sich gut an, nicht? Aber dein Atem kann einen Ochsen umwerfen, weißt du. Also werde ich aufstehen. Bleib ruhig, mein Lieber. Platz. So ist's recht. Bleib an meiner Seite. Nun wollen wir gehen.«

Gutwillig trottete er neben ihr her, als sie im Hangar umherging und im Licht der Stirnlampe untersuchte, was die Ptak in diesem weitläufigen düsteren Hallenraum verwahrten.

In der Mitte des fleckigen Betonbodens standen vier

Flieger. Ein fünfter war aufgebockt und eines der Triebwerke ausgebaut, um Reparaturen auszuführen, die, nach der Staubschicht zu urteilen, die sich darauf angesammelt hatte, niemand überstürzte.

Keine der Maschinen war abgeschlossen.

Es schienen gewöhnliche Transportmaschinen mit den Laderäumen unter den Passagierabteilen zu sein. Diese Laderäume waren rechteckige Kästen mit einem Boden aus Profilblech, eingebauten Wandbehältern und Gurten zum Festmachen von Ballen, Kisten und Bündeln. Ein Versteck würde nicht allzu schwer zu finden sein, wenn sie herausbringen konnte, welchen Flieger die Cobben nehmen wollten.

Sie nahm in einiger Entfernung vor den Maschinen Aufstellung, stemmte die Hände in die Hüfte und ließ den Blick über die vier großen Umrisse gehen. »Nun, Hund, es ist wirklich schade, daß du nicht sprechen kannst. Oder weißt du es selbst nicht? Vielleicht haben sie noch nicht entschieden, welchen Vogel sie nehmen wollen. Ich muß mir ein Nest oben in den Dachträgern suchen, Hund. Schlaf du weiter und gib morgen früh acht, welche Maschine sie beladen. Hoffen wir, daß sie es rechtzeitig tun werden.«

Der Hund stieß sie mit der Schnauze an und wedelte mit dem Schwanz, als sie die Finger in sein Nackenfell steckte und ihn hinter den Ohren kratzte.

»Du bist ein lieber Kerl«, sagte sie und schmunzelte. »Ein tödlich lieber Kerl. Ohne die Telepathie wäre ich jetzt kaltes Fleisch. Aber das wäre mein Fehler gewesen, nicht deiner. Hätte mich vergewissern sollen, bevor ich hereinkam. Nun mach es dir wieder gemütlich, und ich suche mir eine Hühnerstange.«

Die Morgensonne schien strahlend durch die schmalen Lichtgadenfenster unter dem Hangardach, als die großen Tore aufgeschoben wurden. Der Hund trottete zum

Licht hinaus, stand einen Augenblick lang witternd, dann entspannte er sich und trottete beiseite. Einen Augenblick später rollte ein Lastwagen herein.

Er kam neben dem nächsten Flieger zum Stillstand, und zwei Männer stiegen aus. Shadit lag hoch über ihnen auf einem Träger der Dachkonstruktion und lächelte angespannt, als sie die beiden sprechen hörte. Cobben im Dienst. Einer von ihnen, ein kleiner, drahtiger Mann, hatte eine Stimme, die ihr wohlbekannt war. Es mußte Orm sein.

Laderoboter wurden aktiviert und arbeiteten rasch und zuverlässig nach Orms Anweisungen. Bald war das Umladen der Waren getan. Während der Helfer die Roboter auf den Lastwagen lud, kletterte Orm in die Passagierkabine des Fliegers. Shadit lauschte angespannt den metallischen Geräuschen, die er verursachte, und überlegte, ob er es sich drinnen gemütlich machen und auf die anderen warten würde. Sarpe Coryfe hatte von zwölf Uhr gesprochen, und bis dahin waren es noch mehrere Stunden, aber vielleicht hatten sie die Abflugzeit geändert.

Der andere Mann trat um den Lastwagen herum und vergewisserte sich, daß die Roboter richtig verstaut und die Ladebordwände geschlossen waren, dann stieg er ins Fahrerhaus und startete den Motor. Orm kam aus der Passagierkabine, kletterte die Notleiter herunter und lief zum wartenden Lastwagen.

Wenige Augenblicke später summten die Elektromotoren, und die Hangartore rollten zu.

Shadit umkreiste die Maschine. Digbys Lesegerät verriet ihr, daß Orm eine Art Alarmsystem aktiviert hatte. Das Lesegerät war nicht empfindlich genug, um Genaueres festzustellen, also schaltete sie es aus und kauerte mit ihrem Reisesack im Schatten neben der Ladeöffnung, schloß die Augen und versuchte dem

Fluß der Energieströme nachzuspüren. Da der größte Teil des Systems potentiell aber inaktiv war, ließ es sich nur schwer entschlüsseln. Sie schwitzte von der Anstrengung ihrer Konzentration, und in ihrem Kopf pochte dumpfer Schmerz, als es ihr endlich gelang, den Schalter zu betätigen und das System stillzulegen.

Mit dem Borstendietrich sperrte sie die Ladeluke auf und stieg hinein; es war gerade ausreichend Raum, um auf den Ballen und Lattenverschlägen zur Stirnwand des Laderaums zu kriechen. Dort lag ein kleiner Stapel ungebrauchter Planen und Polsterungen, und der Raum war groß genug, daß sie ohne allzu große Beengung sitzen konnte. Sie zog die Arme aus den Gurten ihres Reisesacks, schob ihn beiseite, ließ sich auf das Polstermaterial nieder und starrte stirnrunzelnd den Lattenverschlag an. Sie mußte entscheiden, ob sie die Alarmanlage wieder einschalten sollte.

Wenn sie auf interne Verdachtsmerkmale wie Körperwärme und Bewegung genauso ansprach wie auf äußere ... wenn sie sie nicht überzeugen konnte, daß sie Teil der Ladung sei ... Hunde waren einfacher.

Vielleicht waren die Cobben durch ein bequemes Leben nachlässig geworden, doch sie konnte nicht darauf zählen, daß sie eine so offensichtliche Sache wie eine abgeschaltete Alarmanlage übersehen würden. Wieder schloß sie die Augen, fand nach einiger Suche die Konfiguration, hielt den Atem an und legte den Schalter um.

Nichts geschah.

Sie atmete auf. Nun kam es nur noch darauf an, die Langeweile der nächsten Stunden hinter sich zu bringen. Konnte sie es wagen, zu schlafen? Und wie konnte sie sich wach halten? Sie gähnte, rückte eine der Polsterungen in ihrem Rücken zurecht, machte es sich so bequem wie möglich und ließ den Schlaf kommen.

Ist der Zweig
gebrochen, droht
Gefahr.
Körper, Geist
und Seele stehen
am Rande
des Abgrundes.

Kapitel 7

Thann faßte den Rand des Netzes im Untergriff und warf es mit einem Schwung der Handgelenke und Unterarme aus. Das nasse Garn widerstand dem Übermut des Windes, der in ihren Ohren dröhnte und die Wasseroberfläche in jadegrüne Scherben zersplitterte. Ihr Vater hatte ein Sprichwort – ein sprechender Wind bringt schlechten Fang –, das sich an diesem Tag wieder und wieder bewahrheitet hatte. Sie zupfte an den Zugleinen und begann das Netz einzuholen, als sie eine gewisse Lebendigkeit im Gefühl bemerkt hatte, die ihr verriet, daß sie endlich mehr als Algen und Treibholz gefangen hatte.

Ein Schrei. Isahoe! Thann ließ die Zugleinen fallen und begann sich umzuwenden.

Hände packten sie bei den Armen, eine Seilschlinge wurde um ihre Handgelenke gelegt und festgezogen.

Einen Augenblick später lag sie mit dem Gesicht nach unten am Flußufer, und eine zweite Seilschlinge war um ihre Knöchel gezogen und verknotet. Sie wand sich hin und her, spuckte Erde aus und kämpfte gegen die Fesseln an.

Der Mann, der sie gefangen hatte, trug das rote Hemd eines Straßenhändlers, verblichen und fleckig, einen breitkrempigen Hut, um die Sonne von den Augen fernzuhalten, und auch die eisernen Ohrringe eines Straßenhändlers. Was von seinem Haupthaar unter dem Hut hervorschaute, war von grauen Strähnen durchzogen. Sein wettergegerbtes Gesicht blieb gleichmütig, als er sie gegen die Fesseln ankämpfen sah, dann legte er die Hände an den Mund und schrie: »Hast du das Kind, Yal?«

»Ja, Papa, aber sie wehrt sich wie verrückt. Kannst du die andere anbinden und mir helfen?«

Thann pfiff ihren Kummer, als Yal und der Straßenhändler aus dem Dickicht kamen. Isahoes schlaffer Körper hing über der Schulter des Mannes. Yal war ein Junge, der zwei oder drei Jahre älter als Isahoe sein mochte; er stolzierte neben seinem Vater her, hatte den Kopf mit einem roten Tuch umwickelt und trug Holzpflöcke in den Ohren, wo die Eisenringe ihren Platz finden würden, sobald er seine Lehre beendet hätte.

Der Straßenhändler legte Isahoe neben Thann am Ufer ab und wandte sich an seinen Sohn. »Halt die Augen offen.« Er klopfte mit einem knochigen Zeigefinger gegen den Lauf des Gewehrs, das der Junge trug. »Aber vergeude keine Munition auf Schatten, wenn du nicht das Fell gegerbt haben willst. Hörst du?«

»Ja, Papa.«

»Und laß die Finger von dem Mädchen. Die ist gutes Geld wert, wenn sie frisch ist.«

»Ja, Papa.«

Das Boot war ein Prahm mit flachem Boden, einem einzigen Mast und einem Schuppen aus verwitterten Planken, der als Schlafkabine diente. Auf dem Deck lagerten Fässer und Ballen, über die ein altes Segel, das mehr aus Flicken als aus dem originalen Segeltuch bestand, gespannt war. Das Boot lag am Ufer vertäut, das Segel war heruntergelassen und hing in faltigem Durcheinander über dem Baum. Ein Ankertau führte straff gespannt über die Bordwand und hielt den Prahm gegen den Druck der Strömung.

Der Straßenhändler platschte auf der flußab liegenden Seite ins Wasser und schwang sich an Bord. Als er das Segel aufzuziehen begann, rief er seinem Sohn zu: »Yal, bring sie herüber. Und beeil dich, Junge, wenn du nicht willst, daß die Impix Phela über den Hügel kommen und sehen, was passiert. Nein, nicht das Mädchen, die Anya. Das ist diejenige, die wirklich Geld bringt. Was ich dir immer wieder sage, denk zuerst an das Geld.«

»Ja, Papa. Äh ... die Anya hat ihre Handgelenke wundgescheuert.«

»Kümmere dich nicht darum. Verbinden kommt später. Vorwärts.«

Yal wälzte Thann über die Uferböschung. Der Händler fing sie auf, bevor sie auf die Bordwand schlug, und legte sie bei einem Bündel alter Kleider ab, das nach Schweiß und Schmutz roch, dann machte er sich wieder an das Aufziehen des Segels, während der Junge sich mit einer zappelnden, kreischenden, beißenden Isahoe abmühte.

Als er den Prahm erreichte, ließ Yal das Mädchen über die erhöhte Bordkante fallen, schwang sich hinter ihr hinauf, zog sie hinüber zu Thann und ging, um seinem Vater zu helfen.

Thann schmiegte sich an Isahoe und versuchte sie zu trösten. Sie war verzweifelt, weil ihre Hände gebunden waren und sie sich nicht verständlich machen konnte. Aber in ihrer Angst und Sorge fielen ihr die Worte des Händlers ein, und sie verspürte aufkeimende Hoffnung. Impix Phela hatte er gesagt. Wenn sie nur kommen würden, alles wäre besser als … Thanns Hoffnung verging so rasch, wie sie aufgekommen war. Der Mann schien nicht wirklich besorgt, er unterwies nur seinen Sohn. Glaubte er wirklich, die Impix seien nahe genug, um Schwierigkeiten zu machen, so hätte er die Gefangenen selbst getragen, statt es dem Jungen zu überlassen, und sie würden bereits flußabwärts fahren. Isa, ach Isa, dachte sie bei sich, wir werden da herauskommen, irgendwie. Ich verspreche es dir … still, Shashi … o Gott, hilf uns, gib mir Kraft … Sie befeuchtete ihre Lippen, versuchte leise zu pfeifen; es war mehr Luft als Geräusch, aber sie machte ein Wiegenlied daraus, das Isahoe zu trösten schien.

Sobald das Boot draußen in der Mitte des Flusses war, hob der Händler Isahoe auf und trug sie zum Heck, wo er sie zu Füßen seines Sohnes ablegte, der das Ruder bediente. »Wenn die Anya Ärger macht, erwürgst du die Kleine.«

Er ging in den Schuppen und kam mit schwarzen Eisenketten heraus, die er über einen Arm gehängt hatte, in der anderen Hand ein Bündel Lumpen und einen verbeulten Blechkasten. Er ließ die Ketten neben Thann fallen, kauerte neben ihr nieder. »Du hast gehört?«

Sie nickte.

»Gut.« Er öffnete den Kasten und nahm eine halb aufgebrauchte Tube mit Salbe heraus. »Also bleib still liegen, wenn ich die Fesseln aufschneide.« Er machte sich an die Arbeit und befreite Thanns Füße, drückte Salbe aus der Tube und bestrich die Haut, wo Thann sie bei ihren vergeblichen Befreiungsversuchen aufgescheuert hatte. Als er die Salbe gut eingearbeitet hatte, riß er einen Stoffstreifen von einem der Lumpen und wickelte ihn um ihren Knöchel. Seine Finger waren überraschend geschickt, beinahe sanft. Sobald er den zweiten Knöchel verbunden hatte, schloß er eiserne Fußschellen um die Bandagen und sperrte sie zu. Sie waren durch eine Kette von der Länge eines Unterarms miteinander verbunden.

Die Verletzungen der Handgelenke behandelte er genauso, dann legte er ihr Handschellen an. Diese waren so eng, daß er sie über den Bandagen nur mit Mühe schließen konnte. Die Kette, die sie miteinander verband, war kürzer, aber Thann verspürte eine unaussprechliche Erleichterung, als sie sah, daß sie sich wieder der Zeichensprache bedienen konnte.

Er wischte sich die Hände an einem Lappen ab, hockte auf seinen Fersen und ließ den Blick über Thann gehen. »Anya im Ei«, sagte er nach einer Weile. »Also wirst du nicht versuchen, über Bord zu gehen. Ist die Kleine deine Tochter?«

Thann zögerte, signalisierte ja. Ihre Hände zitterten unter dem Gewicht der Kette.

»Es liegt bei dir, dafür zu sorgen, daß sie sich benimmt. Wenn sie zuviel Ärger macht, klopfen wir ihr auf den Kopf und lassen sie über Bord gehen. Verstanden?«

»Ja.« Als er sich anschickte aufzustehen, gab sie hastig Zeichen: »Warum? Warum tut ihr dies?«

Er lachte. »Du fragst einen Händler warum? Geld, Anya, Geld. An der Küste gibt es einen hungrigen Markt für Anyas in guter Gesundheit. Auch kleine Mädchen bringen noch etwas, aber es gibt allmählich ein Überangebot, also bringen sie nicht annähernd so viel wie eine Anya. Was das bedeutet, habe ich gesagt. Zuviel Ärger, und wir schaffen sie uns vom Hals.«

Thann saß mit dem Rücken an einem Ballen mit Lumpen und Isahoe lag neben ihr und hatte ihr den Kopf in den Schoß gelegt. Thann streichelte ihr glänzendes schwarzes Haar mit kleinen, sorgsamen Bewegungen, die kein Kettengerassel erzeugten, und beobachtete verzagt, wie der Wind und die Strömung sie rasch flußabwärts durch das Land trugen, das zu durchwandern sie so viel Zeit und Kraft gekostet hatte.

Sie nötigte Isahoe, den Schiffszwieback und das Schmorgericht zu essen, das der Händler ihnen vorsetzte. »Wenn du nicht ißt, wirst du krank, und dann werden wir nie nach Linojin kommen. Solange wir unsere Kräfte haben, Shashi, gibt es immer noch eine Chance. Aber wenn du krank wirst und stirbst, gibt es keine.« Wieder und wieder die gleichen Argumente, bis der stumpfe, glasige Ausdruck aus Isahoes Augen verschwand und sie das Essen hinunterzwang.

Als am zweiten Tag die Sonne aufging, hörte Thann wieder das Geschützfeuer aus den Bergen.

Am dritten Tag glitten sie an den Ruinen von Khokuhl vorüber; die Nacht verbrachten sie festgemacht an einer halb eingesunkenen Landungsbrücke am unteren Ende des Hafens, der einmal der geschäftigste an der Ostküste von Impixol gewesen war. Jetzt gab es dort nur Ratten und Verfall.

Am vierten Tag kroch das Boot vor der Südküste der Bucht von Khokuhl dahin, immer weit genug auf See, um den Riffen zu entgehen, die dem Steilufer vorgelagert waren. Gegen Mittag erreichten sie eine schmale Bucht zwischen den steilen Kliffs, die aussah, als hätte ein Titan ein Stück aus der Steilküste gebissen.

Der Händler ließ das Segel herab und glitt auf die Mündung der fjordähnlichen Bucht zu, hob Thann auf und trug sie in die Kabine, wo er sie in der stinkenden Dunkelheit allein ließ. Sie hörte, wie er die Haspe vorlegte, das Vorhangschloß durch die Öse steckte und verschloß. Er schützt seine Vermögenswerte, dachte sie. Bitte, o Gott, behüte Isahoe, laß nicht zu, daß sie verletzt wird. Bitte …

Während ihres verzweifelten Gebetes fühlte sie, wie das Boot seine Lage veränderte und dann mit einem gleichmäßigen, leichten Stampfen zur Ruhe kam. Sie befeuchtete die Lippen und legte alle Kraft, die sie aufbringen konnte, in den Pfeifkode, den sie und Isahoe während ihrer Wanderung ausgearbeitet hatten. Dann kniete sie in ängstlicher Anspannung und wartete auf eine Antwort.

Isahoes Stimme drang an ihr Ohr, süß und klar, stärker als sie bisher gewesen war, beinahe wie eine Frauenstimme, obwohl sie noch zu jung für die Veränderung war. »Thanny«, sang sie, »Anya meami, sie haben mir die Ketten abgenommen. Ich bin gesund.« Dann pfiff sie den Kode, der bedeutete, daß sie wirklich wohlauf war.

Eine Lüge, aber eine tapfere. Gott schütze dich, mein Kind. Seufzend ergab sie sich in ihr Schicksal und wartete auf das, was als nächstes kam.

Nach einiger Zeit änderte das Boot die Richtung. Thann merkte es am Geräusch des Windes und dem Verhalten des Bootsrumpfes, der vom Stampfen in ein leichtes Schlingern überging. Wenige Minuten später geriet das Boot an der Mündung des Fjordes in eine Kreuzsee, und Thann wurde hin und her geworfen, bald an die eine Wand, bald an die andere. Als die heftigen Bewegungen sich etwas beruhigten, hatte sie blaue Flecken und war schwindlig, und ihre Kehle brannte von erbrochener Galle.

Nach weiteren fünfzehn oder mehr Minuten gab es einen dumpfen Stoß, das Boot erzitterte, und die Bewegung des Bootskörpers verlangsamte sich zu einem sanften Schaukeln. Zwischen den rauh kreischenden Rufen von Seevögeln hörte Thann ein Schaben und

Knarren, als die Fender an etwas rieben, wahrscheinlich an den Pfeilern einer Landungsbrücke oder einer Kaimauer. Durch das verwitterte Holz der Kabinentür drang die gedämpfte Stimme des Händlers. »Hör gut zu, Yal. Wenn jemand versucht, an Bord zu kommen, schießt du ins Knie. Töte keinen, das gibt Ärger, den ich vermeiden will. Und hör auf kein Gejammer, sondern halte einfach das Deck frei, bis ich zurückkomme.«

»Ja, Papa.«

»He, Anya. Ich habe der Kleinen hier ein Würgehalsband angelegt. Pfeif ihr, sie soll ein braves Kind sein, hörst du?«

Thanns Lippen bebten so, daß sie zuerst kein Geräusch hervorbrachte, dann zwang sie sich zur Ruhe und pfiff die Warnung und hoffte, daß Isahoe sie beherzigte.

Es gab eine leichte Neigung zur Kaimauer, dann einen Stoß in die Gegenrichtung, die Thann verrieten, daß der Händler von Bord gegangen war.

Bisher war alles seltsam unwirklich gewesen. Aber jetzt … Wir werden verkauft, dachte sie. Vielleicht an verschiedene Käufer … Der Gedanke durchbohrte sie wie ein Messer. Sie steckte die Hände in die Achselhöhlen und schaukelte in einem Sturm hilfloser Empfindungen vor und zurück. Gott, o Gott, wo bist du, wie kannst du dies zulassen? Shashi, mein Baby …

Sie schaukelte und weinte, betete und verdammte sich selbst, daß sie nicht nachdachte. Hätte sie ihre Gedanken darauf konzentriert, so wären mindestens eine oder zwei Gelegenheiten für einen Fluchtversuch dagewesen. Aber sie hatte zugelassen, daß die Furcht sie hilflos machte, und nun war es zu spät …

Der krampfartige Anfall von Kummer, Angst und Wut verging, und sie hockte eine Weile erschöpft zwischen den Lumpen, bevor sie sich in dem Schuppen umherbewegte, die Hände mit tastenden Fingern ausgestreckt, die Augen weit geöffnet, um in dem schwachen Licht zu sehen, das durch Spalten zwischen den Planken drang, durch Ritzen um die Fensterläden, die das einzige Fenster in der Wand gegenüber der Tür verschlossen.

Es war ein schmutziges Loch. Unter dem verschlossenen Fenster lag ein Strohsack, den zu berühren sie so lange wie möglich vermied, die Decken waren fettig und rochen nach saurem Schweiß und anderen Körperflüssigkeiten; wahrscheinlich wimmelten sie von Ungeziefer. An einem Ende des Strohsackes stand eine abgestoßene schwere Truhe, mit Eisenbändern beschlagen und mit Haspe und Vorhangschloß gesichert. Am anderen Ende des Strohsackes stand eine durchgesägte Kiste, die als Nachttisch diente und Raum für eine Wasserkanne, eine Waschschüssel und schmutziges Geschirr bot. Dort sah sie Metall glänzen. Sie hob einen Teller und fand einen Löffel und eine dreizinkige Gabel. Sie hob den Löffel auf und versuchte ihn zu biegen; das Metall gab nur ein wenig nach und nahm wieder seine frühere Form an, als sie losließ. Guter Stahl. Thann überwand ihren Ekel, nahm einen Deckenzipfel und wischte Essensreste vom Löffel und von der Gabel, dann steckte sie beide in die Hosentasche. Sie bewegte sich in der Deckhütte umher, erprobte die Festigkeit der Wände, drückte gegen die Planken und hoffte eine zu finden, die morsch genug war, um sie mit ihren schwachen Kräften aufzubrechen.

Nichts, nichts, nichts. Das Wort pochte in ihrer Kehle wie pulsierendes Blut. Nichts, nichts, nichts. Das Holz war verwittert und rissig, aber zu gesund für ihre Kräfte.

Sie erschrak über einen dumpfen Schlag gegen die Tür, preßte eine Hand vor den Mund und stand still und lauschte, bis ihr Herzschlag sich beruhigte und die undeutlichen Geräusche draußen eine Erklärung fanden.

Der Junge war des Herumstehens überdrüssig geworden und hatte sich mit dem Rücken gegen die Tür aufs Deck gesetzt. Bald fing er an zu pfeifen, brachte aber die Töne und den Rhythmus durcheinander, so daß Thann die Melodie beinahe nicht erkannt hätte, obwohl es ein Lied war, das sie in den Wochen, bevor sie Khokuhl verlassen hatten, Dutzende von Malen im Radio gehört hatte. Es hieß, das Lied sei in den Städten der Südküste beliebt. Das Pfeifen ging ihr auf die Nerven, doch versuchte sie es nicht weiter zu beachten, als sie sich umsah und überlegte, was als nächstes zu tun sei.

Obwohl sie die Vorstellung, daß Läuse und Wanzen an ihren Beinen hochkrochen, nicht unterdrücken konnte, stieg sie auf den schmierigen Strohsack und versuchte vorsichtig die Fensterläden zu öffnen. Ihr Holz war dünner als die Planken der Wände und der Tür, und sie konnte die Trockenfäule riechen.

Das Herz schlug ihr im Halse, als ihre Finger über den Riegel gingen. Wenn die Läden nur von der Innenseite gesichert waren …

Der Fallriegel war steif und schwer zu bewegen, mit einer Verdickung am Ende, die ihn in der Verankerung festhalten sollte. Sie wagte nicht, viel Druck auszuüben. Zuviel Geräusch, und der Junge würde aufmerksam. So zog sie die Läden am Riegel nach innen und drückte ihn aufwärts. Noch einmal, etwas energischer, mit dem Daumen unter dem Ende, um laute Geräusche zu verhindern.

Ahh! Sie bekam den hochgestoßenen Riegel zu fassen und hielt ihn, bevor die Läden sich womöglich knarrend öffneten. Eine Weile lehnte sie mit der Stirn an der Wand und verschnaufte in der stinkenden leblosen Luft.

Dann drückte sie vorsichtig gegen die Läden, und sie gaben nach.

Sie riß die Hand zurück, als die Scharniere zu quietschen begannen, wartete ab, um zu sehen, ob der Junge etwas bemerkt hatte.

Aber er sang jetzt, schlug mit der flachen Hand den Rhythmus auf das Deck. Es gab eine Art Refrain, den er alle paar Taktschläge wiederholte. Die Worte klangen so undeutlich und verschliffen, daß sie nicht hörte, was sie bedeuteten. Aber das war unwichtig. Wichtig war nur, daß sie laut waren, und wenn sie ihr Handeln dem Gesang anpaßte, konnte sie die quietschenden Läden öffnen.

Zoll für Zoll drückte sie die in ihren Scharnieren quietschenden und knarrenden Läden mit zitternden Händen und angehaltenem Atem auf. Nach einer Ewigkeit, wie es ihr schien, waren beide Läden bis zur Wand aufgestoßen und sie stand in der Öffnung und atmete die frische, salzige Luft der Bucht.

Yal unterbrach seinen Gesang.

Thann erstarrte, eine Hand an den Mund gepreßt.

Er begann ›Bashars Klage‹ zu pfeifen, das letzte Lied, das Mandall an dem Tag, als er getötet wurde, angesagt hatte.

Thann unterdrückte den Kummer, der mit der Erinnerung kam. Sie hatte keine Zeit für Erinnerungen. Mandall war tot, Isahoe war am Leben und brauchte sie.

Sie wandte den Rücken der Wand zu, hob eine Hüfte auf den Fenstersims und schob sich in die Öffnung. Sie bekam die Dachkante zu fassen und zog sich daran langsam hinaus, mit äußerster Vorsicht bemüht, jedes Klirren der Ketten zu vermeiden.

Als sie draußen war, kauerte sie nieder und kroch über das Deck unter das aufgespannte geflickte Segel, arbeitete sich zwischen den Ballen durch, bis sie den Kai und die Lagerhäuser sehen konnte, die eine Seite der schmalen Bucht auf mehr als hundert Schritten begleiteten.

Sie zählte die Masten und Schornsteine von einem halben Dutzend Küstendampfern, die am Kai und einer Anlegebrücke festgemacht hatten. Außer ihnen lagen hier noch mehrere kleine, schnittige Schiffe, bei denen es sich um Schmugglerfahrzeuge handeln mußte. Hinter den Schieferdächern der Lagerhäuser ragte eine massive Mauer so hoch auf, daß sie kaum die Zinnen auf ihrer Krone sehen konnte. Es war die Festung Yedawa, erbaut, um Piraten von der Küste und den Umschlaghäfen fernzuhalten. Jetzt saßen die Piraten hinter den Mauern und hatten sich zu Sklavenhändlern und Hurentreibern und Waffenhändlern gewandelt.

Der armselige Prahm des Händlers war am letzten Anlegesteg vertäut, an einem Bündel muschelüberkrusteter Duckdalben. Der nächste Küstendampfer lag zwei Schiffslängen entfernt; er war breit gebaut und hatte Hilfsmasten, kurze, dicke Dinger, die nicht so aussahen, als könnten sie mit Besegelung die rostige Masse des gedrungenen Schiffsrumpfes bewegen. Mehrere Besatzungsmitglieder arbeiteten ziemlich lustlos an Reparaturen, mit denen viel Gehämmer und Geschabe verbunden war.

Vögel kreisten über den Schiffen, saßen auf Masten und schwammen wie Miniaturboote auf dem unruhigen Wasser der Buch, weiß und schwarz mit langen grünlich-ockergelben Schnäbeln. Katzen lagen schlafend in der Sonne oder machten zwischen den am Kai gestapelten Ballen und Fässern Jagd auf Ratten. Zwei der Dampfer, die weiter entfernt lagen, wurden anscheinend zum Auslaufen bereitgemacht; die anderen lagen verlassen bis auf einzelne Wachen, die auf ihren Posten dösten. Aber dann und wann tauchten immer wieder Männer der Besatzungen auf, die irgendeiner Arbeit nachgingen, etwas über die Reling schütteten und wieder in den Niedergängen oder Deckaufbauten verschwanden.

Thann wurde klar, daß sie sich auf dem Kai nicht blicken lassen durfte. So verlassen alles aussah, es gab doch noch immer zu viele Augen. Und nachdem sie gehört hatte, wie der Händler mit seinem Sohn über den Preis spekuliert hatte, den Thann einbringen würde, war sie überzeugt, daß jeder hier, der sie frei herumlaufen sah, sehr schnell zugreifen würde. Aber sie konnte hier zwischen den Ballen nicht bleiben, an Bord würde man sie innerhalb von fünf Minuten finden. Sie war eine gute Schwimmerin, aber die Eisenketten würden ihre Bewegungen behindern und sie hinunterziehen, wenn sie das versuchte.

Jedes Versteck, das sie sich ausdenken konnte, würde der Händler auch sehen. Er war nicht dumm, und wenn er eine Suchaktion in Gang setzte ... Nein, das täte er nicht, er traute den Leuten hier nicht genug. Das war ein kleines Plus für sie. Aber wenn sie sich nicht bald etwas einfallen ließ, könnte sie genausogut wieder zum Fenster hineinkriechen ... Inzwischen würde er Isahoe verkauft haben ... Gott, dachte sie verzweifelt, warum ließest du dies geschehen? Warum?

Sie lag zwischen den Ballen, das Gesicht in die Armbeuge gedrückt, bis ihr Atem ruhiger ging. Sie lauschte Yals Pfeifen. Als er mit einer Serie von Trillern begann, ließ sie sich über die Bordwand gleiten, zog sich an den verrottenden Fendern entlang, bis sie unter der Anlegebrücke war, dann arbeitete sie sich dort im kalten und schmutzigen Wasser weiter, widerstand der Erschöpfung und dem Gewicht der Ketten, die sie hinabzogen, bewegte sich Hand über Hand die Strebebalken zwischen den Pfeilern entlang und dankte Gott, daß er sie mit einer gnädigen Ebbe gesegnet hatte.

Nahe dem Ende der Anlegebrücken schien das Wasser noch schlimmer zu stinken als zuvor, und es schwammen unbestimmbare Stücke darin, über deren Beschaffenheit sie lieber nicht nachdachte; sie wurden von einer starken Strömung hinausgetragen, die auch Thann ergriffen und mitgenommen haben würde, wenn der Gestank ihr nicht Einhalt geboten hätte.

Sie klammerte sich an einen Strebebalken und beobachtete das schmutzige Wasser, das wenige Schritte vor ihr aufbrodelte; unter der trüben, gelbbraunen Oberfläche konnte sie einen runden, dunklen Flecken sehen. Ein Ausfluß der Kanalisation. Und binnen kurzem würde die Ebbe so weit zurückgehen, daß die Öffnung freigelegt wäre. Der Gedanke war so ekelerregend, daß ihr Mund sich mit Speichel füllte, aber dieses Rohr bot das einzige Versteck, das sie in all ihren Überlegungen gefunden hatte.

Thann zog sich aus dem Wasser und hockte erschöpft auf dem Balken. Sobald sie ein wenig zur Ruhe gekommen war, fühlte sie nach dem Ei. Der Schließmuskel des Beutels hatte gehalten, Gott sei gedankt; sie mochte nicht an die Infektionen denken, die in dieser schmutzigen Brühe lauerten. Auf dem schlüpfrigen Balken sitzend, mit einer Schulter an die algenbewachsene Kaimauer gelehnt, wartete sie auf das weitere Absinken des Wasserspiegels. Mit etwas Glück würde der Händler nicht zum Boot zurückkehren, bevor die Flut wieder auflief und sie weiter oben in der Sicherheit der Kanalisation ankäme, wo nicht einmal er sie suchen würde. O gnädiger Gott, betete sie, halte deine schützende Hand über Isahoe und gewähre mir die Gnade der Geduld und des Mutes, daß ich tun kann, was notwendig ist.

Wintshikan sah Luca und Wann den Weg entlanggetrabt kommen und stieg den Hang hinab, um auf die anderen Überlebenden zu warten, die noch in ihren Verstecken ausharrten.

Unter dem dichten Laubdach der Bäume war die Nacht finster und still; der Mond war noch nicht aufgegangen, und eine dünne Wolkendecke dämpfte das

Sternenlicht. Wintshikan fand die Dunkelheit bedrückend und ging ein kurzes Stück weiter zu einer Stelle, wo ein Sturm vor zwei Jahren mehrere alte Bäume umgeworfen und eine Schneise in den Wald gerissen hatte. Sie setzte sich auf einen liegenden Stamm und zog den Schal fester um sich; die Kälte, die über sie gekommen war, hatte wenig mit der Nacht und viel mit der Entscheidung zu tun, die sie dort oben am Berghang getroffen hatte.

Xaca kam still auf die offene Fläche. Die Kinder hielten sie bei den Händen, drängten sich an sie. Ihre Augen waren riesig, die Gesichter alt von der Anspannung der Angst. Nyen folgte ihnen, und Hidan kam dicht hinter ihr.

Wintshikan fühlte in ihrer Gürteltasche und nahm die Schachtel mit den Karten heraus. Sie legte sie auf ihren Schenkel, hielt sie lose mit den beiden Händen. »Wir müssen überlegen«, sagte sie. »Es sind Fragen zu stellen. Wir werden die Karten und unsere Herzen befragen. Ein schwerer Weg liegt vor uns, und wir müssen uns bereithalten, Strapazen zu ertragen und Gefahren zu bestehen.«

Als sie die Schachtel öffnete und die in das seidene Tuch gewickelten Karten herausnahm, murmelte sie die Worte des Propheten: »Segne das Auslegen, o Gott, das Mischen und Abheben. Sprich zu unseren Herzen, o Gott. Lenke unsere Tage, o Gott.«

Sie hob die Karten aus dem Seidentuch und hielt sie in den ausgestreckten Händen. Die anderen traten nacheinander näher, berührten die Karten mit den Fingern der Linken, der Herzhand. Luca war die letzte. Ihre Augen lachten, als sie die Fingerspitzen auf die oberste Karte legte, und bevor sie weiterging, murmelte sie: »Daran glaube ich.«

Wintshikan gab das Seidentuch Zell, die es auf dem Stamm ausbreitete, dann mischte sie die Karten, hob ab und legte sie aus, zwei in der oberen Reihe, drei in der mittleren und eine letzte darunter.

»Kommt herum und seht«, sagte sie, und als die anderen sich um den gefallenen Stamm versammelten, berührte sie die untere Karte. »Es ist der Tod. Tod ist das Tor zur Veränderung, aus der es keine Rückkehr gibt. Dies ist unsere Bestimmung. Wir sind tot für die Runde und als Hohekil von neuem geboren.«

Sie berührte die Karten in der mittleren Reihe, eine nach der anderen. »Dies sind die Determinanten, die die vor uns liegenden Tage bestimmen. Das Tor, das voraus und zurück blickt. Der gebrochene Zweig, Gefahr für Körper oder Geist. Die Quelle, aus der Weisheit kommt. Es liegt mehr Gefahr vor uns, und eine Wahl, vielleicht viele Wahlmöglichkeiten. Es ist notwendig, sie weise zu treffen.«

Darauf berührte sie die Karten in der oberen Reihe. »Dies sind die Führer, die uns den Rechten Weg weisen. Die Spirale, die alles umschließt. Es ist Gott selbst, der zu uns spricht, der in der Dunkelheit unserer Unwissenheit unser Licht sein wird. Wenn wir den Rechten Weg gehen, werden wir unversehrt durch die Dunkelheit und die Gefahren kommen. Gedenket, ihr Überlebenden von Shishim, der doppelten Bedeutung des Pfades. Und die letzte Karte, das Feuer auf dem Altar. Was wir tun, tun wir im Dienste Gottes, auch wenn es nicht so scheinen mag.« Langsam und überlegt nahm sie die Karten auf, legte sie auf den Stoß zurück. Sie gab Zell das Seidentuch und die Karten, richtete sich auf, zog den Schal enger um den Körper und sprach als Heka: »Die Geschichte der Karten ist ein Echo der Gedanken gewesen, die zu meinem Herzen kamen, als ich in Angst und Schrecken lag und den Obszönitäten der Impix Phela lauschte, die die Runde gingen, die einst unser war. Wie der Zweig gebrochen ist, so müssen wir unser Leben brechen.

Wir müssen die Runde verlassen. Jetzt. Viel früher, als ich gehofft hatte. Wir müssen alles zurücklassen, was wir kennen, die Berge überqueren und ins Tiefland hinabwandern, wenn wir lange genug leben wollen, um Linojin zu sehen. Die Route der Händler verläuft einen halben Tagesmarsch nördlich von uns. Kann es ein besseres Omen als dies geben?« Mit Bedacht nahm sie den Schal von den Schultern, legte ihn zusammen und auf den Schoß, ließ die gefalteten Hände darauf ruhen. »Ihr Überlebenden von Shishim, wenn es welche unter euch gibt, die einen anderen Vorschlag zu machen oder dem, was die Heka gesagt hat, etwas hinzuzufügen haben, so ist es jetzt Zeit zu sprechen.«

Sie ließ den Blick von einem Gesicht zum anderen gehen.

Luca und Wann hielten einander bei den Händen und lächelten ihr zu. Nyen blickte grimmig und hatte die Lippen zusammengepreßt, nickte aber, als Wintshikan sie ansah. Auch Xaca nickte zustimmend. Kanilli und Zaro lehnten an Xacas Knien; ihre Augen waren groß vor Angst und Aufregung. Hidan nickte. Als Anya hatte sie mehr zu fürchten als die anderen.

»Niemand hat sich zu Wort gemeldet. Also wollen wir es so halten.« Sie stand auf. »Der Omylya-Bach liegt eine Stunde vor uns. Es wird schon spät sein, wenn wir ihn erreichen, aber wir können dort übernachten. Wir werden unterwegs den Lobpreis sprechen und Gottes Segen für unsere Wahl erbitten.«

Am Morgen versammelten sich die Reste der Shishim – diesmal sogar Luca – und sangen den Segen der Abwesenheit, segneten sich selbst dadurch, denn sie würden vielleicht für den Rest ihres Lebens von den Pixa-Runden abwesend sein. Dann schulterten sie ihre Traglasten und brachen auf. Jedes unnötige Geräusch vermeidend, zogen sie im Gänsemarsch rasch und wachsam den Pfad entlang. Sie gingen hungrig, weil sie fürchteten, mit Nahrungssuche zu viel Zeit zu verlieren.

Als der Tag in die Nacht überging, die Nacht dem nächsten Tag Platz machte, wanderten sie auf gewundenen Pfaden durch die Berge. Da sie selbst nun alles waren, was sie besaßen, schlossen sie sich enger zusammen. Alles was sie gekannt hatten, was ihnen vertraut gewesen war, hatte sich unter ihren Füßen in nichts aufgelöst. Sogar das Land war jetzt anders, härter und weniger fruchtbar.

Luca und Wann vertieften ihre Bindung und entfernten sich weiter vom Pfad Gottes.

Xaca hatte keine Alpträume mehr. Es war, als hätten die anderen Verluste sie von ihren Ängsten gereinigt. Sie sang auf der Wanderung und beim Sammeln von Beeren und Pilzen und eßbaren Wurzeln; die Melodien waren alt, die Worte neu.

Hidan blieb still und furchtsam, entfernte sich nie weit von Nyen, als könne sie nicht vergessen, daß sie Nahrung für jeden Kriegertrupp war, dem sie in die Quere gerieten. Das war die bittere Wahrheit. In den Augen jener, die Krieg führten, waren sie Hohekil und von Gott verflucht. Was immer ihnen geschah, war gerecht, denn sie waren Verräter an der gemeinsamen Sache.

Am Abend ihres fünften Tages auf dem Weg der fliegenden Händler hatten sie das Ende des gewundenen Tales erreicht, das zum Kakotinpaß hinaufführte und waren ein kurzes Stück über die westlichen Hänge abgestiegen, wo der Pfad sich in Kehren durch das silbrige Gras der Höhenmatten zog.

»Na, na, na.« Der Mann trat aus dem Schatten der Bäume und hob beschwichtigend die Hand, als Luca mit dem Messer in der Hand aufsprang. »Keine Bange, junge Frau, ich bin kein Räuber.« Er verbeugte sich. »Bloß der alte Bukah, der Nadelhändler mit seiner Ware und seinem treuen Esel.«

Bukah war ein kleinwüchsiger, grauhaariger Mann, dessen Gesicht runzliger war als ein Hemd, in dem der Besitzer wochenlang geschlafen hat. Er trug den steifen Hut eines fliegenden Händlers, seine schlauen kleinen Augen wirkten gelblich wie abgestandener Rahm. Seine Stimme war ein gemütliches Brummen, trotz seines Mangels an Harmonie angenehm zu hören. Er zog am Leitseil, und ein zottiger kleiner Esel, der unter seiner Traglast beinahe verschwand, folgte seinem Herrn mit den kleinen Schritten seiner zierlichen Hufe zum Lagerfeuer. Er schüttelte den Kopf, daß die langen Ohren flogen, und Kanilli quietschte vor Lachen.

Wintshikan stand auf. »Wir sind Pilger«, sagte sie. »Unterwegs nach Linojin, um am Grab des Propheten für die Seelen unserer Toten zu beten. Wir haben nichts, was einen Händler zum Feilschen verlocken könnte.«

»Sie lassen das Vergnügen Ihrer Gesellschaft außer acht, Heka. Der Pfad der fliegenden Händler ist ein einsamer Weg.« Er legte den Kopf auf die Seite und musterte sie wie ein gelbäugiger Vogel, der sein Gefieder aufplustert. »Ich sehe, Sie sind dabei, Essen zu kochen. Ich könnte eine Prise Tee und ein paar Stücke Dauerbrot dazugeben.«

Obwohl Zell sie insgeheim zwickte und Luca verdrießlich dreinschaute, lächelte Wintshikan ihm zu. »Seien Sie willkommen, Bukah. Wenn Sie bleiben wollen, sollten Sie aber verstehen, daß wir gelobt haben, uns getrennt zu halten und uns auf keine Tändelei einzulassen.«

»Gütigste Heka, ich werde mich an Ihre Regeln halten, solange ich in Ihrer Gesellschaft bin.«

Während der Händler sich am Feuer niederließ und

für die Kinder Fingerspiele machte, stand Wintshikan mit Zell und Luca im Schatten außerhalb des Lichtkreises, den das Lagerfeuer verbreitete. »Sagt, was ihr zu sagen habt«, murmelte sie.

»Heka, warum hast du ihn eingeladen, bei uns zu bleiben? Er gefällt mir nicht.«

»Mir auch nicht, Luca meami. Aber ist es nicht besser, ihn am Feuer zu haben, wo wir ihn sehen können, als ihn im Dunkeln herumschleichen zu lassen?«

Zell berührte ihren Arm und machte ihre Zeichen: »Händler verschenken nichts, nicht für das Vergnügen von jemandes Gesellschaft.«

»Ja. Er ist nicht so schlau, wie er glaubt, und auch nicht so charmant. Luca, du und Wann, ihr seid die besten Kundschafter, über die wir verfügen. Ihr habt den ganzen Tag für uns Ausschau gehalten, ich weiß, aber könntet ihr noch etwas tun?«

»Ja. Woran denkst du?«

»Der Mond scheint nicht sehr hell, aber der Weg führt hier durch offenes Gelände, der Erdboden ist hell, und ich dachte, ihr könntet die Fährte des Esels verfolgen und sehen, wo er und sein Herr auf den Weg einbogen.«

»Das müßte zu machen sein. Du glaubst ...«

»Ich glaube nichts von dem, was er sagt, nicht einmal die Richtung, aus der er gekommen ist. Geht erst, wenn wir den Lobpreis gesprochen und die Kinder in ihre Decken gesteckt haben. Ich kann euch zeigen, wo Zell und ich schlafen werden.« Sie lachte leise. »Das heißt, uns schlafend stellen werden. Kommt dann zu uns und sagt uns, was ihr gefunden habt.«

Luca verschwand im Gebüsch, wo Wintshikan im Schneidersitz auf ihren Decken saß und wartete, den Rücken am Stamm eines kleinen Baumes. Zell kauerte neben ihr. »Wo ist er?«

»Mit seinem Esel unten am Bach. Hidan behält ihn im Auge. Sie wird Zell Bescheid geben, wenn er seinen Platz verläßt.«

»Er ist ein Spion. Hat sich nicht einmal bemüht, seine Fährte zu verwischen. Er hat einen Bogen geschlagen, um aus dem Osten zu kommen, kommt aber vom Westen. Dort gibt es ein Lager, ungefähr eine halbe Stunde von hier. Fünf bewaffnete Männer. Keine Krieger, sondern Diebe und Banditen, die mehr von sich her machen als dahintersteckt. Sie sitzen um ein Feuer, trinken Fusel und prahlen, was sie mit uns machen werden.« Luca schloß die Augen und erschauerte. »Wir Frauen werden tot sein, wenn sie mit uns fertig sind, aber sie wollen die Mädchen und die Anyas behalten und verkaufen. Anscheinend gibt es auf dem Markt eine gewaltige Nachfrage nach gesunden Anyas. Und die freien Städte halten immer Ausschau nach neuen, jungen Huren.« Ihre Stimme bebte. »Diejenigen, die sie bekommen, scheinen nicht sehr lange zu leben.«

»Gut gemacht, Luca. Haben sie gesagt, wann sie uns überfallen wollen?«

»Morgen abend. Der Spion wird bei uns bleiben und sich vergewissern, daß wir keine Waffen haben – außer ein paar Messern.«

»Ja. Wie betrunken sind die Banditen?«

»Sie zechen ziemlich stark. In etwa einer Stunde könntest du ihnen ins Gesicht treten, und sie würden es nicht merken.«

»Meinst du, es wäre lohnend, die Diebe zu berauben?«

Luca hielt sich die Hand vor den Mund, um nicht laut loszuprusten. Sie nickte.

Wintshikan stand auf, warf den Schal, den Zell ihr reichte, um die Schultern und sprach als Heka der Shishim-Ixis in förmlichem Ton: »Wegen der Verbrechen des geplanten Mordes und der Versklavung erkläre ich

Bukah den Nadelhändler zum Tier und verlange von diesem Tier sein Leben.« Seufzend ließ sie den Schal auf die Decken fallen. »Alles gut und schön, diese großartigen Erklärungen, aber nun muß ich entscheiden, wie wir es tun.«

»Überlaß es Wann und mir. Wir können ihm die Kehle durchschneiden, während er schläft.«

»Nein, Luca. Es muß eine Hinrichtung sein, kein Mord. Und er muß Gelegenheit erhalten, seinen Frieden mit Gott zu machen.«

»Warum? Würde er uns eine Chance geben?«

»Es geht nicht um ihn, es geht um uns. Möchtest du die Methoden dieses Gesindels zu deiner Richtschnur machen?«

Luca verzog das Gesicht und ging ohne ein weiteres Wort.

Zell berührte Wintshikans Arm. »Sie ist verletzt und wütend, ich spüre es. Wenn wir sie zu sehr drängen, wird sie uns verlassen.«

»Ich weiß. Es scheint, daß alles falsch ist, was ich versuche. Hat Wann ...?«

»Wann spricht nicht mit uns. Sie hat Luca ein Gelöbnis gemacht.«

»Warum haben die zwei es uns nicht gesagt, sich nicht unseren Segen geben lassen?«

»Sie werden einen Segen nicht annehmen. Wann hat uns in der Anyabindung gesagt, daß es eine Blasphemie sein würde, und daß sie es nicht tun werden.«

»Es ist der Krieg, Zell. Warum habe ich so lange gebraucht, um es zu erkennen? Ich stehe zu nahe, Luca fühlt sich eingeengt. Und allzu oft bin ich versucht, Gott zu verwünschen, daß er solche Schrecken geschehen läßt.« Wintshikan rieb sich jäh aufsteigende Tränen aus den Augen. »So laß uns gehen, meine Schwester, und unsere eigene Schreckenstat vollbringen.«

Bukah hatte einen leichten Schlaf. Im Nu war er wach und abwehrbereit, aber Wintshikan warf sich über ihn und hielt ihn am Boden nieder, während Luca und Wann seine Handgelenke fesselten, Nyen und Hidan seine Füße banden.

Als das getan war, stemmte Wintshikan sich hoch, stand auf und trat zurück. »Wir haben die Fährte zu deinen nichtswürdigen Freunden verfolgt und sie prahlen hören, Bukah. Durch ihre Aussagen bist du verurteilt.«

»Was soll das heißen? Welches Recht …?«

»Gottes Recht. Und nach Gottes Recht, wie es vom Propheten verkündet wurde, sollst du tausend Herzschläge haben, um deiner Übertretungen dieses Gesetzes eingedenk zu sein und dich vorzubereiten, bevor du stirbst. Knebele ihn, Luca. Nyen, halt den Strick bereit. Reinige deine Seele, Bukah, denn in dieser Nacht wirst du vor deinem Richter stehen.«

Er hatte keinen leichten Tod und kämpfte mit aller Macht gegen seine Fesseln, als Nyen ihm den Strick um den Hals knotete, das freie Ende über einen Ast warf und dann am Packsattel des Esels festknotete. Er machte gräßliche Geräusche an dem Klumpen Dauerbrot vorbei, den Luca ihm als Knebel in den Mund gebunden hatte. Als das von Nyen vorwärtsgetriebene Tier seine ersten Schritte machte und den Strick straff zog, war sein ersticktes Heulen schrecklich anzuhören.

Wintshikan ging zu Kanilli und Zaro, die bei Zell standen und mit ängstlichen Gesichtern und aufgerissenen Augen die Hinrichtung verfolgten. »Ihr nahmt am Urteil der Shishim-Überlebenden teil. Habt ihr Fragen?«

Kanilli schlug den Blick nieder, aber Zaro hob den Kopf in einem Anflug von Trotz und sagte: »Ich fand, daß er ein netter alter Mann war. Ich weiß, er bedeutete

Schlechtes für uns, aber warum? Warum würde er so etwas tun?«

»Für Gold, Zaro meami. Vielleicht zum Vergnügen. Laß es dir zur Warnung gereichen, wenn wir das Tiefland erreichen. Du kannst hier keinem trauen. Sie haben alle Arten von Entschuldigungen für das, was sie tun, aber meistens tun sie es nur zum Vergnügen oder für das Gold, das sie anbeten.«

Kanilli hob den Kopf und schrak zurück, als der Gehängte stöhnte und zuckte; sie richtete ihren Blick auf Wintshikans Gesicht. »Warum gehen wir dann dorthin? Warum können wir nicht in den Bergen bleiben?«

Wintshikan seufzte. »Der Tod ist ein Teil des Vertrages mit Gott, aber er muß zu seiner eigenen Zeit kommen. In den Bergen zu bleiben, würde bedeuten, daß wir den Tod suchen, und das ist verboten.«

»Aber ...«

»Morgen werden wir mehr darüber sprechen, das verspreche ich dir, kleine Schwester. Jetzt geh mit Zell und packt eure Sachen, damit wir aufbrechen können. Wir müssen an den Banditen vorbei sein, bevor die Sonne aufgeht.«

Sie sah den beiden nach, als sie den Anyas ins Dunkel unter den Bäumen folgten und seufzte tief. Worte, Worte! O Gott, hilf mir, betete sie. Mein Glaube entgleitet mir. Ich verstehe nichts mehr. Was bleibt mir, wenn Du mich verläßt?

»Heka.«

Wintshikan wandte sich um. »Was ist, Luca?«

»Wir haben den Strick vom Esel losgemacht und an dem anderen Baum dort verknotet. Wir wollen ihn als Warnung hier hängen lassen.«

Er zuckte noch ein wenig, war noch nicht ganz tot. Wintshikan verzog den Mund und wandte sich ab. »Ja. Abseits vom Weg wie hier wird jeder, der ihn sieht, von seinem eigenen Schlag sein.« Sie machte mit Zeige- und Mittelfinger ihrer Herzhand das Abwehrzeichen. »Möge sein Geist von uns gewendet werden.«

»Xaca durchsucht sein Gepäck, um zu sehen, was wir gebrauchen können; den Rest kann sie wegwerfen, aber wir denken, der Esel wird uns zustatten kommen und kann einiges von unseren Traglasten übernehmen. Nyen und Hidan wollen mit Wann und mir gehen und zusehen, was wir den Banditen abnehmen können.«

»Luca, nichts, was sie haben, ist euer Leben wert. Denk daran.«

Die junge Frau lächelte. »Ich werde daran denken«, sagte sie und entfernte sich mit dem leichten, geräuschlosen Schritt, den sie sich angewöhnt hatte, seit die Überlebenden der Ixis Hohekil gegangen waren.

Wintshikan zwang sich, zu dem Gehängten aufzublicken. Das Gesicht war gedunsen und schwärzlich verfärbt. »Deine Seele wird dem Körper entweichen und wie Nebel an einem Frühlingsmorgen verschwinden. Möge sie Frieden finden.«

Zaro quietschte beim Krachen eines Schusses, dessen Echo über die Bergflanken hallte, gefolgt vom Geknatter weiterer Schüsse. Der Esel zerrte am Leitseil und wollte fliehen, und um ein Haar hätte er Kanilli umgerissen, aber Xaca ergriff geistesgegenwärtig das Seil, und ihr gemeinsames Gewicht reichte aus, ihn festzuhalten, während Zell ihre Thinta gebrauchte, um ihn zu beruhigen.

Als Wintshikan sprach, klang ihre Stimme gepreßt und zittrig. »Zell, sind sie …«

»Nach meinem Thinta sind sie lebendig und wohlauf, alle vier. Ich fühle Tod, aber es ist keine der unsrigen.«

»Ich sagte ihr …«

»Still, Wintashi, Luca ist nicht dumm. Verurteile sie

nicht, bevor du ihre Gründe hörst. Es ist besser, wir gehen weiter.«

Wintshikan richtete sich auf und nahm die Schultern zurück. Sie war Heka, und es war an der Zeit, sich das zu vergegenwärtigen. »Kanilli, du gehst mit Zaro und dem Esel voraus. Xaca, geh mit ihnen. Zell und ich werden folgen. Die anderen sollen kommen, wenn sie mögen.«

Und sie kamen, Luca und Wann, Nyen und Hidan auf Jomayls reitend, Gewehre umgehängt. Nyen und Hidan führten drei weitere Tiere, mit Segeltuch bedeckten Traglasten beladen. Wintshikan fühlte eine Kälte in der Magengrube. Noch nicht, dachte sie, aber bald wird es Zeit sein, den Schal an Luca zu übergeben. Gott leite sie, ich kann es nicht.

Yseyl umschloß die Bronzemarke mit den Fingern der linken Hand, wandte sich vom Tisch ab und nickte schüchtern, als ein Novize in Braun die rechte Tür für sie öffnete. Als sie durchging, hörte sie die Stimme des Bruders am Tisch, der für den nächsten in der Warteschlange die gleichen Fragen herunterleierte.

Die Tür schloß sich leise, und sie sah sich zwischen hohen weißen Marmorwänden mit Zinnen, die sie an das Himmelsfeuer-Zeichen auf den Karten erinnerte. Aber es war nicht die Zeit, herumzustehen und zu gaffen, und so schritt sie eilig weiter. Die mit dunklem Schiefer eingelegten Marmorplatten des Bodens zeigten feuchte Streifen, und sie erinnerte sich der Frauen und Anyas, die die Wände abgewaschen hatten. Die Leute hier mußten alle paar Stunden den Marmorboden waschen, um ihn so rein zu halten. Gottes heißer Atem, dachte sie bei sich. Dienst. Ich und eine Putzfrau. Nun, wir werden tun, was wir müssen …

Der Gedanke verblaßte, als sie zwischen den hohen

Wänden auf einen Platz blendender Weiße hinaustrat. Die Sonne brannte herab, als wollte sie sie von allen Krankheiten und Übeln reinigen, die das Leben ihr beigebracht hatte.

Aber es machte sie nur zornig. Sie fühlte sich klein und dunkel, wie eine giftige Zecke, und sie wollte dieses Gift über alles spritzen. Die Mächte hier versuchten sie zu lenken, wie sie es in ihrer Kindheit getan hatten. Dank der verrückten Delelan hatte es damals nicht geklappt, und sie würde nicht zulassen, daß es diesmal gelang.

Sie marschierte über den Platz, schlug mit den flachen Händen gegen die Türflügel mit der Reliefdarstellung des Eies, drückte sie auseinander und marschierte nach Linojin hinein.

Und in einen Schwarm von Kindern, der sie einkreiste und sich mit vielstimmigem Geschrei als Fremdenführer anbot.

Ein stämmiges kleines Mädchen arbeitete sich mit Ellbogen und Knien durch das Gedränge; es hatte einen Kratzer an der Nase, blaue Flecken an den Armen und wild blickende Augen. Im Gegensatz zu den anderen schrie sie nicht; sie nahm einfach vor Yseyl Aufstellung, legten den Kopf zurück und starrte sie an, Herausforderung in jeder Nuance ihrer Haltung.

Yseyl mußte lächeln. »Wie heißt du?« fragte sie.

»Zothile. Du kannst mich Zot nennen, wenn du mir antworten willst.«

Yseyl hörte, wie hinter ihr die Türflügel aufgestoßen wurden. Die Kinder rannten fort, um den nächsten Neuankömmling zu bedrängen. »Was verlangst du, Zot?«

»Einen Kupfer pro Tag. Ich führe dich, wohin du gehen willst, und besorge dir, was du willst.«

»Hm. Ich glaube, ich könnte das herunterhandeln, aber ich will mir die Mühe ersparen.« Sie nahm eine

Kupfermünze aus ihrer Börse und warf sie dem Mädchen zu, das sie mit schnell zustoßender schmutziger Hand aus der Luft pflückte. »Dein erster Tageslohn. Bring mich zum Grab des Propheten.«

Zot nickte. »Wie du willst. Willst du den Heiligen Weg oder den schnellen Weg?«

»Lieber den schnellen, hm?«

»In Ordnung.« Zot ging mit eiligen Schritten voraus und führte Yseyl in ein Labyrinth enger Gassen, die im Halbdunkel lagen und voll von Männern waren, die an den Wänden saßen oder in Nischen kauerten, darunter viele Kriegsversehrte, denen ein Bein oder ein Arm fehlte, die ein zugeklebtes Auge oder ein von Narben so entstelltes Gesicht hatten, daß es schmerzte, sie anzusehen. Oder die Verwundungen waren innen und der einzige Hinweis auf sie ein ständiges Frösteln, ein Mund, der sich unablässig in lautlosen Worten bewegte, eine stumpfe Abwesenheit des Ausdrucks. Ein paar Frauen gingen vorbei, ohne die Männer zu beachten, bewegten sich mit schnellen, trippelnden Schritten mitten auf der Straße, und Yseyl tat es ihnen nach.

Die Gerüche waren nicht so schlimm wie in einigen der Küstenstädte, die Yseyl in ihrer ersten Karriere als Diebin und ihrer zweiten als Meuchelmörderin besucht hatte, aber es hing eine dumpfe Hoffnungslosigkeit in der Luft, die das strahlende Weiß Lügen strafte, das nur ein paar Straßen weiter das Auge gefangennahm. Yseyl genoß das Gefühl von der Richtigkeit der Dinge, das sie wie eine Bestätigung empfand. Es war wie eine Rekapitulation ihres ganzen Lebens.

Nachdenklich betrachtete sie Zots Hinterkopf, dann beschleunigte sie ihren Schritt, um das Mädchen einzuholen. »Hab's mir anders überlegt«, sagte sie.

Zots Augen lachten sie an, wurden dann aber ausdruckslos. »Dachte es mir. Was willst du wirklich?«

»Nur ein bißchen reden, im Augenblick. Wo?«

»Vielleicht bring ich dich an einen Ort, wo meine Freunde und ich dich ausrauben können?«

»Das hat man anderswo schon versucht. Hat nicht geklappt. Außerdem wirst du besser fahren, wenn du deine Freunde heraushältst.«

»Du bist keine Pilgerin.«

»Das ist leicht zu erraten.«

»Nicht weit von hier ist eine Teestube.«

»Teestube?«

»So wird es genannt. Es gibt Hinterzimmer, über die sie mit den frommen Leuten nicht sprechen. Und was in den Tassen ist, muß nicht Tee sein, wenn man die richtigen Worte weiß.«

»Nur damit du Bescheid weißt, ich bin auch keine Spionin.«

»Das weiß ich.«

»Woher?«

»Ich weiß es eben. Komm mit.«

Verglichen mit einigen der Rattenlöcher, die Yseyl in Icisel, Yacshowal, und Gajul kennengelernt hatte, war die Teestube *Zum Doppelten Knoten* peinlich sauber und gut beleuchtet. »Hier wissen sie, wie man die Oberflächen poliert, nicht?«

Zot grinste. »Wir Maden wissen, wie wir den Besen ausweichen können.« Sie führte Yseyl zu einer Nische im rückwärtigen Teil des Raumes, wo die Beleuchtung nicht so grell war und sich nur wenige Gäste aufhielten.

Yseyl setzte sich, die Hände leicht auf der Tischkante, den Kopf an der halbhohen Wand, die diese Nische von der nächsten trennte. Sie lächelte Zot zu. »Ich war Hohekil, bevor der Name bekannt wurde. Gibt es hier viele davon?«

Zot klopfte mit dem Knöchel auf den Tisch. »Du willst wissen, wer sich um sie kümmert?«

»Auch das.«

»Der alte Haf, das ist der Bruder in Gott, der uns alle beherrscht, Hafambua heißt er. Haf sucht Vorwände, um die meisten der Hohekil aus Linojin abzuschieben. Er mag sie nicht, glaubt, daß sie nur Ärger verursachen. Er ist gebürtiger Impix, aber er mag nicht einmal Impix-Hohekil. Die meisten Ausgewiesenen landen in den Dörfern an der Küste, wo sie versuchen, sich aus der See zu ernähren. Wenn du jemanden suchst, wirst du ihn wahrscheinlich dort finden.« Sie brach ab, als ein Mann an den Tisch geschlurft kam. Sie bestellte Tee und belegte Brötchen und wedelte mit der Hand Yseyl zu. »Sie zahlt.«

Yseyl nickte, zählte die Kupfermünzen auf den Tisch. Als der Alte davongeschlurft war, zog sie die Brauen hoch. »Du wirst übermütig, kleine Zot. Also sing ein bißchen mehr für dein Essen. Erzähl mir von dem großen Mann, der die Impix- und Pixa-Hohekil daran hindert, einander umzubringen.«

»Von dem wirst du gehört haben. Noxabo heißt er. Die meisten Hohekil, die dableiben, leben beim Seetor um den Gebrochenen Zweig, das ist das Wirtshaus, das dem alten Fashile gehört. Er war verwandt mit einem Küstenhändler aus Sithekil südlich von hier. Ein Sturm trieb den in den Zaun, der ihn einäscherte.« Zot zuckte überlegen die Achseln. »Das passiert schon die ganze Zeit. Wenn die Ptak uns Wetterberichte senden ließen … Jedenfalls hatten Fashile und seine Frau Jawele Verwandte hier, also brachten sie ihr Geld mit und machten ein Wirtshaus für Hohekil auf. Jawele starb vor ein paar Jahren. Wenn du jemanden suchst, der die Ptak nicht mag und für Haf und alle anderen auch nicht viel übrig hat, ist Fashile der richtige Mann. Und wie ich sagte, Noxabo wohnt dort.«

Sie sprach weiter, ziemlich sprunghaft, so daß Yseyl einige Male nachhaken mußte. Als der alte Mann mit einem beladenen Tablett zu ihnen kam, schaltete sie um und beschrieb die Stadt in deutlich nüchterneren Begriffen. »Um dich zurechtzufinden, brauchst du dich nur daran zu erinnern, daß der Große Yeson und der Sendemast der Radiostation genau in der Mitte von Linojin stehen, und daß die Hauptstraße die Stadt in zwei Hälften teilt. Nördlich der Hauptstraße findest du im westlichen Viertel die Kapitelsäle der Brüder in Gott, der Anyas der Barmherzigkeit, der Schwestern im Gottesbund. Im östlichen Viertel hast du das Grab des Propheten, das Haus des Sprechers, das Seminar und den Park.«

Der Mann stellte das Tablett zwischen sie, und die beiden bedienten sich.

»Südlich der Hauptstraße steht im westlichen Viertel das Waisenhaus, wo ich wohne, dort findet man Herbergen für Arbeiter, kleine Wohnhäuser und größere Häuser mit Gärten, wo Kaufleute mit ihren Familien leben. Diese Leute haben ihr Geld meistens im Seehandel verdient und der Küste den Rücken gekehrt, solange sie es noch hatten.« Zot untersuchte die belegten Brötchen und nahm eines. »Möchtest du den Tee einschenken? Ich nehme zwei Löffel Zucker, sonst nichts. Im östlichen Viertel liegen die Pilgerherbergen und die Unterkünfte der Leute, die sich um sie kümmern. Und zwischen beiden Vierteln, aber draußen in der Nähe der Mauer, wo der alte Haf nicht vom Gestank des Handels und Feilschens beleidigt wird, befindet sich der Markt. Übrigens mußt du vorsichtig sein, wem du erzählst, was du hier willst.«

»Das bemerkte ich schon. Deine Andeutung war nicht zu überhören. Wie fängt man es an, Fremdenführerin zu werden?«

»Du mußt älter als sieben und jünger als dreizehn sein, und du oder deine Eltern müssen unter den Brüdern oder Schwestern einen Fürsprecher finden.« Zot musterte sie mit gerunzelten Brauen. »Wenn du nach mir fragst, kannst du zu dieser Bundesschwester am Eingang gehen, sie hat mir die Stelle besorgt. Nichts Besonderes, sie tut es für alle Kinder. Auf diese Weise bekommt sie Geld für das Reinigungspersonal.«

»Und sie erwartet, daß du dankbar bist? Du brauchst es nicht zu sagen; ich kenne das Gefühl.« Yseyl nickte dem zweiten Brötchen zu. »Ich bin nicht hungrig. Willst du es?«

Das belegte Brötchen verschwand in Zots Hemd. »Also was soll nun sein?«

»Du bist zwölf und wirst bald dreizehn, nicht? Was passiert danach?«

»Hör zu, ich bin Fremdenführerin. Wenn du auf Jammergeschichten abfährst, mußt du dir jemanden anders suchen. Wenn du willst, führe ich dich herum, und das ist es.«

Yseyl grinste das Mädchen an. »Reg dich nicht auf. Niemand hat mir je nachgesagt, daß ich Manieren hätte. Was nun sein soll? Ich habe ein paar Dinge zu verkaufen und muß einen Käufer finden, der einigermaßen ehrlich ist und nicht klatscht.«

Zot starrte sie an. »Du kommst nach Linojin in die Heilige Stadt und suchst einen Hehler?« Sie füllte ihre Tasse mit Tee auf, tat Zucker hinein und rührte den lauwarmen Tee mit einer Energie, die den Löffel bei jeder Umdrehung gegen das Porzellan schlagen ließ.

Yseyl betrachtete das strähnige schwarze Haar, das über das verschlossene Gesicht fiel, und fragte sich, ob sie überhaupt eine Antwort bekommen würde. Aber dann hob Zot den Kopf, und ihr Mund dehnte sich in einem breiten weißen Grinsen. »Heute?«

Mehil sah wie eine dieser runden Puppen aus, die Pixamänner aus Sijaholz für ihre Kinder schnitzen. Dabei wird der untere Teil der Kugel mit Schrot gefüllt, so daß die Puppe bei jeder Berührung hin und her schaukelt, aber nicht umkippt. Sein Gesicht war rund, mit einer Kaskade von Fettrollen unter dem Kinn und einem feinen Netz von Runzeln, die das schwammige, bleiche Gesicht überzogen. Flinke kohlschwarze Augen blickten von Yseyls Gesicht zu ihren Händen, als Yseyl ein schwarzes Tuch ausbreitete und ein paar Stücke aus ihrem Schatz darauf legte.

»Dies und dies…« Yseyls Zeigefinger stieß an eine Brosche, dann an eine Halskette. »…erwarb ich in Icisel. Die Ringe kommen aus Gajul. Ich besitze sie schon seit mehreren Jahren.«

»Du kommst herum, wie es scheint.« Mehil zog eine Länge bestickten Stoffes, der an einer Stange von der Decke hing. Ein gelber, schräg einfallender Sonnenstrahl fiel auf den Stoff, und die Schmuckstücke schimmerten und glitzerten wie das Meer an einem Sommertag. Mehil klemmte sich ein Vergrößerungsglas ins Auge, hob die Halskette und begann sie zu untersuchen.

Zot setzte sich auf einen Hocker in der Ecke und las in einem der Bücher, die Mehil dort verwahrte; sie fühlte sich hier sehr zu Hause – was Yseyl interessant fand.

Es war ein gemütlicher Raum, schattig bis auf den hellen Sonnenstrahl, der durch ein Fenster einfiel, angefüllt mit Armeen von kleinen Schnitzereien und Schmuckkästchen und Filigranarbeiten von einer Größe, mit der sie leicht auf einer Handfläche Platz fanden. Wurden sie von einem Lichtschein erfaßt, sprangen sie schimmernd und funkelnd ins Auge, um einen Augenblick später in Dunkelheit zurückzusinken.

Mehil legte den letzten der Ringe zurück. »Hübsche Stücke«, sagte er.

Yseyl zog die Brauen hoch.

»Ich feilsche nicht, Kind. Ich weiß, wofür ich diese

Dinge verkaufen kann und ziehe davon meinen Gewinn ab. Den Rest zahle ich dir aus, wenn du damit einverstanden bist. Und das sind vierhundert Gramm Silber. Was sagst du?«

»Ich sage, daß es fair ist und daß ich einverstanden bin.« Sie griff zu ihrem Rucksack und hob ihn auf den Schoß, während Mehil seine Geldkassette öffnete und Münzen in eine Waagschale zählte. Sie lehnte sich auf dem Stuhl zurück und wandte den Kopf ein wenig, so daß sie Zot im Blickfeld hatte, die völlig vertieft über das Buch gebeugt saß. Das war eine bessere Empfehlung, als es Worte hätten sein können. »Ich habe das Gefühl, daß Sie mehr Menschenkenntnis besitzen als die meisten Leute, Mehil.«

»Was willst du damit sagen?«

»Ich habe ein Problem. Oder besser, ein Rätsel. Ich möchte mit Ihnen darüber sprechen.«

Minutenlang blieb Mehil ihr die Antwort schuldig und legte weitere Münzen in die Waagschale. Als sich die Waage schließlich im Gleichgewicht befand, schüttete er das Geld in einen Lederbeutel, zog die Schnur zu und schob den Beutel über den Tisch. »Für mich ist die Frage, ob ich es mir anhören will. Ich glaube nicht. Trotz deiner Jugend liegt eine Dunkelheit in dir, die ich beunruhigend finde. Ich fühle mich in etwas hineingezogen und kann das nicht zulassen. Tue, was du zu tun hast, aber laß mich in Ruhe. Laß Zot in Ruhe.«

Yseyl rührte den Beutel nicht an. Sie legte die Arme auf den Rucksack und musterte den alten Hehler mit kaltem Blick. »Diese Dunkelheit ist nicht von ungefähr gekommen. In den letzten drei Jahren habe ich neun Männer getötet. Auswärtige Waffenhändler. Und nicht nur diese, aber die anderen zähl ich nicht.«

»Du solltest besser gehen. Jetzt gleich.«

»Der zehnte Waffenhändler, auf den ich es abgesehen hatte, stimmte mich um. Und er gab mir etwas. Ich kann ein Loch in den Zaun machen, Mehil. Überall, jederzeit, ohne Alarm auszulösen. Ein Loch, das groß genug ist, um ein Schiff durchzulassen. Ich möchte Leute aus diesem elenden Krieg in Sicherheit bringen. Aber ich bin eine Diebin und Meuchelmörderin. Für meine Ixis bin ich tot, und überhaupt dachten sie schon immer, daß ich verrückt sei. Wahrscheinlich mit Recht. Sie sehen mein Problem? Ich habe dieses Wunderding, aber wie mache ich Gebrauch davon?«

»Warum fragst du mich, Kind?«

»Weil Sie die Verhältnisse und die Menschen kennen. Sie spüren, daß ich die Wahrheit sage, und ich glaube, daß Sie Weitblick und Urteilsvermögen besitzen. Und das.« Sie nickte zu Zot. »Wie viele Kinder lesen diese Bücher?«

»Es heißt, daß Hafambua ein Katzenliebhaber ist.«

Yseyl nickte müde. »Wenn Sie nicht hören wollen, dann ist nichts zu machen. Denken Sie darüber nach. Denken Sie, wie es sein würde, nach Sigoxol zu segeln und dort frei an Land zu gehen, wo kein Krieg ist.« Sie nahm den Geldbeutel und steckte ihn in den Rucksack. »He, Zot, laß uns gehen und ein Quartier suchen.«

Durch die
Spindel werden
Intrigen
gesponnen –
zum Guten oder
zum Bösen.

Kapitel 8

Stimmen, Gelächter und das Heulen anlaufender Triebwerke weckten Shadit. Die Luft roch abgestanden, ihre Muskeln waren verkrampft und sandten einen dumpfen Schmerz in den Hinterkopf. Sie war im Begriff, die Arme zu recken, dann, als ihr einfiel, wo sie war, ließ sie es sein.

Sie lauschte angespannt. Worte waren nicht zu verstehen, aber sie war dennoch beruhigt, weil die Stimmen gutgelaunt und unbesorgt klangen und zu der allgemeinen Stimmung paßten, die sie aus der Passagierkabine über sich auffing. Ihre Uhr verriet ihr, daß sie mehr als drei Stunden geschlafen hatte und von den Geräuschen der startenden Maschine geweckt worden war. Sie veränderte ihre Lage, machte ein paar Entspannungsübungen, schloß die Augen und schickte ihre telepathische Einfühlung auf die Suche. Sie berührte das Bewußtsein eines Vogels außerhalb der Maschine, schlüpfte hinein und sah aus schwindelnder Höhe die weite blaue Fläche der See und unter sich die aufsteigende Maschine.

Sie ließ den Vogel seitwärts abschwenken und versuchte zu überlegen, was sie nach der Landung des Fliegers tun sollte, aber das gleichmäßige Dröhnen der Triebwerke, die muffige Luft im Frachtabteil und die Unmöglichkeit, ohne Daten etwas zu planen, bildeten eine einschläfernde Mischung, und bald sah sie sich in Alpträume verstrickt.

Sie erwachte von plötzlichem grellen Lichtschein, verwünschte ihre Schläfrigkeit und tastete nach der Betäubungswaffe in ihrem Ärmel.

»Was?« hörte sie Orms ungeduldige Stimme.

»Was ich sagte. Laß das liegen, wenn du die Ballen nicht selbst bewegen willst. Der Entladeroboter hat eine Störung und hebt entweder gar nicht oder läßt das Zeug gleich wieder fallen. Bijjer arbeitet daran, aber er wird ihn vor morgen nicht wieder einsatzbereit haben.«

Orm spuckte einen Fluch aus, warf die Ladeluke zu und ging davon.

Shadit begann wieder zu atmen.

Als es draußen stiller geworden war, suchte sie ihre Sachen zusammen, kroch über die Ballen und Lattenverschläge und öffnete die Ladeluke vorsichtig eine Handbreit.

Sie lauschte mehrere Minuten lang, doch die einzigen Geräusche, die sie hörte, waren das entfernte Gezwitscher mehrerer Vögel, das hohle Winseln des Windes und ein leises, schleifendes Zischen, das sie nicht erkannte, bis sie hinabblickte und den feinen Sand und

Grus sah, der vom Wind über den Betonboden getrieben wurde, wo die Cobben den Flieger abgestellt hatten. Eine kurze telepathische Sondierung bestätigte, was ihre Augen und Ohren ihr gesagt hatten. Sie öffnete die Luke weiter und sprang hinab.

Die Maschine stand nahe dem Rand eines Flugplatzes, der auf einer Seite von einem erosionszerfressenen Felsriff begrenzt wurde. Ein paar Meter zu ihrer Linken waren auf Paletten eingestaubte Kisten und Lattenverschläge gestapelt. Einige waren mit Planen abgedeckt, aber die meisten blieben der von ständigem Wind geprägten Witterung ausgesetzt, die mit Staub und Flugsand in alle Öffnungen und Ritzen eingedrungen war und schützende Plastikfolien zerfetzt hatte. Bei den Verwaltungsbaracken mit dem primitiven Kontrollturm war in einem halboffenen Schuppen eine Reihe zweisitziger Miniskips zu sehen, die wie ein Dutzend Hexenbesen, die auf einen Sabbat warteten, in Halterungen aufgehängt waren.

Nachdem Shadit sich selbst und ihr Gepäck in einem Winkel hinter den staubigsten Lattenverschlägen und Ballen versteckt und die dort wohnhaften pelzigen Tausendfüßler, Asseln und Arachniden in Ritzen und unter die Paletten verjagt und die staubverhangenen Spinnennetze beseitigt hatte, zwang sie etwas von der proteinhaltigen Paste ihres Notvorrats hinunter und spülte den Nachgeschmack mit Wasser fort. Man sollte meinen, dachte sie angeekelt, daß dieses Zeug inzwischen so zubereitet wäre, daß man es lieber essen als verhungern würde. Sie riß einen Streifen Schaumstoff aus einem Lattenverschlag, legte ihn um Kopf und Schultern, machte es sich so bequem wie möglich und begann mit ihrer erweiterten Wahrnehmung nach Augen zu suchen, die sie zum Erforschen der Umgebung nutzen konnte.

Das Tageslicht schwand, und in diesem Teil der Welt dämmerte der Abend. Der Vogel war schläfrig, wollte einen Ruheplatz für die Nacht finden, doch hatte sein Instinkt noch nicht genug Widerstand aufgebaut, um Shadits Zugriff zu überwinden. Er flatterte in einer aufsteigenden Spirale empor und kreiste über dem Lager der Ptak. Es lag in der Caldera eines großen, seit langem erloschenen Vulkans. Dunkelgrüner Nadelwald bedeckte die steilen inneren Hänge bis zum umlaufenden, unregelmäßigen Kraterrand, der wie die schwarzen Lippen eines aufgerissenen Mundes zum dunkelnden Himmel aufschrie.

In der Mitte lag ein kleiner runder Kratersee, in seinem Umkreis eine Ansammlung kleiner Holzhäuser mit viel heller Farbe, Dutzenden von zierlichen Balkonen, großen Fenstern und den zahlreichen Bogen verglaster Arkadengänge, die alle miteinander verbanden. Jenseits der Ansiedlung sah man ein ebenes Feld mit einem stumpfroten Belag. Ein Spielfeld? Exerzierplatz? Shadit hatte keine Ahnung von der militärischen Organisation der Ptak, aber die Vorstellung marschierender Ptak in bunt zusammengewürfelter Kleidung hatte etwas Erheiterndes. Das Wort *Uniform* gab es in ihrer Sprache nicht.

Zwei Gebäude wichen vom Schema ab. Eines stand in der Nähe des mutmaßlichen Spielfelds und sah mit seinem spitzen Giebeldach, den Balkonen und Fensterläden wie ein Ferienchalet aus. Es war nicht die bei den Ptak übliche Bauweise. Cobben, dachte sie. Das zweite Gebäude stand unweit vom Ufer des Kratersees und berührte beinahe den breiten Saum schlanker Laubbäume, die den Kratersee umstanden. Es war eine lange, hölzerne Baracke, weiß gestrichen und von einer hohen Hecke aus dornigen Sträuchern umgeben. Ein Teil diente offenbar als Lager. Das war der Abschnitt mit den kleinen, viereckigen Fenstern. Wo die Ptak arbeiteten, waren die Fenster breiter und höher und im unteren Drittel mit Milchglas versehen, um Außenseitern keinen Einblick zu gewähren, aber dennoch das Licht einzulassen. Die Baracke war mit einem leicht geneigten Satteldach gedeckt, dem ein ganzer Strauß von Antennen entragte – und etwas, was dem Generator einer elektromagnetischen Abschirmung ähnelte. Zuletzt hatte sie etwas Vergleichbares im technischen Museum der Universität gesehen. Sie ließ den Vogel tiefer kreisen, bis sie das warnende Summen hören und die leichte Spannung der Haut fühlen konnte, die sich bemerkbar machte, wenn sie selbst oder ihr Surrogat in die Nähe einer starken Aufladung gerieten. Vielleicht ein Kontrollzentrum, dachte sie. Wo sie den Zaun überwachten und mit ihren Spionen Verbindung hielten. Sie mußte versuchen, dort hineinzukommen ... Der Vogel begann sich ihr zu widersetzen, und sie ließ ihn höher steigen.

Am Seeufer spielten ein paar Kinder der Ptak, beaufsichtigt von einem alten Mann, der im Schatten der Bäume saß. Andere Ptak wanderten durch die Arkadengänge und ergingen sich in den Steingärten zwischen den Häusern. Das schnelle Geschnatter ihrer hohen Stimmen wurde vom Wind verweht und kam dem über ihnen kreisenden Vogel nur bruchstückhaft zu Ohren.

Der Gegensatz zwischen der ruhigen Beschaulichkeit dieser Szene und den Bildern des Krieges erneuerte ihren Zorn auf die Ptak. Sie konnten einfach verdrängen, durch welche Mittel sie zu ihrem angenehmen Leben kamen.

Abgelenkt, ließ sie den Vogel entschlüpfen, und augenblicklich verschwand das Bild. Sie fluchte und begann nach bodennahen Augen und Ohren herumzufühlen, die ihr Zugang zur Baracke verschaffen würden.

Das Gebäude war alt, vielleicht sogar so alt wie der Zaun, und beherbergte eine kopfstarke Mäusekolonie, die vielleicht auch schon seit der Erbauungszeit unter den Dielenbrettern, in den Zwischenwänden und auf dem niedrigen Dachboden angenehmen Lebensraum gefunden hatte. Shadit schlüpfte in eine junge Maus, die an einer Wand entlang durch den grauen Staub lief; als sie einem kleinen Käfer begegnete, stürzte sie sich darauf, als wäre er ein Teller mit Beinen, zerknackte und fraß ihn mit einem Maß an selbstgefälliger Befriedigung, das Shadit zum Lachen brachte. Danach lief die Maus in ein Loch am Fuße der Wand und rannte zirpend vor Vergnügen in ein Labyrinth von Gängen unter der Erde. Die runden rosigen Ohren aufgestellt, die spitze Nase mit den Schnurrhaaren witternd und zuckend, fand sie ihren Weg durch die Gänge und kam durch das Wurzelgeflecht eines Dornstrauches wieder ans Tageslicht. Im Schutz herabhängender Zweige fand sie einen sonnigen Flecken, legte sich auf die warme Erde und schlief.

Shadit schmunzelte, schüttelte den Kopf und machte sich auf die Suche nach einem anderen Späher.

»… auffällige Anomalie! Wo hast du die Liste hingetan, die neue Reihe ist nicht darin.« Die Sprecherin war eine Ptak, ein glattes, seidig schimmerndes braunes Huhn mit einem goldenen Brillengestell auf der hochmütigen Nase. Shadit war so überrascht, daß sie beinahe die Herrschaft über ihren Späher verlor.

Ein kleiner und noch recht junger Mann kam aus einem verglasten Abteil am Ende des Raumes. »Großer Vierauge von unermeßlicher Macht, wenn sie Zähne hätte, würde sie dich beißen. Neben deinem Ellbogen.« Er lehnte am Türrahmen. »Hat jemand gehört, ob die Bewertung durchgegangen ist?«

Eine andere Technikerin blickte von ihrem Datenanschluß auf. »Brauchst den Atem nicht anzuhalten. Der Kasif hat die letzten sieben Versuche abgelehnt, und diesmal wird es genauso gehen. Beförderungen kosten Geld, Satelliten noch mehr. Die Satelliten funktionieren noch, wir funktionieren noch, warum sollten sie also mehr für etwas ausgeben, was sie schon haben?«

Er rümpfte die Nase. »Mit Sarkasmus kommen wir auch nicht weiter, Tippi.«

Sie blickte auf ihren Bildschirm, runzelte die Stirn und zog ein dünnes schwarzes Buch aus einem Spalt zwischen zwei Monitoren. »Ich wette, wir werden hier sitzen, bis wir alt und grau sind.«

Shadit lenkte die Maus in der Wand hinauf und über die Decke, bis sie einen Spalt zwischen den Platten der Verkleidung fand, durch den sie den Bildschirm sehen und lesen konnte, was darauf erschien.

Die junge Frau blätterte in dem Buch, fand die gewünschte Seite und schob es in einen Halter. Sie machte eine Eingabe, runzelte die Brauen, als der Zugang verweigert wurde, versuchte einen zweiten, dann einen dritten. »Ah! Da haben wir es. Der Programmierer muß die letzten zwei Jahre doppelt eingegeben haben. Wenn eine einfache Kurskorrektur so lange dauern würde …«

Shadit konnte nicht beurteilen, ob die Information interessant oder vielleicht nützlich war, aber sie spürte, daß hier nicht viel zu holen war. Vielleicht würde es lohnender sein, sich bei den Cobben umzuhören, wenn sie dort waren, wo sie es vermutete.

»… alles, was Sie haben?« Die schroffe, abgehackt sprechende Stimme der Sarpe. Steifes Papier raschelte, etwas ging von Hand zu Hand oder wurde ausgebreitet.

»Es ist eine sehr genaue Karte, Coryfe.« Die Stimme des Ptak bebte von unterdrückter Gereiztheit. »Gezeichnet nach Satellitenfotos, ergänzt durch Daten von

Beobachtern an Ort und Stelle. Auf dem Tisch bei der Tür liegt für jeden von Ihnen eine Kopie.«

»Und was ist dies?«

»Grundrißzeichnungen der Stockwerke, wo ihre Zielpersonen schlafen. Wegen Sicherheitsvorkehrungen brauchen Sie sich nicht zu sorgen, es sind heilige Typen, ihr einziges Problem wird darin bestehen, die Zielpersonen jeweils allein anzutreffen; fast immer sind sie von Horden anderer religiöser Schwärmer umgeben. Der Umschlag enthält Fotos der Zielpersonen und Datenträger mit allen Abbildungen von ihnen, die wir im Laufe des letzten Jahres gesammelt haben. Einige sind Fotos, andere Filmsequenzen, die sie in Bewegung zeigen. Die an den Umschlag geheftete Seite ist ein Plan der religiösen Riten und Gottesdienste, an denen die Zielpersonen während der Woche teilnehmen werden. Angegeben ist außerdem, wer bei ihnen sein wird. Bedingt durch die Schwierigkeiten, an diese Informationen heranzukommen, sind sie nicht neuesten Datums, sondern ein paar Monate alt. Ihre Zielpersonen führen jedoch ein sehr streng und gleichmäßig eingeteiltes Leben, so daß hier keine allzu großen Probleme entstehen sollten. Um die Chance zu optimieren, daß der festgelegte Tagesplan nicht durch irgendwelche Ereignisse gestört wird, und um eine maximale Wirkung zu erzielen, schlagen wir vor, daß Sie den Auftrag heute in vier Tagen ausführen, weil dann ein Heiliger Tag ist.«

»Wir haben den Auftrag, bestimmtes Beweismaterial zurückzulassen …«

»Ach ja. Das ist bereits zusammengestellt. Ich werde es morgen bringen, nachdem Sie Gelegenheit hatten, dieses Material durchzusehen.«

Geräusche von zurückgeschobenen Stühlen, von Schritten. Jemand ging zu einer Tür, die geöffnet und wieder geschlossen wurde.

Ein Geräusch wie von einem Kasten, der geöffnet wird. Ein Klicken.

Schmerz schoß Shadit durch den Kopf, übertragen von der in ihrem Zugriff zitternden Maus. Sie ließ das Tier in der Wand laufen, bis es sich wieder wohl fühlte und sich innerhalb der Abhörsicherung statt an ihrem Rand befand.

Ein Schnauben. »Ein Tritt in den Arsch wäre das richtige für diesen Labersack. Würde ihm Manieren beibringen.«

»Sei still, Yoha. Er ist nicht schlechter als die anderen.«

»Das sagt nicht viel. Sarpe, erwarten die wirklich von uns ...?«

»Ist es nicht immer so? Man schickt uns blind hinein und erwartet, daß wir es wie die Geister machen. Breite die Karte aus, Orm, dann wollen wir uns ansehen, womit wir arbeiten müssen.«

Geräusche von Bewegungen, von Stühlen, die herumgeschoben wurden, von Papiergeraschel.

»Hm. Der Bruder Gottes steht in diesem riesigen Bauwerk in der Mitte. Meya, gib den Umschlag her, damit wir sehen können, welcher der große Meister ist.«

Papiergeraschel und längeres Schweigen, während die Cobben das Material durchsahen.

»Das einen Grundrißplan zu nennen, ist lachhaft!«

»Ja, wir werden es selbst auskundschaften müssen, und das wird verzwickt.« Zerreißen von Papier. »Häßliche Visage, was? Altes Froschgesicht. Hm. Wir werden ein paar von diesen weißen Gewändern brauchen. Der einzige Vorteil in diesem Geschäft, das sind die Gewänder. Sie bedecken das meiste. Meya, Keyr, ihr paßt in der Größe am besten zu diesen Kobolden. Also könnt ihr zwei die Kundschafter machen.«

»Einverstanden. Was ist mit Lethestaub?«

»Gute Idee. Wenn ihr als Außenseiter erkannt werdet, sollen sie sich nicht an euch erinnern. Und da wir wahrscheinlich in der Nacht darauf hingehen werden, können wir keine Leichen gebrauchen, die Aufsehen erregen.«

»Wenn wir eine Chance bekommen, ihm die Fahrkarte zu lochen, sollen wir sie nutzen?«

»Gute Frage. Sie wollen, daß wir alle drei in derselben Nacht aus dem Verkehr ziehen. Wenn ich mir dieses Zeug ansehe ...« Eine Hand schlug auf Papier. »Was meint ihr?«

»Ich sage, wir machen es auf unsere Art.« Das war Feyds polternder Baß. »Zuerst den Bruder, weil es am schwierigsten ist, an ihn heranzukommen. Dann warten wir ein paar Tage und nehmen uns den Sprecher vor. Und nach weiteren zwei, drei Tagen ist dann der Arbiter dran.«

»Das klingt gut«, sagte Keyr mit schneller, winselnder Stimme. »Verwirrung erleichtert das Vorgehen.«

»Manchmal«, gab Orm zu bedenken. »Manchmal nicht. Hat Clo-Kajhat dir Gründe genannt, Sarpe? Ich habe nie welche gehört, nur immer: so und so ist es, geht hin und macht es, wie wir sagten.«

»Er sagte nur, daß er die Stadt spalten will, daß die verschiedenen Gruppen aufeinander schießen.«

»Das ist nicht unser Ding, Sarpe. Du weißt es selbst.« Es war Meyas Stimme, hell, rasch und unzufrieden. »Ich finde, wir sollten abstimmen, wie wir es machen wollen, dann sagen wir Clo-Kajhat, er soll sich um seinen eigenen Scheiß kümmern, und gehen zurück nach Helvetia, wohin wir gehören.«

Als ein allgemeines Argumentieren anhob, ließ Shadit die Maus einschlafen und zog soviel von ihrer Aufmerksamkeit zurück, daß sie über das Gehörte nachdenken konnte. Bis jetzt hatte sie sich so ausschließlich darauf konzentriert, hierher zu kommen, daß sie kaum über die Schwierigkeiten nachgedacht hatte, Yseyl zu finden, eine kleine Pixa, in einer Stadt, wo es von Pixa und Impix wimmelte. Sie mußte sich einen von diesen Plänen verschaffen. Vielleicht, nachdem sie den Raum verlassen hatten.

Sie beschloß, nicht länger zuzuhören, weckte die Maus und ließ sie davonlaufen, dann nahm sie einen Schluck Wasser und versuchte Ruhe zu finden.

Der Schlaf wollte nicht kommen.

Drei Leute sollten umgebracht werden. Sie wußte davon. Es war nicht ihre Sache. Digby würde wütend sein. Er hatte sie gewarnt; wenn sie für ihn arbeitete, würde sie zwangsläufig auf Dinge und Verhältnisse stoßen, die sie erschreckten, und sie würde gut beraten sein, sich nicht darum zu kümmern und sich auf ihren Auftrag zu konzentrieren.

Aber …

Es war nicht ihre Sache …

»In Ordnung«, seufzte sie in die staubige Dunkelheit. »Ich mag Cobben nicht. Hab sie nie gemocht. Das sind keine Klienten. Ptak sind keine Klienten. Ich werde ihre Pläne durchkreuzen.« Sie dachte eine Weile darüber nach, schüttelte dann den Kopf. »Ach was, ich werde was tun. Weiß noch nicht, was …«

Sie zog den Reisesack unter ihren Kopf, schloß die Augen, und diesmal sank sie in traumlosen Schlaf.

Shadit lag auf einem grasbewachsenen Absatz hoch in den Bergen über Linojin und hatte zur Tarnung gegen Kameras eine Zeltbahn über sich gezogen. Sie hatte den Feldstecher an den Augen und suchte die Stadt ab. Je länger sie es tat, desto stärker meldeten sich die Bedenken, und sie verwünschte ihre Dummheit. Selbst die Meckerei der Cobben über ihre Probleme hatte sie nicht auf dies vorbereitet.

Linojin war groß. Da war dieser massige Komplex im

Zentrum, der Große Yeson, der sich ungefähr als Kathedrale bezeichnen ließ, mit dem umgebenden Labyrinth kleiner Höfe, Arkadengänge und Nebengebäude, mit seinen Türmen und dem außerordentlichen Dach. Es sah aus, als ob die Dachziegel oder gebrannten Keramikplatten smaragdgrüne Grassoden wären, die im frischen Wind, der vom Ozean hereinwehte, beinahe verführerisch wogten. Das stählerne Gitterwerk eines Sendemastes in einem der rückwärtigen Höfe erreichte die doppelte Höhe des höchsten Turmes.

Dann gab es die religiösen Gebäude. Große, kasernenartige Bauten, angefüllt mit Männern, Frauen, Kindern und Anyas. Die Angehörigen jeder Gruppe waren in gleiche Gewänder gekleidet, die ihre Ähnlichkeit mit Ameisenschwärmen noch verstärkten. Und die Straßen wimmelten von Menschen, Pilgern, Händlern, Arbeitern, Flüchtlingen. Alle sahen gleich aus, zumindest aus dieser Entfernung. Pixa und Impix waren von verschiedener Rasse, verschiedener Kultur, aber aus dieser Entfernung glichen sie einander wie ein Ei dem anderen. Sie hätte daran denken sollen, was es bedeutete, wenn Yseyl in eine Heilige Stadt kam, wo jeder einzelne von den Einheimischen ebenso überwacht wurde wie von den Ptak durch ihre Satelliten – wo jeder Fremdling bei aller Ähnlichkeit der äußeren Erscheinung auffiel, als wäre er oder sie rot angestrichen.

In einem polymorphen Völkergemisch wie Lala Gemali unterzutauchen war einfach, aber dies?

Die Anyas waren winzig, nicht viel größer als einen Meter, ihre Köpfe reichten den Frauen bis an die Schultern, den Männern bis an die Brust. Und selbst in einem dieser weißen Gewänder konnte sie sich unmöglich als ein Bruder in Gott ausgeben. Sie war mindestens einen Kopf größer als die größten Männer.

»Da kann ich nicht hinuntergehen. Kann keine Fragen stellen. Mädchen, das hast du nicht gut durchdacht. Die Stadt muß hunderttausend Einwohner haben. Vielleicht mehr. Wie soll ich da eine besondere Pixa finden?«

Sie richtete den Feldstecher auf die Pilgerstraße und seufzte, als sie den dünnen, aber nicht abreißenden Strom von Neuankömmlingen sah. Mehr Ameisen, die dem großen Haufen zustrebten. »Yseyl, ach meine Yseyl, wenn ich deine Gabe hätte ...« Sie lächelte bei dem Gedanken, ein Gesicht und eine Gestalt anzunehmen, die diese Leute täuschen würden, dann schüttelte sie aber den Kopf. Wünsche vergeudeten nur Zeit und Energie. »Digby hat recht. Wenn ich dein Talent für ihn angeln kann, wird er guten Gebrauch davon machen.«

Sie nahm den Feldstecher von den Augen und betrachtete die vor ihr ausgebreitete Karte, deren Ecken sie mit Steinen beschwert hatte. »Also. Ich frage mich, warum bist du hergekommen? Die Antwort ist offensichtlich. Diese drei, die von den Cobben als Zielpersonen ausgewählt wurden, sind die einzigen, die nach dem Einsatz des Desintegrators mehr als ein paar Leute durch den Zaun bringen können. Das Volk wird ihnen folgen. Ihnen glauben. Ihnen vertrauen. Nicht der kleinen Diebin. Hmm. Keine interessanten Meldungen im Radio. Keine Menschenaufläufe. Keine Aufregung. Du bist noch nicht darauf gekommen, wie? Niemand hört dich an. Niemand glaubt dir. Glaubst du dir selber? Märchenhaft, dieser Desintegrator. Ein hübscher Gedanke, aber mit dem Sonnenaufgang verflogen.

Und wo bist du? Nicht bei den Religiösen. Nicht bei den Pilgern. Ich glaube nicht, daß du diese Frömmigkeit aushalten könntest, kleine Meuchelmörderin. Am ehesten noch unter den Hohekil. Das bedeutet: das südwestliche Viertel. Gut, es bleibt mir nichts übrig als hinzugehen und mich umzusehen. Vielleicht habe ich wieder Glück. Schließlich ist es schon einmal passiert.«

Sie verglich die Karte mit der Stadt, die Stadt mit der

Karte, und verbrachte den Rest des Nachmittags mit der Identifikation von Gebäuden und Straßen, lokalisierte den Markt, die Tore, und brachte die in winzigen Interlingua-Buchstaben auf die Karte geschriebenen Daten mit den angegebenen Objekten in Übereinstimmung. Vielleicht ging Yseyl in diesem Augenblick eine jener Straßen entlang, die Shadit im Gesichtsfeld des Feldstechers hatte. Aber die Entfernung war zu groß, um mehr als cin Gewimmel winziger Gestalten auszumachen.

Das einzige, was diese ständige Beobachtung ihr bis zum Abend eingetragen hatte, war ein Brennen in den Augen, als hätte jemand sie mit Stahlwolle bearbeitet. Sie faltete die Karte zusammen, rollte die Zeltbahn ein, zog das Miniskip unter den Büschen hervor, wo sie es getarnt hatte, und flog vorsichtig zurück zu der Mulde, wo sie ihr Lager aufgeschlagen hatte. Noch zwei Tage, bis die Cobben zuschlagen wollten. Sie bereitete sich eine Mahlzeit, dann machte sie es sich bequem und überdachte, was sie gesehen hatte – und versuchte Strategien zu entwickeln, wie sie die Mordanschläge vereiteln könnte.

Den zweiten Tag verbrachte sie mit dem Durchmustern von Gesichtern, weil ihr nichts anderes einfiel, aber von Yseyl sah sie keine Spur.

Gegen Abend kam ein starker Wind auf und blies schwarze Wolken von der See landeinwärts. Shadit konnte den Salzgeschmack des Meeres riechen und hörte ein schwaches Summen, das sie nicht lokalisieren konnte, bis ihr Blick auf den Sendemast fiel und sie bemerkte, wie er trotz der stählernen Haltekabel, die ihn aufrecht hielten, zitterte. Der stürmische Wind brachte diese straff gespannten Kabel wie Saiten zum Erklingen; daß Shadit es aus dieser Entfernung hören konnte, war ein Beweis für die Stärke des Sturmes.

Sie begann sich zu fragen, ob Yseyl noch in Linojin war. Drei Wochen waren vergangen, seit sie den kleinen Geist auf der Pilgerstraße gesehen hatte, und wer konnte wissen, wann diese Szene auf Datenträger festgehalten worden war.

Sie kam nicht weiter. Sie konnte hier sitzen, bis sie schwarz wurde, ohne Yseyl in diesem Gewimmel ausfindig zu machen. Sie mußte versuchen, Yseyl auf sich aufmerksam zu machen.

Der Sendemast.

Sie starrte hinüber.

Ein Lied vielleicht. Wenn sie viel Zeit hätte, könnte sie damit durch die Wirtshäuser und Herbergen der Stadt ziehen und den Ruf weit verbreiten. Yseyl mußte mittlerweile ernüchtert sein und nach Mitteln und Wegen suchen, den Desintegrator einzusetzen. Bevor sie mit Cerex handelseinig geworden war, hatte sie Waffenhändlern aufgelauert und sie getötet. Ein blutrünstiges kleines Geschöpf, mehr als nur ein bißchen verrückt, das tötete, um dem Töten ein Ende zu bereiten.

Yseyl mußte den Desintegrator irgendwo versteckt haben, bevor sie nach Linojin kam. Sicherlich hatte sie ihn damals, als sie barfuß auf der Pilgerstraße gekommen war, nicht bei sich gehabt. Es bedeutete, daß sie Yseyl brauchte, wenn sie das Ding sicherstellen wollte. Anscheinend konnte man das Mädchen überreden, wenn man es geschickt anfing. Cerex war es gelungen, und ihr müßte es auch gelingen. Vielleicht könnte sie zwei Fliegen mit einer Klappe schlagen, die Zielpersonen der Cobben warnen und ihre Falle aufstellen …

Sie raffte ihre Sachen zusammen und kehrte zu ihrem getarnten Lagerplatz zurück, als die ersten Regentropfen fielen.

»Wer sind Sie?«

»Das brauchen Sie nicht zu wissen. Wer von Ihnen ist der Techniker?«

Es war ein kleiner Raum, vollgestopft mit unmöglich aussehenden Geräten, großen und komplizierten Apparaten, die sie aus Erfahrungen ihres früheren Lebens kaum wiedererkennen konnte. Zwei nackte Glühbirnen in Deckenfassungen verbreiteten grelles Licht. Auf einem der Plattenteller lag eine rötlichbraune Scheibe, über der sich ein Arm bewegte. Sie konnte ein schwaches Zischen hören, aber kein anderes Geräusch. Ein Mann saß davor, Kopfhörer über die Ohren gestülpt, der andere stand mit dem Rücken zur Wand und hielt eine Tasse Tee in der Hand. Beide blickten erstaunt und eher verständnislos als ängstlich auf das Gewehr in ihrer Hand.

»Warum?« fragte der sitzende Mann. Er machte ein Ohr vom Kopfhörer frei und drehte den Stuhl herum, bis er ihr gegenüber saß und die subtile Bewegung seiner Hand zum Mikrofon mit dem Körper verdeckte.

»Lassen Sie das Spiel vom toten Helden, Mann. Legen Sie beide Hände flach auf die Oberschenkel.« Sie wartete, bis er der Aufforderung folgte. »Warum? Ich möchte, daß Sie ein paar Lieder für mich aufnehmen.«

»Was?«

Sie merkte, daß seine Neugier erwachte. Anscheinend dachte er, er habe es mit einer Verrückten zu tun. »Auf der anderen Seite von dem Fenster dort ist ein Aufnahmestudio, nicht wahr?«

»Richtig. Was für Lieder? Wollen Sie selbst singen?«

»Klagelieder. Hohekil-Lieder.« Sie blickte auf die Scheibe, die sich langsam auf dem Plattenteller drehte. Der Tonarm war nur ein kleines Stück weitergewandert, seit sie hereingekommen und das Gewehr unter dem Gewand hervorgezogen hatte. »Sie haben da noch ungefähr eine Stunde drauf, nicht?«

Sie spürte seine Verärgerung. Allmählich wurde ihm die Sache zu bunt, aber er konnte ihre Gefährlichkeit nicht mit Gewißheit einschätzen. »Ungefähr«, sagte er.

»Das sollte reichen. Außerdem ist Mitternacht vorbei. Ich glaube nicht, daß Sie viele Beschwerden bekommen werden. Wie heißen Sie?«

»Kushan.«

»Und Sie?«

»Habbel.«

Es kam widerwillig. Er war erheblich jünger als der andere, vielleicht ein Lehrling.

»Gut. Mein Name ist Shadit. Ich möchte, daß Sie aufmerksam zuhören. Ich will niemandem Schaden zufügen, aber ich habe die Absicht, meine Lieder für Leute zu singen, die zuhören können, selbst wenn es nur wenige sind, die heute nacht wach sind und Radio hören.«

»Sie sind keine Impix und keine Pixa. Warum tun Sie das? Wollen Sie auf diese Weise zu Ruhm kommen?«

Kushan gestattete sich ein kurzes Lachen.

»Sagen wir, daß ich mondsüchtig bin.«

»Was gibt Ihnen die Gewißheit, daß wir die Aufnahme nicht löschen werden, sobald Sie fort sind?«

»Ich vertraue meinem Talent, Kushan. Sie werden die Lieder nicht wegwerfen wollen. Ich werde Ihnen eine Probe geben.« Sie wiederholte ein paar der Vertonungen, die sie gemacht hatte, bevor sie diese Reise angetreten hatte, und als sie sich entspannt und sicher fühlte, sagte sie: »Das erste Lied heißt ›Männer der Phela‹.

Wir tanzen an den Fäden der Puppenspieler,
von gefiederten Fingern wir zappeln,

(ihre Stimme schluchzte, legte Angst und Zorn in die Silben, ging dann gedämpft in die nächste Zeile über)

blutig ist unser Spiel
den Betrachtern gräßliches Vergnügen.

(Vergnügen kam leise und gedehnt, in beherrschtem Zorn)

Oh, wir kennen die Freude des Tötens!
Die Freude die Freude des Tötens …

(der Zischlaut am Ende von ›Tötens‹ wurde in der Wiederholung gemildert und verschmolz mit der nächsten Zeile)

Aber kurz währt der Kitzel,
das heiße Blut verlangt nach mehr.
Verschwenderisch wollen wir sein,
den Ptak mit Gold die Taschen füllen,
Vergnügen bereiten den Müßiggängern,
Gladiatoren sind wir einer neuen Zeit,
töten, bis Impix und Pixa erloschen,
wie dies Lied vergangen im Meer der Zeit.«

Als er den Sinn des Liedes verstand und fühlte, wie ihn die Stimme der Sängerin berührte, ging in Kushan eine Veränderung vor sich. Als Shadit geendet hatte und Habbel den Mund auftat, winkte er ab. »Sie sagten: Lieder.« Seine Stimme klang heiser. »Von dieser Art?«

»Ja, von dieser Art. Und was dabei herausspringt, ist Ihr Gewinn. Ich möchte nur, daß diese Lieder möglichst weite Verbreitung finden.«

»Habbel, bring sie ins Studio. Erklär ihr, was zu tun ist. Ich übernehme die Aufnahmetechnik.«

»Bruder Umbule wird einige Schwierigkeiten machen …«

»Hör zu, Habbel. Hast du eine Vorstellung, wieviel Icisel oder Gajul und die anderen für solch eine Stimme bezahlen werden? Und wir sagen kein Wort davon, daß sie weder Impix noch Pixa ist, verstehst du?«

»… und dieses Lied heißt ›Kinder des Krieges‹.

Kind der Berge,
Kind der Stadt,
warum tötest du
und kennst kein Erbarmen?
Blut färbt das Land
nur noch Unkraut gedeiht,
dahin ist alle Freude,
nur die aasfressende Krähe
kennt noch Vergnügen.
Die Kinder verlangen Nahrung,
die ihr Vater nicht finden kann.
Erschlagen liegt der Bauer
hinter dem Pflug,
Freund mordet Freund,
Familienbande zerfallen.
Kind der Stadt,
Kind der Berge,
sieh das Elend.
Die Hälfte von uns geflohen,
die andere Hälfte tot.
Wer wird das Blut ersetzen,
das du vergießt?«

Nachdem sie zwei weitere Lieder aufgenommen hatte, wandte sie sich zum Studiofenster. »Das ist getan. Bitte legen Sie eine weitere Lackfolie zum Direktschnitt auf. Ich habe eine Erklärung abzugeben, die Sie aufzeichnen und weitergeben müssen.«

»Was soll das heißen?«

Seine Stimme drang in einer unheimlichen mechanischen Verfremdung aus dem Lautsprecher.

»Ich verspreche Ihnen, daß es wichtig ist.«

»Na gut.«

Als sie das Zeichen bekam, holte sie tief Atem und

ließ ihn langsam ausströmen, um ihre innere Anspannung zu lösen.

»Ich bin eine, die nicht billigen kann, was hier geschieht. Was ich sage, ist Wahrheit, der Beweis wird in der Nacht kommen. Meuchelmörder sind nach Linojin geschickt worden. Dies sind ihre Ziele:

Der Heilige Bruder Hafambua.

Der Gesegnete Kuxagan, der Sprecher des Propheten.

Noxabo, Arbiter der Hohekil.

In der Nacht vor dem Fest kommen zwölf Fremde, um zu töten. Und nicht nur zu töten, sondern die Schuld wechselweise den Impix und den Pixa von Linojin zuzuschieben. Diejenigen, die euch hier eingezäunt haben, wollen verkünden lassen, daß der Sprecher des Propheten einen Tod befohlen habe, und der Arbiter zwei weitere, und so weiter, damit jeder die Schuld am Tode des anderen trage. Diejenigen, welche euch eingezäunt haben, wollen damit den Frieden von Linojin zerstören.

Hütet euch. Seid nicht allein. Ob ihr mir glaubt oder nicht, es schadet nicht, sicherzugehen. Gesegnet sei Linojin, möge sein Friede Bestand haben.«

Das Trivadda ist das
Zeichen der Entscheidungen,
der Teilung von
Wegen, der Trennung
von Gegenwart
und Vergangenheit.

Kapitel 9

Triefend vom stinkenden Schmutzwasser, das ihr die Fersen leckte, erkletterte Thann die Eisenleiter im Kanalschacht. Sie war rostig und nicht mehr fest verankert und wahrscheinlich seit Kriegsbeginn nicht mehr benutzt worden, weil die Sprossen schmierig von alten Verunreinigungen waren. Die Dunkelheit im Schacht blieb undurchdringlich.

Eine Sprosse gab plötzlich nach, als sie ihr Gewicht darauf verlagerte, und Thann rutschte ab. Einen Augenblick lang hing sie an einer Hand, während ihre Füße nach den tieferen Sprossen suchten. Ihre freie Hand fuchtelte umher, geriet an der Außenseite der Leiter vorbei in eine Öffnung daneben, und ihre Finger stießen in leichten, körnigen und schlammigen Bodensatz. Schnell zog sie die Hand zurück, schlug an die Eisenleiter und hielt sich daran fest.

Sobald sie den Schreck überwunden und ein wenig zur Ruhe gekommen war, hakte sie einen Arm um eine Sprosse und begann die Öffnung in der Wand zu untersuchen. Anscheinend war es ein Zulauf, der das Regenwasser von Straßengullys in den Hauptkanal leitete. Da trockenes Wetter herrschte, führte der Zulauf kein Wasser. Während sie versuchte, nicht daran zu denken, was sie berührte, räumte Thann die halb trockenen, halb schlammigen Ablagerungen aus der Mündung des Zulaufs, verließ die Leiter und machte es sich in der Öffnung bequem, so gut es ging.

Sie lehnte an der kalten Steinwand, schloß die Augen und machte sich auf eine Thintasuche nach Isahoe, obwohl sie nicht wirklich erwartete, das Kind in ihrer Reichweite zu finden. Früher oder später würde sie sich auf die Straßen wagen und Orte durchsuchen müssen, die sie anders nicht erreichen konnte. Dieser Kanalschacht mußte irgendwo ins Freie führen. Aber sie konnte erst hinaus, wenn es dunkel war. Sie konzentrierte sich, dehnte ihr Thinta aus, so weit sie konnte und begann einen Kreis abzusuchen.

Wenige Augenblicke später lachte sie laut, als sie zwei vertraute Lebensgeister berührte – den Händler und seinen schwachsinnigen Sohn. Der Mann war zornentbrannt, während der Junge in dumpfem Trotz verharrte.

Thann verfolgte sie eine Weile und gewann den Eindruck einer planlosen Suche. Offenbar hatte der Mann nicht die leiseste Ahnung, wo er nach ihr Ausschau halten sollte. Zuerst war das eine befriedigende Feststellung, aber ihre Befriedigung verblaßte, als der Händler stehenblieb und sich lange nicht vom Fleck bewegte. Sein Zorn verlor sich, bis von der Glut nur noch Asche übrig blieb, überlagert von kühler, intensiver Überlegung.

Wenige Augenblicke später marschierte er plötzlich weiter, gefolgt von seinem Sohn.

Thann kratzte die Furche über der Oberlippe und versuchte sich klarzuwerden, was sein Verhalten zu bedeuten hatte. Die wenigen Hinweise, die sie gewonnen hatte, reichten nicht aus, um seine Absichten zu deuten.

Sie sandte ihre Thinta bis zur Grenze der Reichweite aus und fiel beinahe aus der Öffnung.

Isahoe! Sie war überhaupt nicht in der Stadt. Sie befand sich auf einem der Schiffe, die draußen festgemacht hatten.

Ein Köder! Er gebrauchte Isahoe als Köder, um sie zu fangen. Thann brachte ihre Atmung unter Kontrolle und zog die Thinta zurück; sie fürchtete das Kind tiefer zu berühren, weil es sie davon ablenken würde, was sie zu tun hatte. Wenn Isahoe an Bord eines Schiffes war, mußte sie zu ihr, aber es gab keine Möglichkeit, dieses Schiff zu erreichen, solange sie die Ketten an Armen und Beinen trug.

Sie veränderte ihre Haltung, zog Gabel und Löffel aus der Hosentasche und verzog das Gesicht über den Gestank, der aus ihren Kleidern drang. Wahrscheinlich hätte sie Hemd und Hose irgendwo draußen verstecken sollen, aber daran hatte sie nicht gedacht, und nun war es zu spät.

Indem sie nach ihrem Gefühl arbeitete und den Griff des Löffels als Hebel einsetzte, bog sie eine der Gabelzinken von den anderen zurück, so daß ein kurzes, steifes Tastgerät daraus wurde. Sie legte den Löffel neben sich, drehte die Fußschelle am linken Knöchel herum, um an das Schloß heranzukommen, dann versuchte sie die Verschlüsse anzuheben. Es war ein einfaches Schloß, sie hatte den Schlüssel gesehen, es konnte nicht mehr als zwei Verschlüsse haben. Alles was sie brauchte, waren Geduld und Sorgfalt ... wieder und wieder dachte sie, daß sie es hätte, gab ein wenig zu viel Druck, so daß die Gabelzinke abglitt oder sich in ihrer Hand drehte ... Wieder und wieder verlor sie die

Verschlüsse, wieder und wieder holte sie tief Atem, zwang sich zur Ruhe und versuchte es ein weiteres Mal …

Sie fühlte das Klicken durch den ganzen Körper. Ein Verschluß war angehoben. Sie zog behutsam an der Schelle, aber das Schloß hielt noch. Der zweite Verschluß gab jetzt, da sie das Gefühl dafür hatte, rascher nach. Sie öffnete die Fußschelle und saß einen Augenblick mit fest zugedrückten Augen, die Hände an die Beine gepreßt, um das Zittern zu überwinden, dann begann sie die Arbeit an der zweiten Fußschelle.

Die Beineisen erzeugten mit der Kette ein sehr zufriedenstellendes Klatschen, als Thann sie durch den Schacht ins Wasser fallen ließ.

Das Schloß der linken Handschelle ließ sich ohne große Mühe öffnen, aber als sie das letzte Schloß mit der linken Hand zu öffnen suchte, war die Ernüchterung um so größer. Diese Hand war steif und ungeschickt, und es fehlte ihr das Feingefühl der rechten. Wiederholt glitt die Gabelzinke ab. Ihre Hand begann zu zittern, und zweimal war sie in Gefahr, die Gabel fallen zu lassen.

Nach der zweiten Beinahe-Katastrophe legte sie die Gabel sorgsam hinter sich ab, weil ihre Hand nicht aufhören wollte zu zittern. Sie legte die Hände an die Seite der Öffnung, fühlte den kalten Stein und konzentrierte ihre Gedanken darauf, rief sich die Stärke und Festigkeit des Steins ins Bewußtsein und zu ihrer Hilfe und betete um die Ruhe, die ihr erlauben würde, die Arbeit zu beenden und zu dem Schiff zu schwimmen, wo Isahoe wartete.

Als alle Worte aus ihrem Kopf und auch die Gebete fort waren, kehrte sie zu den einfachen Reimen zurück, die sie Isahoe vor Jahren beigebracht hatte: die Nachtgebete, bevor sie zu Bett gegangen war, die Morgengebete, bevor sie den Tag begonnen hatte. Immer wieder sagte sie sie auf, bis sich eine große Gelassenheit einstellte.

Vielleicht schlief sie eine Weile. Das war wahrscheinlich, weil die Zeit entglitt und es Träume gab – wenigstens dachte sie, daß es Träume seien, obwohl sie sich nicht an den Inhalt erinnern konnte. Zu abgestumpft und erschlafft, um Angst zu spüren oder auch nur Besorgnis, ob ihr das Werk gelingen würde oder nicht, nahm sie die Gabel auf und steckte die umgebogene Zinke in das Loch. Kurz darauf folgten die Handschellen den Beineisen ins Wasser. Es dauerte viel länger, bis sie das Geräusch des Aufklatschens im Wasser hörte. Sie runzelte die Brauen. Wieviel Zeit war vergangen? Sie kratzte eine Handvoll der körnigen Ablagerung am Boden des Zulaufes zusammen und ließ es fallen. Sie lauschte dem leisen Plätschern des schmutzigen Brackwassers gegen das Mauerwerk und kam zu dem Schluß, daß sie geschlafen haben mußte und während ihrer Träume die Ebbe eingesetzt hatte. Schiffe pflegten mit der Ebbe auszulaufen.

Hastig sandte sie die Thinta aus.

Isahoe war nicht dort. Aber – o Gott, die Aktivität um sie her, die Mischung von Erwartung, Ärger, dem Katzenjammer nach zuviel Alkohol und zu wenig Schlaf, Ungeduld und Müdigkeit, all diese Dringlichkeit an Bord dieses Schiffes. Sie machten sich zum Auslaufen bereit. Konnten jetzt jederzeit die Leinen loswerfen. Und – ja, der Händler war in der Nähe. Verhielt sich still. Ein Gefühl von Geduld und Bosheit. Ja. Er wartete, daß sie käme, Isahoe zu holen.

Sie atmete mehrmals tief durch, dann ließ sie die Eisenleiter ins Wasser hinunter.

Thann hielt sich am schleimigen Balken fest, bis das Schwindelgefühl sich mit dem Zittern verlor. Ohne die Saugwirkung der ablaufenden Ebbe wäre sie in diesem

Loch ertrunken. Sie flüsterte ein Dankgebet für Gottes Fürsorge. Dann arbeitete sie sich näher zu dem Schiff, wo Isahoe gefangen war.

Als sie sich von der Einmündung des Hauptkanals entfernte und in etwas reineres Wasser kam, wurde ihr der Gestank, den sie mit sich brachte, erst richtig bewußt. Obwohl die Verzögerung ihr Magendrücken verursachte, zog sie sich in tiefe Schatten zurück, streifte die Kleidung ab, drückte sie aus und rieb sie zwischen den Händen, dann an den geteerten Seiten der schweren Duckdalben. Sie beschnüffelte die Sachen, wiederholte die Wäsche und das Reiben, bis sie hauptsächlich nach Teer und Fisch roch.

Wieder angekleidet, schwamm sie weiter und kam unmittelbar unter dem Händler vorbei. Sie konnte ihn so wenig sehen wie er sie, doch mußte er auf einem der Ballen sitzen, die auf dem Kai zum Verladen bereit lagen. Er hält Ausschau nach mir, dachte sie. Nun, soll er Ausschau halten, bis ihm die Augen herausfallen.

Sie hielt sich im Schlagschatten der Kaimauer und kroch neben dem Schiff dahin, dessen Rumpf die Fender knirschend und quietschend gegen die Mauer preßte. Auf der anderen Seite war freies Wasser, und sie bekam einen besseren Überblick, als sie am Strebebalken einer Landungsbrücke hing und das Schiff untersuchte. Es war ein Küstendampfer, einer von denen mit kurzen Masten, an denen Hilfssegel gesetzt werden konnten, wenn die Maschinen versagten und das Schiff gegen den Zaun zu treiben drohte. Die Ladebäume knarrten, als sie die Ladenetze mit Stückgut hoben, herumschwangen und in eine der gähnenden Ladeluken an Deck senkten. Überall schwärmten Hafenarbeiter und Besatzungsmitglieder herum, dirigierten die Bedienungen der Ladebäume mit Gesten und Zurufen, verluden Packkisten und Ballen auf Rollwagen und schoben sie in markierte

Flächen, wo Deckladung gestapelt und festgezurrt wurde.

Thann holte tief Atem und tauchte in das trübe grüne Wasser, bis sie unter den mächtigen Doppelschrauben schwamm. Indem sie den Schatten des Schiffsrumpfes als Orientierung verwendete, schwamm sie einige zehn Meter nach vorn und aufwärts und durchbrach die Wasseroberfläche neben einem nassen Netz, das über ihrem Kopf von der Bordwand hing. Sie dankte Gott für die Chance, erkletterte das Netz ohne zu überlegen, warum es dort hing, wälzte sich unter der Reling durch auf das Deck und kroch zwischen einige Ballen der Decksladung.

Als sie wieder zu Atem gekommen war, wurde ihr klar, daß das Netz den Zweck hatte, die Ballen an Deck zu verankern, es war ein geeigneteres Gegenstück zu dem alten Segel, das der Händler über seine Fracht gezogen hatte. Das Netz war noch nicht seiner Bestimmung zugeführt, aber nach Lage der Dinge mußte sie so rasch wie möglich aus ihrem Versteck verschwinden, weil die Deckarbeiter der Besatzung jederzeit kommen und anfangen konnten, die Ballen zu sortieren, richtig zu verstauen, das Netz darüberzuziehen und festzuzurren.

Auf allen Vieren kroch Thann die Reling entlang, bis sie den Teil der Ladung erreichte, der bereits festgemacht war. Warum dies so war, merkte sie, sobald sie unter das Netz und in den winzigen freien Raum zwischen der nach außen überhängenden Bugreling und den Seiten der Kisten gekrochen war. Die Kisten trugen rote Aufschriften in fremdartigen Lettern, die sie nicht lesen konnte, aber mit schwarzer Farbe war das Wort GEFAHR darübergemalt, und darunter, in kleinerer Schrift: Waffen und Munition.

Jetzt kannte sie das Reiseziel. Die neutralen Städte von Impixol. Icisel, Gajul, Yacshowal. Wo jeder alles kaufen konnte, was er wollte. Waffen, Mädchen und Anyas.

Sie kroch weiter und fand eine Lücke zwischen verschieden großen Lattenverschlägen, wo sie in Sicherheit warten konnte, bis die Ladearbeiten beendet wären und das Schiff die Leinen loswarf. Sie hatte weder Wasser noch Nahrung, ihre Kleidung war durchnäßt, und schon begann sie vor Kälte zu zittern, aber einstweilen war sie in Sicherheit, und Isahoe befand sich irgendwo unter ihr. Der Rest konnte warten.

Wintshikan legte die Karten aus und betrachtete sie mit gerunzelter Stirn, dann blickte sie irritiert zu dem Radio, das Luca in der Ausrüstung der Diebe gefunden hatte. Es stand unweit von ihr auf einem der Packsättel, war zu voller Lautstärke aufgedreht und plärrte blecherne, von atmosphärischen Störungen durchsetzte Musik hinaus.

Luca und Wann tanzten, was einmal ein Weihetanz zum Erntedank gewesen war, machten ihn aber zu etwas Wildem und Korruptem, das Wintshikan beunruhigte, besonders als sie sah, wie hingerissen Zaro und Kanilli von der Vorführung waren. Luca und Wann hatten den Weihetanz zum Paarungstanz gemacht, aber die Kinder waren noch zu jung, um das zu sehen.

Zell tätschelte ihr den Arm und pfiff ein leises, tröstendes Zirpen. »Die letzte Deutung zeigte Veränderung«, signalisierte sie. »Was Gott in Bewegung gesetzt hat, werden Pixa nicht aufhalten. Lies die Karten, Wintashi.«

Sie hatten am Spätnachmittag die Vorberge hinter sich gelassen und diese öde Küste erreicht, als die Sonne unterging: das hintere Ende einer langen, schmalen Bucht, die wie ein blauer Finger aus Salzwasser ins Land vorstieß. Es gab kein Süßwasser, und der Ort blieb dem Wind und dem Sand und den langbeinigen braunen Vögeln überlassen, die auf diesem Sand hin und her liefen und nach angespülten Schnecken, Muscheln und Würmern suchten.

Wintshikan berührte die untere Karte. »Wieder Tod. Ganz gleich, wie ich sie mische, die untere Karte ist immer die Todeskarte, Zizi.«

»Ich denke, es ist so, daß wir noch nicht bereit sind, wiedergeboren zu werden.«

»Könnte sein.« Sie überdachte die Determinanten. »Kessel, Spindel, Trommel. Kessel mit Spindel bedeutet einen Plan. Ein Plan bedeutet kochen, und wir sind Teil des Gerichts. Ich verstehe nicht, daß die Trommel dabei ist. Rhythmus, Musik? Oder eine Störung dieses gottverfluchten Radios? Ich weiß es nicht, Zizi. Hast du eine Idee?«

»Es wird später klar werden, solche Dinge finden immer ihre Klärung.«

»Ich gebe zu, daß ich keine Geduld mehr habe. Hm. Die Führer. Das Auge Gottes. Ein Segen. Das ist tröstlich. Die Waage. Suche das Gleichgewicht, wenn die Veränderung eingetreten ist. Ach, Zizi, ich fürchte, daß dieses Gleichgewicht, wenn es kommt, so seltsam sein wird, daß ich es nicht erkennen werde.«

Sie schob die Karten zusammen, wickelte sie in das seidene Tuch, während ihr besorgter Blick auf den tanzenden und kichernden Kindern ruhte und die anderen im Rhythmus der Radiomusik mit den Fingern schnippten.

Die Musik brach ab. Ein Mann sprach. »Für alle, die gelitten haben, spielen wir diese Lieder. Beendet das Töten.«

In der plötzlichen Stille erklang die Stimme einer Frau, klar und rein und ohne Begleitung. Sie hatte etwas an sich, das unter die Haut ging.

»Kind der Berge, Kind der Stadt,
was zieht ihr so glücklich in den Krieg?
So glücklich in den Krieg?
Du, Pixa auf dem kahlen Fels,
soll ich den Nacken beugen
in falscher Komplizenschaft?
Auf dein Geheiß
zum Richtplatz gehen?
Jawohl, zum Richtplatz gehen?
Du, Impix, der du brennst,
zur Aschenurne Gottes Herz,
der unter Fabriken, Stahl, Beton
des Gottes heiligen Leib begräbt.
Geh hin und beuge deinen Kopf,
Und wie du blutest
in gesegneter Einfachheit,
Preise den Gott,
der deine Rückkehr ersehnt.
Ja, deine Rückkehr ersehnt.
Kind der Stadt, Kind der Berge,
Was wollt ihr tun,
wenn aller Atem still geworden?
Was wollt ihr tun,
wenn niemand übrig ist zu morden?
Was wollt ihr tun,
wenn nur ihr zwei allein noch lebt?
Was wollt ihr tun?«

Luca machte ein Gesicht und schaltete das Radio aus. Sie schloß Wann in die Arme, sprang lachend davon. »Mundmusik«, rief sie. »Laßt uns Mundmusik und Fingermusik machen, und Zaro und Kanilli werden für uns tanzen und den Kummer verjagen.«

Am Morgen, als sie die Küste der kleinen Bucht entlang ritten, spielte das Radio wieder, meistens Musik, dazwischen ein paar Nachrichten.

»... Beschießung Khokuhls dauert an. Die Stadt hält sich noch immer gegen die Versuche der Pixa-Kampfgruppen, ins Stadtinnere einzudringen und das Abschnittskommando der Impix zu stürmen. Aus dem Süden wird gemeldet, daß die erklärte Neutralität Yacshowals zum ersten Mal durch Artillerieangriffe und wiederholte Vorstöße bisher nicht identifizierter Stoßtrupps verletzt worden sei. Anscheinend beabsichtigen sie, sich aus den Lagerhäusern mit Waffen, weitreichenden Funksprechgeräten und anderem Kriegsmaterial zu versorgen ...«

Sie kamen gut voran. Der Boden war fest und mehr oder weniger eben, es gab nur wenige Flecken unwegsamen Buschgeländes; der größte Teil der Vegetation bestand aus Gräsern und breitblättrigen Kräutern. Die Reittiere trotteten gleichmäßig dahin, hielten die dunklen Augen halb geschlossen. Luca und Wann ritten als Kundschafter voraus und waren die meiste Zeit außer Sicht, Nyen und Hidan bildeten die Nachhut. Wintshikan wanderte in der Mitte der Reihe und führte das erste der Tragtiere am Leitseil. Zell thronte auf der Traglast, Xaca und die Kinder auf den nachfolgenden Tragtieren. Sie bemühte sich, das Radiogedudel zu überhören und konzentrierte sich statt dessen auf den Rhythmus des Hufgetrappels: Klipklop Klipklop.

»... und hier ist ein Lied für alle jungen Bindungsgefährten, die in Hoffnung und Vertrauen Familien gründen.«

»Anya Alina, unsere Herzliebste, sei das wahre Band, das unseren Ring schließt, Anya Alina, Stern unserer ...«

Am Vormittag begann das Land zur Rechten in hügeligen Gebirgsausläufen anzusteigen. Dorniger Buschwald bedeckte die Hänge, und es gab verfilzte Dickichte von Rankengewächsen, die so dicht mit Dornen besetzt waren, daß sie an Sägeblätter gemahnten. Wintshikan sah auch wieder Bäume, vom Wind gebeugte und zerzauste Koniferen und niedrige, strauchartig geduckte Laubbäume. Am Strand liefen langbeinige braune Vögel, große weiße Raubmöwen kreisten im Wind hoch über der Küste; ihre rauhen Schreie fielen wie Steine durch das blecherne Plärren der Radiomusik.

Luca und Wann waren außer Sicht, als die Reihe der Reit- und Tragtiere um einen Hügelausläufer bog und dem Küstenweg wieder nordwärts folgte. Wintshikan sah die beiden zurückgaloppieren, und als Luca aus dem Sattel glitt und eine Hand aufhob, um die anderen aufzuhalten, hatte Wintshikan die Tragtiere bereits zum Stehen gebracht.

»Ungefähr eine halbe Stunde vor uns liegt ein Dorf. Es ist zum Meer hin offen, auf der Landseite aber von einem spitzen Palisadenzaun umgeben. Wir brauchen Wasser, doch es macht keinen sehr freundlichen Eindruck.«

Wintshikan zog die Stirn in Falten. »Wir sind Pilger. Sicherlich ...«

Luca winkte ab. »Wie können sie das wissen? Hätten wir dem alten Bukah getraut, würden die Schakale jetzt unsere abgenagten Knochen durcheinanderwerfen.«

»Das ist wahr. Wieviel offener Raum befindet sich vor diesem Palisadenzaun? Genug, daß alle bis auf eine außer Reichweite der Waffen, die sie haben werden, warten können?«

»Soweit wir sehen konnten, ja.«

»Gut.« Sie nahm den Schal von Zell und legte ihn um die Schultern, um zu zeigen, daß sie als Heka der Überlebenden sprach. Das war sie noch immer, und vielleicht noch für eine Weile. »Hört, was ich sage. Ihr alle werdet außer Reichweite anhalten und euch in einer Linie aufstellen, damit die Dorfbewohner sehen können, daß ihr Frauen, Anyas und Kinder seid. Ich bin, was ich bin, und es ist leicht genug zu sehen, was das ist. Ich werde hingehen und mit den Leuten verhandeln. Luca, wenn du etwas Verdächtiges siehst, bringst du die anderen in Sicherheit. Kann ich durch Reden erreichen, daß sie mich laufen lassen, so werde ich wieder zu euch stoßen. Wenn nicht, sollte es nicht sein.«

Zell zupfte an ihrem Ärmel. »Ich gehe mit dir.«

»Nein, Zell. In diesem Krieg ziehen Anyas mehr Böses an als Frauen und Männer zusammen. Wenn du mit mir kommst, könnte es Schwierigkeiten über uns bringen, die sonst nicht entstünden.«

Das Herz tat ihr weh, als sie den Schmerz in den Augen ihrer Anya sah, aber Zell wußte, daß sie die Wahrheit sagte, wenn es auch eine sehr harte Wahrheit war. »Wenn sie uns kein Wasser geben wollen, sollten sie uns wenigstens sagen, wo wir welches finden können.« Sie blickte zur Sonne auf. »Die Zeit verrinnt. Wir sollten uns nicht aufhalten.«

Hinter dem Palisadenzaun standen Männer. Stumm und mit steinernen Mienen blickten sie auf Wintshikan hinab, als sie die freie Fläche überquerte und vor dem Tor haltmachte. Sie blickte auf. »Ich bin Wintshikan, Heka der Überlebenden des Ixis Shishim. Wir sind Pilger auf der Reise nach Linojin und führen nichts Böses im Schilde. Wir haben kein Wasser und möchten fragen, ob ihr uns welches geben oder sagen könnt, wo es zu finden ist.«

Die Männer sahen einander an, dann reckte einer von ihnen den Hals und sagte: »Sind das alle von euch? Ich sehe keine Männer.«

»Unsere Männer sind tot. Wir sind die Überlebenden der Shishim.«

»Und diese Kleinen sind Anyas, wie?«

»Die ganz kleinen sind Mädchen, aber ja, es sind Anyas unter uns. Werdet ihr uns Wasser geben? Werdet ihr uns auf den Weg nach Linojin helfen?«

»Wozu weitergehen? Wir können euch hier Unterkunft geben.«

»Wir haben ein Gelübde abgelegt, das Grab des Propheten zu besuchen und für unsere Toten zu beten. Solange dies nicht getan ist, müssen wir unsere eigenen Bedürfnisse zurückstellen.«

»Gut, so sei es. Folgt der Umwallung bis zur Ecke, dort werdet ihr eine eingezäunte Viehweide sehen. Beim Zaun steht ein Brunnen. Dort könnt ihr Wasser holen. Und seid unbesorgt, wir werden euch nicht behelligen.«

Luca blieb zurück und hielt das Gewehr, das sie den Dieben abgenommen hatte sichtbar schußbereit. Die Anyas und die Kinder warteten mit ihr, während Nyen und Xaca die Tragtiere zu Wintshikan führten. Weitere Dorfbewohner gesellten sich zu den Männern am Palisadenzaun und beobachteten schweigend, wie sie die Tiere tränkten und die Wasserschläuche füllten.

Als sie sich zum Weitermarsch anschickten, hob der Mann, der zuvor gesprochen hatte, wieder die Stimme. »Einen Tagesritt nördlich von hier ist ein Fluß. Wenn ihr dorthin kommt, versorgt euch gut mit Wasser, denn danach sind es fünf wasserlose Tage bis Linojin; alles ist Salzmarsch und Sand. Geht mit Gott, Pilger. Betet für uns wie auch für euch selbst. Und betet mit uns allen für Frieden und die Zerstörung des Zaunes.«

Als die Sonne hinter den Hügeln versank, stand Luca im Strandhafer auf einer Düne und spähte über die See hinaus zu dem goldenen Schimmer, der sich im Widerschein des Abendrots kupferrot verfärbte.

Wintshikan kam zu ihr. »Woran denkst du?«

»Daran.« Sie zeigte mit dem Daumen zum Zaun. »An eines der Lieder, die diese Frau sang. Sie nannte uns Marionetten, die an den Fäden der Ptak zappeln. Glaubst du, daß es das ist, Heka? Meinst du, daß wir deshalb absterben?«

»Ich weiß es nicht. Der Krieg dauert schon so lang. Es ist schwierig, Gewißheit zu finden, warum er anfing.«

Luca machte eine ungeduldige Handbewegung. »Ich kann mich nicht erinnern, daß ich jemals etwas darüber hörte, sowenig ich mich erinnere, warum ich geboren wurde. Ich habe nach diesem Ding dort draußen Ausschau gehalten und glaube, daß ich es jetzt weiß. Ich werde den Zaun niederreißen, Heka. Ich weiß nicht, wie, aber das werde ich tun.«

Yseyl rückte wieder auf ihrem Platz herum, ohne den unwilligen Blick des Mannes auf der Bank neben ihr zu beachten. Die Bank war hart, und sie saß dort, seit die Tür geöffnet worden war. Zoll für Zoll war sie weiter vorgerückt, während die Bittsteller vor ihr mit Noxabos Assistenten gesprochen, Verabredungen für später getroffen hatten oder gleich weitergeschickt worden waren, um durch den nächsten Ring zu springen, bevor sie Gelegenheit zu einer Audienz beim Arbiter selbst erhielten.

Zuerst war sie zur Predigt des Sprechers gegangen. Er war gut gewesen, hatte die Zuhörer mitgerissen und Visionen aufgezeigt. Er hatte sogar die sichere Verteidigung ihrer Skepsis durchbrochen und ihr Blut in Wallung gebracht, bis ihr Verstand sich gegen das blendende Geglitzer seiner Worte und die kraftvolle Ausstrahlung des Mannes behauptet hatte und sie sich erinnerte, wie wenig sie von dem glaubte, was er sagte.

Trotzdem, dies war das, was sie brauchte. Es kam nur darauf an, ihn dahin zu bringen, daß er ihr glaubte, und daß sie ihm vertraute.

Yseyl hatte die Predigt verlassen und war gegangen, Zot zu suchen.

»Es heißt, er sei dumm wie ein Klotz. Angeblich schreibt seine Anya diese Dinge und sagt ihm, was er zu tun hat. Ich kenne eins der Mädchen, die das Zelt säubern. Es ist unheimlich, dieses Gebirge von Stein ein Zelt zu nennen, aber sie tun es. Jedenfalls sagt diese Beritha, daß Anya Hukhu die Zähne eines Hais und als Herz einen Klumpen von Eisen habe. Das einzige, woran ihr liege, sei die Macht, die sie durch diese Vertrauensstellung besitze.«

»Also sollte ich zu der Anya gehen.«

»Es hat keinen Sinn, das zu versuchen, wenn es nicht etwas Wichtiges ist. Und etwas, was ihn in ein gutes Licht setzt.«

»Es könnte schon wichtig genug sein.«

Als sie am nächsten Morgen zum Zelt ging, herrschte dort Chaos. Menschen standen in Gruppen beisammen, schockiert, zornig, bekümmert. Andere klammerten sich schluchzend und winselnd aneinander.

Anya Hukhu war tot, der Gesegnete Kuxagan war außer sich.

Sie lauschte, warf bald hier und bald dort eine Frage ein und gewann ein Bild davon, was geschehen war.

Es hatte eine Warnung vor Meuchelmördern gegeben, und Hukhu hatte einen Abschirmungsring von Anyas organisiert, die mit ihrer Thinta alle Fremden durchleuchten sollten, und dazu noch zwei Ringe bewaffneter Wächter. Die Meuchelmörder waren aber irgendwie durch das Dach gekommen und hatten den äußeren Ring überwunden, bevor sie entdeckt worden waren. Zwei von ihnen waren tot, auswärtige Frauen, und niemand hatte einen Hinweis bekommen, warum sie den Anschlag versucht hatten. Die dritte war beinahe zu Kuxagan vorgedrungen, aber Hukhu hatte sich zwischen sie geworfen und die Fremde im gleichen Augenblick mit einem vergifteten Messer erstochen, als diese sie getötet hatte.

Zornig und niedergeschlagen schlüpfte Yseyl davon. Beinahe sah es so aus, als hätten die Ptak gewußt, was sie plante, und rasch zugeschlagen, um ihr zuvorzukommen. In ihren ruhigeren Augenblicken war ihr klar, daß das nicht zutreffen konnte, aber die Erkenntnis konnte sie nicht von ihrem Magendrücken befreien.

Ehe der Abend kam, war die ganze Stadt in heller Aufregung über die Nachricht, daß es drei Mordversuche gegeben hatte, alle erwartet, alle durchkreuzt. Sechs offenbar gedungene Meuchelmörder, die niemand kannte und die niemand je gesehen hatte, waren tot, die übrigen waren davongekommen. Und alles war geschlossen. Außer im Büro des Arbiters wurden nirgendwo Bittsteller vorgelassen. Noxabo war natürlich nicht da; wie die anderen Zielpersonen war er unerreichbar. Es gab Spekulationen über seinen Aufenthalt, aber es waren alles haltlose Gerüchte. Jene, die Bescheid wußten, redeten nicht.

Weitere vier Bittsteller wurden von den Assistenten vorgelassen. Yseyl rutschte auf der Bank weiter, streckte die Beine über der geflochtenen Binsenmatte aus, die den Boden bedeckte. Sie öffnete die Füße in einem weiten V, klappte sie wieder zusammen. Noch einmal, und noch einmal, bis der Mann neben ihr sie mit dem Ellbogen anstieß.

»Hör auf damit, Mädchen. Du machst mich verrückt.«

Sie sah ihn verdrießlich an und schaute weg.

Meuchelmörder. Cerex sagte, die Ptak wollten weitermachen, bis alle Impix und Pixa tot wären. Bis jetzt war Linojin neutrale Zone gewesen. Offenbar versuchten sie das zu ändern. Im Radio – sie brauchte ein Radio, es entging ihr zuviel, wenn sie nur hörte, was die Leute redeten – war von Angriffen auf die neutralen Städte die Rede gewesen … Wahrscheinlich wollten die Ptak alles, das war es, was dahintersteckte. Sie hatte den Schlüssel, um den Zaun zu öffnen, aber niemand würde auf sie hören. Die Leute glaubten ihr einfach nicht; sie wirkte nicht glaubwürdig … ich wünschte, ich könnte beten, sagte sie sich, und das Gefühl haben, daß es etwas bedeutet … Gott! Was soll ich von einem Gott halten, der dies alles erlaubt?

Drei bewaffnete Männer kamen aus den rückwärtigen Räumen hinter den Vorzimmern der Assistenten. Sie nahmen Aufstellung bei der Tür und schauten grimmig drein, zu allem bereit. Yseyl hatte Krieger gesehen, die im Hinterhalt gewartet hatten, als sie ihr Talent gebraucht hatte, um an ihnen vorbeizukommen. Diese Männer waren bereit, jeden im Korridor zu töten, auf einen schieläugigen Blick hin zu schießen, auf ein unbedachtes Füßescharren.

Der älteste der Assistenten kam aus seinem Vorzimmer. »Die Zeit für Bittgesuche ist um«, sagte er zu den Wartenden. »Nennen Sie Ihre Namen dem Schreiber an der Tür. Dann werden Sie morgen als erste vorgelassen.«

Als Yseyl auf die Straße trat, kam Zot aus einer Seitengasse und ging neben ihr her. »Kein Glück gehabt?«

»Der Schreiber hat die Namen notiert. Der Assistent sagte, wir kämen morgen früh zuerst an die Reihe.«

»Die Bestechungssumme beträgt zwei Unzen Silber, wenn du willst, daß dein Name auf der Liste bleibt.«

»Er steht nicht darauf. Ich verzichtete auf das Vergnügen.« Sie rümpfte die Nase zum rot und orange leuchtenden Abendhimmel. »Ein vergeudeter Tag ist mehr als genug. Möchtest du ein Abendessen? Ich zahle.«

»Dazu sage ich nicht nein. Wir haben genug Zeit. Mehil möchte dich sprechen, aber nicht vor sieben.«

»Warum?«

»Sagte er nicht.«

Zot zog das Stück Brot durch die Soße und steckte es in den Mund. Nachdem sie es geschluckt hatte, sagte sie: »Mehil möchte nicht, daß ich mit dir spreche. Er sagte, ich solle mich von dir fernhalten, du seiest eine Mörderin.«

»Er hat recht.«

»Wen hast du ermordet?«

»Du sagtest mal, ich solle gehen und des Teufels Großmutter das Beten beibringen. Ich sag dir das gleiche.«

Zot kicherte. »Das wäre ein Anblick!« Das Kichern verlor sich in einem Seufzen. »Hier ist es todlangweilig. Mehil sagt, du seist auch eine Diebin. Wie bist du dazu gekommen? Ich kann es nicht erwarten, von hier wegzukommen.«

»Ich kann dir den Weg nicht empfehlen, den ich genommen habe, Zot. Ich rannte von meinen Leuten fort, und der erste Mann, der mich fand, war ein Dieb. Er brachte mir alles über Schlösser bei, und wie man einen Einbruch plant und vorbereitet. Er hatte auch einen eigenartigen Geschmack.« Sie runzelte die Brauen, blickte in Zots neugierige Augen. Es waren keine unschuldigen Augen. Obwohl kaum dem Kindesalter entwachsen, hatte Zot schon mehr von den Übeltaten gesehen, die Menschen einander antun, als irgendein Kind sehen sollte. »Er war impotent, weißt du, was das ist? Ja, ich sehe, du weißt es. Aber er konnte es trotzdem, wenn die Umstände richtig waren. Er sah gern zu, wie rohe Kerle mich schlugen, und hatte dann Sex mit mir. Manchmal zwei- oder dreimal in einer Nacht. Er brachte mir vieles bei. Du wolltest wissen, wen ich ermordete. Also, er war der erste. Es gibt viel schlimmere Dinge als Langeweile, Zot. Und wenn du gehst, wo du keine Freunde hast, wirst du diese Dinge finden. Sehr schnell.«

Zot sah sie groß an, dann lächelte sie.

Es war leicht, in ihrem Gesicht zu lesen, was ihr durch den Kopf ging.

Mir würde das nicht passieren. Ich bin herumgekommen, nicht wie irgendein dummes Ding, das nie etwas anderes als Mutters Schürzenzipfel gesehen hat.

Yseyl schüttelte den Kopf, sagte aber nichts. Für manche Lektionen waren Schmerz und Abscheu die einzigen Lehrer.

Yseyl fuhr mit der Hand glättend über die Vorderseite ihres Kittels. Die Betäubungswaffe steckte in ihrem Hosenbund und konnte mit einem schnellen Ruck herausgezogen werden, wenn es nötig war. Sie ging um das Haus herum und überprüfte mögliche Hinterhalte; angesichts der allgemeinen Unruhe in der Stadt wollte sie kein unnötiges Risiko eingehen.

Als sie sich vergewissert hatte, schob sie eine Hand unter den Kittel und umfaßte den Griff der Waffe, mit der anderen klopfte sie an die Tür.

»Wer da?«

»Die, nach der Sie schickten.«

Mehil führte Yseyl in sein Wohnzimmer, ließ sie in einem Lehnstuhl sitzen, schenkte ihr Tee ein und setzte ihr einen Teller mit ein paar dreieckigen Stücken Toast mit Butter vor, während er pausenlos über die Mordanschläge und das im Zaun zerstörte Fischerboot und den ausbleibenden Regen sprach.

Dann ließ er sich in seinem eigenen Lehnstuhl nieder und nickte ihr zu. »Ich glaube, du hast kein eigenes Radio.«

»Nein.«

»Aha. Ich will dir keine Fragen stellen, und ich will auch keine Antworten. Was du tust, ist deine eigene Sache.«

Er zeigte auf den großen schwarzen Empfänger, der auf dem Kaminsims stand. »Schalte das ein, ja? Es ist eingestellt.«

Die Klänge von Streichinstrumenten erfüllten den Raum mit einer Tanzweise, die Yseyl nicht kannte. Sie kehrte zu ihrem Lehnstuhl zurück und legte die Hände zusammen. »Warum haben Sie mich hergerufen? Sicherlich nicht um mir Gelegenheit zu geben, hübsche Musik zu hören.«

»Dein Name ist Yseyl, nicht wahr? Nein, du brauchst nicht zu antworten. Ich will es nicht wissen.« Er schnippte mit den Fingern. »Manchmal wird meine Neugier zu groß. Ja. Ich wollte, daß du ein Lied hörst. Es wird bald kommen. Sie senden es jeden Tag. Ich dachte eine Weile darüber nach, ob ich Zot schicken sollte, sagte mir ja, dann nein, dann ja, dann nein, aber diese Sache mit den Mordanschlägen überzeugte mich. Etwas muß geschehen. Vielleicht besteht die Möglichkeit, daß du diejenige sein wirst, die es tut. Jedenfalls bist du neu. Den anderen hier würde ich keinen stinkenden Fisch anvertrauen. Ah. Da ist die Ansage. Hör zu.«

Die Sängerin verblüffte Yseyl. Der Akzent war nicht ungewöhnlich, die Worte hätten von jeder Impix oder Pixa gesprochen sein können, aber die Melodie und der Klang der Stimme waren ungewöhnlich. Eine Auswärtige. Wie kam sie dazu, im Sender von Linojin zu singen?

Yseyl nickte unwillkürlich, als die Fremde ihre Lieder vortrug, und fragte sich, wie es der Sängerin gelungen war, ihre Gefühle so genau wiederzugeben, diese Mischung von Wut und Trauer, die Enttäuschung, die nicht ganz Verzweiflung war. Als das ›Lied für Yseyl‹ angesagt wurde, hob sie die Tasse und trank vom lauwarmen Tee, während die Worte in den Raum strömten.

»Geist, kleiner grauer Geist,
streckt die Hand aus,
die tödliche Hand.
Ein Waffenhändler schreit,
ein Waffenhändler stirbt.
Yseyl, deine Tränen sind rot;
Yseyl, weinst du Herzblut?
Geist, kleiner grauer Geist,
blickt auf ihr Land,
ihr gequältes Land.
Wie kann ich es beenden?
Oder ist es ohne Ende?
Yseyl, deine Tränen sind rot;
Yseyl, weinst du Herzblut?
Geist, kleiner grauer Geist,
hält den Schlüssel,
den durchbohrenden Schlüssel.
Wer wird frei sein?
Wer wird mir folgen?
Ich höre deinen Ruf, Yseyl.
Höre mich, Yseyl, ich weiß es alles.
Geist, kleiner grauer Geist,
du siehst den falschen Weg,
du nimmst die falsche Straße.
Höre, was ich sage,
Laß mich erleichtern deine Bürde.
Blick zu den Bergen,
nicht zum Meer.

Wo Füße heilig werden,
dort werde ich sein.
Dies Rätsel löse,
das deinen Herzenswunsch erfüllt.«

Mehil stand auf und ging, das Radio auszuschalten. »Wenn ich wüßte, was es damit auf sich hat, würde ich nach meinem Wissen handeln müssen. Ich will es aber nicht wissen. Wir werden unseren Tee austrinken, dann kannst du gehen.«

Yseyl ging hinaus zum Ende der Landungsbrücke und blickte über das dunkle Wasser zum schwachen, leicht flimmernden Licht des Zaunes.

Unweit von ihr knieten Schwestern im Gottesbund und Anyas der Barmherzigkeit und murmelten Shimbil auf Shimbil, einer aus sechsunddreißig Versen bestehenden Litanei von Bitten an Gott, den Weg zu öffnen und den Zaun niederzulegen.

Sie hörte dem Gemurmel eine Weile zu und empfand eine große Ungeduld. Wenn sie jetzt zu ihnen ginge und sagte, sie könne ihnen den Weg öffnen, sie brauchten nicht auf Gott zu warten, um zu handeln, so würden sie sie wahrscheinlich von der Landungsbrücke stürzen und wegen Gottlosigkeit ertränken.

Menschen ... Sie strich sich mit der Hand über die Augen. Solche wie Mehil wollten es nicht wissen, andere würden ihr nicht glauben, würden Erklärungen über Erklärungen verlangen ... Nach den Regeln zu spielen, hatte sie noch nie weitergebracht, noch hatte sie sich durch Untätigkeit Sicherheit erkaufen können. Die auswärtige Frau sagte, sie habe die Antwort. Vielleicht war es nicht nötig, ihr zu glauben, vielleicht reichte es, mit ihr zu feilschen. Sie könnte eine Agentin der Sunflower Laboratories sein, die man geschickt hatte, den Desintegrator zurückzuholen. Darauf aber kam es nicht an. Es kam nur darauf an, diesem Elend ein Ende zu machen.

Es konnte nicht schaden, die Frau anzuhören. Sie stand auf ihrer Straße und würde die Mühe nicht auf sich nehmen, wenn sie nicht einen Handel abschließen wollte. Sollte sie nur sehen, ob sie die kleine Yseyl übers Ohr hauen konnte. Hah! Sie hielten sich für so schlau, diese Auswärtigen, nur weil sie jederzeit gehen konnten, wohin sie wollten. Aber sie gebrauchten nur, was andere Leute für sie gemacht hatten. Diese Waffenhändler zum Beispiel. So scharf darauf, lohnende Geschäfte zu machen, daß es beinahe peinlich war, sie um die Ecke zu bringen. Zu den Bergen sollte sie sehen, wo Füße heilig wurden ... Wahrscheinlich bedeutete es den Aussichtspunkt, wo der Pilgerweg begann ... Sie würde Proviant brauchen, Ausrüstung ... Es konnte eine Weile dauern, und vielleicht konnte sie die Frau finden, bevor diese sie fand ... Das war ein guter Gedanke, denn Vorsicht war geboten. Die Frau war eine gute Sängerin, aber es kam auf die Worte an, nicht auf die Stimme ... Vielleicht würde es sich lohnen ...

Sie überließ die Religiösen ihrer Litanei und kehrte zu ihrem gemieteten Zimmer zurück, um sich die Sache gründlich durch den Kopf gehen zu lassen.

Flügel fangen die
Luft ein und
segeln, wohin sie
wollen. Flüchtige und
wechselhafte
Dinge verändern sich von
einem Atemzug zum nächsten.

Kapitel 10

Shadit berührte den Probesensor und rief die holographische Darstellung ab, dann trat sie zurück und ging langsam im Kreis um die Wiedergabe, kontrollierte Qualität und Bewegung und wie die Augen ihr folgten und die Laubschatten sich über und durch die Darstellung bewegten, ohne die Deutlichkeit der Wiedergabe zu beeinträchtigen. Sie blieb stehen, wo sie den Kreis begonnen hatte, und sagte: »Sprich.«

Die Wiedergabe lächelte und hob grüßend eine Hand. Ihre durchscheinenden Lippen bewegten sich, und der Ton kam klar und in der richtigen Lautstärke. »Weil du dies siehst, weiß ich, daß du Yseyl bist, Diebin und Meuchelmörderin. Dein Gesicht und deine Gestalt lösen die Wiedergabe aus. Ich möchte ein Geschäft mit dir machen. Ich kann dir helfen, den ganzen Zaun zum

Einsturz zu bringen, statt bloß ein paar Löcher hineinzubekommen. Als Gegenleistung ...«

Shadit lauschte kritisch, während die Sprachaufnahme weiterlief und mit dem Datum ihrer Rückkehr endete, dann stellte sie den Projektor neu ein. »Nun, kleiner grauer Geist, es ist Zeit, mehr Köder auszulegen. Ich kann nicht riskieren, daß du womöglich ganz woanders bist.«

Das Land um den Hafen von Yacshowal war Gras von Horizont zu Horizont. Gesprenkelt von Herden schwerfälliger Wiederkäuer, deren dicke, lose hängenden Wammen bei jedem Schritt schaukelten. Seit ihre Hirten geflohen oder getötet worden waren, wanderten sie herrenlos umher. Dunkelrote Glut markierte die Stellen, wo geschlachtete Tiere über großen Feuergruben an Spießen geröstet wurden, Nahrung der Pixa Phelas, die sich dort versammelt hatten, um die Stadt anzugreifen.

Unablässig dröhnten schwere Geschütze. Die zu den Phelas gehörten, waren auf schwere Fuhrwerke montiert, die von Sechser- und Achtergespannen schwerer Zugochsen gezogen wurden. Kleinere Fuhrwerke begleiteten sie, beladen mit Munition. Mit den Kartuschen waren die Granaten beinahe so lang wie die Kanoniere, die sie in die Geschütze schoben.

Artillerie aus der Stadt beantwortete das Feuer, doch wurden ihre Granaten den weit über die Ebene verteilten Phelas kaum gefährlich. Einmal sah Shadit, die mit dem Miniskip im Schutz der Wolkenuntergrenze über der Stadt kreiste, wie ein Munitionsstapel getroffen wurde und in die Luft flog. Ein Geschützwagen wurde durch die Explosion zerstört.

Ketten nackter Glühbirnen beleuchteten den Hafen – in ihrem Licht drängten Schwärme von Stadtbewohnern mit und ohne Gepäck zu den wenigen Schiffen, die am Kai festgemacht hatten. Vor den Laufgängen, die an Bord der Schiffe führten, standen bewaffnete Matrosen und kassierten den Preis für die Überfahrt. Alle, die nicht bezahlen konnten, wurden abgewiesen und beiseite gedrückt; andere, die schon ihre Geldbeutel schwenkten, nahmen ihre Stelle ein.

Die Sendestation schien verlassen. Nur im Senderaum tat ein nervöser Techniker Dienst und überwachte die Spulen des Tonbandgerätes, während das Band an den Tonköpfen vorbeilief. Die aufgezeichnete Sendung bestand aus einer Mischung aus Musik, Botschaften, Nachrichten und Hilferufen.

Er schrak zusammen, als Shadit hereingeplatzt kam, warf einen Blick auf das Gewehr, das sie im Hüftanschlag hielt, und blieb still sitzen. Bis vor kurzem mußte seine kammartige Borstenfrisur hellorange und grün gewesen sein, aber die billige Haarfarbe blätterte ab, und nun sah sein Haar wie von Ungeziefer zerfressen aus. Sein Gesicht war mager und verkniffen, mit einem Geflecht feiner Falten um Augen und Mund. Er starrte sie verständnislos an. Offenbar konnte er sich nicht denken, was sie wollte, denn Geld oder Wertsachen waren dort nicht zu holen, wo er arbeitete.

Shadit schob die Kapuze ihres Umhanges zurück und enthüllte ihr Gesicht. »Ich habe ein paar Lieder, die Sie aufnehmen und abspielen sollen«, sagte sie. Mit der freien Hand zog sie ein halbes Dutzend schwere Silbermünzen aus einem Beutel an ihrem Gürtel und warf sie eine nach der anderen vor seine Füße. Das metallische Klirren blieb zwischen den schallgedämpften Wänden matt und wenig effektvoll. Aber dem Mann ging ein Licht auf. »Ah, ich glaube, ich weiß, was Sie meinen. Einem Kollegen von mir wurde kürzlich ein Tonträger mit einem Lied angeboten, das hier im Haus ziemlich viel Aufmerksamkeit erregte.« Er blickte auf die Münzen, und ein ironisches Lächeln umspielte seine Lippen. »Freut mich, mit Ihnen ins Geschäft zu kommen.«

Icisel war so hell beleuchtet, daß es auf den Straßen wie am Tag war; das helle Licht reichte weit hinaus in den ruhigen Hafen und zeichnete die dort liegenden Schiffe in krassem Schwarzweiß. Flüchtlinge aus Küstendörfern und Yacshowal hatten sich nach ihrer Herkunft zu Gruppen zusammengeschlossen und auf den Kais und nahegelegenen Plätzen Notunterkünfte aus zusammengeschobenen Wagen und Zeltplanen errichtet. Jede Gruppe hatte Wachen zum Schutz vor Dieben aufgestellt, während die anderen versuchten, ein paar Stunden Schlaf zu finden, bevor die Stadtwache vorbeikam und sie weiterschickte.

Die Nachtspieler der Iciseli zogen durch die Straßen und schenkten den Flüchtlingen mit der ihnen eigenen Arroganz keinerlei Beachtung, der gleichen Arroganz, mit der sie den Krieg selbst nicht zur Kenntnis nahmen. Phantastisch bemalt und herausgeputzt – was sie trugen, sah mehr wie Skulptur als Kleidung aus –, geschmückt nicht nur mit Form und Farbe, sondern auch mit Klängen aus Tonträgern in ihrem Haar, schwärmten die Nachtspieler vom Theater zum Kasino und von dort zum Tanzpalast, wie es die traditionelle Nachtrunde verlangte. Allenthalben traf man die Impixtriaden von Anya, Mann und Frau an, manchmal gefestigt im Dreibund, manchmal schon erfaßt von den Auflösungserscheinungen der Dekadenz, die sie wie Regentropfen, die am Fensterglas herabrinnen, zu launischem und willkürlichem Partnerwechsel verleiteten.

Shadit kreiste zwischen den spärlichen Wolken über der Stadt und suchte nach Mitteln und Wegen, den Radiosender zu erreichen, ohne entdeckt zu werden.

Das Dach des Sendegebäudes war steil, der Sendemast besetzt mit stachlig aussehenden Antennen, die jede Landung wirkungsvoll verhinderten.

Sie kreiste ein letztes Mal, fluchte in sich hinein und lenkte das Miniskip zu dem Versteck, das sie in einem Stück Auwald neben dem Fluß, der in den Hafen mündete, gefunden hatte.

Eine Stunde vor Morgengrauen war die Stadt stiller, wenn auch nicht viel dunkler. Die Nachtrunde war vorüber, und auf den Straßen waren nur noch Diebe und Schläfer.

Sie kam in geringer Höhe herein, huschte über die Dächer hinweg, bis sie die Sendestation erreichte, dann landete sie in einer Durchfahrt neben dem Gebäude. Eine rasche Sondierung verriet ihr, daß gegenwärtig nur zwei Personen im Gebäude waren. Digbys Lesegerät fand kein Alarmsystem, und sie öffnete das Schloß einer rückwärtigen Tür mit dem Dietrich, gab dem Miniskip einen kleinen Energieimpuls und schob es hinein.

Shadit zog die Kapuze über den Kopf, um ihr Gesicht zu verbergen, und drückte auf die Klinke. Die Tür gab nach, und Shadit öffnete sie einen Spalt breit. Sie lauschte, unterdrückte ein Lächeln, stieß die Tür ganz auf und ging hinein. Ein Mann und eine Frau waren energisch und geräuschvoll mit Sex beschäftigt. Die Frau sah Shadit zuerst und starrte sie erschrocken und zornig an, dann stieß und knuffte sie ihren Partner, daß er von ihr ablassen sollte.

»Ein Bruder in Gott! Das hat uns noch gefehlt. Was wollen Sie hier?«

Der Mann kam grunzend auf die Beine, bedeckte seine Blöße mit den Händen und musterte Shadit ärgerlich. Sein Gesicht lief rot an, sei es aus Verlegenheit oder aus Zorn, aber er sah das Gewehr und hielt sich zurück. »Das ist keiner von hier«, murmelte er zu seiner Partnerin, und wandte sich zu Shadit. »Wer hat Sie eingelassen? Sie haben hier nichts zu suchen! Verschwinden Sie, bevor ich Alarm gebe.«

Die Frau lächelte ihm zu, tätschelte ihm eine Hinterbacke. »Laß nur, mit dem Bruder werden wir schon fertig.« Sie hob die Arme über den Kopf und drehte sich mit der Anmut einer Tänzerin um ihre Achse, den Kopf zurückgelegt, daß das lange dunkle Haar bis über ihre Taille hing. »Gefällt Ihnen, was Sie sehen, Bruder? Da möchten Sie auch mal, wie?«

Shadit schmunzelte. »Kaum.« Sie stieß die Kapuze zurück. »Mein Geschmack geht in die andere Richtung.«

»Beim Arsch des Propheten, wer zum Teufel sind Sie?«

»Eine Sängerin, die mit ein paar Liedern hausieren geht.«

Der Mann winkte ab. »An Produktpiraterie sind wir nicht interessiert. Wenn wir schwarz aufgenommene Tonträger spielten, bekämen wir nur Scherereien.«

»Hören Sie sich an, was ich habe, und urteilen Sie selbst. Es sind meine eigenen Lieder. Sie könnten sich bei der Gelegenheit ein paar Duplikate machen.«

»Was wollen Sie von uns?«

»Daß die Lieder so oft wie möglich gesendet und so weit wie möglich verbreitet werden.«

»Was versprechen Sie sich davon?« fragte die Frau. »Wollen schnell berühmt werden, was?«

»Was ich mir davon verspreche, ist meine Sache, aber um Ruhm handelt es sich dabei nicht. Und Sie haben den Gewinn davon. Mehr brauchen Sie nicht zu wissen.«

»Und Sie sind die Sängerin auf dem Tonträger?«

»Der Beweis liegt im Gesang. Außerdem könnten Sie die Aufnahme immer noch löschen.«

»Richtig. Studio drei ist bereit. Hören wir, was Sie zu bieten haben.«

Gajul lag am Ufer eines breiten Stromes, der hier in eine wie ein dreilappiges Blatt geformte Bucht mündete. Die Bucht war so groß, daß sie beinahe einem Meerbusen glich. Shadit kreiste zwischen verstreuten Wolkenfetzen und beobachtete die weit unter ihr hingebreitete Stadt durch den Feldstecher. Die Straßen schlängelten sich vielfarbig leuchtend durch das Samtschwarz des nächtlichen Panoramas. Auf diesen Straßen herrschte buntes, lebhaftes Treiben. Alles, was Beine hatte, schien dort unterwegs zu sein. Die Nachtspieler von Gajul hatten eine leichtere, heiterere Note als die von Icisel; es gab weniger Flüchtlinge, und die meisten von diesen waren in einer Zeltstadt am anderen Ufer des Flusses untergebracht, wo die Auwälder sie und die Brüder in Gott, die für sie sorgten, den Blicken der Stadtbewohner entrückten.

Sie beobachtete und murmelte eine Verwünschung. Die Straßen und kleinen Parkanlagen um die Sendestation waren die belebteste Gegend der ganzen Stadt. Der Turm des Senders war doppelt so hoch wie der Sendemast von Linojin, eine von vier elegant geschwungenen Beinen getragene Stahlkonstruktion über dem Gebäude des Senders, das wie ein eckiges Ei zwischen diesen Beinen lag. Es gab keine Möglichkeit, unbemerkt hineinzuschlüpfen, wie es ihr in Icisel gelungen war, nicht ohne ein paar hundert Nachtspielern, Bummlern und Streifenpolizisten anzuzeigen, daß etwas Verdächtiges geschah.

Mit einem enttäuschten Seufzer verließ sie die Stadt und folgte dem Fluß, bis sie ein Dickicht fand, das in einer breiten Flußschleife lag und mit Ausnahme von Vögeln und einigem Kleingetier verlassen lag.

Sie schlug ein notdürftiges Lager auf, aß ein wenig und kroch in ihre Decken, um ein paar Stunden zu schlafen, bevor sie es wieder versuchte.

Ungefähr drei Stunden nach Mitternacht war sie abermals über der Stadt. Auf den Straßen Gajuls war es jetzt ruhiger, aber im Zentrum, wo das Gebäude des Senders lag, hatten Straßenmusiker ein Podium in einem kleinen Park bestiegen und spielten für alle, die noch nicht genug hatten und unter dem Sternhimmel tanzen wollten, soweit Sterne zu sehen waren. Es war eine schöne Sommernacht, kühl genug, um angenehm zu sein und von einer leichten Brise belebt, die bunte Bänder wehen und die herzförmigen Blätter der Bäume rascheln ließ. Alles sah danach aus, als würde das Tanzvergnügen bis zum Morgengrauen andauern. Abseits von diesem Tanzvergnügen erschien jetzt ein anderes Publikum auf den Straßen, Männer, Frauen und Anyas in nüchternen, dunklen Kleidern mit langen Ärmeln, das ungefärbte Haupthaar mit Hüten, Kopftüchern und Kapuzen bedeckt. Es waren Strenggläubige, die noch vor Tagesanbruch gingen, ihre Andacht zu verrichten, begleitet von Brüdern in Gott, die sich mit ihren hellen Kutten auffallend von den anderen abhoben.

Shadit seufzte. Wenn sie sich jemals einen Regenguß gewünscht hatte …

Sie brachte das Miniskip in die Bäume hinunter, die das Flußufer auf der Stadtseite mit einem schmalen Saum begleiteten, verbarg es hoch oben in der dreifachen Astgabel eines alten Baumes, wo sie es festband, von unten unsichtbar. Trotzdem aktivierte sie den Elektroschocker, um jeden abzuschrecken, der es stehlen wollte, überprüfte die an ihren Arm geschnallte Betäubungswaffe und schnallte das Gewehr so an ihren Gürtel, daß es an ihrem Bein herabhing, wo das lange Gewand es die meiste Zeit verbergen würde. Es war lästig, daß sie damit arbeiten mußte, aber die Einheimischen würden die Betäubungswaffe nicht ernst nehmen, und danach würde sie zuviel Zeit mit Warten vergeuden, daß sie aufwachten.

Sie legte sich das Kapuzengewand um den Hals und kletterte von Ast zu Ast hinunter und landete mit den gestiefelten Füßen ausrutschend auf den knorrigen Wurzeln. Dann schüttelte sie naserümpfend das Gewand aus. Es war fleckig und roch nach Schweiß, und der Saum, den sie herausgelassen hatte, um mehr Länge zu bekommen, war steif von Schmutz. Sie legte es trotzdem an, zog die Kapuze über den Kopf und machte sich auf den Weg in die Stadt.

Unentdeckt durch die Straßen zu gehen, war einfacher als sie erwartet hatte. Nachtschwärmer zogen an ihr vorbei, als wäre sie ein Pfosten, dem sie reflexhaft auswichen, ohne ihn anzusehen, vertieft in ihre Gespräche oder Vorhaben. Straßenwächter beugten sich aus ihren Kiosken und riefen ihnen und den Trunkenbolden und Spielern witzige oder bissige Bemerkungen zu, wenn sie nicht selbst an der Rückwand lehnten und eingenickt waren. Jedermann hielt sie für einen Bruder in Gott, der wie die anderen Gläubigen auf dem Weg zu einer Frühandacht war.

So ging sie weiter, eine Insel der Stille in den von allen Seiten andrängenden Geräuschen. Der Turm des Radiosenders war ihr einziger Hinweis im Labyrinth der krummen Straßen, wo gerade Linien gleich welcher Länge selten waren und die Straßennamen ihr nichts sagten.

Als sie sich dem Zentrum näherte, belebten sich die Straßen noch mehr, die Straßenwächter hatten ihre Kioske verlassen und durch Streifenpolizisten Verstärkung erhalten. Taschendiebe und Beutelschneider machten das Viertel unsicher, und gelegentlich wurde einer abgeführt, der ungeschickt genug gewesen war, dem bestohlenen Opfer ein Protestgeheul zu entlocken. Shadit hielt sich so nahe wie möglich an den Hauswänden, den Blick auf das Pflaster gerichtet und die Hände in den langen Ärmeln verborgen.

Als sie um eine Biegung kam und vor sich das Stationsgebäude sah, fluchte sie in sich hinein, denn zwischen ihr und dem gesuchten Ziel gab es ein Hindernis, das sie aus der Luft nicht bemerkt hatte – ein schmiedeeiserner Zaun, der die Räume zwischen den vier Beinen des Turmes absperrte, mindestens zwei Meter hoch war und scharfe Speerspitzen aufwärts reckte.

Sie lehnte an einer Gartenmauer, beobachtete den Zaun und fragte sich wieder, ob es nicht besser gewesen wäre, sie hätte den Techniker im Sender von Yacshowal gezwungen, Duplikate von ihrem Tonträger anzufertigen. Sie hatte nicht allzuviel Vertrauen in seine Geschicklichkeit gesetzt, und nach allem, was sie gehört hatte, nahm die Qualität der Tonaufzeichnungen auf Spulen mit der Zahl der Kopien rapide ab. Aber sie war vom langen Gehen müde und verschwitzt, und der Gedanke, über die Speerspitzen dieses schmiedeeisernen Gitters zu klettern, in das Gebäude einzudringen und nach alledem noch vorzusingen, besaß wenig Anziehendes.

Vielleicht war es besser, die ganze Sache zu vergessen. Yseyl war sowieso aller Wahrscheinlichkeit nach in Linojin.

Sie folgte mit ihrem Blick der Aufwärtskrümmung des nächsten Beines und der hochragenden Spindel des Turmes. Dieser Radiosender war der stärkste von ganz Impixol, mit der größten Reichweite und dem größten Publikum. Sie hätte zuerst hierher kommen sollen, sagte sie sich. Trotzdem … Sie stieß sich von der Wand ab und begann den Zaun entlang zu gehen und nach einem Tor Ausschau zu halten. Ein Schloß zu knacken, würde viel einfacher sein als der Versuch, dieses Gitter zu überklettern. Allerdings auch auffallender … Sie blickte auf ihre Uhr. Bis zum Morgengrauen blieben ihr noch zwei Stunden. Nicht sehr viel Zeit.

Als sie um das zweite Bein des Turmes ging, kam

eine Gruppe von Anyas vorbei, großäugig und still, aber die Zeichensprache hielt ihre Hände und Finger in geschäftiger Bewegung. Sie trugen breite bronzene Halskrägen mit Bronzeketten, die sie miteinander verbanden. Ein Einäugiger mit einer Schrotflinte und einem spitzenbesetzten Schlagring ging neben ihnen und blickte wachsam umher. Sein Auge verengte sich unheilverkündend, wenn andere Passanten zu nahe kamen.

Als sie die Gruppe vorbeiziehen sah, wurde ihr plötzlich klar, daß sie auf den Straßen Gajuls sehr wenige Anyas gesehen hatte. Zwei oder drei Dreibünde waren ihr aufgefallen, aber vom gewöhnlich florierenden Partnertausch hatte sie nichts bemerkt. Sie erinnerte sich anderer Beobachtungen, Andeutungen in den Kriegsdokumentationen der Ptak, mochte sich aber nicht auf weitere Überlegungen einlassen. Ganz gleich, was Digby sagte, der Zaun mußte verschwinden. War der Druck erst gewichen, würde sich vieles ändern und zur hergebrachten Normalität zurückfinden.

Sie beschleunigte ihren Schritt und erreichte die nächste Ecke, wo ihr ein Mann in einem Umhang entgegenschwankte. Er blieb ungefähr auf der Mitte dieser Seite stehen, tastete unter dem Umhang herum und stieß mit einer Art Schlüssel gegen ein Schloß, das sie von ihrem Standort aus nicht sehen konnte. Rasch ging sie näher und trat von rückwärts an ihn heran, als es ihm endlich gelang, das Schlüsselloch im Tor zu finden.

Zurückgezogen in seiner alkoholischen Benebelung, alle Aufmerksamkeit konzentriert auf das Drehen des Schlüssels, bemerkte er nichts. Mit befriedigtem Grunzen drückte er auf die Klinke und stieß das Tor auf, dann stammelte er in verwirrter Überraschung, als sie ihn vorwärtsstieß, ihm ein Bein stellte, den Schlüssel an sich brachte und das Tor zuschlug, bevor er wieder auf die Beine kommen konnte.

»Was … wer … Bruder? Was?«

»Los, vorwärts!«

Er stand schwankend und blinzelte sie an. Sein Haar war zu Dutzenden dünner Zöpfe geflochten, die durch silberne Perlen gezogen waren. Diese klimperten musikalisch, wenn er sich bewegte. Der Klang ihrer Stimme durchdrang seine Benebelung ein wenig, so daß er mißtrauisch wurde. »Sie sind kein …«

»Alles wird erklärt werden, sobald wir drinnen sind. Haben Sie sich nicht verspätet?«

»Gott!« Ihn schauderte, er versuchte sich zusammenzureißen. »Rakide wird mi mich zur Sau machen. Ahhrrr. Kann ni nicht mal richtig reden.« Er starrte sie einen Augenblick lang an, wandte sich dann ab und wankte auf die Tür des Sendegebäudes zu.

»Bleiben Sie, wo Sie sind, und es wird keine Probleme geben.«

Der Mann, dem sie ins Gebäude gefolgt war, stand da, rieb sich das Gesicht und sah zugleich benommen und verlegen aus. Ein hagerer, ungewöhnlich großer Mann mit hartem Gesicht starrte sie stirnrunzelnd an. Seine dünnen Lippen waren so fest zusammengepreßt, daß der Mund beinahe verschwand, das Gesicht ein Netz von Runzeln, dunkle Schatten unter den Augen. Er saß am Mischpult, hatte Kopfhörer um den Hals gelegt und eine Hand auf der Stuhllehne, während die andere auf der Schalttafel ruhte.

Shadit sah, wie sich die Hand auf der Schalttafel verlagerte, und hob das Gewehr. »Ich werde Sie nicht töten, aber eine Kugel durch das Handgelenk wird nicht angenehm sein.«

»Was wollen Sie? Wir haben hier kein Geld. Der da«, sagte er mit einer Kopfbewegung zu dem Trunkenbold, »könnte irgendwo noch ein paar Scheine haben, aber ich bezweifle, daß noch viel übrig ist. Er bekommt seinen nächsten Lohn erst in einer Woche.«

»Ich bin hier, um Ihnen etwas zu geben, nicht um etwas zu nehmen.«

»Ach ja?«

»Wirklich.« Mit der freien Hand schob sie die Kapuze zurück und lächelte über das Zucken im Gesicht ihres Gegenüber, als dieser merkte, was vor ihm stand. »Es gibt ein paar Lieder, die ich singen möchte. Sie haben an anderen Orten gute Aufnahme gefunden.«

»Ah, ich beginne zu verstehen. Ich erkenne Ihre Stimme jetzt. Was wollen Sie, eine Aufnahme machen?«

»Und erreichen, daß sie oft gespielt wird und weite Verbreitung findet. Das ist alles.«

»Sie haben die Texte selbst geschrieben?«

»Ja.«

»Haben Sie noch mehr?«

»Nicht zu verschenken. Nun?«

»Hajja, machen Sie Studio zwei für die Aufnahme fertig. Aber richtig, wenn ich bitten darf. Sollte ich dies verlieren, weil Sie Mist gemacht haben, werde ich Ihnen die Haut abziehen. Verstanden?«

Hajjas grünlichgraue Gesichtsfarbe wurde blaß und papieren, und in seine Augen kam ein abwesender Ausdruck.

»Und wenn Sie hier drinnen kotzen, müssen Sie es selbst wieder auflecken. Machen Sie voran.«

Shadit verließ den Sender zuversichtlich, daß Rakide den exklusiven Erwerb dieser Lieder nicht dadurch verderben würde, daß er der Sängerin die Polizei hinterher schickte. Eine Sendung war hinausgegangen, aber was sie am meisten beunruhigte, war das Gefühl, daß es die einzige Sendung bleiben würde. Nach allem, was sie auf dem Weg hierher gehört hatte, war der Sender Gajul mehr auf leichte Kost eingestellt, auf Komödien und Schlager, und der Programmdirektor könnte sich ablehnend über ihre Propaganda äußern. Der Sender Yacshowal hatte ihre Lieder gut vorgestellt, aber Yacshowal wurde belagert. Der Sender Icisel hatte, solange sie in Reichweite des Senders gewesen war, den Tonträger viermal ins Programm genommen – und er hatte mehrere ähnliche Lieder anderer Sänger hinzugefügt. Der Krieg traf sie jetzt härter, mit den Flüchtlingsströmen und der Sorge, daß die Phelas auch gegen sie marschieren würden. Gajul gehörte jedoch zu den Gewinnern des Krieges, die Waffenhändler waren hier, und die Soldatenwerber, und im Hafen drängten sich die Schiffe der Küstenhändler. Zufällig hatte sie das Gespräch eines Bauern mit einem Händler gehört, aus dem hervorgegangen war, daß die Regenfälle und Wetterverhältnisse in diesem Jahr gut gewesen waren, daß sie schon drei Ernten eingefahren hatten und eine vierte gut heranwuchs. Der Kaufmann hatte in selbstgefälliger Befriedigung genickt, und beide hatten längst ausgerechnet, welche Gewinne ihren Familien dieses Jahr bringen würde. Und sie waren nur zwei von vielen, die Shadit beobachtet hatte; sie beklagten die Schrecken des Krieges, aber in ihren Augen glänzte Befriedigung.

Die Selbstzufriedenheit der Ungefährdeten. Sie hörte mehr davon, als sie durch die belebten Straßen der Stadt ging, in Eile, um vor Tagesanbruch wegzukommen. Gelächter und Vergnügen, Gewinn und Sorglosigkeit auf den Gebeinen der Toten – sie hatte es in ihrem langen Leben und dem noch längeren Unleben tausend und abertausendmal gesehen.

Ein Orientierungsfehler führte sie zum Hafenkai und den Lagerhäusern. Sie knirschte mit den Zähnen über die Verzögerung und ihre Dummheit, sich so in Gedanken zu verlieren, daß sie vergessen konnte, was sie zu tun hatte.

Nun, wenn sie dem Hafenkai folgte, konnte sie den

Ufern nachgehen und den Baum finden, wo ihr Miniskip verborgen war. Sie beschleunigte ihren Schritt. Das Gewehr schlug unangenehm gegen ihr Bein, der vom getrockneten Schmutz steife Saum des Gewandes scheuerte an den Knöcheln.

Eine kleine Gestalt kam aus einer schmalen Durchfahrt zwischen zwei Lagerhäusern gerannt, prallte mit Shadit zusammen und brachte sie aus dem Gleichgewicht. Zwei Männer kamen aus der Durchfahrt, offensichtlich Verfolger der Anya, die sich aufrappelte, benommen den Kopf schüttelte und beim Anblick der Männer wie von Furcht gelähmt auf allen vieren davonkrabbelte.

Shadit hatte das Gewand aufgehoben und das Gewehr losgeschnallt, bevor die beiden die Anya erreichten. »Zurück!« sagte sie und senkte die Stimme so tief sie konnte. »Sofort. Oder ein Knie ist hin.«

»Die da gehört uns! Sie ist von Kugulas Land ausgerückt.«

Sie schnaubte. »Ich kann Kugula nicht von dem Stück Scheiße unterscheiden, in das ihr gerade getreten seid. Und es ist mir völlig egal. Zurück, sage ich!«

Sie beobachtete die beiden mit gespannter Aufmerksamkeit, fühlte, wie der zur Rechten sich zum Sprung sammelte. Sie verwünschte ihre Dummheit und schoß ihm ins Knie, schwenkte das Gewehr zum anderen und drückte wieder ab. Die zweite Kugel ging daneben, aber das war kein Problem, weil der Mann sich geistesgegenwärtig herumwarf und in die schützende Dunkelheit der Durchfahrt zurückrannte.

Sie sprang zu der Anya, hob die vor Angst Gelähmte auf, warf sie über die Schulter und rannte davon, so schnell ihre müden Beine sie tragen konnten.

Sie stürzte in die nächstbeste Seitengasse und hatte sich wenige Minuten später im Labyrinth der unratübersäten, stinkenden kleinen Gassen verirrt, die niemals länger als ein paar Schritte in gerader Linie verliefen.

Als sie das Gefühl hatte, weit genug vom Schauplatz der Auseinandersetzung entfernt zu sein, verlangsamte sie ihren Schritt und blickte schnaufend umher. Niemand war in Sicht, kein Gefühl von Beobachtern hinter geschlossenen Fensterläden. Sie stellte die Anya auf die Beine. »In Ordnung. Wir scheinen die beiden abgeschüttelt zu haben. Wenn Sie irgendwo zu Hause sind, sollten Sie sich auf den Weg machen. Bald wird die Sonne aufgehen.«

Sie wollte sich abwenden, aber die Anya ergriff sie beim Ärmel und hielt sie zurück. Als Shadit sie ansah, ließ sie den Ärmel los und gebrauchte beide Hände zur Zeichensprache. »Was sind Sie?« Dann machte sie plötzlich das Tilgungszeichen und fuhr fort: »Helfen Sie mir.«

»Das habe ich getan. Und ich muß weiter.«

»Meine Tochter«, gab die Anya zu verstehen, und ihr Gesicht war von Kummer und Furcht verzerrt. »Sie ist erst zwölf Jahre alt. Sie haben sie verkauft. Sklavenhändler verkauften sie an einen Mann, der ihr Großvater sein könnte. Helfen Sie mir, das Kind zu befreien.«

Das Dumme mit der Einfühlung ist, dachte Shadit, daß sie einem nicht verrät, ob jemand lügt. Aber zwölf Jahre! »Wissen Sie, wo sie ist?«

»Ich kenne die Richtung. Die Thinta sagt es mir.« Sie zeigte. »Dort.«

Shadit blickte in die angezeigte Richtung. Es war die Richtung, in die sie gehen wollte. Digby hatte ihr geraten, sich nicht in die Angelegenheiten Einheimischer einzumischen oder sich wenigstens nicht dabei erwischen zu lassen. Und er hatte gelacht, um gleich darauf wieder ernst zu werden. Schlecht fürs Geschäft, Shadow. Lassen Sie die Finger davon, wenn Sie hier weiter arbeiten wollen. »Hier, nehmen Sie das.« Sie hielt der Anya das Gewehr hin. »Übrigens, wie heißen Sie?«

»Thann.« Sie nahm die Waffe und klemmte sie unter den Arm, um die Hände frei zu haben. »Ich kann damit umgehen, wenn Sie es wollen. Und Ihr Name?«

»Nennen Sie mich Shadow. Und tun Sie mir den Gefallen und vergessen Sie, was Ihre Thinta Ihnen über mich sagt. Ich sollte nicht hier sein.«

»Es ist das Geringste, was ich tun kann, Shadow.«

»Na gut. Dann wollen wir gehen und Ihre Tochter suchen.«

Die Sonne färbte den Osthimmel rosig, als sie das Haus erreichten, in dem Isahoe sich befand. Es war ein großes Haus, umgeben von einer drei Meter hohen Mauer mit scharfen Eisenspitzen auf der Krone. Innerhalb der Mauer wuchsen Bäume, aber sie waren alle so beschnitten, daß keine Äste über die Mauer hinausragten. Das Tor der Einfahrt hatte ein Pförtnerhaus, in dem ein Wächter döste, aber um die Ecke gab es eine kleine, tief in die Mauer eingelassene Tür. Shadit trat in die Nische und beugte sich zum Schloß. »Thann, pfeifen Sie, wenn Sie jemanden kommen sehen. Es sollte nicht zu lange dauern; das ist ein einfaches Schloß.«

Trotz der Vorsicht, mit der Shadit die Tür aufdrückte, quietschten die Angeln wie unter gräßlichen Schmerzen. Sie erstarrte, streckte die Fühler ihrer erweiterten Wahrnehmung aus. Kein Alarm. Entweder hatte niemand das Geräusch gehört, oder sie dachten, es sei von der Straße draußen hereingedrungen. Sie stieß die Tür mit einem Ruck auf, um sie einzulassen, und schloß sie wieder, sobald Thann durch war.

Sie waren auf einem kleinen, mit Steinplatten gepflasterten Hof, der auf der anderen Seite von einem offenen Mauerbogen begrenzt wurde.

»Hm, soweit ich sehen kann, schläft hier noch alles. Sehen Sie Probleme voraus?«

»Nein. Gott wacht über uns.«

»Über Sie, vielleicht. Ich bezweifle, daß er sich meinetwegen Sorgen macht.« Sie schob die Kapuze zurück.

Thann starrte sie an, schien sich aber rasch zu fassen. »Gott sorgt sich um alle Lebewesen.« Sie trat von der Mauer weg und nahm das Gewehr unter den Arm. »Isahoe ist dort.« Sie zeigte zur Südecke des Hauses. »Im zweiten Stockwerk. Dem Raum auf dieser Seite, mit dem Balkon und den Fenstern.« Ihre Hände zitterten, und sie unterbrach ihre Zeichensprache, bis sie die Beherrschung zurückgewonnen hatte. »Sie ist nicht ... Ich weiß nicht ... das Gefühl ihrer Gegenwart ist so schwach ... er ... er hat ...« Ihre Hände begannen wieder zu zittern.

»Gut. Ich weiß Bescheid. Bleiben Sie hier. Halten Sie sich aber bereit, die Tür zu öffnen, wenn wir herauskommen. Es kann sein, daß wir uns schnell davonmachen müssen.«

Als Shadit durch den Mauerbogen ging, hörte sie ein kehliges Knurren und das scharrende Kratzen rennender Hundepfoten auf den Steinplatten. Sie warf sich zur Seite, kam nach einer Rolle mit der Betäubungswaffe in der Hand wieder hoch. Der erste Angreifer brach einen Schritt vor ihr zusammen, der andere blieb nur einen halben Schritt hinter ihm liegen. Vielleicht war es besser, die Außenwand zu erklettern. Wer konnte wissen, was sie im Treppenhaus und in den Korridoren des Hauses erwarten würde?

An der Seite des Hauses kletterte eine staubige alte Glyzinie die Wand hoch. Shadit sprang hoch und hing mit den Händen lange genug vom armdicken, gedrehten Stamm, um sich zu vergewissern, daß er ihr Gewicht tragen würde, dann zog sie sich daran aufwärts, die Füße zu beiden Seiten an der Wand. Sie erreichte den Balkon, überkletterte das Geländer und war mit drei schnellen Schritten an der Balkontür. Sie schlug eine Glasscheibe ein, griff hinein und öffnete die Tür.

Kaltes graues Morgenlicht fiel in den großen Raum, wo ein halbes Dutzend Nachtlichter mit winzigen gelb flackernden Flammen brannten. Wer immer der Mann war, er war kein Freund von Dunkelheit. Mit wenigen Schritten war sie an einem Bett, das groß genug schien, ein Dutzend Personen aufzunehmen.

Eine kleine Gestalt lag ausgestreckt auf weichen Teppichen neben dem Bett, als hätte der Mann sie aus dem Bett gestoßen, als er fertig mit ihr war. Starker, süßlicher Parfümduft hing in der Luft. Im zerwühlten seidenen Bettzeug lag ein alter Mann auf dem Rücken. Leises Schnarchen drang aus seinem schlaffen, halb offenen Mund.

Nachdem sie ihn ein paar Herzschläge lang betrachtet hatte, schüttelte sie den Kopf. Sie wußte, was sie gern tun würde, aber sie war nicht seine Richterin. Sie betäubte ihn, dann sah sie sich nach den Kleidern des Kindes um. Nichts.

In einer Kommode bei der Tür fand sie Hemden, kürzte mit ihrem Messer die Ärmel an einem davon und zog es dem schlafenden Kind über. Zwei weitere Hemden rollte sie zusammen und steckte sie vorn in ihren Kittel; die Anya konnte für die kleine Isahoe Kleidung daraus machen. Sie zog eine Decke vom Bett, legte Isahoe darauf und band die Enden zu einer Schlinge zusammen. Eine zweite Decke benutzte sie als Seil und ließ die Schlinge damit hinunter, dann kletterte sie ihr nach.

Auf dem Hof legte Shadit das Bündel ab. »Ich habe sie. Sie ist ohnmächtig oder schläft unter Drogen, aber sie lebt.« Sie knüpfte die Knoten auf, wickelte Isahoe von neuem so in die Decke, daß ihr Kopf frei war und die kleinen bloßen Füße am anderen Ende herausschauten. Das feine Haar schimmerte wie schwarzes Wasser. »Ich werde sie tragen.« Sie zog die Kapuze über den Kopf, um ihr Gesicht zu verbergen, schob die Arme unter die Decke und hob Isahoe auf. »Sie halten Wache, Thann, und verjagen die Neugierigen mit einem Abwehrzeichen, das Krankheit und Warnung vor Ansteckung bedeutet. Die Straßen werden bald belebt sein, wenn die Leute zur Arbeit gehen, aber das sollte sie daran hindern, uns allzu genau anzusehen.« Sie hielt Isahoe so, daß ihr Gesicht am Gewand lag und flüchtigen Betrachtern verborgen blieb. »Gehen wir.«

So zogen sie durch die krummen Gassen zum Stadtrand von Gajul. Shadits Größe, ihr Übergewand mit Kapuze, das sie bei oberflächlicher Betrachtung als einen Bruder in Gott auswies, das schlaffe und scheinbar leblose Kind in ihren Armen, das Gewehr unter dem Arm der Anya und ihre warnenden Handzeichen schufen in ihrem Umkreis eine Zone des Schweigens und der Leere. Niemand sprach sie an oder versuchte sie aufzuhalten, sogar die in ihren Kiosken gähnenden Straßenwächter beobachteten sie nur, als sie vorbeigingen.

Aus den gepflasterten Gassen wurde ein Feldweg, der unweit vom Flußufer zwischen kleinen, aber intensiv bewirtschafteten Landparzellen dahinführte und schließlich am Rand des Galeriewaldes endete, wo sie das Miniskip verborgen hatte.

Sie legte Isahoe mit der Decke in das modernde Laub, richtete sich auf und wandte sich zu Thann. »Ich werde noch eine Weile hier sein«, sagte sie. »Mindestens bis zum Dunkelwerden. Wenn Sie bleiben wollen, habe ich nichts dagegen. Oder Sie können weiterziehen. Ich werde Sie nicht aufhalten.«

Thann ließ das Gewehr aus den verkrampften Armen fallen und sank neben Isahoe auf den Boden. Lächelnd schüttelte sie den Kopf, dann bedeutete sie Shadit mit müden Handzeichen, als hätte sie kaum genug Willenskraft übrig, um die Hände zu bewegen: »Nein. Wohin sollten wir gehen?«

»In Ordnung. Ich will in die Berge über Linojin. Wenn Sie mit mir kommen wollen, kann ich Sie mitnehmen. Es könnte dort sicherer sein.«

Die von Erschöpfung stumpfen Augen der Anya leuchteten auf, und sie zeigte ein Lächeln, das ihr dünnes, abgehärmtes Gesicht neu belebte. »Wir waren unterwegs nach Linojin, bevor die Sklavenhändler Isahoe entführten. Ich danke Ihnen.«

»Ach was, das sind die Wege des Schicksals.« Mit einem Seufzer der Erleichterung zog Shadit das Übergewand aus und hängte es an einen Aststumpf, wo es eine Weile auslüften konnte. Sie spielte mit dem Gedanken, es wegzuwerfen, entschied sich aber dagegen; was als nächstes geschah, hing allzusehr davon ab, wann Yseyl das Lied hören und wie sie darauf reagieren würde. Sie kletterte in den Baum, wo sie das Miniskip versteckt hatte, nahm die Notrationen, die Wasserflasche und die Reiseapotheke heraus und kletterte wieder hinunter.

Thann streichelte dem Kind das Gesicht. Ihre dünnen Finger zitterten vor Erschöpfung und ängstlicher Sorge. Sie blickte auf, als Shadit zu ihnen kam, machte aber kein Zeichen.

Shadit drehte die Kappe von einer Tube mit Hochproteinpaste. »Hier, essen Sie dies. Es ist Nahrungskonzentrat. Zwar sieht es nicht so aus, aber es ist gut für Sie. Stellen Sie sich vor, es wäre Pastete.« Sie gab Thann die Tube und schmunzelte, als die Anya sie zweifelnd beäugte. »Drücken Sie den Inhalt gleich in den Mund und schlucken Sie, so schnell Sie können. Der Geschmack ist nicht so, daß man davon kosten möchte. Und hier.« Sie zog den Becher von der Wasserflasche, füllte ihn und gab ihn ihr. »Spülen Sie es damit hinunter.«

Als Thann dies tat, öffnete Shadit die Reiseapotheke und führte den Wärmesensor über Isahoes Körper und legte ihr eine Manschette zur Blutdruckmessung an. »Hm. Entzündet ist nichts, und der Blutdruck ist in Ordnung. Körperlich scheint sie keinen Schaden genommen zu haben. Erlauben Sie mir, daß ich ihr vorsichtshalber etwas gegen mögliche Infektionen gebe?«

Thann nickte, Dann trank sie hastig aus dem Becher, als der Nachgeschmack der Paste sich bemerkbar machte.

»Unter gewöhnlichen Umständen würde ich Ihnen nicht raten, sich Medikamente von Auswärtigen geben zu lassen, Thann«, sagte sie, »aber mein Chef gab mir eine Reiseapotheke mit, die auf Ihre Art zugeschnitten ist. Für alle Fälle, sozusagen.« Sie nahm eine Hautprobe von Isahoe und tat sie in den Scanner, um die Grunddaten des Mädchens zu bekommen, dann gab sie diese in den pharmakologischen Rechner ein und tippte den Kode für Antibiotikum dazu. »Er ist ein Mann, der an solche Dinge denkt. Manchmal stelle ich ihn mir als eine Intelligenz vor, die sich in einen Kephalos eingenistet hat, oder sogar in ein System von Kephaloi. Dies ist mein erster Auftrag in seinem Dienst.« Ein kleines grünes Licht leuchtete, und sie drückte die Düse des Sprühinjektors in Isahoes Armbeuge, aktivierte ihn mit einer Berührung des Sensors. »So, das wäre getan.« Sie stellte die Reiseapotheke beiseite und griff zu einer mit grünem Gel gefüllten transparenten Tube. »Wenn wir sie gesäubert haben, werde ich Ihrer Tochter eine Spritze mit Nährlösung geben. Das wird sie schneller zu Kräften bringen. Ich denke, es wird nicht mehr lange dauern, bis sie aufwacht.«

Thann rollte die leere Tube des Nahrungskonzentrats zusammen und vergrub sie in der Erde unter dem modernden Laub. Sie konzentrierte sich in einem Maße auf die Tätigkeit, das auf ihre tiefe Furcht schließen ließ. Dann saß sie da und starrte auf den Boden.

Shadit knöpfte das Hemd auf und zog es Isahoe von den Schultern, dann machte sie mit dem Messer Einschnitte in den Stoff und begann ihn in Streifen zu reißen.

Das Geräusch zerreißenden Stoffes weckte die Aufmerksamkeit der Anya. Sie rückte näher und signalisierte: »Warum?«

»Ich dachte, es wäre hilfreich, wenn das Kind beim Erwachen nach Seife riechen würde, nicht nach diesen Parfümölen, mit denen sie eingerieben wurde.« Shadit tauchte die Stofflappen in den Fluß, drückte etwas von der flüssigen Seife aus der Tube und rieb sie, bis sie schäumte. Dann gab sie den Lappen Thann. »Ich wasche ihr die Arme und Schultern ab. Vielleicht ist es besser, wenn Sie sich um den Rest kümmern.«

Die Anya schüttelte die Decke aus und half Shadit, Isahoe darauf zu legen. Das Mädchen seufzte tief und drehte sich zum ersten Mal aus eigenem Antrieb auf die Seite, steckte den Daumen in den Mund. Sie lutschte nicht daran, ließ ihn nur dort, um das tröstliche Gefühl zu haben, das er ihr gab.

»Ach ja«, sagte Shadit. »Das ist gut, Kind. Du hast viel Zeit, schlaf dich nur aus.« Sie zog die Decke über das Mädchen, dann stand sie auf, reckte die Arme und gähnte. »Thann, meinen Sie, Sie könnten ein paar Stunden wach bleiben?«

»Wache halten?«

»Ja. Ich muß etwas schlafen. Wenn etwas ist, das Ihnen Sorgen macht, wecken Sie mich. Es kann sein, daß wir schnell von hier verschwinden müssen, aber ich möchte lieber nicht bei Tageslicht davon Gebrauch machen.«

Shadit erwachte steif, mit einer Kollektion von Wehwehchen, und in ihrem Mund störte sie ein leichenhafter Geschmack. Es war stockdunkel. Sie mußte mindestens acht oder neun Stunden geschlafen haben. »Thann? Sie hätten mich eher wecken sollen.«

Die Anya kam aus den Schatten zu ihr und schüttelte den Kopf. Ihre Hand bewegte sich in Zeichen, die Shadit nur mit Mühe erkennen konnte. »Niemand kam. Und Sie brauchten den Schlaf. Ich werde ausruhen, wenn wir fort von hier sind.«

»Ahh, mir ist, als hätte jemand mich mit Ketten geschlagen. Wie geht es Ihrer Tochter?«

»Sie schläft noch, aber mir scheint, daß ihr nichts weiter fehlt.«

Shadit grub zwei weitere Tuben Notproviant aus und hielt ihr eine hin. »Würgen Sie das hinunter. Wenn Sie vor Hunger ohnmächtig werden, könnten Sie vom Miniskip fallen und Ihre Tochter mitreißen.« Sie quetschte sich den Inhalt der zweiten Tube in die Kehle, schluckte hastig, griff zur Wasserflasche und spülte den Rest Konzentrat mit dem Wasser hinunter. »Versuchen Sie das Mädchen zu wecken, während ich das Miniskip vom Baum hole. Es wird für uns alle sicherer sein, wenn sie nicht mitten im Flug aufwacht und in Panik gerät. Richtig, Sie wissen nicht, wovon ich rede, und wie könnten Sie auch? Aber trotzdem, sehen Sie zu, ob Sie das Kind wecken können.«

Sie sprang hoch, bekam beim zweiten Versuch den untersten Ast zu fassen und zog sich hinauf. Der Baum trug von unten bis oben Äste und war leicht zu erklettern – aus welchem Grund sie ihn auch gewählt hatte. Es wäre sinnlos und gefährlich gewesen, ein schwer zu findendes Versteck zu wählen, wenn sie in einer Notlage schnell das Miniskip erreichen mußte.

Sie hakte die Gurte aus, die es in der dreifachen Astgabel hielten, schaltete die Triebwerke ein und schwang sich auf den vorderen Sattel. Vorsichtig lenkte sie es durch die Masse der dünnen, biegsamen Zweige und Blätter aufwärts, drehte die Maschine herum, stieß die ausklappbaren Landestützen herunter und ließ die Maschine langsam zu Boden sinken. Sie stieg ab und begann die am Lagerplatz verstreuten Dinge einzusammeln und zu verstauen, rollte die Decken zusammen und beseitigte alle Spuren ihrer Anwesenheit. Dann ging sie zu der Anya hinüber und blickte auf das schlafende Kind hinab.

»Thann, Sie werden Isahoe im Schoß festhalten müssen. Ich werde Sie beide zusammen anschnallen. Es ist eine warme Nacht, aber in der Höhe wird es kühler und windiger sein. Ich werde das Mädchen aufheben, und Sie wickeln die Decke um sich und setzen sich auf den rückwärtigen Sattel. Stecken Sie die Füße in die Steigbügel dort und geben Sie mir ein Zeichen, wenn Sie so bequem sitzen, wie es Ihnen möglich ist. Denken Sie daran, daß Sie sechs oder sieben Stunden sitzend verbringen müssen, weil ich nicht anhalten werde, wenn es nicht unbedingt sein muß. Das bringt mich auf etwas anderes. Wenn Sie sich erleichtern müssen, tun Sie es lieber jetzt.«

Shadit ließ die Triebwerke anlaufen und stieg langsam auf. Sie spürte die Angst der Anya, als die Erde unter ihnen zurücksank, aber die Dunkelheit half, und das gleichmäßige, ruhige Summen der Triebwerke wirkte beruhigend, so daß Thanns Angst bald nachließ. Als sie eine sichere Höhe über dem Wald und dem welligen Hügelland der küstennahen Hügelausläufer erreicht hatten, ging Shadit in den Geradeausflug über und folgte dem breiten, bleigrauen Band des Flusses, um dem dichter besiedelten Bauernland mit dem weidenden Vieh auszuweichen.

Als Thanns Angst einem leichten Unbehagen gewichen war, blickte Shadit über die Schulter und lächelte der dunklen Gestalt dicht hinter ihr zu. »Sehen Sie, es ist nicht so schlimm, oder? Wenn Sie etwas brauchen, pfeifen Sie, und wir werden sehen, was wir tun können. Andernfalls werde ich bis gegen Tagesanbruch weiterfliegen.«

Thann pfiff ein paar Töne, um anzudeuten, daß sie verstanden hatte, dann stimmte sie mit gespitzten Lippen ein weiches, leises Flöten an, das gleichförmig und monoton andauerte, ein wortloses Wiegenlied, das die Anya ihrer schlafenden Tochter in der einzigen Art und Weise vortrug, die ihr zu Gebote stand.

Unterdessen begann Shadit über die Sprachlosigkeit der Anyas dieser Art nachzudenken: was es im Hinblick auf Sprachen und Verständigung bedeutete, worüber stimmbegabte Wesen nie einen Gedanken zu verlieren brauchten. Als sie in Digbys Unterlagen darüber gelesen hatte, war es ihr nur wie eine interessante Kuriosität vorgekommen, eine merkwürdige Laune der Evolution. Die Zeichensprache an sich hatte sie gefesselt, ein Verständigungsmittel, das in gesprochene Worte übertragen werden konnte, aber weitgehend ohne Abstraktionen auskommen mußte. Pfiffe wie Vogelrufe für Zeiten der Gefahr und der Not. Flötende Töne für Lieder wie dieses Wiegenlied. Zum raschen Meinungsaustausch benötigten Anyas jedoch Licht und Nähe, um ihre Handzeichen und Fingerbewegungen sichtbar zu machen. Es war seltsam, daß die Impix zur Übermittlung von Worten am Radio festgehalten hatten, aber niemals die Verschlüsselung von Sendungen entwickelt oder, wenn sie sie gekannt, vergessen hatten. Vielleicht spiegelte sich darin die Rolle der Anyas in dieser Gesellschaft wider, die Erwartung, daß sie nicht außerhalb des Hauses arbeiten würden, außer als religiöse Gemeinschaften, und in diesem Fall nicht mehr benötigten als die Schrift für gelegentliche Briefe an ihre Angehörigen und Verwandten.

Je länger sie dem gleichförmigen Wiegenlied zuhörte, desto besser gefiel es ihr; es kroch wirklich unter die Haut; soviel Zärtlichkeit lag darin, daß Worte unnötig schienen.

Gegen Tagesanbruch verlangsamte sie den Flug, bis das Miniskip kaum noch die Position veränderte, warf das unsichtbare Netz ihrer telepathischen Wahrnehmung aus, soweit sie konnte, um ein menschlich denkendes Gehirn zu finden.

Die Welt schien von einem Horizont zum anderen leer von allem – bis auf Fell und Gefieder. Mit einem müden Seufzer wählte sie eine Baumgruppe, wo sie ihr Lager aufschlagen konnten, klappte die Landungsstützen aus und setzte das Miniskip am Ufer eines kleinen Flusses auf den Boden.

Das Kind hatte die Augen geöffnet und beobachtete Shadit, als sie die Gurte öffnete, die sie und ihre Anya auf dem Sitz hielten. Als Shadit unter sie griff, um sie aus Thanns Schoß zu heben, war sie zuerst steif und ängstlich, aber die Angst verschwand plötzlich, und sie entspannte sich und lächelte.

Shadit setzte das Kind auf die Decke, die sie neben dem Miniskip ausgebreitet hatte.

Während dies alles geschah, verharrte Thann bewegungslos; sie saß mit eingezogenen Schultern vornübergebeugt und hatte die Augen fest geschlossen. Shadit berührte ihre kalte, klamme Hand, zog sie dann vom Sitz und neben Isahoe auf die Decke. Sie schüttelte die Steppdecke aus, legte Thann darauf und holte die Reiseapotheke.

Als sie neben der Anya niederkniete, blickte sie über die Schulter zu Isahoe. »Was ist passiert? Weißt du es?«

Das Mädchen starrte sie einen Augenblick an, dann sprach es mit einer seltsamen und beunruhigenden Gelassenheit. »Sie hat das Ei ausgebrütet. Ich glaube, der Babbit schlüpfte aus, als wir flogen. Manchmal gebrauchen die ausgeschlüpften ihre Eizähne zum Beißen, bevor sie anfangen zu saugen. Thann und meine Mutter sprachen darüber, wenn sie nicht wußten, daß ich zuhörte. Sie sagten, ich hätte auch gebissen, aber nur Haut erwischt. Manchmal beißen sie in die falsche Stelle, und es gibt viel Blut.«

»Ach du liebe Zeit! Kann ich den Babbit aus dem Beutel nehmen? Wird er ertrinken, wenn ich es nicht tue?«

Isahoe zuckte mit der Schulter. »Mama und Thann sprachen nicht viel darüber.«

Thanns Augen öffneten sich zu verkrusteten Schlitzen. Ihre Hände bewegten sich. »Bitte ... mein Babbit ... bitte.« Eine Hand strich am Körper abwärts, drückte gegen den geschwollenen Beutel, und ein Schwall von Blut durchnäßte den Stoff ihrer Hosen.

»Isahoe, komm und hilf mir. Schnell.« Shadit begann an den Schnüren zu arbeiten, die Thanns Hosenbund zusammenhielten, aber der durchnäßte Stoff widerstand ihren Fingern. Mit einem ungeduldigen Ausruf durchschnitt sie die Schnüre mit ihrem Messer, dann zog sie mit Isahoes Hilfe die Hose vom Beutel herunter.

»Deine Hand ist kleiner als meine, Isahoe.« Shadit ergriff das Handgelenk des Mädchens und zog es zu sich. »Sieh zu, ob du das Junge fangen und aus dem Beutel ziehen kannst.« Isahoe versuchte ihr die Hand zu entziehen und machte ein ängstliches Gesicht, also verstärkte Shadit die Dringlichkeit ihres Tonfalls. »Ich muß die Blutung zum Stillstand bringen, aber ich wage es nicht, solange der Babbit im Beutel ist.«

Zitternd, die Augen beinahe ganz geschlossen, zwang Isahoe eine Hand durch den pulsierenden Schließmuskel des Beutels. Plötzlich quiekte sie, zog die Hand schnell zurück, an der ein dunkles, wurmartiges Ding hing, die Zähne in ihren kleinen Finger verbissen. Es war etwas länger als ihre Hand, die Anschwellungen der Augen waren noch von schützenden Membranen verschlossen, und das andere Ende des sich windenden Körpers trug einen Schwanzstummel. Stumm und entschlossen hielt Isahoe das Junge mit beiden Händen an ihre Brust und beobachtete kauernd, wie Shadit die Anya behandelte.

»Gut gemacht«, sagte Shadit. Sie zog einen Handschuh an, zwängte ihre Hand in den Beutel und beobachtete, was die Sensoren an den Fingerspitzen für Daten übermittelten. »Mit etwas Glück werden wir … ah, hab dich schon. Es scheint nicht so schlimm zu sein wie ich dachte, Isahoe. Die Bauchschlagader ist nicht verletzt, nur eine kleinere Arterie. Sie muß schon ziemlich lange geblutet haben, das ist alles. Ich wünschte … Bitte, liegen Sie still, Thann. Es kann ein wenig schmerzen. Ich werde die Wunde kauterisieren, und es wird besser sein, wenn ich Ihnen keine Drogen gebe, nicht, wenn Sie das Junge nähren wollen. Nun müssen wir die Röhre einschieben … richtig, gut! Sie ist in Position. Liegen Sie so still wie Sie können, Thann. Warten Sie, einen Augenblick noch. Isahoe, neben dir liegt ein Stück Holz … richtig, das meine ich … wisch es ab und steck es deiner Anya in den Mund, daß sie darauf beißen kann … ja, so ist es richtig … fassen Sie es gut mit den Zähnen, Thann, und beißen Sie darauf. Jetzt! Gut … ich glaube, das hat gereicht. Nun muß die Wunde blind verklebt werden … was sagen Sie dazu? Verklebt, um eine Nachblutung zu verhindern. Dann saugen wir das Blut ab und machen alles sauber und ordentlich in der Kinderstube … Danach kommt der unangenehme Teil, Thann. Sie werden jede Stunde eine Tube Konzentrat essen müssen, bis Sie den Blutverlust ersetzt haben und wieder zu Kräften gekommen sind. Isahoe, du kannst den Babbit wieder in den Beutel stecken, und ich werde mir den Biß anschauen.«

Isahoe sah zu, wie Shadit ihren kleinen Finger mit antiseptischer Lösung bestrich und mit einem flüssigen Pflaster besprühte. Sie machte große Augen, als Shadit ihr die Düse des Sprühinjektors an die Armbeuge setzte und den Sensor berührte. »Oh! Das kitzelt.«

»Es wird dich vor einer Infektion der Bißwunde schützen.«

»Ach so.« Sie betrachtete ihren kleinen Finger. »Haben Sie das auch Thanny hineingetan?«

»Nein, das war etwas anderes. Aber es dient dem gleichen Zweck. Wie fühlst du dich sonst?«

Eine plötzliche Leere kam in Isahoes Blick, dann schaute sie weg und blickte in rascher Folge hierhin und dorthin, bis sie sich gezwungen hatte, die Frage zu vergessen. Dann erst wandte sie sich wieder zu Shadit und lächelte. »Wir gehen nach Linojin, nicht wahr? Mama und Papa und mein Bruder Kelin warten dort auf uns.« Neue Unsicherheit kam in ihren Blick, aber dann hellte ihre Miene sich auf, und sie lächelte. Es war, als hätte sich eine Eisdecke über den Wirbel einer Unterströmung geschoben. »Hat Gott Sie geschickt, um uns nach Linojin zu bringen?«

»Das weiß ich nicht, Isahoe. Meinst du, du könntest eine Weile schlafen? Wir werden wieder die ganze Nacht unterwegs sein.«

Sie spürte einen jähen, wilden Ausbruch von Angst in dem Kind, aber Isahoes Lächeln versagte nicht. Sie streckte die Hand aus und berührte ihr Knie. »Werden Sie auch schlafen, Botin Gottes?«

»Nein, ich muß darauf achten, daß Thann ißt und werde Wache halten.«

»Dann kann ich schlafen.«

Shadit schmunzelte, als Thann beim Anblick der Tube in ihrer Hand eine Grimasse machte. »Ich habe etwas

Wasser gefiltert und erhitzt, und Sie können eine Tasse heißen Tee haben, sobald Sie dies gegessen haben.«

»Isahoe?«

»Schläft. Anfangs wachte sie mehrmals in einer Stunde auf, um sich zu vergewissern, daß ich da sei und Wache halte, aber seit Mittag hat sie gut geschlafen. Nicht wie zuerst, sondern einen guten, gesunden Schlaf. So, das reicht erst einmal. Und hier ist Ihr Tee. Halten Sie den Becher, ich werde Ihren Rücken stützen. Sie können Kopf und Schultern an mein Knie lehnen.«

Als Thann getrunken hatte, nahm Shadit ihr den Becher aus der Hand und stellte ihn auf den Boden. »Möchten Sie mehr? Nein? Ist Ihnen zum Sprechen zumute?«

»Ja. Ich verdanke Ihnen mein Leben. Fragen Sie, was Sie wollen.«

»Nun, als erstes würde ich Ihnen dankbar sein, wenn Sie nach Ihrer Ankunft in Linojin vergäßen, wie Sie dorthin gekommen sind. Erwähnen Sie mich nicht, machen Sie nicht einmal eine Andeutung, wie ich aussehe. Und sprechen Sie nicht über das Fliegen. Isahoe erzählte mir, Ihre Eltern und Ihr Bruder seien in Linojin. Ich bezweifle, daß Sie Isahoe daran hindern können, ihren Angehörigen alles zu erzählen, also wäre ich Ihnen dankbar, wenn Sie mit ihnen reden und sie zum Stillschweigen verpflichten könnten.«

Thann seufzte. »Isahoe wird ihnen nichts erzählen, Shadow. Sie sind tot. Ihr Bruder starb vor fünf Jahren, ihre Eltern kurz bevor wir Khokuhl verließen. Sie sah sie tot, aber sie hat die Erinnerung verdrängt.«

»Warum sind Sie dann ...?«

»Weil sie fünfmal versucht hat, allein nach Linojin zu gehen, und zweimal beinahe umgekommen wäre. Ich dachte, wir würden wenigstens vor dem Krieg in Sicherheit sein, und die Anyas der Barmherzigkeit haben ihr Krankenhaus dort und verstehen sich auf solche

Verletzungen der Seele. Sie könnten in der Lage sein, sie zu heilen und zum Frieden mit Gott zurückführen.« Thann seufzte wieder. »In Khokuhl war kein Platz für uns. Meine Sippe war niemals zahlreich, und die meisten sind tot. Bazekiyl und Mandall, das waren meine Bindungsgefährten, ihre Vettern hatten ihre eigenen Familien, um die sie sich kümmern mußten, also blieb mir kaum eine andere Wahl.«

»Ich verstehe. Wie geht es dem Babbit?«

»Gut geht es ihm. Er ist ein hungriger und lebhafter Kleiner. Ich fürchtete ... vertraute nicht genug auf Gottes Vorsehung. Aber er hat mir meine Schwäche vergeben und mich gesegnet.«

»Hm. Gut, das zu hören. Morgen früh werden wir bei Tagesanbruch die Berge über Linojin erreichen, und ich werde Sie neben dem Pilgerweg absetzen. Werden Sie stark genug sein, das letzte Stück zu gehen, oder wollen Sie einen Tag ruhen und am nächsten Morgen gehen?«

»Diese Paste, die Sie mir aufgedrängt haben, ist erstaunlich. Ein wenig Schlaf, und ich kann den Rest des Weges laufen.« Ihre Hände machten ein Lächeln.

»Dann sollen Sie jetzt diesen Schlaf bekommen.« Shadit schob die Arme unter Thann und hob sie mit der Decke auf. »Ich werde Sie neben Ihre Tochter betten.« Sie gluckste. »Dann können Sie zusammen ein Duett schnarchen.«

Das Tor
ist das Zeichen
der Mitte.
Zurück
oder
vorwärts,
die Wahl ist
dein.

Kapitel 11

Am vierten Tag, nachdem sie das Dorf verlassen hatten, ließen die Überlebenden der Shishim Sand und Strandhafer hinter sich und fanden eine Landstraße, die nordwärts führte. Wintshikan betrat sie mit Erleichterung: Endlich hatte sie festen Boden unter den Füßen, der nicht bei jedem Schritt nachgab und ihr in die Sandalen rieselte, bis jeder Schritt eine Strafe war. Da tat es jetzt nichts zur Sache, daß sie sechzig Jahre lang Bergpfade begangen hatte; ihre Knie schmerzten, und ein anderer Schmerz saß zwischen ihren Schulterblättern, wo sie nicht hinfassen konnte.

Keine Wolken von Stechmücken mehr, keine Schwärme schwarzer Fliegen, die aus dem Dünengras aufstiegen und den Schweiß auf ihren Armen und ihrem Gesicht tranken, mit ihren winzigen kitzelnden Füßen auf ihrer klebrigen Haut herumliefen, bis sie am liebsten laut geschrien hätte.

Dies war offenes, bewirtschaftetes Bauernland. Felder wechselten mit Weiden, wo kleine Herden in Einzäunungen oder unter den Augen von Hüterjungen und Hütermädchen grasten. Kleine dunkle Vögel folgten den Tieren und pickten in ihrem Dung. Es drückte ihr das Herz ab, diese vertrauten Dinge hier im Flachland zu sehen, das sie so verabscheute.

Das Straßenpflaster war unter den eisenbereiften Rädern der schweren Bauernwagen rissig geworden, stellenweise sogar zerbröckelt. Die Ritzen zwischen den viereckigen Steinplatten waren mit dunklem Teer ausgegossen. Die Hufe der Tragtiere klapperten laut auf dem Steinpflaster. Ihre Augen spiegelten rötlich das Sonnenlicht, und mit langgezogenen trompetenden Rufen verkündeten sie ihre Zufriedenheit mit dem festen Untergrund; das kräftezehrende Stapfen durch den Sand mißfiel ihnen noch mehr als ihr.

Eine Brise berührte ihr Gesicht, kühle Luft mit einem Anflug von Salzgeruch. Sie bewegte die Blätter in einem kleinen Gehölz weiter voraus, so daß die silbrigen Unterseiten im Sonnenlicht schimmerten. Schlief die Brise wieder ein, kamen die Blätter zur Ruhe und wechselten die Farbe zu Blaßgrün, bis der nächste Luftzug sie berührte.

Kanilli ritt eines der Packtiere, Zaro saß zusammengesunken auf dem Rücken eines anderen; sie fühlte sich elend und war über und über mit schwieligen Mückenstichen bedeckt. Als Wintshikan sie zuletzt untersucht hatte, war sie etwas fiebrig gewesen, doch als Xaca eine Ruhepause verlangt hatte, um ihre Tochter pflegen zu können, war Zaro zornig geworden. »Ich hasse diese Gegend«, hatte sie erklärt. »Ich gehe weiter, und wenn ich kriechen muß.«

Luca und Wann bildeten wie üblich die Vorhut, blieben aber in Sichtweite und waren in ein gebärdenreiches Gespräch vertieft. Sie lenkten ihre Reittiere allein mit der Körperbalance und sahen so wild und frei wie die Seevögel aus, die über ihnen kreisten.

Wir sind nicht einmal mehr ein Überrest, dachte Wintshikan. Keine Pixa mehr; wir verwandeln uns in etwas anderes, und ich weiß nicht, was es ist.

Wäre es besser gewesen, in den Bergen zu bleiben und in die Hände der Impix zu fallen, wo sie wenigstens gewußt hatten, wo sie waren und was sie waren? Wäre es besser gewesen, bedingungslos am Bund mit Gott festzuhalten und sich ernten zu lassen, um in der Gemeinschaft der Gläubigen wiedergeboren zu werden? Sie wollte die Verhältnisse so, wie sie einmal waren; sie wollte wissen, welche Aufgabe ihr im Leben gestellt war. Tränen brannten in ihren Augen, und das machte sie zornig auf sich selbst, dann zornig auf Gott, der dies erlaubte. Was sie so sehr bestürzte, daß sie versuchte, den Gedanken mit den Tränen wegzuwischen, als sie sich mit dem Ärmel über das Gesicht fuhr.

Zell beugte sich herab und streichelte Wintshikan das Haar. Sie ritt auf einem der Tragtiere, das ohne Traglast ging. Ihre Gelenke hatten auf dem Weg entlang den Rändern der Salzmarsch gelitten, und sie konnte nicht mehr gehen, weil etwas mit ihrer Hüfte geschehen war. Sogar das Reiten bereitete ihr endlose Schmerzen, doch beklagte sie sich nie, noch wollte sie Wintshikan erlauben, die Rastpausen und Ruhezeiten im Lager zu verlängern. »Ich kann ausruhen, wenn wir Linojin erreichen«, machte sie deutlich. »Und ich reite lieber, als daß ich mich umbringen lasse.«

Am Nachmittag zogen sie durch ein Gebiet intensiv bewirtschafteter Kleinbauernstellen. Manche Felder trugen gleichzeitig Gemüse, Beerensträucher und Obstbäume, drei Ebenen von Feldfrüchten, die miteinander reiften. Auf diesem Land arbeiteten mehr Menschen, als Wintshikan seit der letzten Großen Versammlung gesehen hatte.

Wieder tat ihr das Herz weh, als sie die Leute bei der Arbeit sah. Sie waren leicht gekleidet, weil der Tag sehr warm war, und Wintshikan konnte sehen, daß sie bis auf ihre Hacken, Schaufeln und Gartenscheren unbewaffnet waren. Nirgends war ein Gewehr zu sehen. Es gab weder Wachtposten noch Hunde oder schützende Verhaue. Es ist nicht recht, dachte sie, daß das Leben auf der anderen Seite der Berge so schrecklich ist – und hier so friedlich, daß diese Leute ruhig und unbekümmert weiterarbeiten, wenn sie Fremde sehen. Sie sind ruhig und zufrieden, leben im Einklang mit der Welt. Es ist einfach nicht gerecht. Ihr glückliches Geschick sollte eine Art Schuldgefühl in ihnen erzeugen, sie sollten die Augen niederschlagen, wenn wir vorbeiziehen, und sich schämen, weil sie so viel besitzen, während wir alles verloren.

Am nächsten Vormittag war am nördlichen Horizont ein dunkler Fleck auszumachen. Zuerst dachte Wintshikan, es sei eine Wolke, obwohl der Rest des Himmels vollkommen klar war. Doch als die Stunden vergingen, verwandelte sich der Fleck in leuchtend weiße Mauern und dunkelgrünes Laubwerk, teilweise verdeckt von den braunen und grauen Farben eines Fischerdorfes zwischen ihnen und der Stadt. Die Küste näherte sich in weitem Bogen der Straße, und im Westen war wieder der Ozean sichtbar, ein in glitzernde Scherben zersplittertes Blau von solcher Brillanz, daß ihre Augen schmerzten, wenn sie länger hinschaute.

Als sie nahe genug herangekommen waren, um die Segel der Fischerboote draußen in der Bucht zu erkennen, bog die Straße plötzlich ostwärts und schien sich von der Stadt zu entfernen. Luca und Wann ritten ein

Stück durch die Biegung, kehrten dann um und trotteten zurück.

Luca ließ die Hände mit den Zügeln sinken und blickte mißvergnügt auf Wintshikan herab. »Ich weiß nicht, was zu tun ist«, sagte sie. »Je näher wir kommen, desto weniger möchte ich dort hinein.« Sie nickte zur Pilgerstraße, die eine halbe Meile entfernt verlief. »Seht euch die da an. Alle zu Fuß. Was sollen wir mit diesen Tieren anfangen?«

Sie steckte die Finger einer Hand in die Mähne ihres Reittieres und kratzte heftig, was ein genußvolles Grunzen und Schnauben zur Folge hatte. Ihre Züge verhärteten sich, als sie über die Schulter zur Stadt blickte. »Mauern«, sagte sie und ein Schauer überlief sie.

Wintshikan fuhr sich mit der Hand über die Augen. Auf dem schwierigen Weg nordwärts waren ihr der Ehrgeiz und die Gewohnheit der Führerschaft irgendwie abhanden gekommen, und sie hatte ihre Probleme und Annehmlichkeiten mehr und mehr Luca überlassen.

Zell berührte ihren Arm und wollte ihr den Schal der Heka geben, aber sie schüttelte den Kopf. Das war jetzt abgetan. Es war traurig, bedeutete es doch, daß alle Vergangenheit jetzt wirklich versunken war, gleichzeitig aber schien es beinahe eine Erleichterung, den Verlust anzuerkennen. Sie reckte die Schultern.

»Ja, ich habe gehört, daß in Linojin keine Waffen erlaubt sind. Also, Luca, du könntest mit Wann die Ausrüstung und die Tiere mit Ausnahme des einen, das Zell reitet, in dieses Fischerdorf bringen. Seht zu, ob ihr dort eine Bleibe findet. Nyen, du und Hidan begleitet sie, denn niemand weiß, was für Diebe dort leben. Xaca, du sollst mit uns kommen und dich um die Kinder kümmern.«

Xaca nickte, aber Kanilli war mit dieser Trennung

nicht einverstanden. »Ach nein, Heka, ich möchte mit Luca und Wann gehen.«

»Still, Kanilli, du hilfst deiner Mutter. Ich will keinen weiteren Unsinn mehr von dir hören.« Sie rieb sich das Kinn zwischen Daumen und Zeigefinger. »Ich möchte die Anyas der Barmherzigkeit wegen Zell und wegen Zaros Zustand aufsuchen. Schwer zu sagen, wie lange es dauern wird, bis eine Vereinbarung erreicht wird. Was mich betrifft, ja, der Gedanke an Mauern gefällt mir auch nicht. Sobald wir können, werden wir zu euch ins Dorf kommen. Ist das in Ordnung?«

Luca lächelte. Es hellte ihr Gesicht auf und verlieh ihr den Charme, den ihre gewöhnlich mißmutig-steinerne Miene ihr versagte. »Klingt gut«, sagte sie. »Kanilli, wenn du so weiter winselst, kann die Heka dich von mir aus bei den Anyas der Barmherzigkeit lassen. Vielleicht können die dir ein paar Manieren beibringen. Nun setz deinen kleinen Hintern in Bewegung und hilf Zaro beim Absteigen und Aufsitzen hinter Zell.«

Wintshikan blieb eine Weile stehen und sah die vier über das offene Grasland davonreiten, dann schüttelte sie den Kopf und schlug den Weg zur Pilgerstraße ein. Xaca ging still neben ihr, eine schmollende Kanilli an der Seite, die Leitzügel des Reittiers in der Faust.

Yseyl lag ausgestreckt auf dem Ast eines dicken Makabaumes, dessen fünflappige Blätter sich in der Brise, die von den Bergen herunterkam, steif aneinander rieben. Der Ausguck befand sich in einiger Entfernung hinter ihr, verdeckt von der Rundung eines Hangausläufers, aber sie war trotzdem nervös, fühlte sich beobachtet und hatte sich noch nicht ganz von dem plötzlichen Erscheinen des kleinen schwarzen Kastens erholt, der ihr eine Heidenangst eingejagt hatte, als er hinter einem Block aufgetaucht war, ihren Namen genannt und sie hierher geführt hatte, um sich die schöne Rede anzuhören ... Wie hatte Cerex es genannt ... leere Worte oder was? Warum machte sie sich die Mühe?

Das farbige Bild in der Luft hatte sich aufgelöst, als die Vorführung vorbei gewesen war; eine flache schwarze Platte mit einem Loch in der Seite hatte es aufgesaugt. Sie konnte sie beinahe nicht mehr sehen, denn dieselbe Brise, die mit ihrem Haar spielte, hatte das tote Laub vom letzten Herbst darübergeweht.

Dies war der Tag, an dem diese Auswärtige hier sein sollte. Zum zehnten Mal überprüfte Yseyl die Einstellung an der Betäubungswaffe, dann nagte sie wieder auf ihrer Unterlippe und ärgerte sich, daß diese Wichtigtuerin nicht gekommen war, und die Sonne in weniger als einer Stunde unterginge.

Die Fremde kam mit leichten, federnden Schritten fast lautlos ins Freie, ziemlich geschickt für solch eine große Person. Eine Jägerin, dachte Yseyl. Nicht wie Cerex und die anderen. Vorsicht. Gib dir nicht die geringste Blöße ...

Die Fremde kniete neben der Platte nieder und hantierte daran; die Oberfläche wurde weiß, und eine Schrift erschien darauf. Eine Meldung, daß ich gekommen bin, dachte Yseyl. Vielleicht, daß ich jetzt hier bin?

Als die Fremde die Platte ausschaltete und aufstehen wollte, zielte Yseyl mit der Betäubungswaffe auf sie. »Bleiben Sie, wo Sie sind!« rief sie. »Auf den Knien.«

»Ah.« Die Fremde ließ sich auf die Fersen zurücksinken. »Macht es dir was aus, wenn ich deinen Namen sage?«

»Kennen Sie ihn?«

»Ich denke schon. Cerex sagte, daß du Yseyl genannt wirst.«

»Woher wissen Sie das?«

»Der Mann, für den ich arbeite, hat ihn gelegentlich gemietet.«

»Sie arbeiten für einen Waffenhändler?«

»Nein. Digby ist – hm – entschieden gegen solche Leute. Wir machen Ermittlungen für unsere Kunden, beschaffen Informationen, die sie auf andere Weise nicht bekommen können, wenigstens nicht so schnell. Die Firma nennt sich Exkavator GmbH, und mein Chef nennt sich Digby. Was eine Art Wortspiel ist, aber man merkt es nicht, weil es sich nicht in Impix übersetzen läßt.«

Ein Flattern, ein Rascheln von Blättern – und Yseyl sah sich um. Ein großer schwarzer Vogel war auf einem Zweig in ihrer Nähe gelandet. Er sah sie mit schiefgelegtem Kopf an, dann plusterte er sich auf, schloß die Augen und blieb still sitzen. Einen Augenblick später erschien ein zweiter, dann ein dritter. Dann mehrere kleinere braune Vögel. Seltsam.

Sie konnte sich die Ablenkung nicht leisten, also ließ sie die leisen Geräusche weiterer eintreffender Vögel unbeachtet. »Warum sind Sie hier?«

»Wir wurden beauftragt, den Desintegrator zurückzuholen.«

»Was soll das sein?«

»Nun, Yseyl, für dieses Spielchen ist es längst zu spät. Wir haben deine Spur von Marrats Markt verfolgt und von Cerex bestätigt bekommen, was dort geschah.«

»Er dachte, niemand könnte das.«

»Naja, Cerex war noch nie einer von den klügsten. Aber du hast bei all deiner Jugend ein interessantes Talent. Digby sammelt Talente. Ich soll dir von ihm ausrichten, daß er interessiert wäre, wenn du entschiedest, daß es dir vielleicht gefiele, für ihn zu arbeiten. Sobald dieses Stückchen abgeschlossen ist, versteht sich.«

Yseyl mißfiel der Ton dieser letzten Bemerkung; er war viel zu zuversichtlich. Sie dachte daran, die Jägerin zu betäuben und sich davonzumachen, aber die

Fremde war ihr vom Markt bis hierher auf der Fährte geblieben, und Gott allein wußte, welche Mittel sie zur Hand hatte. »Sie sagten, Sie hätten einen Handel vorzuschlagen. Was ist es?«

»Ich nehme an, daß du den Desintegrator irgendwo verstaut hast, während du nach Möglichkeiten zu seinem Einsatz Ausschau hältst.« Die Fremde musterte Yseyl mit einem erheiterten Ausdruck. »Du traust deinen eigenen Leuten anscheinend so wenig wie mir. Ich nehme auch an, daß deine Geduld mit den Leuten, von denen du dachtest, daß sie dir helfen könnten, allmählich am Ende ist. Du würdest nicht auf diesem Baum sitzen, wenn es anders wäre. Der Handel, den ich dir vorschlage, ist dieser: Ich kann dir helfen, den ganzen Zaun herunterzuholen. Auszulöschen. Dann wirst du keinen mehr brauchen, der die Impix und Pixa durch ein Loch führt; du brauchst den Dingen nur ihren Lauf zu lassen. Innerhalb weniger Monate würden Schiffe und Leute hinausströmen, zu viele, als daß die Ptak sie aufhalten könnten. Außerdem sind sie nach so vielen Jahren nachlässig und träge geworden. Keine Waffen, keine Schiffe, nur ein paar Flieger, um Techniker und Agenten zu befördern. Als Gegenleistung möchte ich den Desintegrator, und dich, natürlich, wenn du Lust hast, mit mir zu kommen.«

»Hah, erklären Sie mir, warum ich ein Wort davon glauben sollte.« Sie hörte ein leises Klatschen, sah sich nach dem schwarzen Vogel um. Er schlug mit den Flügeln und vollführte eine Art Tanz auf dem Ast. Über ihm flitzten die braunen Vögel von Zweig zu Zweig, unruhig aber stumm, nicht ein Zwitschern war zu hören. Ihre Hand faßte die Betäubungswaffe fester, und sie beobachtete wieder die Fremde. Sie kniete noch im trockenen Laub.

»Ich habe Drogen, die einen Stein zum Singen bringen könnten. Ich könnte in weniger als einer Stunde alles aus deinem Kopf herausholen, was du weißt. Digbys Spezialisten haben ihr möglichstes getan, diese Drogen den Körpern von Impix anzupassen, aber es besteht eine nicht zu unterschätzende Gefahr, daß du eine Behandlung nicht überleben oder dabei den Verstand verlieren würdest. Da ich eine gewisse Abneigung gegen dergleichen Dinge habe, zöge ich es vor, einen Handel abzuschließen statt zu Drogen zu greifen.«

»Zuerst müßten Sie mich fangen! Mir scheint, daß Sie es sind, die gefangen ist.«

»Der Anschein trügt manchmal, Yseyl. Vor einer Weile gab ich dir einen Hinweis, aber du übersahst ihn. Schade. Ich sehe, daß ich deutlicher werden muß.«

Der schwarze Vogel schoß auf Yseyl zu, seine Krallen trafen ihre Hand, stießen ihr die Betäubungswaffe aus den Fingern und ritzten die Haut, bevor er davonflog. Im selben Augenblick fielen die kleinen braunen Vögel pickend und zeternd über sie her. Andere schwarze Vögel stießen auf sie herab, hackten mit scharfen Schnäbeln in ihre Schulter, ihren Rücken und nach ihren Augen, rissen ihr mit den Krallen die Haut auf.

Als sie die Angreifer abzuwehren suchte, verlor sie das Gleichgewicht und fiel vom Ast.

Die Jägerin fing sie auf, bevor sie am Boden aufprallte, drehte sie schnell herum und hatte innerhalb weniger Sekunden zuerst ihre Handgelenke und dann ihre Knöchel mit einem selbstklebenden Band gefesselt, das auch ihrer stärksten Gegenwehr standhielt.

Mit gleichmütiger Miene, kühlem und geduldigem Blick stand die Jägerin ein paar Schritte entfernt und sah ihren wütenden Befreiungsversuchen zu.

»Verstanden?«

Yseyl lag still, die Lider fast geschlossen, um die Wut in ihren Augen zu verbergen. »Verstanden«, sagte sie. »Lassen Sie mich gehen.«

»Noch nicht. Erst wenn du aufhörst, darüber nachzudenken, wie du mich töten kannst. Nein, ich lese keine Gedanken, aber was du empfindest, ist für mich wie gedruckte Schrift. Du bist bereit, auf mich loszugehen, sowie du eine Chance siehst.« Sie schnalzte mißbilligend. »Das bedeutet lediglich, daß ich deine eigene Betäubungswaffe gegen dich verwenden und dann warten müßte, bis du wieder aufwachst. Das wäre unnötige Zeitvergeudung.«

Yseyl holte tief Atem und versuchte das Toben ihres Blutes zu besänftigen. Nach einer Weile sagte sie: »Ein Hinweis?«

»Ich sagte dir, daß Digby Talente sammelt. Ich bin eines davon.«

»Ah. Was werden Sie jetzt tun?«

»Nun, zuerst werde ich mich um die Verletzungen kümmern, die diese Vögel dir beigebracht haben. Dann werden wir wieder verhandeln.«

Während die Jägerin sich über einen Rucksack beugte und die Reiseapotheke darin unterbrachte, besah Yseyl ihre Hände, die von der Frau befreit worden waren, befühlte die falsche Haut, die sie über die Verletzungen von den schwarzen Schnäbeln gesprüht hatte; es wirkte wie eine Fotografie, auf der die Verletzungen wegretuschiert worden wären. Kein Schmerz, keine Druckempfindlichkeit, nichts. Sie streckte die Hand aus und wollte das Klebeband um ihre Knöchel losmachen.

Ein leises Lachen ließ sie aufblicken.

Die Jägerin kauerte auf ihren Fersen und beobachtete sie. »Mein Name ist Shadit«, sagte sie. »Du kannst mich Shadow nennen. Es gibt kein Messer, das dieses Band durchschneiden kann. Ich muß es aufschließen.«

»Tun Sie es.«

»Später. Ich habe ein starkes Gefühl, daß du aufmerksamer zuhören wirst, wenn du nicht in die Berge verschwinden kannst.«

»Dann sagen Sie, was ich hören soll.«

»Richtig. Der Zaun ist von einer Gruppe Satelliten geschaffen worden und wird von ihnen aufrechterhalten. Es sind alte Dinger, die schon dort oben kreisen, seit die Ptak eure Vorfahren aus Ambela vertrieben haben. Wie es ihre Art ist, tun die Ptak nur das Nötigste, um sie instand zu halten und ihre Funktionstüchtigkeit zu gewährleisten. Warum sich unnötig mit etwas plagen, das mit einem Minimum von Aufmerksamkeit einwandfrei arbeitet?«

Yseyl verzog das Gesicht. »Ihre Idee ist, daß wir da hinauf sollten, um diese Satelliten unbrauchbar zu machen?« Sie zupfte und zog an dem selbstklebenden Band, war aber bereit, sich geschlagen zu geben; es war zu eng, um es über die Füße zu streifen, und sie hatte es nicht merklich lockern können.

»Viel einfacher. Die Ptak überwachen ihre Satelliten vom Boden aus. Von dort steuern sie auch Kurskorrekturen und andere routinemäßige Funktionen, die nicht mit dem Auswechseln von Ersatzteilen verbunden sind. Die Bodenstation, die diese Steuerung besorgt, befindet sich hier auf Impixol. Aus Geheimhaltungsgründen, nehme ich an. Oder vielleicht sind es praktische Gründe für die Ptak. Ich habe mir die Anlage gut angesehen.« Sie lächelte breit, und der Umriß des in ihrer Wange tätowierten Vogels bewegte sich mit den Muskeln. »Durch die Augen eines kleinen Pelztieres.«

Yseyl wehrte sich gegen die Verlockung dieser Stimme, das warme, volle Timbre, das dem Ohr schmeichelte, das Lachen, das dicht unter der Oberfläche zu liegen schien. Shadit ... Shadow ... das war ein guter Name für sie. Sie war wie ein Schatten, man konnte ihn nicht zu fassen bekommen, und er veränderte sich mit dem Sonnenstand. Shadow machte es absichtlich, davon war Yseyl überzeugt: Sie gebrauchte ihre Stimme, um den denkenden Verstand einzunebeln. Laß dich nicht von ihr einwickeln, Pixa, dachte sie. Achte auf die Karten, daß die Schwindlerin dir keine unterschieben kann. »Ein kleines Pelztier? Muß ein Ulho gewesen sein. Also was wollen Sie sagen?«

»Bin ich erst in dieser Anlage, kann ich die Satelliten so funktionsuntüchtig machen, daß sie ersetzt werden müssen, weil sie nicht mehr reparaturfähig sein werden. Und in dem Augenblick, wenn sie funktionsuntüchtig sind, ist der Zaun verschwunden. Ganz und gar.«

»Was sollte die Ptak daran hindern, die Satelliten zu ersetzen und den Zaun wieder aufzurichten?«

»Das ist nicht meine Sache. Ich werde dann in einem anderen Auftrag unterwegs sein.« Sie sah auf. »Wenn Digby mich nicht hinauswirft, weil ich mich in die Angelegenheiten der Einheimischen habe hineinziehen lassen.«

Yseyl blickte zu Shadow, dann zu Boden. Sie hob ein totes Blatt auf und brach kleine Stücke davon ab, ließ sie fallen. »Und wozu brauchen Sie mich?«

»Ich brauche dich nicht. Ich kann den Zaun und die Geistesverfassung, die ihn entstehen ließ, abstoßend finden, aber ich finde viele Dinge abstoßend. Ich bin nicht unterwegs, um die Welt zu verbessern. Ich bin nicht einmal sicher, daß ich weiß, was richtig ist. Ich bin träge, weißt du. Wenn ich wollte, könnte ich wahrscheinlich genug Gründe finden, um dir eine Dosis Zungenlöser zu verabreichen, den Desintegrator zu holen und abzureisen. Also werde nicht übermütig, Mädchen. Wo war ich stehengeblieben? Ach ja. Um in die Anlage hineinzukommen, ohne das gesamte Personal auf die Beine zu bringen, werde ich den Desintegrator brauchen. Die Sicherheitsmaßnahmen sind lachhaft, aber dieses eine Gebäude ist abgeschirmt, und ich habe nicht dein Talent, elektronische Scanner zu täuschen.«

Yseyl ließ den Rest des Blattes fallen und streifte die Hände aneinander ab. »Aber ich könnte hinein?«

»Wahrscheinlich meinst du, ich sollte dir sagen, was zu tun ist und es dich tun lassen. Wenn es etwas so Einfaches wäre, wie einen Datenträger in einen Schlitz zu stecken, gut, kein Problem. Aber nach allem, was ich gesehen habe, ist diese Anlage so alt und die Programmierung so oft verändert worden, daß ich selbst hinein muß, um mich da durchzuarbeiten. Du könntest es nicht, du hast nicht die Ausbildung.«

So einleuchtend, dachte Yseyl, und der Zorn stieg bitter in ihr auf. So gut darin, Lügen schmackhaft zu machen. Wenn es Lügen sind. Ich weiß nicht, was ich denken soll. Ich kenne sie nicht. Sie zupfte an dem schmalen weißen Band, das ihre Knöchel umklammert hielt. Wenn ich mich nur befreien könnte …

»Warum sollte ich Ihnen vertrauen?« platzte sie heraus. »Wenn ich einverstanden bin, werde ich den Desintegrator bringen müssen. Dann brauchen Sie ihn nur zu nehmen und mich mit nichts als einer Erinnerung an schöne Worte stehen zu lassen.«

»Ich brauche nicht zu verhandeln. Vergiß das nicht.« Shadit legte eine Hand auf den Rucksack neben ihren Knien. »Eine Spritze aus dem pharmakologischen Sortiment, und du wirst mir alles sagen, was ich wissen will.«

»Das sagen Sie ständig. Warum tun Sie es nicht einfach?«

»Ist das eine Herausforderung? In Ordnung. Du würdest alles herausplappern, aber ich habe das Gefühl, daß du den Desintegrator in einem Loch im Boden vergraben hast. Du könntest mir sagen, wo das Loch ist, und ich würde vielleicht darübergehen, ohne es zu sehen. Schließlich würde ich es wohl finden, aber warum so viel Zeit vergeuden? Es wäre praktischer, wenn du ihn selbst beibrächtest.«

Shadit verzog das Gesicht zu einer Grimasse, die sie wahrscheinlich komisch fand. Yseyl aber fand es unmöglich, an den humoristischen Bemäntelungen der Jägerin Gefallen zu finden. Das Band um ihre Knöchel strangulierte mehr als Knochen und Blutkreislauf. »Was geschieht, wenn ich sage, tun Sie, was Sie nicht lassen können?«

»Du bekommst ein paar Minuten Bedenkzeit, dann gebe ich dir eine Spritze und sammle die Perlen, die von deinen Lippen fallen.«

»Ziehen wir dieses Ding nur zu zweit ab, oder haben Sie Freunde, die auf ihren Ruf warten?«

Shadow lächelte. »Ich rekrutiere meine Hilfskräfte, wenn ich sie brauche. Vor einer Weile hast du ein paar von ihnen gesehen. Nein, ich weiß, du meintest Leute. Wenn ich garantieren könnte, daß alles planmäßig verliefe, könnten wir zwei die Sache durchziehen.«

»Hah, das geschieht nie. Immer geht irgendwas schief, und man muß andere Wege suchen.«

»Du hast recht. Meinst du, daß du fünf oder sechs Leute zusammenbringen könntest, die dein Vertrauen haben? Wenn ich sage, Vertrauen, meine ich damit, daß sie sich nicht selbst in den Fuß schießen werden, Befehle ausführen können, ohne lange Diskussionen zu entfachen oder persönlichen Ehrgeiz ins Spiel zu bringen, und daß sie hinterher nicht herumplappern werden.«

Zum ersten Mal begannen Yseyls Zweifel nachzulassen. Sie schlug den Blick nieder, um ihre Befriedigung zu verbergen, dann ärgerte sie sich über sich selbst, weil sie vergessen hatte, daß Shadow jede Gefühlsregung lesen konnte, die durch ihren Körper ging. Abneigung wallte in ihr auf; es war eine fast schlimmere Zudringlichkeit als Gedankenlesen. Sie holte tief Atem, ließ ihn ausströmen und blickte der Jägerin ins Auge. »Ich bin zeitlebens allein gegangen. Ich werde Fremde finden müssen – und das wird nicht leicht sein. Ich bin zu jung, und in Linojin sind die Leute entweder religiös oder haben gelobt, ohne Waffen zu dienen oder haben genug von Kämpfen irgendwelcher Art.« Sie seufzte. »Und wenn Sie hingehen, wo die wirklichen Schlächter sind, draußen unter den Kämpfern, werden Sie nicht viele finden, die an der Beendigung des Krieges interessiert sind.«

Zot grinste und trottete hinüber, als Yseyl ihr winkte. »Hab dich vermißt«, sagte sie. »Die Einnahmen der letzten Woche sind ziemlich schlecht gewesen.«

Yseyl führte Zot um eine Ecke, fort von den Ohren des Aufsehers der Fremdenführer und gab ihr ein halbes Dutzend Kupfermünzen. »Gib ihm das und sag ihm, du hättest für die nächsten drei, vier Tage eine feste Kundin.«

»Vier Tage?« Sie rieb sich die elastische Nasenspitze und starrte zu Boden. »Weißt du, ich muß eine Stunde nach Sonnenuntergang wieder in der Halle sein. Wenn ich die ganze Nacht ausbleibe, verliere ich meine Stellung.«

»Kein Problem.«

Zot warf ihr ein blitzendes Lächeln zu, dann lief sie um die Ecke und kam Minuten später zurück. »Er wollte wissen, wer die Kundin ist, und was ich tun will. Ich sagte, es sei eine Pilgerin, die ich vor ein paar Tagen zum Großen Yeson geführt habe, und nun wolle sie an allen Schreinen beten.«

»Wenn ich der Typ wäre, der sich Sorgen macht, Zot, würde ich entsetzt sein, wie leicht dir das Lügen fällt.«

Zot kicherte. »Aber du bist nicht der Typ, also macht es dir nichts aus.«

»Richtig. Hast du gefrühstückt?«

»Ja. Bei Sonnenaufgang schaufeln sie uns aus dem Bett und füttern uns mit dem üblichen Geschlabber.«

»Also könntest du noch was vertragen.«

»Ich kann immer essen.«

»Ist die Teestube offen?«

»Ja. Und dort gibt es große Krapfen, und um diese Zeit werden sie noch heiß aus dem Ofen sein.«

Yseyl sah zu, wie Zot den großen weichen Krapfen verschlang. Ein Fleck vom Puderzucker zierte ihre Nasenspitze. Yseyl überkam eine mächtige Welle von Zuneigung zu dem jüngeren Mädchen, ein Phänomen, das jemals erlebt zu haben sie sich nicht erinnern konnte.

Zot stopfte den letzten Bissen in den Mund, blickte auf und kaute mit vollen Backen. »Wunderbar«, murmelte sie undeutlich. Sie kaute noch einige Male, spülte den Bissen mit einem Schluck Tee hinunter und wartete dann darauf, daß Yseyl ihr erklärte, warum sie hier war.

Yseyl rückte herum, bis sie an der Wand lehnte, ein Bein angehoben und an die Tischkante gestützt hatte. Sie nahm einen Schluck aus der Teetasse und hielt sie vor der Brust. »Letzte Woche war ich oben in den Bergen. Ist was Interessantes passiert?«

»Komisch, daß du danach fragst. Ja. Es gibt einen Riesenwirbel. Da ist ein Mädchen, angeblich aus Khokuhl gekommen, obwohl ich eher glaube, daß sie einen Wurm im Kopf hat, der ihr Gehirn frißt – jedenfalls sagt sie, eine Botin Gottes hätte sie mit ihrer Anya hierher gebracht. Die Anya sei krank gewesen, weil ihr Anyalit ausgeschlüpft sei und sie gebissen habe, so daß sie beinahe abgekratzt wäre, aber das Mädchen sagt auch, die Botin Gottes habe ihre Anya gerettet. Doch das war es nicht, was den alten Hafambua und den ehrwürdigen Sprecher des Propheten und sogar den alten Noxabo in Aufregung versetzte, so daß sie zu ihr gingen und mit ihr redeten. Und die Anyas der Barmherzigkeit zünden Kerzen an und alles ist aus dem Häuschen, weil das

Mädchen sagt, die Botin Gottes habe ihr prophezeit, daß der Zaun verschwinden würde. Vor dem nächsten Neumond, sagt sie, werde der Zaun verschwunden sein. Ganz und gar.«

»Und die Leute glauben ihr?«

»Und ob. Viele. Na ja, die meisten würden ohnehin fast alles glauben. Solange jemand sagt, er habe es von Gott. Und sogar diejenigen, die es nicht wollen, werden nervös.«

»Das ist interessant.«

»Du hörst dich an, als würdest du denken, daß es vielleicht wahr ist. Ja, ich weiß: Du sahst etwas draußen in den Bergen, nicht? Erzähl mir.«

»Zot …«

»Nein, sag es mir, oder ich gehe gleich zurück.« Sie rutschte die Bank entlang, bis sie am Rand saß, die Hände flach auf dem Tisch. Sie funkelte Yseyl ungeduldig an.

Yseyl war erst ärgerlich, dann belustigt. »He, Zot, versuch das mit einer, die dich nicht kennt. Ich sag dir soviel: Ich glaube, ich bin der Botin begegnet, die das Mädchen meint. Aber sie ist nicht von Gott.«

Zot grinste so breit, daß ihr Gesicht wie gespalten aussah. Sie rutschte auf der Bank zurück, beugte sich über den Tisch und flüsterte: »Du wirst es tun, nicht? Du wirst den Zaun abreißen.«

»Denk, was du willst.«

Zot richtete sich auf, griff zum letzten Krapfen und biß ein großes Stück ab. »Also, was soll ich tun?«

»Ich brauche ein paar Leute mit Waffen, die damit umgehen können. Keine Verrückten und keine Typen, die mich aufs Korn nehmen.«

»Das wird nicht leicht sein. Wie viele?«

»Fünf, vielleicht sechs.«

»Hm. Mit solchen Dingen kenne ich mich nicht aus. Da gibt es den einäugigen Baluk, der einen Stall voller

Schläger hat, die er vermietet, wenn einer der Kaufleute Schulden eintreiben will oder ein Kapitän hinter einem Seemann her ist, der an Land gegangen ist und vergessen hat, wieder an Bord zu kommen.« Sie kratzte sich die Nase, daß der Puderzucker herabfiel, schüttelte den Kopf. »Es sind dumme, brutale Kerle. Außerdem glaube ich nicht, daß Baluk eine Veränderung der Verhältnisse will. Könnte sein, daß er dir auf die Birne klopft, wenn er meint, du könntest wirklich etwas gegen den Zaun tun. Nein, wenn du Kämpfer willst, wirst du sie nicht in Linojin finden.« Sie biß wieder in den Krapfen, zog die Brauen zusammen und starrte ins Leere.

Yseyl ergriff ein eigentümliches Gefühl. Seit die verrückte Delelan verschwunden war, hatte sie sich allein durchgeschlagen. Wann immer sie mit anderen Leuten zusammenkam, suchte sie keinen Anschluß bei ihnen, sondern benutzte sie nur. Sie benutzte Zot, das war das gleiche – aber was sie für das Kind empfand, war anders. Sie fühlte sich unwohl, als ob sie sich eine Krankheit eingefangen hätte.

Plötzlich kam ihr ein anderer Gedanke und ließ den Tee in ihrem Magen gerinnen. Wenn sie Zots Leben verpfuschte, würde sie etwas tun müssen, um das gut zu machen. Sie konnte nicht einfach weggehen und sagen *Pech* und es vergessen, wie sie es bisher getan hatte. Gewiß, sie könnte es tun, aber sie würde sich schmutzig und unanständig vorkommen.

Zog richtete sich auf. »Ich denke, daß vielleicht Hohekil in Frage kämen, die gerade erst hierher gekommen sind. Wenn du willst, kann ich mit ein paar Leuten reden, die ich kenne und die vielleicht mehr wissen. Wie bald brauchst du die Schützen?«

Yseyl stieß sich von der Wand ab. »Laß nur, Zot. Es eilt nicht.« Sie rutschte die Bank entlang und stand auf. »Es eilt überhaupt nicht.«

Die nächsten Tage verbrachten Yseyl und Zot auf getrennten Wegen mit Nachforschungen. Pilger umschwärmten das Hospiz der Anyas der Barmherzigkeit, um das Mädchen aus Khokuhl zu sehen. Yseyl trieb sich am Rand der Menge herum, hörte sie nach dem Heiligen Kind rufen, hörte aufgeregtes, unzusammenhängendes Geplapper über Wunder. Ob Männer, Frauen oder Anyas, die religiöse Inbrunst und der Wunderglaube waren bei allen gleich.

Mit jedem Tag nahm die Erregung zu. Die Pilger wanderten die Straßen zwischen dem Hospiz, wo sie warteten, daß die Anyas das Kind herausbrächten, und dem Hafen, wo sie zum goldenen Flimmern des Zaunes hinausstarrten und beteten, sie möchten unter den Gesegneten sein, die das Verschwinden des Zaunes zu sehen bekämen.

Die Händler auf dem Markt sahen es zwiespältig. Wenn der Zaun verschwand, konnte keiner von ihnen sich ausrechnen, welche Auswirkungen es auf sie haben würde. Das Leben hatte sich in Linojin seit Generationen nicht verändert, und sie wollten, daß es so bliebe. Vielleicht murrten sie über Ärgernisse und Unannehmlichkeiten und die Engstirnigkeiten des Religiösen Rates, der die Stadt verwaltete, aber das waren gewohnte, altvertraute Ärgernisse. Der Schritt vom Vertrauten zum Unbekannten schreckte viele von ihnen ab.

Auch am Hafen waren gemischte Gefühle vorherrschend, gewürzt mit mißtrauischer Skepsis und zaghaften Vorbereitungen. Die Kapitäne der Küstendampfer behielten den Zaun und einander im Auge und schickten ihre Steuerleute zur Bibliothek des Yeson, um nützliche Kenntnisse über die Welt jenseits des Zaunes zu sammeln. Sie hatten gehört, was Yseyl von den Flüchtlingen erfahren hatte, die in die Stadt kamen, das Kind zu hören. In den Dörfern entlang der Küste herrschten

Ungeduld, Gereiztheit und ein angestautes Bedürfnis nach Raum, das zur Explosion drängte, ob der Zaun verschwand oder nicht. Zot war klüger als ich, dachte sie. Ich hätte früher an die Küstendörfer denken sollen. Sobald der Zaun verschwindet, wird es hier aussehen wie in einem aufgestocherten Ameisenhaufen. Der Gedanke verschaffte ihr Befriedigung. Er machte ihren Handel mit der Fremden erträglicher.

Sie bedauerte nicht, daß sie ihren Besuch beim Arbiter aufgegeben hatte. Er bezog seine Macht aus der Zahl der Kriegsflüchtlinge, die in die Stadt geströmt waren. Sie war ihre letzte Hoffnung, und er beherrschte den Zugang zu ihr. War der Zaun verschwunden, hatte niemand mehr einen Grund, auf ihn zu hören. Es war einfältig von ihr gewesen; sie hatte es nicht durchdacht. Sogar Cerex hatte gewußt, daß sie niemanden dazu bringen würde, den Desintegrator einzusetzen, jedenfalls niemanden von Bedeutung. Aber das war Politik, und sie tröstete sich mit dem Gedanken, daß sie eben eine Diebin war und jedesmal Lehrgeld zahlen mußte, wenn sie das vergaß.

Am vierten Tag kam Yseyl wieder in ihr Zimmer und traf dort Zot an, die auf dem Bett saß und ihr breitestes Grinsen zeigte, als sich die Tür öffnete.

Sie sprang auf der Matratze, so voll von Begeisterung, daß sie beinahe durch die Luft flog, als sie von der Matratze auf Yseyl zusprang. »Kumba hat es geschafft«, platzte sie heraus. Sie faßte Yseyl bei der Hand und zog sie zur Tür hinaus. »Er ist dieser Junge, den ich kannte, bevor er Ärger bekam, weil er Sachen klaute. Weißt du, er ist so gelenkig, daß er sich durch Spalten und Öffnungen schlängeln kann, die du kaum siehst …« Sie brach ab, als sie die Treppe erreichte, klapperte die Stufen hinunter und wartete unten ungeduldig, bis Yseyl nachkam.

Als sie auf der Straße waren, dämpfte Zot die Stimme, aber ihre Aufregung war so, daß die Worte nur so heraussprudelten. »... aber dieser Kerl, der immer kaufte, was er beschaffte, betrog ihn, und als er klug genug wurde, um zu merken, was passierte, brachte er ihm nichts mehr, und der Kerl verpfiff ihn aus Rache, und Kumba wurde hinausgeworfen.« Sie holte schnell Atem und blickte umher, um sich zu vergewissern, daß niemand sie beachtete. »Jedenfalls blieben wir Freunde, und manchmal bringt er sein Zeug zu mir, bis er einen Käufer finden kann, also dachte ich an ihn. Aber es dauerte eine Weile, bis ich ihn fand. Ich sagte ihm, was du wolltest und warum, sei mir nicht bös, er mußte es wissen, aber ich sagte ihm nicht, daß du mich geschickt hattest. Jedenfalls sagt er, da wäre eine Pixa Ixis oder was davon übrig ist, das heißt, eine alte Frau und ihre Anya, die Probleme hat und nicht allzu gut beisammen ist, zwei Mädchen – eines davon ist krank und jetzt mit der alten Anya im Krankenhaus der Anyas der Barmherzigkeit – drei junge Frauen und zwei Anyas. Sie alle sind geflohen und gerade hier angekommen und haben schon Schwierigkeiten.«

Sie nahm Yseyl bei der Hand und zog sie in eine enge Gasse zwischen zwei großen Pilgerherbergen. »Wegen einer der Anyas. Du weißt, daß Anyas heutzutage ziemlich selten sind, jedenfalls freie Anyas, und sogar die Anyas der Barmherzigkeit müssen auf sich achtgeben. Da war so ein Kerl, der hinter der Anya her war, denn sie wohnt außerhalb der Mauer im Fischerdorf, und da geht es manchmal ziemlich wild zu. Wir gehen jetzt dorthin, ich will sie dir zeigen. Also, er wollte sie nicht in Ruhe lassen, bot ihr Geld und anderes Zeug und bezahlte sie, auch wenn sie sagte, er solle sie ihn Ruhe lassen. Dann versuchte er sie zu packen, aber ihre Bindungsschwester kam dazwischen, und zu zweit verdroschen sie den Kerl. Doch er ist mit einem von den Wächtern des Arbiter verwandt, ging zu ihm und holte sich Hilfe ...« Sie grinste dem Straßenwächter zu, der neben dem kleinen Torbogen saß, warf ihm eine Münze zu und sauste durch, dann wartete sie wieder auf Yseyl, ungeduldig von einem Fuß auf den andern steigend.

»... aber der Rest der Ixis, sogar die alte, die Heka, besorgten es diesen Miefköpfen so, daß sie nach Mama und Papa riefen.« Ein ungepflasterter Weg führte vom Torbogen zu einer Gruppe kleiner dunkler Pfahlbauten jenseits der Dünen am Strand der Bucht. Fischerboote waren auf den Sand gezogen worden und alte Männer saßen bei ihnen und flickten Netze. Andere Bewohner, Männer, Frauen und ein paar Kinder, wanderten am Strand entlang und sammelten Muscheln, Krebse und Treibgut, das die Flut zurückgelassen hatte. Der Weg zu den Pfahlbauten war leer, und Zot lief voraus, noch immer in einem Hochgefühl von Begeisterung, das Yseyl auf die Nerven zu gehen begann. Wenn das Mädchen hoffte, sie würde es mitnehmen ...

»Ich dachte mir also gleich, daß diese Frauen und Anyas harte Brocken sein und gut kämpfen müssen, daß sie inzwischen aber gemerkt haben, daß sie lieber anderswo hingehen und die Köpfe einziehen sollten. Außerdem hassen sie den Zaun, erzählte mir Kumba. Er sagte, Luca, das ist die Frau, die zusammen mit der Anya diesen Kerl verdroschen hat, daß sie also hingeht und zum Zaun hinüberstarrt, als wollte sie ihn in Grund und Boden stampfen. Sie haben ein Zelt auf der anderen Seite von diesen Häusern.« Zot zeigte hinüber.

Die Pixa-Flüchtlinge hausten in einigen zerrissenen Zelten, die sie im lichten Wald aufgeschlagen hatten, der sich südlich der Stadtmauer erstreckte und Teil eines von Büschen und Gestrüpp überwucherten Ödlandes war, das sie vom Dorf trennte.

Yseyl legte Zot eine Hand auf die Schulter. »Das hast

du gut gemacht. Hört sich genauso an wie das, was ich suche. Hast du ein Treffen verabredet?«

»Nein. Ich dachte mir, du würdest sie dir zuerst ansehen wollen.«

Yseyl lächelte ihr zu. »Wie kommt es, daß du so klug geworden bist? Schon so geboren, wie?« Sie setzte sich neben dem Weg ins Gras und klopfte mit der flachen Hand neben sich auf den Boden. »Setz dich und erzähl mir den Rest von dem, was du über sie erfahren hast. Je mehr ich weiß, desto besser kann ich mit ihnen verhandeln.«

Zot setzte sich im Schneidersitz ins Gras und schlug mit den Händen auf die Knie, um die Punkte zu betonen, die sie für wichtig hielt. »Also gut. Sie nennen sich die überlebenden Shishim, ihre Männer sind alle tot, sogar die Jungen. Da ist die Heka, sie heißt Wintshikan, ihre Anya heißt Zell. Das ist diejenige, die mit dem Mädchen Zaro im Krankenhaus der Anyas der Barmherzigkeit ist. Sie sind nicht richtig krank, aber die Reise war zu anstrengend für sie. Dann ist da noch eine Frau namens Xaca, die sich um sie und das andere Mädchen kümmert, das Kanilli heißt. Dann gibt es zwei Bindungspaare von Frauen und Anyas, die ziemlich wild sind. Das sind Luca und Wann, Wann ist diejenige, die der Mann haben wollte, und die beiden anderen sind Nyen und Hidan. Bis auf diese vier haben sich alle ziemlich gut eingewöhnt, aber die vier passen nicht in die Dörfer und erst recht nicht nach Linojin.« Sie holte tief Luft. »Kumba hat im Fischerdorf herumgehört, was die Leute über diese Pixa wissen, aber es ist nicht viel, weil sie erst angekommen sind. Sie kamen mit ziemlich viel Geld und sieben oder acht Yomayls hier an, die sie bis auf ein paar verkauften und noch mehr Geld einnahmen. Das machte die Leute natürlich neugierig, weil die meisten Flüchtlinge nur mit den Kleidern ankommen, die sie am Leib tragen. Naja, du weißt, wie

Frauen sind. Sie reden gern, und Mädchen reden noch lieber, also wird manches ausgeplappert. Anscheinend gab es eine Räuberbande, die den Hausiererweg unsicher machte und schon viele Pilger und fliegende Händler und Flüchtlinge, die über dem Kakotinpaß gekommen waren, um die Ecke gebracht hatten. Diesmal aber ging es anders aus, und die Pixa machten sie kalt und erbeuteten ihr ganzes Zeug. Vielleicht kommt es daher, daß Luca und die jüngeren Frauen der Pixa die Leute im Dorf nervös machen, und wenn man diese Prügeleien mit den Männern hier dazu nimmt, ist es wahrscheinlich besser für sie, wenn sie für eine Weile von hier verschwinden.« Zot rümpfte die Nase. »Das ist ungefähr alles.«

»Hm.« Yseyl stand auf. Zot schien jetzt ruhiger; es war an der Zeit, sie sachte auf Distanz zu halten. »Zeig mir ihr Zelt, Zot, und dann bleib außer Sicht. Still! Ich habe einen Grund, weißt du. Ich will nicht, daß sie dich mit mir in Verbindung bringen. Je nachdem, was geschieht, wenn wir verhandeln, möchte ich, daß du sie beobachtest, ohne dich selbst blicken zu lassen. Verstehst du?«

Der letzte Rest Begeisterung verlor sich aus Zots Miene, die wieder ihren gewohnten Ausdruck frühreifen Zynismus' annahm. »Ich verstehe«, sagte sie und sprang auf. »Du willst, daß ich vorausgehe, damit die anderen uns nicht zusammen sehen.«

Für Yseyl bedeuteten diese Worte: Ich weiß, was du tust, es ist das gleiche, was alle tun, mich gebrauchen und dann wegschubsen wie einen lästigen Hund. Eine Faust schloß sich um ihr Herz, und sie wußte, daß sie dem Kind das nicht antun konnte, was immer es kosten mochte. Zot gehörte dazu, bis der Zaun beseitigt wäre. Wenn sie verletzt oder getötet würde, so war es noch immer besser als weiter auf die schiefe Bahn gestoßen zu werden, auf die Yseyl selbst geraten war. Gleich darauf schalt sie sich, sentimental zu werden. Was war los mit ihr? Konnte sie nicht mal einen Plan machen und dabei bleiben? Sie wollte es nicht, konnte sich nicht mit diesem Mädchen abgeben ... aber irgendwie fühlte sie sich für Zot verantwortlich. Und sie wußte gut genug, warum: etwas an ihr erinnerte sie an sich selbst. Ich wünschte, dachte sie bei sich, sie würde von mir ablassen ... Ich bin die schlechteste Wahl, die sie treffen konnte. Bis der Zaun beseitigt ist ... was dann? Nein, ich kann nicht, ich muß weg von hier. Cerex? Oder dieser Digby? Jetzt ist nicht die Zeit, darüber nachzudenken. Ich will nicht darüber nachdenken ...

Sie wandte Zot die Schulter zu und blickte verdrießlich zu den windverkrümmten Bäumen, die, von Brennholzsammlern zerhackt und ihrer unteren Äste beraubt, mehr tot als lebendig waren. Die Zelte bestanden hauptsächlich aus alten, geflickten Segeln, die den Flüchtlingen von den Bewohnern der Fischerdörfer als Teil ihrer Solidaritätsverpflichtung überlassen worden waren. Salz, Sonne und Alter hatten sie gelblichgrau verfärbt. Vor einigen dieser Zelte spielten Kinder, Hunde schliefen, alte Frauen und sehr wenige alte Männer dämmerten vor sich hin oder arbeiteten an zerrissenem Lederzeug, Hemden und Hosen, die schon so oft geflickt und gestopft worden waren, daß vom ursprünglichen Material nicht mehr viel zu sehen war. Der leichte Seewind trug ihnen den Gestank von Exkrementen, Urin und Hoffnungslosigkeit zu.

»Sei nicht albern«, sagte Yseyl mit einem Anflug von Ungeduld. »Du mußt es aus ihrem Blickwinkel sehen. Mich zu ihrem Zelt zu führen, ist eine Sache, an den Verhandlungen teilzunehmen, ist eine andere. Du bringst mich zum Lager, dann suchst du Kumba und erkundigst dich, ob er weitere mögliche Kandidaten gefunden hat. Ich brauche für diese Phela noch einen, möglichst aber zwei weitere Kämpfer. Und denk bloß nicht, ich würde dich übergehen. Du bist ein Mädchen, kein Kämpfer, aber du bist klein, was nützlich sein könnte, und klug dazu. Eine, die sich auskennt und Köpfchen hat, können wir weiß Gott gebrauchen.«

Zot starrte sie noch einen Augenblick lang an, dann grinste sie und machte sich mit einem lächerlichen kleinen Hopser auf den Weg, der um die Zeltsiedlung der Flüchtlinge herumführte.

Das Zelt stand abseits von den anderen. Neben ihm befand sich eine aus Stangen und ineinandergeflochtenen Zweigen hergestellte behelfsmäßige Einfriedung, in der zwei Jomayls standen. Ein Mädchen war bei ihnen und bearbeitete eines der Tiere mit einem Striegel. Neben einer Frau, die Lederschnüre zu einer kurzen Peitsche flocht, stand ein Radio im Staub. Zwei Schritte weiter lag eine Anya auf einer Decke und las in einem kleinen, zerfledderten Buch. Eine zweite Anya saß zu ihren Füßen und schnitzte an einem Stück Holz; was es werden sollte, konnte Yseyl nicht erkennen.

Sie stand da, beobachtete die Szene und fühlte sich plötzlich zurückversetzt zur verrückten Delelan, wie sie aus dem süßlich riechenden weichen Sidaholz Räder für ihren Spielzeugwagen geschnitzt hatte. Sie waren nicht alle schlecht gewesen, jene Tage; es war bloß so, daß sie es bisher zu schmerzlich gefunden hatte, sich der guten Zeiten zu erinnern.

Zots Flüstern unterbrach ihr Erinnern und führte sie zurück zu den Notwendigkeiten des Augenblicks. »Die mit den Lederschnüren, das ist Luca. Die Anya mit dem Buch ist Wann, die andere ist Hidan. Geh nur hin.« Ein leises Kichern und ein Rascheln von Blättern, dann war Zot verschwunden, wie sie es ihr gesagt hatte.

Yseyl schluckte. Zwar war sie eine erfolgreiche Diebin und hatte sich an nicht wenige Waffenhändler herangepirscht und sie getötet, aber immer war ihr dabei zustatten gekommen, daß sie jung, klein und unauffällig war. Kaum jemand beachtete sie, niemand nahm sie ernst. Eben dies war hier ihr Nachteil, wo es darauf ankam, erwachsene Leute von etwas zu überzeugen. Sie fühlte sich unzulänglich. Dann aber gab sie sich einen Ruck, schlenderte in gespielter Nonchalance hinüber und stellte sich vor Luca hin. »Mein Name ist Yseyl. Ich habe einen Vorschlag für Sie.«

Wintshikan blickte auf, als die Tür geöffnet wurde. Luca kam herein, gefolgt von Nyen, Wann und Hidan.

Luca nickte Zell zu, dann Zaro in dem anderen Bett. Dann streckte sie Wintshikan den Kasten mit den Symbolkarten hin. »Wir brauchen dich, du sollst für uns die Karten deuten, Heka.«

Wann brachte Wintshikan den Schal der Heka und legte ihn um ihre Schultern. »Es ist wichtig.«

Wintshikan nahm den Kasten, sah ihn an, blickte zu Luca auf. »Worum geht es?«

Luca verschränkte die Hände auf dem Rücken. »Es ist, weil du die Gabe hast, Heka, du hattest sie immer, selbst wenn du nicht glauben wolltest, was du sahst.« Sie wandte den Kopf zu den anderen. Hidan und Nyen standen hinter ihr. Hidan gab zu verstehen: »Alles klar. Sprich weiter.«

Luca nickte, fixierte Wintshikan mit gespannter Miene. »Du erinnerst dich, was ich sagte, als wir zum ersten Mal den Ozean sahen?« Ein knappes Lächeln zuckte um ihre Mundwinkel. »Ein junges Mädchen bot uns eine Gelegenheit, dieses Gelübde einzulösen. Ich möchte wissen, ob die Chance wirklich ist oder ob sie aus Gründen, die ich nicht erkennen kann, etwas abzieht.«

»Sie?« Wintshikan nahm die Karten aus dem Kasten und wickelte sie aus dem Seidentuch. Sie legte den Kasten neben Zell auf das Bett, breitete das Tuch aus und hielt die Karten in den Händen.

»Eine kleine Pixa. Sie sagte, sie sei diejenige in dem Lied, der kleine graue Geist. Ich denke, daß sie es vielleicht ist. Wenn du ihr in die Augen siehst, ist es kalt wie im Winter, und du siehst ein hungriges Raubtier, für das du die Nahrung bist.« Sie erschauerte.

»Du und Wann, Nyen und Hidan, ihr denkt daran, mit ihr zu gehen? Auch Xaca?«

»Nein. Wir haben darüber gesprochen, sie möchte bei Kanilli bleiben; wir aber haben keine Töchter, für die wir sorgen müssen. Ich möchte es, Heka. Du weißt, wie sehr.«

»Ich weiß.« Wintshikan murmelte den Segen über die Karten und mischte sie. Sie hob den Kopf. »Laß mich selbst abheben. Ich bin Shishim. Die letzte der Shishim.«

Luca winkte die anderen um sich. Sie standen beisammen, Schulter an Schulter, und sahen zu, wie Wintshikan die Karten abhob und neben Zell auf dem Bett auslegte.

Ihr Atem ging schneller, als sie sah, daß die unterste Karte nicht mehr das schwarze Oval des Todes war, sondern ein Zeichen der Billigung. Sie berührte die Karte mit der Spitze des Zeigefingers. »Dies bestimmt uns. Wie ihr sehen könnt, ist es das Feuer auf dem Altar. Was ihr tut, Luca, Wann, Nyen und Hidan, tut ihr im Dienste Gottes.« Sie bewegte den Finger zur ersten der drei Karten in der mittleren Reihe. »Dies sind die Determinanten der kommenden Tage. Die erste Karte ist eine Warnung. Das Himmelsfeuer. Gefahr, Schnelligkeit, das Unerwartete, das über euch kommt. Seid flink auf den Beinen und vergeßt nie, hinter euch zu schauen. Die zweite beschreibt, was euch umgibt. Es ist der Kessel, der sowohl Gift als auch Gesundheit braut. Überlegt gut, was ihr tut. Die dritte ist das Tor, das vorwärts und zurück blickt. Wieder eine Wahl. Ein Wendepunkt. Ich kann euch nicht sagen, was zu tun ist, weil ich nicht weiß, von welcher Art diese Wahl sein wird. Was immer ihr entscheidet, ihr werdet meinen und Zells Segen haben.«

Sie berührte die erste Karte in der obersten Reihe. »Dies sind die Führer, die uns den Rechten Weg weisen. Das Ei. Aus euren Handlungen in den kommenden Tagen wird eine neue Welt geboren. Die Waage. Wenn ich dies richtig verstehe, wird der Krieg enden, und das Leben wird endlich zu Ruhe und Ordnung zurückfinden. Es mag sein, daß ich sehe, was ich sehen will, aber mein Herz sagt, daß es so geschehen wird.« Sie nahm die restlichen Karten vom Schoß, legte sie neben Zell auf das Bett und stand mit einiger Mühe und schmerzenden Gelenken auf. Während Tränen ihre Augen verschleierten, umarmte sie jede von ihnen, hielt jede einen langen Augenblick an sich gedrückt, bevor sie sie losließ. Dann trat sie zurück. »Geht mit Gott und dem Segen des Shishim.«

Der Blitz vereint
und trennt,
wirft Licht und Dunkelheit.
Ein Aufruf zu
Schnelligkeit der Auffassung,
des Auges und Handelns.

Kapitel 12

Shadit betrachtete, was sie gezeichnet hatte, schloß die Augen und durchsuchte ihr Gedächtnis nach weiteren Einzelheiten des Stützpunktes. Sie fügte dem Komplex jenseits der Zentrale eine weitere Gruppe kleiner Häuser hinzu, wischte sich den vom Haaransatz rinnenden Schweiß und blickte zum Himmel auf.

Es war ein heißer Tag, und die Luft in diesem abgeschlossenen Gebirgstal schien fast unbewegt. Die Sonne war hinter den spitzen Wipfeln der Nadelbäume im Umkreis der Wiese versunken, und ein paar kleine Wolken zogen durch den runden blauen Himmelsausschnitt über ihr. Kein Zeichen von Yseyl. Sie blickte zu den Einheimischen, die um ein kleines Feuer kauerten, eine Teekanne herumgehen ließen und leise miteinander sprachen, alle bis auf die kleine Zot, die sich unruhig hierhin und dorthin bewegte, im Bachbett von Stein zu Stein sprang oder Kiesel nach den Fischen warf, die im klaren Wasser dünne, fließende Schatten warfen.

Eine Weile beobachtete sie Zot mit nachdenklichem Stirnrunzeln. Als sie Einwände erhoben hatte, das Mädchen in dieses Vorhaben einzubeziehen, war Yseyls Gesicht vor Zorn dunkel angelaufen, und in ihre Augen war ein Glitzern getreten, das sagte: *Davon will ich nichts hören.* Also hatte sie es fallen gelassen.

Abgesehen von Zot war es eine seltsame Truppe, die Yseyl mitgebracht hatte, zwei Impix und vier Pixa, und das hätte eine zu explosive Mischung abgeben müssen, um gedeihlich zusammenzuarbeiten. Das einzige, was sie miteinander teilten, war das Flüchtlingsdasein.

Die Männer waren Impixbrüder von einem Gehöft in der Nähe von Gajul. Khimil und Syon. Nachdem Pixa Phelas das Gehöft niedergebrannt und den Rest der Familie ermordet hatten, waren Khimil und Syon nach Gajul gegangen, wo sie eine Weile gelebt hatten, bevor sie sich abwechselnd als Matrosen und Arbeiter verdingt und die Küste entlang gearbeitet hatten, um zu überleben. Yseyl sagte, sie haßten den Krieg und haßten den Zaun so sehr, daß sie mit jedem zusammenarbeiten würden, der ihn zu Fall bringen könnte, sogar mit Pixa, obwohl es hilfreich war, daß diese Pixa Frauen und Anyas waren. Die beiden waren mittelgroß und drahtig, mit knochigen, mageren Gesichtern, von Entbehrungen und Bitterkeit gezeichnet, und sie kamen selten zur Ruhe. Ständig waren ihre Hände geschäftig, die aufmerksamen Augen immer in Bewegung.

Luca und Wann, Nyen und Hidan wirkten ruhiger, aber das war nur die Oberfläche; darunter waren der gleiche Zorn, die gleiche Entschlossenheit. Die Zusammenarbeit bereitete ihnen mehr Unbehagen als den Brüdern, aber auch sie waren auf das gemeinsame Ziel konzentriert.

Shadit zeichnete die an den steilen Hängen der Caldera wachsenden Bäume ein und versuchte sie in der richtigen Orientierung zur Siedlung wiederzugeben. Es war mehr ein Zeitvertreib als Notwendigkeit, und bis Yseyl zurückkehrte, hatte sie den Leuten nichts zu sagen. Wenn Yseyl zurückkehrte. In diesem Punkt gab es keine Gewißheit; das Vertrauen zwischen dem kleinen grauen Geist und ihr hing an einem seidenen Faden.

»Was ist das?«

Shadit blickte auf. Zot stand neben ihr, hielt die Hände auf dem Rücken und blickte stirnrunzelnd auf die Lageskizze.

»Ein Lageplan. Ich versuche mir alles einzuprägen und aufzuzeichnen.«

»Ist es das, wohin wir gehen?«

»Mmh.«

»Ist das eine Wand, diese äußere Linie?«

»Etwas Ähnliches, ja. Weißt du über Vulkane Bescheid?«

Zot schnaubte. »Ich mag ein Waisenkind sein, aber ich bin nicht unwissend.«

»Nun, diese Linie soll der Rand um einen Vulkankrater sein. Diese Zeichen hier stellen die Bäume dar, die an den Steilhängen bis hinauf zum Rand wachsen. Wir werden dort in Deckung gehen, sobald wir hinkommen, und warten, bis alles zur Ruhe kommt.«

Syon war vom Feuer herübergekommen, während sie gesprochen hatte. »Was hat das mit der Beseitigung des Zaunes zu tun?«

»Wenn Yseyl zurückkommt, werde ich es erklären. Es hat keinen Sinn, wenn ich mich wiederhole. Aber wenn Sie wollen, erkläre ich Ihnen jetzt die Karte.«

Das Lächeln nahm die Härte aus seinem Gesicht, und sie merkte auf einmal, wie jung er war. »He!« rief er. »Khimil, komm herüber und sieh dir das an.«

Shadit zog den Finger die äußere Linie entlang. »Die Bodenstation der Ptak befindet sich am Boden dieser Caldera wie die Suppe am Boden einer Schüssel. Der Vulkan liegt nahe dem Ende der Bergkette, wo wir uns befinden. Ungefähr so weit nördlich, wie Sie gehen können.«

Luca runzelte die Brauen. »Wie viele Tagereisen?«

»Beritten wahrscheinlich mehr als ein Monat. Wir werden aber nicht reiten, wir werden fliegen.« Sie blickte in die Runde. »Mit Maschinen von außerhalb der Welt. Ein Flug dauert ungefähr drei Stunden. Aber es werden mindestens zwei Flüge notwendig sein, um sie alle zu überführen, also wird es den Nachmittag und Abend dauern, bis alle an Ort und Stelle und bereit sein werden. Wir werden erst gegen den Stützpunkt vorgehen, wenn ...« Sie hob den Kopf, als sie das Summen der Triebwerke hörte, streckte die Fühler ihrer erweiterten Wahrnehmung aus und entspannte sich, als sie Yseyl berührte. Der Geist flog niedrig, unter den Baumwipfeln, um den Ortungsgeräten der Ptak verborgen zu bleiben.

Sie streifte die Zweige eines der Bäume und landete das Miniskip auf den Stützen. Als sie sich vergewissert hatte, daß die Maschine standfest war, schaltete sie die Triebwerke aus, stieg ab und griff nach dem schwarzen Kasten, der auf den Gepäckträger geschnallt war.

Zot quietschte und rannte zu ihr. Einen Augenblick lang sah es so aus, als wollte sie Yseyl umarmen, statt dessen aber fuhr sie mit der Hand über die Lenkung, berührte den geräumigen Sattel und kicherte. »Sieht aus wie ein Besen mit Füßen. Wie kommt es, daß es fliegt?«

Shadit stand auf. »Wir können den Desintegrator lassen, wo er ist, Yseyl. Komm zu uns.«

»… tue das. Ich werde Zeit und Ruhe brauchen, um die Generatoren des Zaunes abzuschalten und die Programme zu infizieren.« Ihre Fingerspitze berührte eine Anzahl kleiner, miteinander verbundener Quadrate. »Dies sind die Wohnquartiere. Als ich sie vor ein paar Wochen beobachtete, waren die Ptak nach Sonnenuntergang alle in den Häusern, aber wir sehen, daß die Gebäude durch diese glasverkleideten Arkaden alle miteinander verbunden sind. Nach Dunkelwerden erstrahlt alles im Lichterglanz wie Gajul an einem Festtagsabend. Von den diensttuenden Ptak verbringen nicht wenige die halbe Nacht damit, daß sie von Haus zu Haus gehen, sich unterhalten und Geselligkeit pflegen; wenn sie schlafen, geschieht es in Etappen von jeweils zwei bis drei Stunden, also gibt es gewöhnlich immer genug von ihnen, die wach sind. Das könnte ein Problem werden, denn weil sie sich nicht gern eingeengt fühlen, bauen sie sehr luftig, und die meisten dieser Häuser bestehen mehr aus Fenstern als aus Wänden. Wir werden daran denken müssen, daß es dort viele Augen gibt. Sobald wir den Kratersee erreichen, wird die Gefahr der Entdeckung geringer sein, weil es dort Bäume und Büsche als Deckung gibt.« Sie blickte zum bewölkten Himmel auf. »Das Radio sagt, ein Tiefdruckgebiet ziehe durch. Mit etwas Glück könnten wir oben im Norden Regen haben. Das würde die unruhigen Geister in den Häusern festhalten.«

Sie zeigte auf das größte der Rechtecke. »Dies ist das Gebäude, in das wir hinein müssen. Die Bodenstation. Sie ist abgeschirmt, und es gibt nur einen Eingang. Um dort einzutreten, muß der Kephalos der Station einen erkennen, und man muß einen Kartenschlüssel haben. Die Abschirmung bedeutet, daß etwas wie ein Gegenstück zum Zaun um das Gebäude und über das Dach gezogen ist. Die Abschirmung kann erkennen, wer freien Zugang hat, und alle anderen aufhalten, selbst wenn sie den richtigen Schlüssel haben. Wer ihn berührt, würde zwar nicht getötet, sondern es wäre eher so, als bekäme man einen Schlag mit dem Knüppel über den Kopf und bliebe eine Weile bewußtlos. Das bedeutet nicht, daß sie unseren Angriff erwarten, es dient mehr dem Zweck, fremde Agenten und Spione fernzuhalten.«

Luca blickte von der Karte zu Shadit auf. »Sie wissen, wie man hineinkommt?«

»Yseyl hat einen Weg gefunden. Hineinzukommen wird nicht schwierig sein. Hinterher wieder herauszukommen, könnte ein Problem werden. Ich sagte bereits, was ich tun werde, aber Sie müssen eins wissen: In dem Augenblick, da ich anfange, in die Programmierung einzugreifen, werden die Ptak in ihrer Zentrale Ptak-Knerol davon erfahren, weil der Kephalos im Datenverbund mit dem dortigen Zentralrechner steht, und sie werden den Leiter der Bodenstation über Radio alarmieren und auffordern, etwas zu unternehmen. Das kann ich nicht verhindern. Also sollten wir darauf vorbereitet sein, mit aufgeregten, verwirrten und zornigen Ptak fertigzuwerden. Und sie werden Energiewaffen haben. Wenn wir unser Vorhaben nicht sehr verstohlen und erfolgreich ausführen, könnten einige von uns getötet werden, bevor wir den Flieger erreichen. Ich möchte, daß wir alle uns darüber im Klaren sind. Energiewaffen …«

Shadit zog einen stumpfgrauen Stab aus ihrem Ärmel, ein kleines Ding, kaum länger als ihre Hand. »Sie sehen diesen Felsblock, wo eben noch Zot saß? Gut. Halten Sie sich zurück, und was Sie auch tun, gehen Sie nicht vor mir.« Sie wählte die feinste Einstellung mit der schärfsten Bündelung, berührte den Sensor und durchschnitt den Block, dann sicherte sie die Waffe. »Sie glauben nicht, daß etwas geschehen ist, wie? Khimil, gehen Sie hin und sehen Sie sich diesen Block an. Versuchen Sie ihn zu heben und sehen Sie zu, was geschieht.«

Der Felsblock von der Größe eines mittleren Rucksacks fiel in zwei Stücke. Die inneren Oberflächen waren so glatt, daß sie wie Spiegel glänzten. Der Mann ließ vor Verblüffung eine Hälfte fallen, dann stieß er sie mit dem Stiefel an. »Dieses Ding würde Fleisch und Knochen genauso zerschneiden, nicht wahr?«

»Richtig. Allerdings bezweifle ich, daß die Ptak Energiewaffen wie diese gebrauchen werden, weil sie zuviel Schaden an ihrem Eigentum anrichten würden. Eher werden sie Pulser einsetzen, hübsche kleine Dinger, die einen zu Gelee schütteln, ohne die Haut zu verletzen. Ich möchte, daß Sie alle dies verstehen, bevor Sie sich bereit erklären, mit Yseyl und mir zu gehen. Sie alle können sehr schmerzhaft und blutig ums Leben kommen.«

Syon schloß seine hellen Augen zu Schlitzen und wiegte den Kopf von einer Seite zur anderen. »Es kann kaum schlimmer sein als erschlagen oder erschossen oder niedergemetzelt zu werden.«

Luca nickte. »Wenn es Ihnen wirklich gelingt, den Zaun zum Verschwinden zu bringen, ist es das Opfer wert. Außerdem, wen kümmert es, was danach geschieht?«

»Mich kümmert es«, erwiderte Shadit. »Ich habe vor, lebendig und unversehrt aus dieser Sache herauszukommen. Und nach allem, was Yseyl mir über Sie alle erzählt hat, sind Sie geschickt darin, unbemerkt in Orte hinein- und wieder herauszuschlüpfen. Wenn wir kämpfen müssen, tun wir es, aber ich würde viel lieber darauf verzichten.« Sie beugte sich über die

Karte. »Sobald wir unsere Arbeit getan haben, geht es darum, wie wir von dort wegkommen. Ich habe es mir so gedacht …«

Shadit kroch durch den Streifen von Gestrüpp und Buschwerk, der sich durch den oberen Teil eines langen Schutthanges zog. Sie bewegte sich langsam, um die Zweige der Sträucher nicht zu sehr in Bewegung zu setzen. Der Himmel war an diesem Morgen bedeckt, es ging ein leichter Wind aus wechselnden Richtungen, und Shadits Kleider und Haare verfingen sich immer wieder in den dornigen Zweigen und Ranken. Sie war in Schweiß gebadet, als sie endlich eine Stelle erreichte, wo sie einen ungehinderten Blick auf die Bodenstation unter ihr hatte.

Sie zog den Feldstecher aus seiner Tasche, regulierte die Einstellung und ließ das Gesichtsfeld über den Stützpunkt gehen. Nichts hatte sich geändert. Ptak gingen hin und her, ein paar schwammen im Kratersee, einige arbeiteten im Gemeinschaftsgarten, und zwei junge Männer vollführten im vollen Schmuck ihres Balzgefieders einen rituellen Kampftanz vor einem halben Dutzend Zuschauern. Frauen in weißen Kitteln betraten das Gebäude der Bodenstation, andere kamen heraus. Es ging geschäftiger zu als das letzte Mal. Sie wußte nicht, was das bedeutete. Schwierigkeiten?

Sie beobachtete eine Weile länger. Insgesamt war es ein friedliches Bild, keine Anzeichen von Sorge oder Beunruhigung in den Bewegungen der Leute. Nur die zunehmende Geschäftigkeit um das Gebäude der Bodenstation. Sie seufzte. »Ich muß sehen, was das bedeutet.«

Sie gab Luca den Feldstecher mit Instruktionen, wie er zu gebrauchen war, bedeutete den anderen, abwechselnd den Stützpunkt zu beobachten und sich mit den Bewegungen des Personals vertraut zu machen. »Ich möchte, daß jeder von Ihnen wählt, was er für den besten Fluchtweg zum See hält; wir werden die Möglichkeiten durchgehen, sobald Sie alle Gelegenheit hatten, mit dem Feldstecher zu beobachten. Zot, du bleibst bei mir und hältst Wache. Wenn du etwas siehst oder hörst, was dich stört oder beunruhigt, gib mir einen Rippenstoß.« Sie nickte, als Yseyl die Brauen hochzog. »Ja, ich werde mich eine Weile auf telepathische Einfühlung konzentrieren. Es gibt einige Dinge, die ich überprüfen muß.«

Ausgestreckt auf einer Decke, einen Arm über die Augen gelegt, fühlte sie in den Wänden des Stationsgebäudes nach einem geeigneten Medium. Bald fand sie es in Gestalt einer jungen und lebhaften Maus, die im Zwischenboden auf Nahrungssuche war. Sie zappelte und sprang, bevor Shadit sie unter Kontrolle hatte, und die winzigen Zähne klapperten in Angst und extremer Bekümmertheit, als Shadit sie zu der Spalte neben einem Deckenbalken steuerte, die sie letztes Mal zur Beobachtung benutzt hatte.

Sie gab der Maus eine kleine Aufmunterung, eine Art Tätscheln und Streicheln aus der Ferne, dann setzte sie sie an den Spalt, wo die kleinen schwarzen Knopfaugen den Raum unter ihr überblicken und die runden rosigen Ohren die Worte der Ptak auffangen konnten.

»… soll mit diesem Verzeichnis geschehen, Vourts?«

Vourts rückte ihre Brille zurecht und machte abwehrende Handbewegungen zu dem in einer transparenten Plastikhülle steckenden Blatt. »Chitatri! Wo haben Sie das ausgegraben? Die Schrift verblaßt und die Hülle ist fast undurchsichtig. Drucken Sie eine neue Kopie und suchen Sie eine Klarsichthülle, die nicht aussieht, als stammte sie aus dem Jahr eins.«

»Was für eine Sauerei ist das? In dieser Schublade liegt zerfressenes Papier, und alles ist voll Mäusekot! Wo ist der Roboter?«

»Hat jemand die Akte unter Schlüssel acht gesehen?«

»Acht? Müßte hier irgendwo herumliegen. Avo!«

»Am Roboter ist ein Lager ausgelaufen. Torml hat ihn zur Werkstatt gebracht. Wird ein Weilchen dauern. Wir müssen heute selbst saubermachen.«

Ein junger Mann schaute aus der Tür seines Abteils. »Was ist mit acht?«

»Hast du die Akte mit der Ausarbeitung?«

»Weiß jemand die Nummer vom Papierlager?«

»Vierundzwanzig, du Trottel. Aber die haben jetzt Pause; mußt noch eine halbe Stunde warten.« Trotz des verbalen Durcheinanders gingen die Reinigungs- und Aufräumungsarbeiten rasch und effizient vonstatten; vielleicht lag es daran, daß die Arbeit auf den Kreis der Techniker beschränkt war, die Zugang zu diesem Gebäude hatten. Als der Stützpunktleiter eintraf, kochte Shadit vor Ungeduld. In all dem Geplapper hatte sie noch nicht einmal einen Grund für diese Aktivität erfahren.

Der Stützpunktleiter war ein dicker und selbstherrlicher Ptak, ein Mann mit Hängebacken, Kehllappen und einem naß glänzenden Kamm, als hätte er zuviel Federcreme aufgetragen.

Vourts scheuchte die Techniker in eine staubige, schlecht ausgerichtete Reihe an der Wand und stellte sich selbst dazu. Ihre anachronistischen Brillengläser glitzerten im Licht der Deckenbeleuchtung und verbargen vorteilhaft ihre Augen.

Der Stützpunktleiter nickte ihnen zu, schritt wortlos die Reihe ab und setzte sich an den Terminal. Er aktivierte die Abschirmung und gab seinen Schlüsselkode ein, bestehend aus drei aneinandergekoppelten Wortkürzeln, wie Eltern sie verwenden, wenn sie sich über die Köpfe der Kinder hinweg verständigen. Shadit merkte sich die Sequenz und beobachtete mit erheiterter Verblüffung, wie er Listen von Losungsworten und

Zugangskodes für Geheimakten abrief. Mit langsamen, unbeholfen wirkenden Berührungen der sensorischen Tastatur und ständiger Konsultation des aufgeschlagenen Notizbuches an seiner Seite veränderte er die Losungsworte und Kodes zu anderen Wortkürzeln. Als er fertig war, grunzte er zufrieden, meldete sich ab und schaltete die Abschirmung aus. Er stand auf und schnippte mit den Fingern. Als die Techniker ihre Plätze in der Reihe verließen und an ihre Arbeit zurückkehrten, wanderte er im Raum umher, runzelte die Brauen über Unsauberkeiten und Flecken und fuhr mit dem Zeigefinger über die obere Türkante und zeigte den Leuten den Staub, den er mit dem Finger weggewischt hatte.

Bevor er hinausging, wandte er sich noch einmal um. »In zwei Stunden wird der Col-Kirag hier sein. Vourts, Sie und Kleik werden hier Dienst tun, also säubern Sie sich und ziehen Sie sich um. Und im übrigen wünsche ich, daß alles hier fleckenlos sauber und aufgeräumt ist, wenn der Flieger landet. Und ich erwarte von Ihnen allen, daß Sie mit der Ehrenwache zur Begrüßung antreten. Und unter uns gesagt, es wird Zunder geben. Meine Quellen sagen, der Besuch stehe im Zusammenhang mit gewissen unliebsamen Erscheinungen. Einige lokale Sender haben Antikriegslieder ausgestrahlt, was die Touristen nervös macht, zumindest war es so, bis der Col-Kirag diese Sendungen unterband. Ein weiterer Grund des Besuches soll die Affäre mit diesen Cobben sein, die über ihre eigenen Füße stolperten und verpfuschten, was sie hätten tun sollen. Jetzt hält er Ausschau nach weiteren Verantwortlichen, die er durch die Mangel drehen kann.«

Shadit saß auf und rieb sich die Schläfen. Eine Hand berührte ihren Arm, und Yseyl hielt ihr einen Becher Tee hin. »Dachte mir, Sie würden es vielleicht mögen.«

Sie wartete, bis Shadit getrunken hatte, und fragte dann: »Irgendwas Interessantes?«

»Ich denke schon. Die Lieder, die dich und die anderen erreichten. Und eine Warnung, die ich einfließen ließ.« Sie trank wieder vom Tee. »Ah, das ist gut. Es ist immer wie ein Geschenk, wenn sich herausstellt, daß ethisches Handeln zugleich eine gute Taktik ist.«

Yseyl zog die Brauen hoch.

»Tut nichts zur Sache. Nur eine Streicheleinheit für meine Seele.« Shadit trank den Tee aus und stellte den Becher neben sich. »Zeit, sich auf das Praktische zu konzentrieren. Auf der freien Fläche beim Kratersee wird ein Flieger landen. Kommt uns sehr gelegen. Es bedeutet, daß wir nicht bis zu der Senke laufen müssen, was den Fluchtweg nahezu halbiert. Und wenn es heute abend regnet, könnten wir alle ungeschoren davonkommen.«

Ein Windstoß trieb Shadit Regenspritzer ins Gesicht. Sie wischte sich die Augen und lief gebückt weiter, zwei Schritte hinter Zot, die so leise wie die anderen durch die Nacht geisterte. Es war ein trüber Abend mit bedecktem Himmel, der Wind wechselhaft, bald abflauend, bald böig auffrischend, der Regen ein leichtes, aber gleichmäßiges Nieseln, das gerade ausreichte, den Aufenthalt im Freien unbehaglich und den Boden schlüpfrig zu machen. Aber eine gute Nacht für Einschleichdiebe. Die Ptak waren in ihren Häusern, wo sie es behaglich hatten, warm und trocken. Niemand würde in diesem Wetter draußen sein wollen, wenn er nicht mußte.

Sie richtete sich auf, als sie in die Schwärze unter den Bäumen am Rand der Freifläche kam, den Kasten mit dem Desintegrator von Yseyl übernahm und mit staunender Bewunderung sah, wie die kleine Pixa sich in etwas wie einen Nebelfleck verwandelte und auf den

Flieger zutrottete. Kleiner grauer Geist! Mit der Deutung war sie näher an der Wirklichkeit gewesen, als sie gewußt hatte. Digby würde ihr das Fell abziehen, wenn sie sich dieses Talent durch die Lappen gehen ließ. Neun Händler hatte sie auf dem Gewissen, Cerex hatte es bestätigt. Wahrscheinlich hatten sie nichts geahnt, als es sie traf. Shadit verstand jetzt, warum.

Yseyl setzte die Betäubungswaffe ein. Das elektromagnetische Feld brannte gegen Shadits telepathische Fühler wie Nesseln. Zweimal. Es folgte der Eindruck rascher, zweckmäßiger Aktivität. Dann eine Pause, während sie wartete.

Shadit berührte Lucas Arm und zeigte.

Der Regen wurde stärker, als Luca, Wann und die kleine Zot zum Flieger rannten; obwohl ihnen Yseyls Talent fehlte, waren sie in der Dunkelheit nur erkennbar, wenn ein Beobachter wußte, wohin er sehen mußte. Als sie den Flieger erreichten, zeigte sich ein blaßgrauer Lichteffekt, wie Mondlicht, das durch Wolken schien, als Yseyl den Einstieg öffnete. Drei dunkle Umrisse verschwanden im Licht, dann schrumpfte es und verschwand, als die Tür geschlossen wurde.

Augenblicke später war Yseyl wieder da. »Sie sind an Bord und bereit«, murmelte sie. »Ich gab Luca die Betäubungswaffe, falls es Ärger geben sollte.« Sie nahm den Desintegrator aus Shadits Händen zurück. »Jetzt sind Sie dran.«

Ohne Schwierigkeiten erreichten sie die Dornhecke. Sogar die Nachtvögel hatten ihre geschützten Schlafplätze aufgesucht und blieben still.

Shadit beugte sich über die Energiewaffe, um sie gegen den Regen abzuschirmen, verkürzte die Reichweite und durchschnitt mit kurzen Feuerstößen die Dornsträucher, bis ein schmaler Pfad frei war, der schräg durch die Hecke schnitt, so daß er aus kurzer Entfernung nicht mehr zu sehen war.

Als alle sechs innerhalb der Hecke waren und bis zu den Knöcheln im aufgeweichten Erdreich standen, sandte Shadit ihre telepathischen Fühler durch das Gebäude. Der Regen fiel prickelnd auf ihren Unterarm, als sie die Hand zu Hidans Schulter ausstreckte. »Ich fühle zwei. Und Sie?«

»Zwei. In dem Raum mit den großen Fenstern.«

»Richtig.« Shadit beugte sich zu Yseyl. »Das dritte Fenster von hinten. Dort.« Sie zeigte auf das Fenster. »Da brauchen wir das Loch.«

Yseyl aktivierte den Desintegrator.

Weil die Ptak keine Notwendigkeit sahen, die Abschirmung um die Bodenstation mit visuellen Hinweisen zu versehen, schien nichts zu geschehen, und Shadits erweiterte Wahrnehmung vermittelte ihr nur ein unbestimmtes Gefühl von Erregung. Sie schloß die Augen und konzentrierte sich wieder auf das Feld. Nun konnte sie in der Feldebene schwache Riffel ausmachen, die um eine kreisförmige Öffnung von Handgröße flossen. Das konnte ein Problem werden. Wenn sie ihre Fühler ausstreckte, konnte sie die Fenster nicht sehen; wenn sie die Fenster sah, konnte sie das Feld nicht erkennen.

Hidan keuchte.

Shadit wandte den Kopf. »Was ist?«

»Ein Loch im Nichts. Ich kann es wachsen fühlen.«

»Sag mir, wenn es nicht mehr wächst.« Sie ließ sich von Syon die sprossenbesetzte hölzerne Kletterstange reichen, die er und sein Bruder angefertigt hatten. Dann setzte sie das untere Ende auf den Boden und wartete.

»Jetzt.«

»Ist das ganze Fenster frei?« fragte sie. Sie mußte sich zu Hidans Ohr beugen, um ihr Flüstern im Geräusch des Regens hörbar zu machen.

»Ja. Bis auf eine Handspanne.«

»Gut.« Sie hob die Stange. »Hidan, warnen Sie mich, wenn dieses Ding zu nahe an den Rand der Öffnung gerät.«

Die Stange berührte den Fenstersims, ragte ein wenig darüber hinaus. Shadit hielt den Atem an und drückte das untere Ende der Kletterstange in den Boden, bis das oberste Sprossenpaar fest am Sims lag. Sie blickte zu Hidan.

»Alles klar.«

»Gut.« Sie holte tief Luft, nickte Hidan zu und stieg die Sprossen zu beiden Seiten der Stange hinauf, bis sie das Glas berühren konnte.

Ein Saugnapf in die Mitte der Glasscheibe, vier schnelle Schnitte mit dem Glasschneider, ein Druck, und der Weg war frei.

Syon zog die Kletterstange herein, stellte sie in eine Ecke und kauerte daneben, ein Gewehr über die Knie gelegt, den Blick auf das Fenster gerichtet.

Shadit zog sich die Strickmütze über den Kopf, bis der Augenschlitz richtig saß, blickte zu den anderen vermummten Gestalten, drückte auf die Klinke und öffnete die Tür des leeren Lagerraumes, schlüpfte hinaus in den Korridor und folgte ihm.

Sie war mehrere Schritte jenseits des offenen Bogens, der in den Arbeitsraum führte, bevor die beiden Techniker sie bemerkten. Sie betäubte beide, rannte ins Büro, fand das Kodebuch, das Vourts benutzt hatte, und eilte damit zurück zum Terminal.

Während sie die Seiten durchblätterte, bis sie die gesuchte fand, schleiften Khimil und Nyen die bewußtlosen Techniker von ihren Datenanschlüssen fort, banden ihre Handgelenke und Knöchel, knebelten sie und verbanden ihnen die Augen. Hidan stand Wache an der Tür, suchte mit ihrer Thinta den Umkreis ab und war bereit, eine Warnung zu pfeifen, wenn jemand käme.

Shadit gab die Kombination des Leiters ein und begann mit der ermüdenden Arbeit, die Sperren zu überwinden und zu vermeiden, daß Zugangskodes die Abschirmung ausschalteten und die Tür öffneten. Die Kombinationen waren noch komplizierter als sie befürchtet hatte, und das Abrufen und Durchsuchen aller Dateien erwies sich als mühsam und zeitraubend, gab ihr aber auch ein Gefühl dafür, wo sie ansetzen mußte, wenn sie an der Satellitenprogrammierung arbeitete. Draußen klopfte der Regen an die Fensterscheiben, der Wind winselte und pfiff um die Ecken. Drinnen rannten Nyen und Khimil umher, sammelten alles Brennbare, was sie finden konnten, und häuften es um die anderen Terminals. Hin und wieder riefen sie sich mit gedämpften Stimmen etwas zu.

Zuerst waren all diese Geräusche irritierend, doch als Shadit sich tiefer in das System einarbeitete, verloren sie sich, bis ihr Bewußtsein sie nicht mehr registrierte.

Das Geräusch der zufallenden Tür weckte Thann aus unruhigen Träumen. Ihr Babbit zappelte protestierend, als sie sich aufrichtete, und sie steckte einen Finger in den Beutel, an dem das Junge sich festsetzen konnte. Der Eizahn war ausgefallen, und die neuen Zähne würden erst im sechsten Monat des Beuteljahres kommen.

Isahoe war fort. Ihre Decke war zurückgeschlagen, die Kleider lagen noch zusammengelegt auf dem Hocker am Fuß ihres Bettes. Schlafwandelte sie wieder irgendwo, barfuß und mit nichts als dem gestärkten weißen Nachthemd, das Fisalin, die Anya der Barmherzigkeit, ihr jeden Abend brachte? Thann rieb sich das rechte Auge mit dem Handballen, dann das linke, fuhr sich übers Gesicht und suchte sich von der Benommenheit des Schlafes zu befreien, um entscheiden zu können, was sie tun sollte.

Mit einem Seufzer rieb sie dem Babbit die Mundöffnung und zog ihre Hand zurück. Sie rappelte sich auf, steckte die Füße in ihre Sandalen und zog das gestreifte Gewand an, fummelte mit den Knöpfen, die die Halsöffnung schlossen. Sie konnte nicht darauf zählen, daß die Anyas der Barmherzigkeit Isahoe bemerken und zurückbringen würden; sie schliefen oder waren mit ihren Gebeten und Meditationen beschäftigt. Wenn Isahoe hinausgegangen war … Ihre Thinta konnte die Pilger draußen wahrnehmen, Hunderte von ihnen, die in endlosen Runden um das Hospiz zogen, Litaneien sangen und das Heilige Kind mit Segenswünschen überhäuften. Sie machten ihr Angst. Die Wände waren zu dick, und sie waren zu weit vom Herbergsflügel des Hauses entfernt, um sie zu hören, aber auch so konnte sie der schrecklichen Eindringlichkeit ihrer Sehnsucht nicht entgehen. Wenn Isahoe hinausginge, und die Pilger sie entdeckten …

Ihre Thinta suchte, berührte Isahoe, und sie eilte ihr nach, so schnell sie konnte, ohne zu rennen. Das Klatschen ihrer Sandalen hallte unangenehm laut durch die leeren Korridore. Sie waren dunkel, erhellt nur von winzigen Öllampen, die in weiten Entfernungen voneinander in Wandnischen brannten.

Licht flammte vor ihr auf. Sie konnte durch ihre Thinta Isahoe fühlen, die auf sie zukam. Und Anyas der Barmherzigkeit. Dutzende von ihnen. Als leerte sich das Haus.

Sie drückte sich an die Wand und wartete.

Isahoe kam um die Ecke. Eine Hand ruhte in der Hand der Oberin. In der anderen hielt sie ein Glas, in dem eine Kerze brannte, deren Flamme ihr Gesicht seltsam von unten beleuchtete und fremdartige Schatten warf. Ihre Augen hatten jenen steinernen Schimmer, der Thann erschreckte, wann immer sie ihn sah, und ihre Lippen waren in einem knappen, triumphierenden Lächeln gebogen.

Die anderen Anyas der Barmherzigkeit folgten ihnen in Zweierreihen, ihre Hände glitten in eingeübten Bewegungen durch die Lobpreisungen, ihre Schatten tanzten über die Wände, tanzten über Thann hin, als sie an ihr vorbeizogen.

Sie folgte ihnen aus dem Haus und auf die Straße.

Isahoe begann zu singen, und ihre Stimme schnitt durch den Lärm der Pilger. »Gott hat mir gesagt«, sang sie. »Gott hat gesprochen, Gott hat versprochen. Der Zaun wird fallen, er fällt heute nacht.«

Als Thann dies hörte, wurde ihr Magen zu Eis. Isahoe zu sehen, wie sie überall die Gesichter nach Mama, Papa und Kelin abgesucht hatte, nachdem sie an jenem ersten Tag durch das Tor gekommen waren, hatte sie traurig gemacht und beunruhigt. Und als Isahoe begonnen hatte, für die Anyas der Barmherzigkeit und die Pilger Prophezeiungen zu machen, als wollte sie wieder ihren Kummer verleugnen, indem sie Gott als einen Schild gebrauchte, war es noch schwerer zu ertragen gewesen. Aber dies …

Sie wußte nicht, was schrecklicher für Isahoe sein würde – wenn der Zaun blieb, wo er war, oder wenn er fiel. Und sie hatte keine Ahnung, was sie tun sollte, tun konnte.

Schwestern im Gottesbund schlossen sich der Prozession an, als sie an ihrem Haus vorbeizog, und sie sammelte mehr und mehr Pilger hinter sich, als sie weiter durch die Stadt zog. Sprecher des Propheten gliederten sich ein, während sie am Seminar und dem Zelt vorbeizog, Brüder in Gott strömten aus dem Großen Yeson, als sie ihn umrundete und die breite Straße zum Fischertor und der Küste hinabzog.

Thanns Babbit nahm die Aufregung ringsum wahr und bedurfte ständiger Überwachung, als er aus dem

Beutel zu kriechen suchte und die Handgriffe erklettern wollte, die in Thanns Gewand eingenäht waren, um oben zu sitzen und den Kopf aus der Halsöffnung zu stecken, um zu sehen, was geschah. Thann steckte im Gehen beide Hände durch die Seitenschlitze des Gewandes, so daß sie den kleinen Zappler fangen und den Kopf wieder durch den Schließmuskel des Beutels stecken konnte. Es war in einer Weise eine willkommene Ablenkung von ihrer Sorge um Isahoe, denn all diese Aktivität bedeutete, daß der Babbit nicht nur gesund war, sondern über sein Alter hinaus intelligent.

Als die Prozession den Hafen erreichte, versuchte Thann näher an Isahoe heranzukommen, aber das Gedränge der Menge um sie stieß sie beiseite, und da sie um den Babbit fürchtete, gab sie auf und hielt sich am Rand des Zuges, bis sie zu einem doppelten Vertäupoller kam. Dort setzte sie sich, ließ die Beine über die Kaimauer hängen und lehnte sich mit dem Rücken gegen die Poller. Obwohl sie Isahoe nicht sehen konnte, hörte sie sie, als sie die Shimbil-Litanei sang und die Menge ihr antwortete.

In der Ferne schimmerte golden der Zaun, beständig wie Thanns Herzschlag. Sie streichelte den kleinen Kopf des Babbits, bis er weich in ihrer Handfläche lag und sich in den Beutel zurückzog, um mit der Saugwarze im Mund einzuschlafen.

Eine Stunde verging. Eine zweite.

Der goldene Schimmer am Horizont verschwand.

Selbst die inbrünstigsten Prozessionsteilnehmer blieben still, auch sie konnten nicht glauben, was sie sahen. Sie warteten auf die Wiederherstellung des goldenen Schimmers. Ein Seufzen wie von einem Wind, der dem Sturm vorausgeht, wehte über den Kai, als die Tausende kollektiv Atem holten und ihn anhielten.

Thann starrte in die Dunkelheit und dachte an die Fremde, die sie gerettet hatte; es schien eine naheliegende Verbindung. Wer sonst würde wissen, wie der Zaun zum Verschwinden gebracht werden konnte?

»Gelobt sei Gott, der Zaun ist gefallen!« erklang Isahoes Stimme. Sie brach den Bann, der die Gläubigen in stummer Beklommenheit gehalten hatte.

Irgendwo in der Mitte des Gedränges rief eine Männerstimme: »Ein Wunder!«

Weitere Rufe.

Heiliges Kind.

Botin Gottes.

Segne uns, Kind.

Berühre meine Hand.

Heile mich.

Segne mich.

Thann kauerte an den Pollern und sah, wie zwei Brüder in Gott Isahoe auf ihre Schultern hoben.

Umringt von Anyas der Barmherzigkeit, Schwestern im Gottesbund sowie Brüdern und Sprechern des Propheten schoben die Männer mit Isahoe auf den Schultern sich durch die Menge zum Fischertor und sangen aus vollen Kehlen den Lobpreis Gottes. Thann sah, wie Isahoe diese Vergötterung annahm, als gebühre sie ihr, dann lehnte sie den Kopf gegen die Poller, schloß die Augen und trauerte. Ihre Tochter war nicht mehr; das Heilige Kind entpuppte sich als eine Fremde mit demselben Gesicht.

Wintshikan schloß ihre Hand um Zells, als der Zaun verschwand. »Sie haben es geschafft. Ich glaubte nicht, daß sie es könnten, aber sie haben es erreicht.« Sie sah zu, wie Zaro, Kanilli und Xaca einander bei den Händen faßten und mit den übrigen Flüchtlingen am Strand einen jubelnden, lachenden Reigen tanzten. »Ich glaube nicht, daß meine Knie das aushalten würden.«

Zell wedelte im Anya-Gelächter mit der Hand.

Sie setzten sich auf ein kieloben am Strand liegendes

Boot und beobachteten, wie sich die Feier entlang dem Ufer entwickelte. Händler brachten Schwala und Injiji in Flaschen, heiße Fleischpasteten und geröstete Tatas. Ein Trommler, ein Fiedler und ein Flötenspieler fanden vor einer Fischerhütte zusammen und begannen zu spielen. Entlang dem Strand taten andere Musikanten es ihnen nach. Da und dort wurden auf dem Sand Freudenfeuer angezündet.

Wintshikan blickte wieder zur See hinaus und frohlockte über die Dunkelheit am Horizont – eine Dunkelheit, die bedeutete, daß sich der Zaun noch unten befand. Sie holte tief Atem und wandte sich zu ihrer Anya. »Zizi, ich glaube, ich möchte auf neuen Bergen stehen und die Sonne über unbekanntem Land untergehen sehen.«

Zell lächelte. Das feuchte Tiefland hatte ihr nicht gut getan; das Atmen fiel ihr schwer, und die Schmerzen in der Hüfte verließen sie nie. »Wo es keinen Krieg gibt.« Sie streichelte Wintshikans Arm. »Wo Haß eine persönliche Sache ist und nicht an Unbeteiligten ausgelassen wird.«

Wintshikan saß still und nachdenklich, als eine lange Kette von Kindern, die einander bei den Händen hielten, lachend und schreiend in Schlangenlinien durch den Sand tobte. Als sie vorbei waren, sagte sie: »Wir werden ein paar Tage auf Luca und die anderen warten. Wenn sie zurückkommen. Wenn sie es gut überstanden haben. Aber wenn wir zu lange warten, könnte der Preis höher steigen, als wir bezahlen können.«

»Wir könnten eine Nachricht hinterlassen, wohin wir gehen, wenn die Zeit kommt, bevor sie zurück sind. Wir sollten an Zaro und Kanilli denken. Und an Xaca. Der Rest der Coranthim täte sich vielleicht mit uns zusammen, um eine neue Ixis zu bilden; sie haben junge Männer, aber nicht viel Geld. Wir haben Geld.«

»Da wir schon vom Geld sprechen, ich habe Hunger. Du?«

»Ich könnte eine Tata oder zwei vertragen.« Sie benutzte Wintshikans Arm als Stütze und kam auf die Beine. »Ach, Wintashi, welch eine Nacht. Ich glaubte wirklich nicht, daß ich dies noch erleben würde.«

Shadit schwang den Bürosessel herum, reckte die Arme, ächzte und fuhr sich mit beiden Händen durchs Haar. »So, das ist getan.« Sie blickte von den anderen zu den beiden gefesselten Ptak. »Der Zaun ist weg.«

Yseyl schloß die Augen und sagte nichts.

Hidan grinste, nahm das Gewehr in die Armbeuge und machte mit der freien Hand ein ausholendes Triumphzeichen. Dann aber schrumpfte ihr Grinsen zu einem angespannten Lächeln. »Ptak haben das Gebäude umkreist und versuchen seit einer halben Stunde zur Tür hereinzukommen.«

Shadit lauschte. Durch die Geräusche des Regens, das Jammern des Windes und das Summen der Station hinter ihr glaubte sie Unruhe und Stimmengewirr zu hören. Die Fühler erweiterter Wahrnehmung verrieten ihr, daß eine Menge durchnäßter, zorniger und enttäuschter Ptak draußen zusammengelaufen war; bisher schien es noch keine Ordnung und Organisation zu geben, nur ein paar Personen um den Stationsleiter, die auf den Zugangskode konzentriert waren, und ein paar andere, die um das Gebäude gingen und nach der Stelle suchten, wo die Eindringlinge die Sicherheitsabschirmung durchbrochen hatten. Sie rieb sich den Rücken. »Sie werden nicht hereinkommen, ich veränderte den Kode. Sie haben Wache gehalten. Hat schon jemand gemerkt, daß im Fenster des Lagerraumes die Scheibe fehlt?«

»Ich habe mit der Thinta nicht viele Ptak auf der Rückseite festgestellt, nur ein paar, die um das Gebäude trotten, weil sie zu aufgeregt sind, um still zu stehen.«

Yseyl öffnete die Augen. »Syon hätte schon das Feuer eröffnet, wenn sie das Loch gefunden und versucht hätten, einzusteigen. Zünden wir die Baracke an, und dann nichts wie weg. Ich sehe keinen Grund, noch länger hier herumzuhängen.«

Shadit blickte zu den Ptak. Gefesselt, geknebelt und die Augen verbunden, lagen sie unter den Fenstern an der Wand. Wenn das Gebäude in Brand geriet, würden sie keine Chance haben. Sie waren jetzt offensichtlich wach, kämpften wütend aber vergeblich gegen ihre Fesseln. »Richtig, aber wir werden die Reihenfolge verändern. Es ist wichtig, daß möglichst alle hinauskommen, bevor es brennt und der Feuerschein die ganze Umgebung erhellt. Also, alles zieht die Wollmützen über und wir nehmen den Weg, den wir gekommen sind. Yseyl, du gehst voran und setzt bei Widerstand die Betäubungswaffe ein. Ich mache den Schluß und gebe Ihnen ein paar Minuten Vorsprung, bevor ich Feuer lege.«

Yseyl wartete einen Augenblick, bevor sie in den Lagerraum ging, und blickte zurück. Die Maske verbarg ihr Gesicht, aber Shadit fiel es nicht schwer, Argwohn und Vermutungen in ihr zu lesen. Einen Augenblick später war sie fort.

Shadit wandte sich zu den gefangenen Ptak. »Hören Sie gut zu«, sagte sie. »Die anderen werden in ein paar Minuten draußen und auf dem Weg in die Berge sein. Sie werden sie nie finden, denn sie sind hier zu Hause. Ich beteiligte mich aus ethischen Gründen an diesem Unternehmen. Der Zaun ist eine Abscheulichkeit vor Gott, also habe ich ihn zerstört. Seien Sie gewarnt, was ich getan habe, kann ich wieder tun. Ich werde Ihre Knebel entfernen, bevor ich mich meinen Verbündeten anschließe. In Ihrem Zorn hätten sie Sie hier in den Flammen umkommen lassen, aber das werde ich nicht tun. Ich habe die Abschirmung so programmiert, daß sie sich zehn Minuten nach meinem Weggang ausschaltet und die Tür geöffnet wird. Rufen Sie Ihre Leuten, daß sie kommen und Sie herausholen. Sagen Sie ihnen, daß der Kephalos mit einem Virus infiziert worden ist und fünf Minuten nach dem Öffnen der Tür versagen wird.«

Shadit stellte die Betäubungswaffe auf Fächerwirkung ein, schwang sich aus dem Fenster und stieg den Leiterbaum hinab. Ihre Stiefel schmatzten im schlammig zertretenen Erdreich, sie glitt aus, fiel und krabbelte wieder auf die Beine. Vom Regen halb geblendet, verwirrt durch den Ausrutscher, duckte sie sich, betätigte den Sensor der Betäubungswaffe und ließ den breit gefächerten Strahl im Halbkreis durch das Gelände gehen. Als sie sich aufrichtete, sondierte sie rasch die Umgebung. Kein aktives Bewußtsein in der Nähe. Sie fand den schmalen Pfad, den sie schräg in die Dornhecke geschnitten hatte, schlüpfte durch, übersprang den Körper eines betäubten Ptak und rannte zu den Bäumen.

Unter den Bäumen war die Dunkelheit fast vollkommen. Der Regen rauschte und tropfte von den Blättern, der Boden war durchnäßt und schlüpfrig; obwohl das Laub den direkten Regen abhielt, kam noch genug durch, und alles troff von Nässe; jedesmal, wenn sie im Dunkeln einen Zweig streifte, überschüttete er sie mit einer Dusche, und im Nu war sie völlig durchnäßt.

Als die Schwärze des Waldes sich vor ihr ein wenig zu lichten schien und es nicht mehr weit zur freien Fläche des Landeplatzes am Rand des Kratersees sein konnte, versuchte sie zu laufen und gleichzeitig ihre erweiterte Wahrnehmung einzusetzen. Das war ein Fehler. Sie glitt auf einer nassen, vorstehenden Wurzel aus, die sie nicht bemerkt hatte, verlor das Gleichgewicht und schlug hart auf. Ihr Kopf streifte den Baumstamm, das andere Knie geriet unter sie und wurde seitwärts verrenkt – und die Betäubungswaffe flog ihr aus der Hand.

Einen Augenblick lag sie, wo sie gefallen war, benommen und in Schmerzen, dann hörte sie die kreischenden Stimmen von Ptak und rennende Schritte zu ihrer Rechten.

Sie rappelte sich auf, keuchte beim Auftreten, als stechender Schmerz ihr Knie durchfuhr. Es blieb keine Zeit, nach der Betäubungswaffe zu suchen, und vielleicht bestand auch keine Notwendigkeit; wenn die Ptak sie fanden, würden sie nicht allzuviel daraus lernen. Schließlich wußten sie schon, daß eine Auswärtige beteiligt war. Sie tat einen Schritt, biß die Zähne zusammen und hinkte so schnell sie konnte zum Landeplatz.

Sie versuchte das Bein steif zu halten, um den Schmerz zu verringern, schwang es vorwärts, setzte den Fuß auf, humpelte einen Schritt weiter, hielt sich an Zweigen und Schößlingen, um das Knie ein wenig zu entlasten. Um sie her rauschte der Regen auf die Blätter, prickelte auf ihrem Gesicht, kalt und trostlos, rann ihr in den Nacken. Wind, Schlamm, Regen.

Ein Ausruf. Ein wenig Licht durchdrang das Gehölz von rückwärts, ungleichmäßig und flackernd. Offenbar hatten sie die Tür geöffnet, und der Luftzug fachte das Feuer an. Wenn der Lichtschein so weit reichte, mußte es sich gut entwickelt haben. Zehn Minuten mußten bereits vergangen sein.

Eine Regenbö schlug ihr ins Gesicht. Einen Arm über die Augen gekrümmt, um sie vom Wasser freizuhalten, hinkte sie weiter und hatte die Bäume hinter sich. Endlich! Sie zog die Schultern ein und humpelte weiter auf den Landeplatz zu, den sie nicht sehen konnte. Der Regen prasselte auf sie nieder, fegte ihr ins Gesicht, bis sie halb ertränkt war.

Ein Ruf. Ptak! Dicht hinter ihr. Sie machte unbeholfen kehrt und tastete nach der Energiewaffe an ihrem Gürtel. Mit Mühe konnte sie zwei schemenhafte dunkle Umrisse ausmachen, die auf sie zukamen. Verdammt, dachte sie bei sich, warum muß es auf diesem Hühnerhof zwei nüchterne Köpfe geben?

Sie hob die Waffe, doch bevor sie sie einsetzen konnte, fühlte sie die Aura eines Betäubungsstrahls ganz nahe und sah die Ptak zusammenbrechen.

»Shadow, Wann sagte, Sie seien verletzt.« Es war Yseyls Stimme.

Shadit wandte sich zu ihr um. »Bin gefallen und verrenkte mir das Knie. Meine eigene Dummheit. Danke für die Hilfe.«

»Ha.« Yseyl kam näher. »Stützen Sie sich auf meine Schulter. Sie vergessen, daß Sie die einzige sind, die das Ding fliegen kann.«

Shadit brachte ein Schmunzeln zuwege. »Ein schönes Gefühl, gebraucht zu werden.«

Sie legte die Maschine in die Kurve und flog eine enge Schleife in der Caldera. »Dachte mir, Sie möchten einen Blick auf den Schaden werfen.«

Im gleichen Augenblick brach das Dach der Bodenstation in einem aufstiebenden Funkenschauer in sich zusammen, und trotz des starken Regens schossen die befreiten Flammen sieben Meter in die Höhe. Die Dornhecke schwelte, und einige der benachbarten Häuser waren auch in Brand geraten.

Die Pixa drückten ihre Gesichter an die Fenster, als könnten sie von dem Anblick nicht genug bekommen. Der Eindruck des Erlebten machte sie stumm, aber in ihren Augen war ein wildes, triumphierendes Leuchten. Zot klatschte in die Hände und kicherte, dann wurde auch sie still und schmiegte sich an Yseyl.

Diese zögerte, dann legte sie dem Kind eine Hand

auf die Schulter. Sie sah, daß Shadit sie aus den Augenwinkeln beobachtete, starrte trotzig zurück, wandte den Kopf zur Seite.

Hm, dachte Shadit, vielleicht wird Digby Glück haben und einen Geist mieten können. Ich glaube nicht, daß diese Beziehung glücken kann. Meuchelmörderin und kleine Mutter scheinen keine miteinander zu vereinbarenden Beschäftigungen zu sein. »Nun, wenn Sie alle Ihre Plätze einnehmen, können wir unser nächstes Ziel ansteuern. Bevor ich Sie zu dem Lagerplatz zurückbringe, wo wir gestartet sind, möchte ich sehen, wo der Zaun war. Nur um mich zu vergewissern, daß er wirklich verschwunden ist und es sich nicht bloß um eine Anomalie der Software handelt. Dachte mir, auch Sie würden es vielleicht gern sehen. Oder vielmehr nicht sehen.«

»Ja«, sagte Luca, »ich möchte es sehen. Ich möchte sehen, daß er fort ist.«

Khimil schlug sich mit der Hand auf den Schenkel. »Ja. Ich sah dieses verwünschte Ding jeden Tag, als wir auf dem Küstendampfer südwärts fuhren. Erinnerst du dich, Syon, wie der Wind uns wegtrieb und der Kapitän so betrunken war, daß er es nicht merkte?«

»Und ob. Wir hätten zu Asche werden können.« Er schüttelte sich, rückte an Hidan heran, nahm ihre Hand und hielt sie an sein Gesicht.

Sie befreite die Hand, klopfte ihm auf die Schulter und setzte sich neben Nyen.

Sobald alle ihre Sitze eingenommen hatten, zog Shadit den Flieger im Steigflug durch eine Kurve und nahm Kurs nach Westen. Bald durchstießen sie die Wolkendecke und sahen, wie das Morgenlicht den Himmel hinter ihnen rosig verfärbte.

»Nein! Was wir gerade getan haben, ist eine Sache. Du hast dein Abenteuer bekommen und es überlebt, aber wo ich jetzt hingehe, ist es zu gefährlich.« Yseyl fuhr sich mit den Fingern durchs Haar, kehrte dem kauernden, mißmutig vor sich hin starrenden Kind den Rücken zu und ging an den Bach. Sie hockte nieder, suchte einen Kiesel und warf ihn nach dem Stamm eines Nadelbaumes am anderen Ufer. Der Schwung ihres ausholenden Armes und der befriedigende Aufschlag des Kiesels beruhigte sie. Sie blickte über die Schulter zu Zot. »Ich kann dich nicht mitnehmen, Zot. Du kannst reden, so viel du willst.«

Zot hob den Kopf und stieß ihn vorwärts wie eine Schlange. »Lügnerin! Du willst mich bloß los sein, das ist alles. Meinst du, ich wüßte es nicht?«

»Du kannst glauben, was du willst, es ändert nichts.« Sie stand auf, wischte die Hände aneinander ab. »Ich hab mit Luca gesprochen. Khimil und Syon schließen sich ihrer Ixis an und wollen dich bei sich haben. Du wirst wieder eine Familie bekommen, und das brauchst du am dringendsten.«

»Ich will keine Familie. Das wäre noch schlimmer als in der Gemeinschaftsunterkunft zu hausen. Die ganze Zeit Erwachsene um mich zu haben, die sagen: tue dies, tue das.«

»Sei kein Dummkopf, Zot. Ich will nur dein Bestes. Du bist in Ordnung, hast Verstand, aber du kennst mich nicht. Ich weiß nicht, was du in mir zu sehen glaubst, aber ich bin es nicht. Und du weißt nichts von der Welt, in die ich gehen werde.« Ihre Stimme war leise, beinahe ein Flüstern, aber es war eine zornige Schärfe darin. »Und erzähl mir nicht, daß du es lernen könntest. Du würdest dabei draufgehen und vielleicht auch mich mit hineinreißen.«

Zot starrte sie an. Sie biß sich auf die Unterlippe, um sie am Zittern zu hindern, blinzelte, um die Tränen zurückzuhalten. Plötzlich sprang sie auf und rannte fort, verschwand einen Augenblick später im Schatten unter den Bäumen.

Yseyl stand, wo sie war, entleert von Zorn und Zuneigung, empfand nur eine ungewisse Erleichterung. Es war getan und leichter gewesen als sie erwartet hatte. Zot wird sich beruhigen, wenn ich erst weg bin, dachte sie. Sie wird einsehen, daß es das Beste für sie ist, und mit Luca gehen. Sie braucht eine Familie. Nicht mich. Nicht mich … Sie erschauerte, fuhr sich mit der Hand übers Gesicht, wischte all diesen Unsinn fort und schritt über das Gras zu der Jägerin.

»Gibt es einen Grund, länger zu warten? Ich möchte fort von hier.«

»Ich möchte erst starten, wenn genug Verkehr in der Luft ist, daß wir nicht gesehen und aufs Korn genommen werden.« Sie nickte zum Flieger, der unweit von ihnen unter den überhängenden Ästen stand. »Der Alarm ist eingestellt und wird anzeigen, wenn mehr Flieger in der Luft sind. Sollte nicht mehr lange dauern.«

»Ich verstehe nicht. Ich dachte …«

»Ich bin keine Spielerin, Yseyl. Wenn ich springe, möchte ich vorher wissen, wo ich lande …«

Ein musikalischer Klang, eine einzige reine Note drang aus der offenen Tür des Fliegers.

In einer dieser raschen, flüssigen Bewegungen, die Yseyl bei einer so großen und schweren Person immer wieder überraschte, sprang die Jägerin auf. »Es ist Zeit«, sagte sie. »Nimm deine Sachen und komm.«

Suche
das Gleichgewicht
zwischen
Leidenschaft
und
Vernunft.

Kapitel 13

Das frühe Morgenlicht lag grau unter den zerzausten Bäumen, als Luca über die Grenzlinie des Lagers trat.

Ein lauter Alarmpfiff ertönte, und aus dem Schatten eines der Zelte trat eine junge Frau, die sie nicht kannte, hob mit steinerner Miene das Gewehr. »Halt oder ich schieße.«

»Was soll das heißen? Wo ist die Ixis Shishim?« Luca blickte sich um. Die Einfriedung war fort, ebenso die Jomayls, aber zwei der Zelte waren ihr vertraut – sie erkannte einen Flicken, den Xaca über einen Riß genäht hatte. »Was ist passiert?«

Gestalten kamen aus den Zelten, versammelten sich hinter der Wächterin, dann sprang Kanilli vorwärts. »Luca!« schrie sie und warf sich gegen die Frau. »Du bist zurückgekommen!« Die Worte kamen gedämpft aus Lucas Hemd, in das sie ihr Gesicht drückte.

Wintshikan trat näher. »Es ist in Ordnung, Phula, sie ist eine von uns. Laßt euch anschauen, alle miteinander! Ihr seid alle zurückgekommen, und wer sind diese? Aber das kannst du mir später sagen. Ihr habt es geschafft. Gottes Segen auf euch, ihr habt es geschafft.«

Luca trat zu dem Lederpolster, wo Wintshikan die Feier beobachtete. Sie setzte sich auf den Boden und musterte das Gesicht der älteren Frau. Einmal Heka, immer Heka, so wollte es die Regel der Karten. Jetzt von der Ixis Shicoram. »Ich kehre nicht zur alten Lebensweise zurück.«

»Ich weiß.« In der Stimme der alten Frau lag Traurigkeit, aber auch Einverständnis. »Das sind ordentliche junge Männer, die ihr zu uns gebracht habt. Impix, nicht wahr?«

»Bauernsöhne.«

»Oh, das wird nützlich sein.« Sie lächelte breit, und die Jahre fielen von ihr ab, obwohl die Runzeln sich vertieften. »Hätte nie gedacht, daß ich Impix willkommen heißen würde. Wir werden bauen müssen, wie wir es in diesem Küstendorf gesehen haben, erinnerst du dich? Wir können nicht Dinge machen, wie die Impix aus der Stadt, aber wir können Feldfrüchte anbauen und Tiere halten. Wußtest du, daß ich vorhatte, dir den Schal zu übergeben, als wir Linojin erreichten?«

»Ich dachte, daß du es vielleicht tun würdest.«

»Macht es dir was aus, wenn ich es nicht tue?«

»Nein. Da ich nun weiß, wohin du gehst …« Luca ließ den Blick über die Gesichter gehen, die sich um das

Feuer versammelt hatten – zwei Überreste der angegriffenen Sippen und zwei Impix, die sich irgendwie einfügen würden. »Alles wird so anders sein, daß wir erst einmal einen Mittelpunkt brauchen, der uns Ordnung gibt. Wenn die Übergangszeit vorüber ist, werden wir weiter sehen.«

Der Berg
nährt und lehrt,
ist grausam
und gütig,
lehrt
den rechten Weg,
bildet und
erzieht
das Herz.

Kapitel 14

Thann blickte ein letztes Mal zurück zum Hospiz der Anyas der Barmherzigkeit.

Isahoe gehörte jetzt ihnen. Thanns Tochter war tot – die Isahoe, die dort umherging, erkannte sie nicht, wenn sie sie sah. Der Kummer lastete schwer auf ihren Schultern, als sie das Bündel mit Kleidern aufhob, das die Anyas der Barmherzigkeit ihr gegeben hatten, und fortging. Sie war ängstlich, konnte es aber nicht ertragen, eine weitere Nacht unter diesem Dach zu verbringen.

Mit den Gedanken bei den Instruktionen, die eine Beauftragte der Oberin ihr gegeben hatte, die freie Hand im Seitenschlitz des Gewandes, bereit, den Babbit im Beutel zu halten, wanderte sie die krummen Gassen entlang, die zum westlichen Viertel führten. Der Babbit schlief jetzt zusammengerollt, doch er war mit einem Übermaß von Energie gesegnet oder verflucht und schlief niemals lange. Thann wußte nicht, was sie im westlichen Viertel erwartete, wo sich die Hohekil befanden, denn sie hatte nur die wenigen Münzen, die die Anyas der Barmherzigkeit ihr gegeben hatten, keine Verwandten, niemanden, der sie beschützte. Doch wo es so viele Flüchtlinge und auseinandergerissene Familien gab, konnte sie vielleicht einen Platz finden, wo man sie aufnehmen und wo sie das Junge in Frieden würde aufziehen können.

Als sie die breite Straße verließ und wieder im Gewirr enger Gassen untertauchte, hörte sie Rufe, Geräusche rennender Füße.

Eine kleine, kompakte Gestalt kam um eine Ecke, prallte mit ihr zusammen und stieß sie gegen die Wand des Hauses neben ihr. Hastig steckte sie die Hand tiefer in das Gewand und drückte die Handfläche gegen den Schließmuskel, um den Babbit am Herauskriechen zu hindern.

»Schnell!« Eine kleine heiße Hand ergriff die ihre, zog sie von der Wand fort. »Lauf. Bitte.«

Rufe und Flüche drangen aus der Gasse, eine zornige Männerstimme, die rasch näherkam. Stiefeltritte auf dem Pflaster.

Noch benommen vom Zusammenprall, ließ Thann sich von dem Mädchen mitziehen, bis sie wieder auf der breiten Straße und im Schatten der Mauern des Großen Yeson war.

Das Mädchen ließ ihre Hand los, hockte sich nieder und blickte schnaufend in das Gewimmel der vorbeiziehenden Pilger.

Thann streichelte die Wölbung des Beutels, entspannte sich, als der Babbit zu saugen begann. Sie bückte sich und berührte den Kopf des Mädchens. Als es aufblickte, gab sie zu verstehen: »Warum?«

Das Mädchen hustete. »Als ich sah, daß du Anya und allein warst, konnte ich dich nicht dort lassen. Der alte Fischatem wäre nicht mal stehengeblieben, hätte dich einfach unter den Arm genommen und an seinen Freund, den Fleischhändler, verkauft.«

»Warum war er hinter dir her? Wollte er dich verkaufen?«

»Nein. Mädchen bringen nicht genug. Die Mühe, mich dorthin zu schaffen, lohnt sich nicht.« Sie musterte Thann mit hellen, schlauen Augen, schien etwas zu überlegen. »Weil ich gerade seinen Geldbeutel geklaut habe, deshalb.« Sie machte ein verlegenes Gesicht, zuckte die Achseln. »Ich bin noch nicht so gut darin. Wie kommt es, daß du allein herumgehst? Schlechte Idee, Anya.«

»Weil ich keine Bleibe habe. Ich könnte dich das gleiche fragen, Mädchen.«

»Wo ist deine Familie? Wie bist du ohne sie nach Linojin gekommen?«

Thann lächelte über die geschickte Art und Weise, wie das Kind ihrer Frage ausgewichen war. »Du würdest mir nicht glauben, wenn ich es dir sagte.«

Das Mädchen stand auf, nahm die Hände auf den Rücken und suchte mit den Blicken wieder in der Menge. »Was ich die letzten paar Tage gesehen habe, ist so, daß ich alles glauben würde. Oh, Fischatem gibt nicht auf. Wir müssen weiter. Ich weiß, ich bring dich zum Haus des Arbiters. Ich kann dich ganz leicht hinführen, denn bis vor ein paar Tagen war ich Fremdenführerin.«

Thann folgte ihr, verwundert, wie sehr sie diesem Kind vertraute. Unter der munteren Oberfläche war das Mädchen zornig und litt unter etwas, blieb bei alledem aber seltsam gut gelaunt. Als sie eilig durch ein

Labyrinth schmaler Straßen und Gassen gingen, kam Thann ein beunruhigender Gedanke. Mache ich sie schon zu Isahoe? Zu dem, was Isahoe in meinen Wünschen und Hoffnungen sein würde?

Der Babbit wurde unruhig, als fühlte er Thanns plötzlichen Selbstvorwurf.

Sie steckte die Hand in den Beutel, führte den Mund des Babbit zurück zur Saugwarze, streichelte den kräftigen kleinen Körper in einer Aufwallung hilfloser Liebe, die sie erfüllte.

Das Mädchen berührte ihren Arm. »Da«, sagte es und zeigte zu einem großen, klotzigen Gebäude mit schwarzen Eisengittern vor den Fenstern. »Geh da hinein, und jemand wird dir eine Unterkunft besorgen, wo du dich nicht vor dem Fleischhändler fürchten mußt.«

Thann zog ihre Hand aus dem Beutel. »Warte. Was willst du tun?«

Das Mädchen sah sie stirnrunzelnd an. »Willst du auch versuchen, mein Leben zu bestimmen?«

»Ich spüre, daß dir das nicht sehr gefällt. Sagen wir, es ist Neugier. Ich möchte gern wissen, was mit Leuten geschieht, die ich gern habe. Ich weiß, daß du ein nettes Mädchen bist, also mach nicht so ein Gesicht und sag es mir.«

»Für eine Anya bist du ziemlich scharfsinnig. Die meisten sind dümmer als Pflastersteine. Gut, ich werde den Kopf einziehen, bis Fischatem mit seinem Seelenverkäufer ausläuft, er arbeitet auf einem Küstendampfer, dann werde ich herumschnüffeln und sehen, wo es was zu holen gibt.«

»Dann hast du Zeit, mit mir hineinzugehen und mir zu zeigen, wie ich mich verhalten soll, damit sie nicht merken, daß ich nicht dümmer als ein Pflasterstein bin. Außerdem werde ich dir meine Geschichte erzählen, während wir warten. Wenn du mir deine erzählst.«

Das Mädchen beäugte sie einen Augenblick lang,

noch vorsichtig, dann lächelte es und nickte. »Einverstanden. Mein Name ist Zot, und ich half den Zaun niederreißen.«

Thann wedelte in Anyagelächter mit der Hand. »Ich bin Thann und bin mit jemandem auf einem Besenstil nach Linojin geflogen. Ich glaube, es war eine Freundin von dir, eine Auswärtige namens Shadow. Dies könnte für uns beide interessant sein.«

Tod ist das Ende
und der Anfang,
die Verwandlung, aus der
es keine Rückkehr gibt.

Kapitel 15

Yseyl stand im Schatten des Thilebaumes auf dem bröckelnden Kliff neben dem letzten Kai an der Hafenfront von Lala Gemali. Sie nahm den Traggurt des Kastens mit dem Desintegrator von der Schulter, ließ ihn gegen ihr Bein baumeln und beobachtete mit gerunzelter Stirn den Flieger, als er auf das Wasser herabstieß. »Ich glaube immer noch, daß es ein Fehler war. Sie haben verraten, daß wir hier sind.«

»Vielleicht, aber wenn der Flieger im Wasser aufschlägt, bricht er in tausend Stücke, und das macht jede Chance zunichte, daß die Ptak genug ausschnüffeln werden, um mich zu ermitteln. Das ist jetzt wichtiger, als mit der Maschine irgendwohin zu fliegen. Man würde sie überall erkennen.« Shadit griff nach dem Tragegurt. »Zeit, die Rechnung zu bezahlen, Geist.«

Yseyl sah mit gemischten Gefühlen zu, wie die Jägerin sich den Kasten umhängte. »Nun haben Sie das, also können Sie mir die Wahrheit sagen. War dieses Angebot von einem Job ehrlich gemeint oder ein Täuschungsmanöver?«

»Doch, es ist ehrlich gemeint, keine Bange. Ich werde alle möglichen hübschen Bonuspunkte bekommen, wenn ich dich lebendig und freiwillig mitbringe. Wie ich bei unserer ersten Begegnung sagte, sammelt Digby Talente. Aber jetzt ist es Zeit, daß wir uns trennen. Du weißt, wohin du gehen und wonach du Ausschau halten mußt. Bis später.«

Als Shadit durch die Gassen zur Hauptstraße eilte, fragte sie sich, ob der Geist ihr genug vertrauen würde, um zum Flughafen zu kommen. Yseyl war nur bis hierher mitgekommen, weil sie eine möglichst große Entfernung zwischen sich und dieses Mädchen legen wollte. Shadit seufzte, immer gab es Komplikationen. Aber das weitere war Digbys Sache.

Auf der Hauptstraße wimmelte es von unglücklichen Touristen, die sich in vielerlei Sprachen und Dialekten beklagten, keine Karren für ihr Gepäck bekommen konnten, und darüber, daß alle Flüge auf Tage voraus ausgebucht waren und daß sie keine Reservierungen für das Weltenschiff bekommen konnten, das eigens umgeleitet worden war, um den Andrang zu bewältigen. Sie klagten über die Weigerung der Ptak, ihnen die Reisekosten zu erstatten, über die Langeweile, unter der sie zu leiden hatten, seit die Bildschirme leer waren.

Shadit bewegte sich durch das Gewühl, wie sie sich früher durch die geflüsterten Verlockungen der Holowerbung bewegt hatte, doch genoß sie diese Kakophonie der Enttäuschung viel mehr als die beschwatzenden Schmeicheleien der Werbung. Sie hielt den Kopf gesenkt und die Augen niedergeschlagen, um das wilde Vergnügen in ihnen zu verbergen.

Yseyl zog die Gestalt über sich, die sie auf Marrats Markt getragen hatte, und folgte Shadow durch die Gassen, versuchte sich nach der Karte zu orientieren, die sie sich eingeprägt hatte, und ihre Tarnung aufrechtzuerhalten.

Als sie die Hauptstraße erreichte, schlug ihr der Anblick der vielen Ptak überall auf den Magen und brachte sie einer mörderischen Wut nahe. Da war es gut, daß sie nur die mit Klebeband an ihrem Unterarm befestigte Betäubungswaffe bei sich hatte. Als sie die Beschwerden hörte, die in Interlingua und allen möglichen anderen Sprachen und Dialekten erklangen, und zu begreifen begann, welche weitreichenden Implikationen die Ausschaltung dieser Satelliten bedeutete, wurde sie ruhiger. Ein paar Ptak umzubringen war Vogelfutter, verglichen mit dem Schaden, den Shadow ihnen zugefügt hatte, einer Wunde im Geldbeutel, die viel quälender war als ein Loch im Körper.

Plötzlich kam ihr Zots Gesicht in den Sinn. Sie fröstelte und riß ihre Gedanken von dem Kind los. Jetzt kam es darauf an, Shadow zu benutzen. Digby zu benutzen. Sich in der Welt der Sternenflieger zurechtzufinden. Sich von allen Bindungen freizuhalten. Niemand und nichts sollte ihr jemals wieder unter die Haut gehen. Niemals. Niemals.

Der Flughafen bot ein Chaos, als sie ihn erreichte. Geplagte Ordnungskräfte der Ptak versuchten vergeblich, ein Minimum von Ordnung aufrechtzuerhalten und den Strom der Reisenden zu kanalisieren. Yseyl ließ sich Zeit, erkundete die Lage, schlüpfte wie ein Schatten durch die Kontrollen, orientierte sich und wanderte hinaus zu dem Teil des Flugfeldes, wo sich Shadows

Schiff befinden sollte. Wenn die Jägerin die Wahrheit gesagt hatte. Wenn es noch da war und wartete.

Shadow saß in einer offenen Luftschleuse und hatte ein Gewehr über den Knien. Yseyl blickte zu ihr auf. »Nun?«

»Warte eine Minute. Ich schicke dir den Aufzug hinunter.« Sie stand auf und verschwand im Inneren.

Als der Aufzug kam, zögerte Yseyl einen Moment, blickte über die Schulter auf die Welt zurück, die sie verließ. Diesmal hatte sie eine Wahl. Auch jetzt noch konnte sie fortgehen, und Shadow würde sie nicht aufhalten.

Mit einem leisen Erschauern und einem Anflug von Ärger bestieg sie die Plattform. »Holen Sie mich rauf«, sagte sie. »Nichts wie weg von hier.«

Aus dem Ei entsteht alles.

Die Spirale enthält alles in ihren Windungen.
In ihrem Herzen liegt die Wahrheit.

*Der Dreibund hält den Unterschied
in Ehren, feiert die Einheit.*

*Wolken verdecken die Sonne,
Regenvorhänge verbergen, was vor uns liegt.
Gefahr oder Nahrung?*

Trink tief von der Quelle,
der lebenspendenden,
und vom Leben lerne Weisheit.

Der Berg nährt und lehrt,
ist grausam und gütig,
lehrt den rechten Weg,
bildet und erzieht das Herz.

Blut ist still in der Dunkelheit,
aber es schreit nach Gerechtigkeit,
sobald es die Sonne sieht.

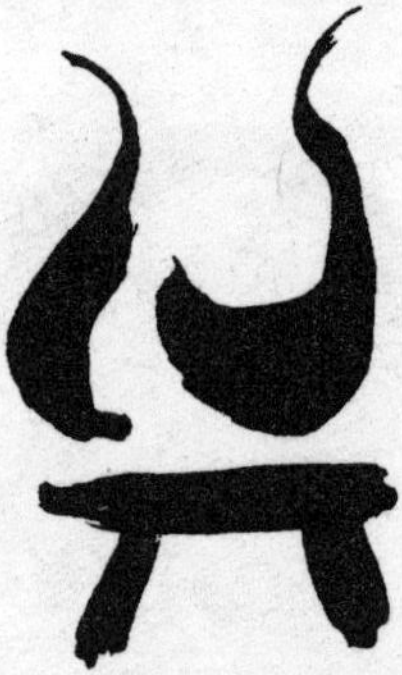

Tue alles mit der ganzen Leidenschaft
deines Herzens, denn damit dienst du Gott.

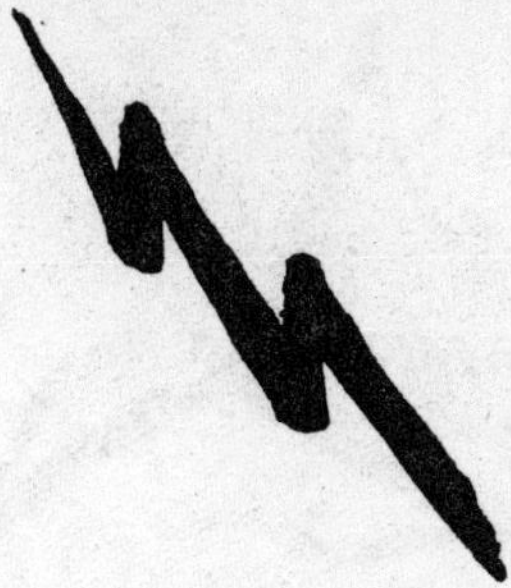

*Der Blitz vereint und trennt,
wirft Licht und Dunkelheit.
Ein Aufruf zu Schnelligkeit der Auffassung
des Auges und Handelns.*

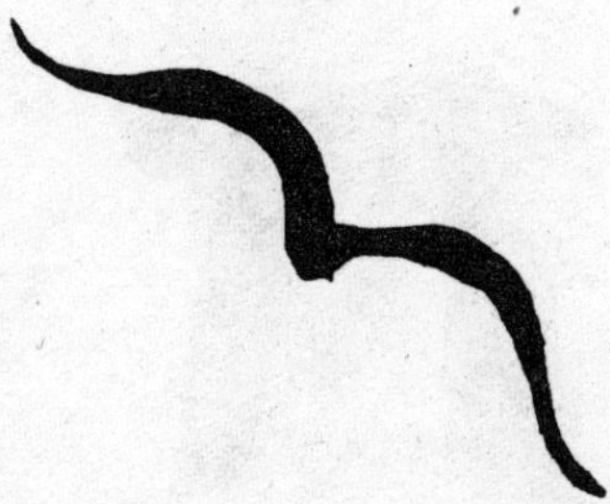

*Flügel fangen die Luft ein und segeln,
wohin sie wollen. Flüchtige
und wechselhafte Dinge verändern
sich von einem Atemzug zum nächsten.*

Das Trivadda ist das Zeichen der Entscheidungen, der Teilung von Wegen, der Trennung von Gegenwart und Vergangenheit.

Das Tor ist das Zeichen der Mitte. Zurück oder vorwärts, die Wahl ist dein.

Im Kessel kann Gift gemischt
und Gesundheit gebraut werden.
Um dich her werden Pläne geschmiedet.

Durch die Spindel werden Intrigen gesponnen
zum Guten oder zum Bösen.

Suche das Gleichgewicht
zwischen Leidenschaft und Vernunft.

Der Knoten ist
das Herz aller verborgenen Dinge.
Zerschneide nie,
was du aufknüpfen kannst.

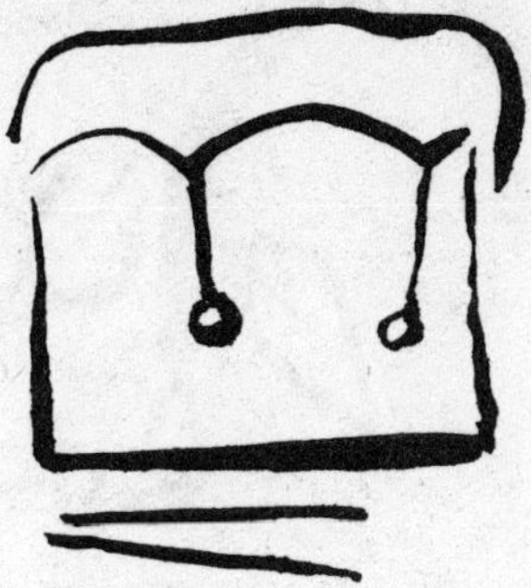

Der Trommelschlag ist eine Falle,
die dich vom rechten Weg lockt.

Die Wand steht dir im Weg
und verbietet Durchgang.

Ist der Zweig gebrochen, droht Gefahr.
Körper, Geist und Seele stehen
am Rande des Abgrundes.

Glück, Erleuchtung, Freude.
Sie sind das Versprechen der Sonne.
Gefahr und Übermaß.
Das ist die Drohung der Sonne.

Studiere den Mond, um zu verstehen,
daß alle Dinge sich verändern
und ewig gleich bleiben.

Wie der Komet ohne Frucht aufglüht und stirbt,
hüte dich vor dem Lügner
und dem Meineidigen.

Schreite leicht über das Land,
denn das Auge Gottes sieht dich.

Tod ist das Ende und der Anfang,
die Verwandlung, aus der es
keine Rückkehr gibt.